Josef Škvorecký
Eine prima Saison

SERIE
PIPER

Zu diesem Buch

Danny ist sechzehn. Und folglich hinter den Mädchen her. Seine Flammen wechseln ständig: Da sind Irena und Alena, die beiden reizenden Zwillingstöchter des strengen Herrn Rat, Marie mit den wollenen Kniestrümpfen, die hexenhafte Karla-Marie, die langbeinige Tänzerin Kristýna … An die zwanzig Versuche hat Danny schon unternommen, aber diesmal – das steht für ihn fest – muß es mädchenmäßig eine prima Saison werden. Heiter, jung, leichtlebig und scheinbar unbeschwert läßt sich dieser Roman zunächst an. Aber die reine Idylle ist er nicht. Denn seine Geschichte spielt in jener Zeit, als die Tschechoslowakei als »Protektorat Böhmen und Mähren« unter Nazi-Okkupation stand. Zwischen Schülerlieben und Jazzbegeisterung tauchen die Gespenster von Krieg und Diktatur auf, die das harmlose Leben des Provinzstädtchens Kostelec bedrohen.

Josef Škvorecký, geboren 1925 in Náchod/Ostböhmen, ging 1968 nach dem sowjetischen Einmarsch ins Exil. Heute lebt er in Kanada, wo er lange Jahre Professor für Englisch und Film an der Universität Toronto war. Dort gründete er den Exilverlag »Sixty-Eight Publishers«, in dem zwischen 1968 und 1989 die maßgebliche tschechoslowakische Literatur im Original erschien. Aus Škvoreckýs umfangreichem Werk – Romane, Novellen, Erzählungen – liegen bisher auf deutsch vor: »Kleine Löwin«, »Feiglinge« und zuletzt »Der Seeleningenieur« (1998).

Josef Škvorecký
Eine prima Saison

Ein Roman über die wichtigsten Dinge
des Lebens

Aus dem Tschechischen von
Marcela Euler

Mit einem Beitrag von Walter Klier

Piper München Zürich

Ungekürzte Taschenbuchausgabe
Piper Verlag GmbH, München
Juni 1999
© 1975 Josef Škvorecký
Titel der tschechischen Originalausgabe:
»Prima sezóna«, Sixty-Eight Publishers, Toronto 1975
© der deutschsprachigen Ausgabe:
1997 Franz Deuticke Verlagsgesellschaft m.b.H., Wien–München
Umschlag: Büro Hamburg, Andreas Rüthemann
Foto Umschlagvorderseite: Bilderdienst Süddeutscher Verlag
Foto Umschlagrückseite: Peter Tym, The Globe and Mail, Toronto
Druck und Bindung: Clausen & Bosse, Leck
Printed in Germany   ISBN 3-492-22804-6

INHALT

Ein breiter Strom fließt durch die Stadt,
den sieben Brücken überspannen.
Am Ufer tausend hübsche Mädchen,
und keine gleicht der andern.

Du wanderst von Herz zu Herz und wärmst dir die Hände
in den Strahlen der Liebe, so groß und so wohlig und weich …
Am Ufer tausend hübsche Mädchen,
und alle sind sie sich gleich …
Jaroslav Seifert

… von jedem wird erwartet, daß sein neues Werk einzigartig ist.
Doch das geht nicht. Der Mensch erzählt sein ganzes Leben lang
ein und dasselbe in verschiedenen Abwandlungen.
Milos Forman

In eine Welt voller Schönhheit hineingeboren worden zu sein
und inmitten von Häßlichkeit zu sterben, das ist gemeinhin das
Schicksal von uns Exilanten allen.
Evelyn Waugh

Feine und anmutige Tatsachen verstehen wir am besten,
wenn sie erst durch Entfernung verklärt sind.
Nathaniel Hawthorne

Die prima Saison beginnt

Eine Wintergeschichte

Es wogt ein Strom quer durch die Stadt
ein breites Band, das sie durchflicht.
Ich sage, was mir einfällt, und erzähle,
nur was ich wirklich denke, sag' ich nicht.

Ich rede heiter mit den Mädchen
und träumend seh' ich ihnen ins Gesicht.
Nur denk' ich das nicht, was ich sage,
und was ich wirklich denke, sag' ich nicht ...

Josef Krátký, 7b

Iᴄʜ sᴀss ᴀᴜғ ᴅᴇʀ Bᴀɴᴋ ᴜɴᴛᴇʀ ᴅᴇᴍ Sᴘʀᴜɴɢᴛᴜʀᴍ und tat so, als würde ich die Leute im Schwimmbecken beobachten. Das Wasser im Bassin war grün und durchsichtig, hinter der hohen Milchglasscheibe huschten dicht auf dicht winzige Schatten vorüber. Draußen schneite es, und die Straßenlampe in der Passage warf die Schatten der Schneeflocken gegen das Glas. Das Schwimmbad hallte wider vom Kreischen der Mädchen, die von den Jungen an den Beinen untergetaucht wurden. Auf der anderen Seite des Beckens saß Irena mit Zdeněk. Sie schwiegen. Ich beobachtete sie und wartete ab, was passieren würde.

Irena planschte mit den Beinen im grünen Wasser, mit den Händen stützte sie sich auf den weißen Kacheln ab, ihre sonnengebräunten Oberschenkel waren ein wenig breitgedrückt, aber schön anzuschauen, und man konnte ihr tief in den Ausschnitt sehen. Zdeněk kaute wie der Held in einem Groschenroman an der Unterlippe. Klar, die hatten sich gestritten.

Links unter dem Schattenspiel an den Fenstern schwang sich Marie Dreslerová aus dem Schwimmbecken, aber jemand packte sie an den Beinen. Sie blieb auf dem Bauch liegen und krallte sich in einer Fuge zwischen den Kacheln fest. Ihr blauer Badeanzug, umsäumt von der weißen Haut ihrer halbentblößten Pobacken, spannte zwischen ihren Beinen. Marie kreischte, aber Kočandrle, der sie an den Knöcheln gepackt hielt, ließ nicht los. Sie glitt auf ihrem Busen langsam über die weißen Kacheln, bis sie wieder ins Wasser plumpste. Überall herrschte allgemeine Heiterkeit.

Ich schaute wieder zu Irena, doch Zdeněk war nicht mehr da. Schnell drehte ich mich zu den Kabinen um. Er verschwand gerade in einer und knallte die Tür hinter sich laut zu. Die verlassene Irena saß nun allein am Beckenrand, starrte ins Wasser, mit der rechten Hand kratzte sie sich an der linken Schulter. Dabei drückte sie mit dem Unterarm den Busen zusammen, und im Ausschnitt zeigte sich eine herrliche Spalte.

Ich wartete auf sie im Eingangsportal der Städtischen Bibliothek, die Schneeflocken schwebten dicht gedrängt durch den blauen Lichtkegel über dem Eingang des Hallenbades. Über den Bürgersteig breitete sich schon ein dichter, lockerer, weißglänzender Teppich aus, er funkelte, als seien winzige Brillanten hineingestickt. Irena erschien in ihrem grünen Wintermantel, mit dem braunen Tuch auf dem Kopf und der braunen Schultasche unter dem Arm. Für einen Moment blieb sie stehen und knöpfte den Mantel bis unter den Hals zu. Ich trat aus dem Schatten hervor. »Hallo, Schatz!«

»Hallo, Danny.« Sie richtete ihre großen braunen Augen auf mich, die, wie immer, lachten. Es sah nicht nach großem Trübsinn aus wegen Zdeněks elegantem Abgang im Schwimmbad.

»Darf ich dich begleiten?«

»Von mir aus«, sagte sie. Ich sprang ihr zur Seite, und wir gingen schnell im Schneegestöber, auf unseren Schultern und Köpfen bildeten sich kleine Verwehungen. Es war schon fast finster, die verdunkelten Laternen warfen nur blasse Trugbilder bläulichen Lichts auf die Straße, die durch den Schneeteppich jedoch von wundervollem Zwielicht erfüllt war.

»Du bist wunderschön, Irena!« sagte ich, ohne verlegen zu werden. Es gab Zeiten, da hatte ich nicht gewußt, wie anfangen. Ungefähr in der Quarta entdeckte ich, daß es egal ist, wie man es anpackt. Deshalb sagte ich geradeheraus: »Du bist wunderschön, Irena!«

»Was willst du denn?«

»Wie bitte?«

»Was willst du?«

»Wieso?«

»Weil du sagst, daß ich wunderschön bin.«

»Das stimmt doch.«

»Stimmt nicht. Was willst du?«

Ich sagte das ohne jeden Hintergedanken, denn in diesem Moment genügte es mir tatsächlich, neben ihr zu gehen.

»Nichts will ich.«

»Du lügst!«

»Ehrlich!«

»Glatte Lüge«, sagte Irena. »Ich kenn' dich doch. Du willst immer etwas.«

»Ich? Immer? Nur eins: immer in deiner Nähe sein, Irena. Sonst nichts.«

»Ach, nichts. Gerade das genügt dir nie.«

Sie hatte recht. Aber wer würde sich schon damit zufriedengeben. Nur ich, dachte ich bitter. Weil es mir genügen mußte.

»Es genügt nicht«, sagte ich. »Ich liebe dich, weißt du?«

»Das ist nett von dir.«

»Aber von dir ist es nicht nett.«

»Was? Was ist nicht nett von mir?«

»Das.«

»Was das?«

Na ja, was eigentlich? Daß sie mir, zumindest bis jetzt, nur Körbe gab. Mädchen haben das Recht, jemanden abzuweisen. Aber trotzdem ist es nicht schön von ihnen. Vor allem dann, wenn sie es nicht konsequent machen. So wie gerade Irena. Ich beschränkte mich darauf, vorwurfsvoll zu sagen: »Ich liebe dich, und du ...«

»Ich mag dich auch.«

»Das ist ja kolossal!«

»Ist es etwa nicht?«

»Nein. Das sagst du nur so.«

»Sag' ich nicht. Es stimmt.«

»Weißt du, was in der Bibel steht?«

»Weiß ich nicht. Was denn?«

»An ihren Taten werdet ihr sie erkennen.«

»Ich tue eine Menge«, sagte sie. »Ist das denn keine Tat, wenn ich mit dir gehe?«

»Doch«, grinste ich bitter. »Aber eine Tat der Barmherzigkeit. Andere Taten sind gefordert.«

»Aber es gibt die Zehn Gebote.«

»Daß du dich an die hältst, Irena!«

»Du etwa nicht?«

»Na ja ... nicht so genau.« Mir kam eine Idee. »Wenn ich jemanden mag, dann halte ich sie nicht ein. Grundsätzlich nicht.«

»Dafür halte ich sie grundsätzlich schon ein.«

»Auch wenn du jemanden magst?«

Sie wußte nicht weiter. In Theologie hatte sie gegen mich keine Chance. Bis zur Quarta war ich der beste Ministrant gewesen, und der hochwürdige Herr Meloun hatte das Gespräch auffällig oft auf das Priesterseminar gelenkt. Fast hätte es mich gereizt, doch in der Quarta begannen mir die Mädchen zu gefallen.

Irena hatte inzwischen ihre Gedanken geordnet und sagte: »Auch dann. Weil ich keine Versuchung zur Sünde sein will.«

»Das bist du sowieso. Ob du willst oder nicht«, sagte ich. »Und außerdem lügst du.«

»Unsinn.«

»Und was ist zum Beispiel mit Zdeněk?«

»Der ... mit dem ist das was anderes.«

»Mir scheint er genauso zu sein wie ich.«

»Bis auf eins: Beim Wesentlichen ist er nicht so wie du.«

»Nein? Und was ist das Wesentliche?«

»Er rennt nicht hinter jeder her.«

»Renne ich vielleicht hinter jeder her?«

»Hinter fast jeder.«

Diesen Ruf hatte ich, das stimmte schon. Und so ganz unschuldig war ich ja nun auch nicht daran. Ich setzte eine tragische Miene auf. Wir gingen eben am Hotel Granada vorbei, wo unter einer blauen Glühbirne an der Ecke ein deutscher Soldat stand. Hinter dem Granada erstreckte sich bis zum Bahnhof freies Gelände; plötzlich schlug auf dem Bahnhof aus einer Lokomotive eine offene Flamme empor und illuminierte die dicht fallenden Schneeflocken. Sie rieselten aus der Höhe, durch die Dunkelheit, und landeten weich auf der Straße und auf Irenas braunem Schopf. Ich schwieg, bis wir an dem Soldaten vorbei waren. Der Soldat drehte sich nach uns um, offenbar wollte er einen Blick auf Irenas Beine werfen. Meine Schritte knirschten im frischen Schnee.

»Hinter jeder!« sagte ich mit vorgetäuschter Bitterkeit. »Du weißt wohl nicht, warum, Irena? Ausgerechnet du weißt nicht, warum?«

»Weil du ein Schürzenjäger bist.«

»Und weißt du nicht, warum?«

»Nein«, sagte sie. »Du bist einfach einer. Manche Jungs sind nun mal so. Ich sage ja nicht, daß du was dafür kannst.«

»Ich kann ja auch nichts dafür.«

»Damit kannst du dich aber nicht rechtfertigen.«

»Du dich aber auch nicht.«

»Ich? Wieso ich?«

»Ja, du. Und tu nicht so, als wüßtest du nicht, warum.«

»Das weiß ich wirklich nicht.«

»Glatte Lüge«, wiederholte ich ihre Worte. Sie sagte nichts. Sie wußte ganz genau, warum ich ein Schürzenjäger war. Oder, genauer gesagt, sie glaubte, es zu wissen. Sie war ziemlich leichtgläubig. Als ich ihr sagte, daß ich sie liebe, glaubte sie buchstäblich alles. Ich liebte sie ja wirklich. Allerdings …

»Glatte Lüge«, wiederholte ich. »Du weißt genau, warum, Irena, und jetzt kannst du mal sehen, wie du bist.«

»Wie denn? Ich weiß es nicht. Sag's mir!«

»Aber du weißt es doch.«

»Nicht so ganz, glaubst du mir nicht?«

»Nein? Dann sage ich's, wenn du es willst: grausam und gefühllos.«

»Das stimmt nicht«, wehrte sie sich.

»Doch.«

»Ganz daneben.«

»Bin ich nicht. Dir ist klar, was ich von dir will, und doch gibst du mir jedesmal einen Korb.«

»Weit gefehlt, ganz weit gefehlt«, sagte Irena ein wenig geheimnisvoll. Aber ich suhlte mich erfolgreich in der Wehmut meiner Worte und begriff nichts. Wir gingen über die weiße Fläche hinter dem Bahnhof bis zum Fluß, wir waren die ersten hier. Alles vor uns lag unberührt, wie gefegt, und wir ließen zwei Reihen Fußstapfen hinter uns.

»Jedesmal, Irena«, sagte ich, »gibst du mir einen Korb, und dir ist ganz egal, daß ich fast sterbe daran. Stimmt's?«

Sie schwieg.

»Stimmt's?« bestürmte ich sie. »Du bist grausam und gefühllos, und ich liebe dich, und du weißt es, trotzdem gibst du mir einen Korb.«

»Und wenn ich dir keinen gebe?« sagte sie.

Das verschlug mir den Atem.

»Was?«

»Hast du keine Ohren?«

Ich starrte sie absolut verdattert an. »Doch. Aber ich hab' dich irgendwie nicht verstanden«, sagte ich und schwatzte weiter, um mich von diesem Schreck zu erholen. »Ich werde im Lexikon nachschlagen müssen, was das bedeutet. Hast du wirklich gesagt: Ich gebe dir keinen?«

»Ja.«

»Du gibst mir keinen!« sagte ich verträumt. Dann fiel mir der erotische Anklang in den Worten auf. Ich mußte das Eisen schmieden, solange es noch heiß war.

»Aber wo, Irena? Und wann? Morgen? Ja?«

Sie überlegte. Wir waren schon fast an ihrem Haus angelangt, an der Brücke. Der Fluß war zugefroren, es lag eine dicke weiße Schneedecke darauf. An der Ecke stand die nächste blaue Straßenlaterne, die Schneeflocken fielen durch das Licht noch dichter als vor einer Weile beim Granada. Es sah so aus, als würde die ganze Stadt im Schnee verschwinden. Wir kamen in ihre Straße. So viel Glück kam mir unwirklich vor. Aber vielleicht zog meine Quassel-Methode endlich auch bei Irena. Oder lag es an etwas anderem? Ich erinnerte mich, daß ich am Sonntag in der Aula eine Kerze für Irena angezündet hatte. Also deshalb! Die Kerze! Aber dann konnte man ja fast von einem Wunder sprechen. Nach so vielen Jahren. Nach fast drei Jahren. Ich dankte Gott rasch und im stillen und sagte zu Irena: »Würdest du … ich könnte den Schlüssel von Pittermans Hütte kriegen und …«

»Das nicht«, sagte sie entschieden und blieb stehen. Sie drehte sich zu mir und lachte mir erneut mit ihren Augen ins Gesicht. »In eine Hütte kriegst du mich nicht, Danny. Da hast du dich verrechnet! Das würde dir so passen! Aber um drei kannst du zu uns kommen, ja?«

»Zu euch?« sagte ich mißmutig, und meine Hoffnung verpuffte jämmerlich. »Bei euch war ich schon. Siebenmal. Das ist genauso, als würdest du mir einen Korb geben.«

»Das stimmt nicht«, sagte sie, schwieg eine Weile, und ihre braunen Augen blitzten sündhaft. »Vater macht bis zum nächsten Mittwoch Bilanzen und kommt jetzt immer erst nachts nach Hause.«

»Und deine Schwester?« fragte ich mißtrauisch.

»Die hat am Nachmittag Basketball, ein Meisterschaftsspiel gegen Paka.«

»Irena!« rief ich begeistert. »Das meinst du ernst?«

»Es sieht fast so aus.« Sie kramte ihren Schlüssel aus der Tasche. »Wahrscheinlich todernst.«

Sie schloß auf, wandte sich um und gab mir die Hand. Ich schnappte danach und versuchte, sie zu küssen. Sie entglitt mir wie eine Schlange, schloß die Glastür vor meiner Nase und sperrte von innen ab. Im weißen Licht der verschneiten Nacht sah ich, wie sie mir hinter der Scheibe eine lange Nase drehte und lachend ihre weißen Zähne zeigte. Ich drückte meine Nase gegen die Scheibe, und Wohlbehagen erfüllte mich so sehr, daß ich die Glastür küßte. Meinen Mund gegen die Scheibe gepreßt, deutete ich heftig mit beiden Händen zuerst auf meinen Kopf, dann auf sie. Sie stutzte. Ich fuchtelte mit den Händen, zeigte noch einmal auf meinen Kopf, dann wieder auf sie. Immer noch begriff sie nicht, dann aber ging ihr schließlich ein Licht auf. Im Dunkeln hinter dem Glas leuchteten wieder ihre weißen Zähne, dann drückte sie ihren Mund von der anderen Seite gegen die Scheibe und schaute mich mit fröhlichen Kulleraugen durch das Glas an. Aber da wir unsere Köpfe so dicht beieinander hatten, verschwammen ihre Augen zu einem großen, braunen, spaßigen, lachenden Auge, und meine Augen schienen in ihrem Blick genauso aufzugehen, denn sie lachte kurz auf. Ein einziges, fröhliches, braunes Auge starrte mich an, es verschwand dann im Nebel, als die Scheibe von unserem Atem beschlug. Nach einer Weile spürte ich durch das Glas die Wärme ihres Mundes. Ich hielt meine Lippen gegen die Scheibe gedrückt, bis ich plötzlich ihre Schritte auf der Treppe und ein leises Lachen hörte, sie sagte: »Tschüs, Danny! Bis morgen!«

Ich kehrte zurück in die Winternacht und war vor Glück ganz blöd im Kopf. Dann trat ich ein paar Schritte vom Haus zurück und schaute nach oben. Irena hatte ein Verdunklungsrollo im Fenster; über dem Wald zeigte sich der Mond zwischen den Wolken, beschien sie wie auf einem romantischen Bild und bestrahlte auch Irenas schwarzes Fenster mit dem Rollo. Es war eine wunderschöne, weihnachtliche Nacht. In der wunderschönen Stadt Kostelec. Ich stand in dieser verschneiten Nacht da wie eine Säule, verliebt bis über beide Ohren. Langsam bedeckte mich der Schnee. Und noch immer kein Mensch weit und breit.

Dann hörte ich Schritte um die Ecke knirschen, sie näherten sich, und im blauen Lichtkegel an der Ecke erschien Marie Dreslerová.

Ich trabte sofort los, als käme ich den Fluß entlang aus Bíloves. Marie trug einen engen, dunkelblauen Mantel mit einer Kapuze, die mit weißem Pelz eingefaßt war. So sah es aus, als sei ihr

Gesicht von einem verkehrten V umrahmt, dem V für Victory, und auch von den goldenen Locken. Mit ihren veilchenblauen Augen schaute sie in die weiße Dunkelheit. Von der Liebe geschüttelt, wie ich war, gefiel sie mir doch unheimlich. Es war eine schöne Stadt und ein prima Leben hier. Im Schein der Straßenlaterne zeichnete sich Maries schlanke Taille ab, ihre schmächtigen Knie in groben Strickstrümpfen, darunter zottelige weiße Filzstiefel.

»Hallo, Schätzchen!« begrüßte ich sie.

»Hallo«, erwiderte sie ziemlich steif.

»Warum so allein?«

»Darf man das nicht?«

»Man sollte es nicht«, bemerkte ich. »Darf ich dich begleiten?« bot ich ihr meine Dienste an.

»Du hast doch heute schon eine nach Hause gebracht, oder? Jedenfalls hab' ich so das Gefühl.«

»Ich? Wie kommst du denn darauf?«

»Und was machst du dann hier? Du wohnst ja ganz woanders. Oder etwa nicht?«

»Ich war in Bíloves, Quellwasser holen.«

»Ach ja? Und wo hast du es?«

Tja, ich hatte keines.

»Hab's dort vergessen«, antwortete ich schlagfertig, »weil ich dort nur an dich gedacht habe. Wo ich geh' und steh', denk' ich an dich.«

»Erzähl mir keine Märchen«, bemerkte sie. Flott sprang ich an ihre Seite, und schon gingen wir in Richtung Brauerei, hoch zum Villenviertel, wo sie wohnte. Der Mond beleuchtete den weißen Hang des Schwarzen Berges, an den sich die verdunkelten Villen kauerten, jede hütete ihr Geheimnis. Es schneite immer noch.

»Echt, Marie«, sagte ich. »Du bist so hübsch.«

»Ach du, laß das.«

»Hörst du das nicht gern?«

»Das erzählst du jeder.«

»Jeder, bei der es stimmt. Und zuallererst stimmt es bei dir.«

»Zuallererst?«

»Ja.«

»Du sagst, an allererster Stelle?«

»In Kostelec ganz bestimmt.«

»Und an welcher Stelle stimmt es bei Irena?« fragte sie und zwinkerte mit ihren blauen Augen, weil in ihren schwarzen Wimpern eine Schneeflocke hängengeblieben war.

»Bei Irena? Weiß nicht. Darüber hab' ich nie nachgedacht«, sagte ich.

Wir schlugen den Weg bergauf ein, an der Villa von Professor Citron vorbei. »Ich denke immer nur an dich.«

»Und wie kommt es, daß du immer nur mit Irena was ausmachen willst?«

Verdammt. Weiß der Teufel, was die Mädchen alles untereinander tratschen, dachte ich mir, zog aber die Augenbrauen hoch und schaute Marie von der Seite an. Sie zottelte einen Leinensack an einer Schnur hinter sich im Schnee her. »Tja«, meinte ich. »Mit irgendwem muß ich mich schließlich verabreden, wenn ich von dir nur Körbe kriege.«

»Hm«, machte Marie wie in einem Buch, rümpfte ihre Nase, eine neue schöne Schneeflocke landete darauf. Sie spitzte ihren rosa Mund und pustete sie in die Dunkelheit. »Mich hast du aber schon seit langem nicht mehr gefragt, ob ich mit dir was ausmachen will.«

Auweia! Hab' ich Geburtstag, oder was ist los? dachte ich mir und rief mir die Kerze in der Aula ins Gedächtnis. Und dann auch die vorsichtige Klausel, die ich meiner Bitte angefügt hatte, damit sich die Kerze auf jeden Fall lohnte: Lieber Gott, mach, daß ich Irena kriege oder ein anderes hübsches Mädchen. Während der ganzen Messe war ich verhältnismäßig andächtig gewesen. Dafür belohnte mich der Herr also. Er war aber viel zu freigebig, mein Lieber Gott. Wegen einer einzigen Kerze.

»Das werde ich sofort wieder gutmachen«, sagte ich. »Was hast du am Sonntag vor? Laß uns zusammen Ski fahren!«

»Hm«, wiederholte Marie, und an uns rollte eine Kugel im Persianer vorbei, Frau Direktor Heiserová. »Küß die Hand, gnädige Frau«, grüßte Marie deutlich und laut, ich faßte mich wieder und sagte auch: »Küß die Hand, gnädige Frau.«

»Guten Abend, guten Abend«, antwortete die Kugel und rollte den Hang runter. Wir waren schon fast an Maries Villa mit dem großen Glaseingang zwischen zwei korinthischen Säulen angekommen, aus dem vor dem Krieg jeden Abend starkes Licht geflutet war. Jetzt war es dunkel zwischen den korinthischen Säulen, und es schneite immer noch ausdauernd. Marie versank mit ihren Stiefeln bis an die strickstrumpfigen Knie im Schnee, ich watete mit meiner langen Hose und in Halbschuhen heldenhaft durch. Immer noch war ich von der Liebe geschüttelt, und plötzlich, wie aus dem Nichts, ging mir auf, daß das hier schon wieder Liebe war – zu diesem Mädchen mit den Strickstrümpfen! Herrgott, wie war das jetzt eigentlich?

Ich hatte keine Zeit, darüber nachzudenken. Wir waren schon vor dem Gartentor der Villa angelangt, und Marie blieb stehen.

»Du hast ›Hm‹ gesagt«, redete ich schnell weiter.

»Hm.«

»Was bedeutet ›Hm‹?« fragte ich.

»Hm«, erklärte Marie, »bedeutet, daß ich mir das mit dem Sonntag noch überlege.«

Sie legte ihren Leinensack in den Schnee, wühlte darin herum und holte, wie vorhin Irena, ihren Schlüssel raus, allerdings einen größeren, den vom Gartentor. Verdammt, verdammt, dachte ich mir. Ob es eine Fügung Gottes war, daß sich beide Mädchen am selben Tag mit ihren Liebsten verkracht hatten? Und wenn nicht, was war dann eigentlich eine Fügung Gottes? Ich brannte vor verdoppelter Liebe, wahrscheinlich leuchtete ich im weißen Schnee.

»Und wann wirst du dir's überlegt haben, Marie?« drängte ich.

»Ich?« Sie schloß das Gartentor auf und blieb darunter stehen. »Vielleicht … ruf mich morgen abend an, meinetwegen. Wenn du willst.«

»Wie kannst du daran zweifeln, Marie!« Ich beugte mich zu ihrer Hand hinunter, nahm sie in die meine und drückte einen Kuß auf den weißen Strickhandschuh.

»Tschüs, du!« sagte sie und klappte das Tor zwischen uns zu: Schon das zweite Mal an diesem Abend, daß ich ausgesperrt wurde, aber beide Male war es sehr vielversprechend.

Das Gartentor war kunstvoll in Lilienform geschmiedet. Herr Dresler litt unter der fixen Idee, von dem französischen Adelsgeschlecht der de Resclerc's abzustammen, er handelte en gros mit Textilien, und diese Lilie prangte auch auf dem Briefpapier, das Marie benutzt hatte, um fallweise auf meine Liebesbriefe zu antworten, die ich ihr vor allem während der Ferien zu ihrer Großmutter schickte. Aber sie hatte nichts anderes zustandegebracht, als nur den Regen zu beschreiben, und wie schön das Wetter sei, und daß sie Pilze sammeln gewesen sei und einen Steinpilz gefunden habe und ähnlichen Blödsinn. Lyrischer Stil war nicht ihr Gebiet, zumindest, was diese Briefe betraf. Und außerdem war sie auch noch unheimlich fromm, wahrscheinlich das frömmste Mädchen auf dem Gymnasium. Und deshalb hatte sie nur einen, Franta Kočandrle. Aber vielleicht war sie gerade dabei, ihn sausenzulassen.

»Gute Nacht, du!« sagte ich. Sie schloß die Haustür auf, drehte sich um, und ihre blauen Augen unter dem V für Victory zwinkerten mir zu.

»Du«, sagte sie.

»Du.«

»Du«, sagte sie noch einmal, ganz leise, und verschwand in Dreslers Luxusvilla.

»Du, du, du«, wiederholte ich im Geiste, machte kehrt und trabte in die Stadt. Wenn ich nicht leuchtete, dann phosphoreszierte ich zumindest vor lauter Liebe. War es möglich, soviel Schwein zu haben? Konnte man in zwei Mädchen auf einmal verliebt sein? Offenbar schon, sagte ich mir. Wahrscheinlich, wenn ich es doch eben am eigenen Leib erfuhr. Und es war nicht schlecht. Überhaupt nicht. Wenn auch vielleicht eine Sünde.

Ich bahnte mir meinen Weg durch den Schnee, der immer noch vom Himmel auf die wunderschöne Stadt Kostelec rieselte, und machte mir Gedanken, wie ich es mit zwei Mädchen am Hals anstellen sollte, daß sie sich nicht über den Weg liefen. Denn wie sich Marie entscheiden würde, war doch wohl klar. Wenn eine sagt, daß sie sich was überlegen muß, hat sie die Entscheidung schon getroffen.

Ich arbeitete mich mühsam durch die menschenleere Nacht bis zur Stadt durch, bis zu den Knien im Schnee. Über dem Kirchturm hing irgendein nicht verdunkelter Stern, und ich fühlte mich glücklich. Eine prima Saison kündigte sich an.

Immer noch schneite es, am Morgen und den ganzen Vormittag. Während der ersten zwei Schulstunden, Latein und Mathe, mußte sogar Licht angeknipst werden. Die Liebe hatte mein Denkvermögen getrübt, so daß ich nichts mitkriegte, nicht einmal den Herrn Professor Bivoj, der in dieser Stunde wegen irgendeiner Exponentialgleichung siebzehn Fünfer austeilte; mich ließ er wie durch ein Wunder aus. Das war alles wegen der Kerze. Danach, in der großen Pause, stand ich vor einem Problem: Die Quinta, in die Marie ging, und die Sexta, die Irena besuchte, waren im selben Flur. Und so spazierten die beiden in einem Kreis unter Aufsicht der Lateinlehrerin herum. Ich löste das Problem, indem ich mich die ganze Pause aufs Klo verdrückte und mit Harýk über den Film ›Die ganze Schule tanzt‹ mit Alice Babs Nilsson schwätzte. Ein ähnliches Problem, nämlich, welche von beiden ich nach der Schule begleiten sollte, umging ich ebenfalls: Ich schwänzte die letzte Stunde und setzte mich ins Stadthotel Beránek, um einen Bucheckernkaffee zu trinken. Niemand war dort, nur in einer Ecke spielte der bucklige Herr Lajtner gegen einen Rentner Schach. Ich saß hinter einem breiten Fenster mit eingravierten Blumen in den Ecken. Um eins machten die Jungen und Mädchen aus dem Gymnasium sich nach und nach auf den Heimweg. Es hatte aufgehört zu schneien, der von einer glattweißen Schneeschicht bedeckte Marktplatz leuchtete so, daß ich fast Augenschmerzen bekam. Die Karawane aus dem Gymnasium zog mit den Schultaschen und in Wintermänteln vorbei, nach den schönsten Mädchen warfen die Jungs Schneebälle. Im Café war es schön warm, und es gefiel mir ausnehmend gut, dort wie bei einer Modenschau zu sitzen. Es war wirklich eine prima Saison. Dann sah ich Marie, wie sie dem Geprassel der Schneebälle auswich, die Kapuze auf ihrem Rücken bildete nun ein richtiges V, das V für Victory, ihre goldenen Haare fielen ihr über den Rücken, ihre Knie steckten wieder in den Strickstrümpfen. Dann zogen ein paar Gruppen aus der Unterstufe vorbei, und Irena wurde von einer wahren Schneekanonade verfolgt; sie rannte über den Marktplatz, ganz allein, sie lachte, die Schneebälle pfiffen ihr um die Ohren, einer zerplatzte an der Sandsteinstatue eines eben kastrierten Märtyrers, von der uns Hochwürden Meloun einzureden versuchte, sie stelle eine Sklavenbrandmarkung mit glühendem Eisen dar, obwohl neben dem Märtyrer ein Sandsteinhund stand und das entsprechende Teil im Maul hielt. Ich hatte ein unwirkliches Gefühl, als wäre das alles nur ein Traum, die beiden Mädchen, eins hübscher als das andere, und die beiden hatten ihre erste kleine Sünde begangen, ein Vorspiel für die Untreue, beide wußten es, und ich wußte es auch, aber die eine wußte nicht von der anderen, während ich über beide im Bilde war und sonst niemand, nicht einmal einer von denen, die sie eben mit Schneebällen über den Marktplatz jagten, und am allerwenigsten wußten es der Blödmann Zdeněk Pivoňka und der Blödmann Franta Kočandrle, die kriegten rein gar nichts von meinen tollen Chancen mit. Die Karawane war vorbeigezogen, auf dem Marktplatz gab es nichts Interessantes mehr. Ich zahlte den Bucheckernkaffee und verschwand aus dem Lokal. Unter der Last meiner zweifachen Liebe schleppte ich mich wie ein Mondsüchtiger nach Hause.

Um drei bog ich vorsichtig in Irenas Straße ein und sah mich unauffällig um. Es war ein verschlafener Samstagnachmittag, und wieder kein Mensch weit und breit. Aber wie das Schicksal

manchmal so spielte, war es nicht denkbar, daß zum Beispiel
Marie rein zufällig vorbeikam? Dann könnte ich immer noch
sagen, daß ich zu Brynych wollte. Er wohnte auch dort, im vierten Stock. Aber es war besser, nichts zu riskieren.

Ich stieg in den dritten Stock hinauf und klingelte an der gelb
lackierten Tür mit einem Messingspion. Alles war ruhig, ich
hörte nur, wie mein Herz pochte. Ich hatte Lampenfieber. Jetzt
wurde es ernst. Jetzt sah es nicht bloß nach Küssen und Schmu-
sen aus. Ganz bestimmt nicht. Hinter der Tür war es furchtbar
still, wie im ganzen Haus, alle waren wohl weg, und mir fiel
ein, daß eine ähnliche Stille wohl in den Häusern herrschte, wo
tagsüber irgendwelche Schönlinge die untreuen Frauen berufs-
tätiger Männer beglückten, wie es Bedřich Böhnel in seinen Romanen beschrieb. Im Gegensatz zu mir besaßen diese Herren
eine gewisse Übung darin. Mein Hals zog sich vor Lampenfieber zusammen. Ich war eher ein Konversationstyp. Höchstens
noch Berührungen, wie der hochwürdige Herr Meloun es nannte, aber jetzt sah es ganz danach aus, als ginge es aufs Ganze.
Meine Beine fingen an zu schlottern, und plötzlich öffnete Irena
ruhig die Tür, man hatte gar keine Schritte gehört, und stand in
einer karierten Bluse und einem grauen Rock vor mir, an den
Füßen rote Pantoffeln mit Bommeln.

»Hallo, Danny. Komm rein«, grüßte sie und lächelte mich
mit ihren fröhlichen Augen, die ganz ruhig waren, an.

Ich trat in den Flur, und mein Lampenfieber schlug mich fast
k.o. Auch in der Wohnung diese Stille, Irena ging vor mir, ihr
Popo zeichnete sich deutlich unter dem engen Rock ab, die braunen Haare waren gebürstet und glänzten wie eine polierte Ka-
stanie. Herrgott, murmelte ich innerlich, folgte ihr auf einem
roten Kokosläufer über den Flur und schaute wie hypnotisiert
auf ihren sich bewegenden Hintern.

In der Wohnung war es furchtbar still und im Flur fast dunkel. Irena machte die Tür zu ihrem Zimmer auf, ich schlüpfte
hinein, ihr nach. Alles dort war unheimlich seltsam, weil das
eben Irenas Zimmer war. An der Wand stand ein grünes Sofa,

gegenüber war ein breites Fenster mit Blick auf andere Wohnhäuser, alle ganz zugeschneit. In einer Ecke des Zimmers war ein Kleiderschrank, an der Wand ein kleiner venezianischer Spiegel, ein Stück weiter ein Schreibtisch mit einem Pokal, den Irena im Sommer für ihren Sieg in der Jugendkategorie beim Geländelauf am Schloß gewonnen hatte. Unter dem Pokal aufgeschlagene Schulhefte. Irena deutete mit ihrem gebräunten Finger darauf: »Schau, Danny. Falls jemand kommt, hilfst du mir mit Mathe.«

»Was, ich?« Mit gigantischem Aufwand überwand ich mein Lampenfieber und sagte ironisch: »Im letzten Quartal habe ich in Mathe einen blauen Brief bekommen, und vorletztes Jahr mußte ich eine Wiederholungsprüfung machen.«

»Das wissen die nicht«, sagte Irena. Mit ›die‹ meinte sie ihre ahnungslosen Eltern. Ich fragte mich, was wohl ihre Eltern alles über sie nicht wußten. Und was wußte ich alles nicht?

Ich schaute mich um. Die Dächer der Häuser vis-à-vis leuchteten wie blendende Reflektoren aus Schnee, darüber hing stahlgrau der dunkle Himmel, an dem sich eine schwarze Wolke bewegte. Es würde wohl wieder anfangen zu schneien. In Irenas Zimmer war es dämmrig, aber das störte mich nicht. Das Lampenfieber ließ langsam nach.

»Schön hast du's hier«, sagte ich.

»Du warst doch schon bei mir.«

»Ja, schon. Aber ...« ich nahm meinen ganzen Mut zusammen und sah Irena so verführerisch an, wie ich nur konnte, »aber nicht so ganz allein mit dir«, und ich preschte mit den Händen vor.

»Einen Moment! Moment, Dannylein! Deshalb habe ich dich nicht eingeladen!«

»Nein?« sagte ich enttäuscht. »Weshalb dann?«

»Willst du einen Tee?«

»Tee?«

»Ja. Lindenblüten.«

»Nein«, sagte ich bestimmt.

»Nein?«

»Nein.«

»Was willst du dann?« fragte Irena und setzte sich aufs Sofa. Sie legte ein Bein über das andere. Ein Knie kam unter dem kurzen Rock zum Vorschein, kein strickstrumpfiges, sondern ein nacktes und schönes, und ich war mit einem Mal in meinem Element. Ich fing an zu plappern. Ich trat an das Sofa heran und hockte mich auf den kleinen Fellteppich zu Irenas Knien hin. Ich schaute die Königin der Aschenbahnen mit einem Hundeblick an.

»Ich will dich sehen, Irena«, sagte ich hingebungsvoll, und mein Lampenfieber war verflogen.

»Siehst du mich etwa nicht?«

Ich legte meine Hand auf die Bommel des roten Pantoffels.

»Ich will dich von Kopf bis Fuß betrachten, meine Liebe.«

»Ja? Und wieso?«

»Weil ich jetzt Gelegenheit dazu habe. Schau mal, deine Beine«, sagte ich und starrte ihr Knie vor meiner Nase an. Sie hatte keine Strümpfe an, dann würde sie wohl auch keine Strumpfhalter anhaben, blitzte mir durch den Kopf, und der allerletzte kleine Rest des Lampenfiebers verschwand. Und obwohl sie so ein dunkles Köpfchen hatte, waren ihre Beine glatt wie die Haut einer Schlange.

»Glatt wie eine Schlange«, sagte ich.

»Das gefällt mir nicht«, sagte Irena. »Schlangen sind schlüpfrig und häßlich.«

»Und lang, schrecklich lang«, setzte ich ungerührt fort und fuhr zart mit der Handfläche an dem glatten Bein hoch bis übers Knie und mit den Fingern ein Stück unter den Rock. Vor Erregung konnte ich kaum sitzen, deshalb kniete ich mich vor sie hin. Irena schnappte meine Finger, bevor ich sie noch höher schieben konnte.

»Sieh mal, Danny«, sagte Irena. »Beschreiben kannst du mich schon, weißt du, aber du bist kein Blinder, daß du deinen Tastsinn zu Hilfe nehmen mußt.«

»Ich will dich mit allen Sinnen wahrnehmen, Irena.« Ich schnupperte an ihrem Knie. Es roch nach Seife.

»Du riechst wie eine Rose.« Ich küßte sie aufs Knie.

»Jetzt ist es aber genug!« entschied sie. »Setz dich schön hierher, ich gehe Tee kochen.«

Verdrossen stand ich auf. Ich wollte Irenas Beschreibung fortsetzen, noch war ich nicht zu den interessantesten Stellen vorgestoßen, sie aber nickte mir streng zu: »Setz dich hin!«

»Laß doch den Tee!« sagte ich und nahm sie bei der Hand. Irgendwie wurde es immer dunkler. Der Himmel über den weißen Dächern der Häuser vis-à-vis wurde von einer schwarzen Wolke verhangen, und die Dächer dunkelten ein. Irena wand ihre Hand aus meiner.

»Irena!«

»Sei brav!«

»Aber was soll ich denn, verdammt noch mal, machen?«

»Bleib sitzen und erzähl mir was.«

»Deshalb hast du mich eingeladen? Bloß damit ich dir was erzähle?«

»Ja.«

»Da hätten wir gleich ins Beranek Kaffee trinken gehen können«, meinte ich, und wütend fügte ich hinzu: »Bucheckernkaffee.«

»Freust du dich nicht, daß du hier bei mir bist?«

»Schon, aber ...«

»Aber was?«

»Es ist Zeitverschwendung.«

Sie wurde zornig.

»Wieso?«

»Hier zu sitzen und mit dir zu reden.«

»Schönen Dank auch. Du kannst ja wieder heimgehen. Es hält dich keiner.«

Ich erschrak. Die schwarze Wolke wurde noch schwärzer, und in Irenas Zimmer versank alles in dunklen Schatten. Es war unheimlich schön hier.

»So hab' ich das nicht gemeint, Irena. Reden kann ich mit dir überall, aber wenn wir hier so allein sind ... dann ...« Es wurde langsam unerträglich. Ich wollte sie so wahnsinnig gerne küssen ... das Dämmerlicht, und die Stille in der Wohnung ... »Ich würde dich so gerne ...«

»Sag es nicht, Danny!«

»Das muß ich ja gar nicht. Du weißt ganz genau, was.«

»Aber deshalb habe ich dich wirklich nicht eingeladen.«

»Herrgott, warum dann, Irena? Damit ich deine Mathehausaufgabe versaue, oder was? Und außerdem hast du gesagt, daß niemand zu Hause sein wird!«

»Freust du dich denn nicht, mit mir zusammen zu sein?«

»Tu' ich, verdammt. Aber noch viel lieber wäre ich anders mit dir zusammen. Du weißt schon, wie.«

»Dann beherrsch dich ein bißchen«, sagte sie steif. »Und erzähl mir was Schönes über mich.«

»Was Schönes«, seufzte ich bitter. »Da sitzen wir bis morgen früh hier, bis ich das alles aufgezählt hab'.«

»Du kannst so bis gegen acht hier bleiben, früher kommt mein Vater nicht«, sagte sie. »Für die Aufzählung hast du mehr als genug Zeit.«

Wut, vermischt mit wahnsinniger Lust und Liebe, schüttelte mich. So waren sie, diese Gänse! Zuerst machten sie einen ganz heiß, und dann hielten sie sich ihn vom Leibe. Ob sie auch mit Zdeněk so spielte? Ja, gerade mit dem! Der würde sie wahrscheinlich mit seinen Bergsteigerkrallen schnappen ... ich sah sie an, sie verschwand fast im Dunkel der Sofaecke, ihr Rock war noch ein Stückchen höher gerutscht, und ihre braunen Augen glänzten neckisch in der Dunkelheit. Ach was, Quatsch. Die wollten das einfach mit einer Vorrede haben. Die sollte sie auch kriegen. Irgendwo über uns ging ein Radio an, Irmanov sang ganz schwach durch die Decke mit seiner bescheuerten Aussprache ›Ich schließe das Heute in eine Truhe der Träume ein‹, die Saxophone heulten, aber das unterstrich nur um so deutlicher die Stille in der Wohnung.

»Soll ich dich also weiter beschreiben?« fragte ich.

»Aber schön!« schnurrte sie.

»Aber jetzt ... weißt du ... jetzt wird das nur mit Hilfe des Tastsinns gehen. Ich sehe dich nicht mehr«, sagte ich und griff nach ihrer Taille. Ich betastete sie ganz professionell, unter der Bluse hatte sie nichts an, nur nackte Haut, die Wärme strahlte sofort durch die Bluse auf meine Handfläche. Ich fuhr mit der Hand von der Taille über die Hüfte in den grauen Rock, sie wehrte sich nicht, jetzt ist es soweit, blitzte es mir durch den Kopf, und mein Gehirn vernebelte sich ein bißchen, ich hörte, wie sie auflachte, und plötzlich blendete mich ein grelles gelbes Licht. Darin lächelten mich zwei Bernsteinaugen boshaft an.

»Damit du mich besser siehst«, sagte Irena. Ich schaute mich um. Das Luder! Sie hatte das Lämpchen am Kopfteil des Sofas angemacht. Und wieder nahm sie meine Hand und legte sie in den Schoß. Nicht in ihren. In meinen.

»Du Schlange!« zischte ich.

»Das ist nicht schön.«

»Du falsche Katze!«

»Katze ist schon besser. Aber keine falsche.«

»Du!« zischte ich. Ich fuhr mit meinem Blick von den roten Bommeln bis zu den fröhlichen Augen.

»Du entziehst dich jeglicher Beschreibung.«

»Aber!« sagte sie spöttisch. »Und dich stellt man uns als Vorbild hin. So ein Quatsch!«

»Als Vorbild?«

»Vojta. Angeblich, weil du so schöne Aufsätze schreibst. Neulich hat er uns aus einem vorgelesen. *Die Wälder im Herbst*.«

»Dieser Idiot!«

»Die Herbstwälder hast du sehr schön beschrieben. Siehst du, und eine gewöhnliche Sextanerin kannst du nicht beschreiben.«

»Eine ungewöhnliche.«

»Ach, Unsinn.«

»Eine ungewöhnlich böse. Ungewöhnlich grausame.«

»Du hast gesagt, du willst etwas Schönes erzählen.«

»Eine sehr hübsche«, sagte ich. »Nimm mal die Beine. Wenn ich, Irena, ein wenig höher über dein Knie blicken könnte, da würdest du staunen über meine Beschreibung!« Ich nahm den Rocksaum in zwei Finger.

»Ich habe doch nicht nur Beine. Beschreib doch was von weiter oben!«

Hungrig schaute ich ihren Busen an. Sie verfolgte meinen Blick mit fröhlichen Augen und meinte dazu: »Das kannst du überspringen. Bei einem Menschen ist immer das Gesicht das Interessanteste.«

Ich sah mir also ihr Gesicht an. Es war hübsch, es gefiel mir sehr, aber, ehrlich gesagt, hätten mich andere Dinge mehr interessiert. Ihr Gesicht sah ich jeden Tag. Deshalb legte ich los: »Deine Augen sind wie Honigwaben. Wie der Honig von Waldbienen. Zeig mal. Ob sie auch so duften?«

Ich näherte mich mit meinem Gesicht dem ihren, beschnupperte die Augen. Natürlich zog mich ihr Mund an, der tatsächlich duftete. Nach Milch oder was weiß ich. Vielleicht auch Lindenblütentee. Heftig saugte ich mich daran fest, aber sie packte mich mit beiden Händen an den Schultern, wehrte sich, die Zähne fest zusammengepreßt. Ich fuhr mit dem Mund ihre heiße Wange hinunter bis zum Hals und saugte mich dort fest. Sie beruhigte sich ein wenig, ich saugte, fast meinte ich, an meiner Zunge Irenas süßes Blut zu spüren, mit der linken Hand griff ich nach dem Reißverschluß des Rockes, zog daran … und plötzlich zuckte Irena zusammen und sprang vom Sofa auf.

»Um Gottes willen, das Fenster!«

Ich glotzte blöde, als sie hektisch das Verdunklungsrollo zuzog und hinter dem Rollo die Fassaden der gegenüberliegenden Häuser mit ihren weißen, unter der schweren schwarzen Wolke schimmernden Dächern verschwanden. Irena zog das Rollo ganz nach unten und machte danach energisch ihren Reißverschluß zu. Sie wandte sich mir zu, und in ihren fröhlichen Augen war auf einmal ein wenig Angst.

»Wenn jemand geguckt hat …«

»Hier rein?«

»Ja. Wir hatten Licht an.«

»Ich hab's nicht angemacht.«

»Es ist aber deine Schuld!«

»Wieso?«

»Du warst ekelhaft, da mußte ich doch das Licht anmachen!«

»Ekelhaft, sagst du?«

»Stimmt's etwa nicht?«

Sie trat an den kleinen venezianischen Spiegel neben dem Kleiderschrank. Die Bluse war ein bißchen aus dem Rock gerutscht, Irena steckte sie wieder rein, und ich erspähte einen kleinen Streifen sonnengebräunte Haut an ihrer Hüfte. Dann sah sie in den Spiegel.

»Danny!« kreischte sie verzweifelt auf. »Du hast mir einen Knutschfleck gemacht!«

»Unsinn. Zeig mal.«

Sie drehte den Kopf etwas nach links und zog ein wenig den Ausschnitt auseinander. Ich trat von hinten an sie heran und schaute in den venezianischen Spiegel. Auf dem gebräunten Hals, ein Stück unter dem Kragen, hatte sie einen schwarzen, wunderschönen, frischen Knutschfleck.

»Ah ja«, sagte ich.

»Siehst du!« sagte sie wütend, fast unglücklich.

»Ich puste mal drauf«, schlug ich vor und umarmte sie von hinten. Sie riß sich los und ging zum Kleiderschrank.

»Laß mich in Ruhe!« Sie öffnete eine Schublade und fing an, darin herumzuwühlen.

»Irena!«

»Ich will nichts mehr hören!«

»Es ist doch nichts passiert.«

»Nein? Und was ist das hier?« Sie zeigte auf den wunderschönen Knutschfleck. »Das werden die doch merken.«

»Die? Meinst du deine Eltern?«

»Ja, wen denn sonst?«

»Na, ich weiß nicht, wen sonst noch«, antwortete nunmehr ich wütend. Plötzlich fing ich an, eifersüchtig zu werden. Mir war gerade aufgegangen, daß der Knutschfleck nicht nur wegen Vater und Schwester eine solche Aufregung hervorrief. Irena kapierte.

»Tja, den auch.«

»Dann sieht er wenigstens, was für eine du bist.«

»Und was für eine bin ich denn?«

»Na, so eine eben. Mit ihm gehst du, und mit mir hier ... einfach nur so ...«

»Du wolltest doch immer mit mir zusammen sein!«

»Ja, aber richtig.«

»Aber gerade das kann ich eben nicht.«

Sie holte ein grünes Seidentuch aus der Schublade und band es sich um den Hals. Dann kehrte sie zum Spiegel zurück und guckte, ob der Knutschfleck noch zu sehen war.

»Warum kannst du das nicht, Irena?« brummte ich finster aus der Zimmerecke.

»Ich kann nicht«, sagte sie, »weil ich nicht will.«

»Warum hast du mich dann eingeladen?«

»Ich wollte dir eine Freude machen. Weil du immer sagst, daß du mich liebst.«

»Ich liebe dich ja, Irena. Du weißt gar nicht, wie sehr.«

Der Blick in den Spiegel beruhigte sie ein wenig, sie lockerte das Tuch unter dem Kinn und schaute mein Spiegelbild an.

»Sei nicht böse auf mich, Irena. Ich lieb' dich wirklich wahnsinnig.«

»Aber sicher, du liebst mich. Du willst nur das eine von mir ... mehr nicht.«

»Das stimmt nicht«, sagte ich. »Wenn du nicht willst, dann eben nicht. Ich liebe dich auch ohne das eine.«

Sie schaute noch mal in den Spiegel, auch auf mein Spiegelbild, dann drehte sie sich um und ging zum Sofa, um sich hinzusetzen.

»Wirst du schön brav sein?«

»Werde ich«, sagte ich falsch.

»Dann setz dich hierher. Wenn du mich liebst.«

Ich gehorchte.

»Ach, du meine Güte!« sagte Irena. »Wenn das mein Vater sieht, wird er mich verprügeln. Konntest du denn nicht ein bißchen aufpassen?«

»Ich hab' mich nicht beherrschen können«, sagte ich. Auf einmal kam mir das alles ziemlich komisch vor, wie wir dort nebeneinander saßen, ganz allein, und wie sich Irena Sorgen machte wegen dem Knutschfleck. Vielleicht war ich ein Idiot, aber es reizte mich zum Lachen.

»Ich werd' wohl sagen müssen, daß ich Halsschmerzen hab'«, sagte Irena. »Mein Vater regt sich sowieso schnell auf. Man sieht es doch nicht allzusehr?«

Ich blickte auf ihren Hals mit dem grünen Tuch. Es paßte überhaupt nicht zu der karierten Bluse und sah komisch aus.

»Irena«, sagte ich, »aber trotzdem find' ich es prima mit dir!«

»Siehst du«, sagte sie. »Auch ohne das eine. Und du fragst immer, warum ich dich eingeladen hab'. Ich hab' dich einfach eingeladen, um dir eine Freude zu machen.«

»Und dir selbst vielleicht auch?« fragte ich traurig.

»Ja – schon. Ein bißchen«, gab sie zu und griff nach ihrem Hals. »Verdammt, sollte ich ihn nicht lieber verbinden?«

Sie schaute mich fragend an, und in ihren Augen sah man, daß es wirklich ein Problem für sie war; sie wollte sich keine Ohrfeigen vom Vater einfangen. In diesem Moment hielt ich es einfach nicht mehr aus. Ich prustete los, und nachdem Irena mich eine Weile verständnislos angestarrt hatte, platzte auch sie heraus. Wir fielen uns in die Arme, und ich, vom Lachen geschüttelt, legte meinen Kopf in ihren Schoß und umarmte ihre Taille, den Kopf in ihrem weichen Schoß, das rechte Ohr an ihr festes Bäuchlein gepreßt. Sie legte ihre Hand auf meinen Kopf, mit der anderen nahm sie etwas von dem kleinen Tisch, der am Kopfende des Sofas stand. Ich schielte nach dem Ding, es war ein Taschenspiegel, sie betrachtete den Knutschfleck. Das fand ich noch lustiger, und ich winselte schon vor Lachen. In ihrem Bäuchlein knurrte es. Ich preßte statt des Ohrs nun meinen Mund drauf, küßte es, wir lachten immer noch, erst nach und nach beruhigten wir uns. Ich schloß die Augen und lachte jetzt nur noch innerlich. Mit Irena war es prima. Damals vor langer Zeit. Auch ohne das eine.

Ich griff mit geschlossenen Augen nach ihrem Arm, ertastete ihn, oberhalb des Ellbogens war er weich und warm. Ich fuhr den weichen Arm hoch, über den Ärmel der karierten Bluse, um den Nacken, in ihr Haar.

»Brav sollst du sein!« sagte sie, aber leise. Ich umfaßte ihre Schultern mit den Händen.

»Sei brav!« wiederholte sie ganz, ganz schwach. »Brav sein, hörst du?«

Da aber legte ich schon meinen Mund auf ihren, es summte kurz, sie wollte etwas sagen, aber ich brachte sie mit meinen Lippen zum Schweigen, sie öffnete den Mund doch ein wenig mehr, und dann war es ein regelrechter, feuchter, warmer Kuß, der lange dauerte, und die Sache fing an, sich schnell zu einem vollen Erfolg zu entwickeln … und plötzlich, in die Stille dieser überaus stillen Wohnung, rasselte kalt ein Schlüssel.

Irena schnellte vom Sofa hoch wie von einem Trampolin, ich fiel auf den Boden und stieß mir fürchterlich den Musikantenknochen. Im Flur ging die Tür auf, man hörte schwere Schuhe knarren.

»Mein Vater«, flüsterte Irena entsetzt, ganz und gar klassisch.

»Du hast doch gesagt, er macht die Bilanzen«, zischte ich und sprang schnell vom Boden auf. In meinem Ellbogen spielte ein schmerzhaftes Orchester. Irenas Augen irrten aufgeregt im Zimmer umher, ihre Bluse ging vorne auf, und man sah den rosa Büstenhalter. Mit Absicht sagte ich ihr nichts davon. Mich hatte ein gewisser Sadismus oder weiß der Teufel was gepackt, vielleicht auch, weil ich von alledem ganz blöd im Kopf war, schmeichelte es mir, daß ich an diesem Aufgeknöpftsein Schuld hatte.

»Mach schnell!« flüsterte Irena. »Komm her! Tu so, als würdest du mir Mathe erklären!«

Sie packte mich an der Hand, aber nirgends im Zimmer gab es einen zweiten Stuhl. So hockte sie sich auf den einzigen Stuhl am Schreibtisch, und ich stellte mich hinter sie, als sei ich der Hauslehrer und erteile ihr Privatunterricht. Ein schöner Privatunterricht. Aber mir war's egal. Plötzlich war ich wütend auf sie, daß sie das so doof organisiert hatte. Beinahe wünschte ich ihr die Tracht Prügel, die ihr offenbar bevorstand. In dem aufgeschlagenen Heft stach mir eine Aufgabe ins Auge:

$$\sqrt{2(x+y)} = \sqrt{x8y8 \cdot 2xy + 5}$$

»Ja«, sagte ich leise. »Schreib schnell noch was drunter, damit es so aussieht, als hätten wir gerechnet.«

»Aber was?« flüsterte sie verzweifelt. Sie hatte tatsächlich Angst. Immer noch war ich wütend auf sie, aber gleichzeitig tat sie mir auch leid. Sie wirkte auf einmal ganz klein und jämmerlich. Ich sagte sadistisch: »Das weiß ich nicht. Ich hab' dir doch gesagt, daß ich in Mathe einen blauen Brief bekommen habe.«

Irena schrieb schnell:

$$\sqrt{2(x^2+y)^2} - \sqrt{x+y} = \sqrt{xy^2 + 5}$$

Aber da ging schon die Tür auf, und der Herr Rat trat ins Zimmer. In ihrer Aufregung tat Irena so, als sei sie vollkommen in die interessante Problematik dieser interessanten Aufgabe vertieft, dafür sah ich hoch und begrüßte, als sei ich angenehm überrascht, den Herrn Rat höflich: »Guten Abend, Herr Rat!«

»Guten Abend«, sagte der Herr Rat sehr unfreundlich und trat an den Tisch heran. Auch Irena tat so, als bemerke sie ihren Vater erst jetzt.

»Ach, guten Abend, Papa!«

»Was macht ihr denn hier?« fragte der Herr Rat mit einer die Situation ausnehmend gut erfassenden Betonung. Und diese Situation gefiel mir mehr und mehr. Das geschieht dir recht, Irena. Das hast du davon, daß du dich zuerst so abnormal lange beschwatzen läßt und am Ende alles versaust. Ich sah das dunkelbrünette Mädchen von der Seite an und stellte mit Vergnügen fest, daß sie bis jetzt ihre aufgeknöpfte Bluse nicht bemerkt hatte und daß man den rosa BH sah. Obwohl es eigentlich nicht mein Verdienst war. Für das alles war wahrscheinlich die Kerze vom Sonntag verantwortlich, und die liebe Irena wurde von Gott gestraft. Sie schwitzte.

»Wir rechnen hier eine wahnsinnig schwere Aufgabe, Papa«, jammerte sie. »Danny hat versprochen, mir dabei zu helfen …« sagte sie ins Leere. Psychologisch gesehen stand die Situation kurz vor der Explosion.

»So?« erwiderte der Herr Rat. »Zeig mal her.«

Er ließ sich das Heft mit Irenas auf die Schnelle hingeschriebener Zeile vorlegen, die sicherlich Unsinn war.

»Das ist eine Gleichung mit wie vielen Unbekannten?« fragte er sie.

»Mit …« sagte Irena, » …mit …« Sie wußte nicht weiter.

Der Herr Rat zeigte das Heft mir. Iks, Ypsilon, soviel wußte ich noch. Ich antwortete richtig: »Mit zwei Unbekannten.«

»Kann man eine solche Gleichung, wie du sie aufgeschrieben hast, lösen, Irena?« stellte der Herr Rat seiner Tochter die tödliche Frage. Irena bemerkte auf einmal ihre offene Bluse und fing an, sie eilig zuzuknöpfen. Davon wurde ihr Verstand so vernebelt, daß ihr nicht einmal die Betonung in den Worten ihres Vaters auffiel, aus denen deutlich hervorging, daß eine Gleichung so, wie sie hier stand, wohl nicht zu lösen war. Sie bekam den Knopf nicht ins Loch.

»Eine solche Gleichung …« faselte sie. Der Herr Rat schaute mich an. Ich zuckte rücksichtslos mit den Achseln, der Herr Rat schaute also wieder seine Tochter an. »Ich …« schluchzte die Tochter, »… ich kann es doch nicht, Papa!«

»Tja«, machte der Herr Rat. Sein Blick fiel auf das grüne Halstuch. Er fragte genau nach: »Hast du Halsschmerzen?«

»Ja«, piepste Irena.

»Dann komm mal mit!« Der Herr Rat drehte sich um und verließ wortlos das Zimmer. Ich schnitt Irena eine Grimasse und

34

klopfte mir mit der Hand auf den Hintern, um anzudeuten, was sie hinter der Schwelle ihres Zimmers erwarten würde. Irena streckte mir die Zunge raus und folgte ihrem Vater.

Ich machte es mir auf dem Sofa bequem und wartete, bis ich Irenas Geschrei hören würde. Um mich selber machte ich mir keine Sorgen. Ich war Irena gegenüber im Vorteil: Mir konnte der Herr Rat nicht den Hintern versohlen. Allerhöchstens könnte er meinen Vater über mein Verhalten unterrichten, doch ich wurde zu Hause seit langem nicht mehr geschlagen. Ich ließ meinen Blick durch Irenas Zimmer streifen und freute mich hämisch über alles, was passiert war. Irena, die widerspenstige Königin, vor mir vom Vater erniedrigt, hörte sich im Nebenzimmer demütig eine Moralpredigt an, und ich machte mich auf ihrem Sofa breit. Auf einmal erinnerte ich mich an Marie, und sofort ging es mir noch viel besser. Ich schloß die Augen und stellte mir Marie Dreslerovás goldene Haare vor, wie sie heute bei der Kirche auf dem Marktplatz geglänzt hatten, als sie mit Schneebällen gejagt worden war. Und dann stellte ich mir den morgigen Tag vor, wie ich durchs Teufelstal, den Schwarzen Berg runter, auf Skiern hinter ihr hersausen würde, bis – falls ich keine Bruchlandung baute – zu der Luxusvilla, die eine ausgemachte architektonische Schandtat ist, direkt aus Böhnels Romanen entsprungen. Marie war eine Katze. Eine blonde Katze. Die würde es besser einrichten können als Irena.

Die Tür ging auf, der Herr Rat trat wieder ein. Ich stand vom Sofa auf. Der Herr Rat schaute mich durch die Brille an, und ich lächelte frech.

»Herr Smiřický«, sagte der Herr Rat. »Sie wissen doch, daß diese Gleichung, so, wie sie hier steht, nicht zu lösen ist.«

»Nein?« fragte ich scheinheilig. »Auch Sie können sie nicht lösen, Herr Rat?«

»Nein«, sagte der Herr Rat. »Weder ich noch Albert Einstein hätten sie so lösen können. Damit Sie oder sonst irgend jemand sie lösen könnte, müßte man sie um einiges ergänzen.«

Und er nahm einen Füller, strich durch, was Irena hingekritzelt hatte, und schrieb:

$$\frac{\sqrt{x+y}}{2} + \frac{\sqrt{x+y}}{2} = \sqrt{x + \sqrt{3}}$$

»So, und jetzt rechnen Sie!« forderte er mich auf.

Ich sah ihn an, weil ich nicht wußte, wie er das meinte. Aber er guckte ohne jeglichen Ausdruck in seinem pummeligen Gesicht durch seine goldene Brille. Er meinte das wohl wörtlich.

»Na, bitte«, sagte er, und ich machte mich an die Arbeit.

Wie zu erwarten, kam ich mit so einer Aufgabe nicht zurecht. So was rechnete Herr Professor Stařec beim Privatunterricht für mich aus. Der Herr Rat holte sich einen Stuhl, glotzte mir über die Schulter, und ich schrieb Zahlen nebeneinander und untereinander, wie es mir gerade einfiel, aber es fiel mir nicht sehr viel ein. Binnen kurzem erwies ich mich als absolut unfähig. Ich hatte das akute Gefühl eines völligen Vakuums, und der Herr Rat verbesserte mich, strich durch, was ich produziert hatte, schrieb anderes dazu, ließ mich aber immer wieder zwischen den Zahlen taumeln. Von irgendwoher hörte ich eine Uhr schlagen, ich zählte und zählte, und es schien mir, als würde ich immer kleiner. Kaum hatten wir eine Aufgabe zu Ende gerechnet, bekam ich eine neue, eine noch vertracktere. Ich hatte mich in einen kleinen Schüler verwandelt. Der Herr Rat ging nach nebenan und blieb lange dort. In dieser Zeit brachte ich meine Aufgabe um nichts einer Lösung näher, irgendwo schlug wieder die Uhr, der Herr Rat kam zurück, kontrollierte, wie weit ich war, stellte fest, daß ich keinen Schritt weitergekommen war; er half mir, und ich hatte plötzlich das unbedingte Empfinden, der Herr Rat sei ein sehr mächtiger und mir nicht gerade wohlgesinnter Geist. Deshalb konnte ich mich zu keinerlei Widerstand aufraffen, ich blieb sitzen, und der Herr Rat verschwand wieder nach nebenan. Die Uhr schlug erneut, zehnmal, und so ging es immer weiter. Jemand schloß die Tür im Flur auf, der Herr Rat saß gerade bei mir, Irenas Schwester im Sportanzug blickte zur Tür herein. Sie kam direkt vom Basketball-

Meisterschaftsspiel und machte große Augen. Der Herr Rat stand auf, führte sie aus dem Zimmer, ich hörte gedämpfte Stimmen, der Herr Rat kam wieder zurück. Ich versuchte verzweifelt, ihm beizubringen, daß ich nach Hause müsse, meine Eltern würden bestimmt schon Angst haben.

»Bleiben Sie nur sitzen und rechnen Sie«, sagte der Herr Rat ruhig. »Morgen ist Sonntag, da können Sie länger schlafen. Ich habe Ihrem Vater telefonisch Bescheid gesagt, daß Sie unserer Irena die Exponentialgleichungen erklären.«

Und so hockte ich da und rechnete höchst verdrossen herum, die Liebe hatte mich verlassen, ich haßte Irena beinahe. Es mußten so viele Gleichungen sein, daß es für ein ganzes Jahr im voraus reichen würde. Der Herr Rat tauchte auf und verschwand wieder, durch Glockenschläge begleitet wie ein Apostel aus der Kirchturmuhr, die Nacht schleppte und zog sich dahin. In einem Moment, als der Herr Rat gerade weg war und ich mich fragte, ob er vielleicht Durchfall hatte oder so, steckte Alena ihren Kopf ins Zimmer. Sie hatte schon einen Schlafanzug an und flüsterte mir zu: »Ihr seid ganz schön doof. Warum habt ihr das Rollo nicht zugezogen?«

»Was?«

»Irgend jemand hat Vater im Büro angerufen, daß du hier seine Tochter befummelst. Nicht mich«, sagte sie, scheinbar bedauernd. »Meine Schwester.«

»Und wer, das weißt du nicht?«

»Weiß ich nicht. Irgend jemand. Sag mal, weiß Zdeněk Pivoňka von der Fummelei?«

»Sieh mal«, sagte ich. »Sieh mal, Schätzchen, geh doch lieber Lateinvokabeln pauken, ja?«

Im Flur knarrten Schritte. Alena verduftete, und ich stürzte mich auf die Aufgabe:

$$\sqrt{\left(\frac{a}{2}+b\right)\cdot\left(b-\frac{a}{2}\right)\cdot\frac{a}{2}\cdot\frac{a}{2}} = 12$$
$$a + 2b = 16$$

Meine Rechnung ergab, daß a gleich 3859 war. Aber der Herr Rat warf nur einen kurzen Blick darauf und fragte leise: »Wie sind Sie auf diesen Unsinn gekommen, Herr Smiřický?«

Er strich mein im Schweiße meines Angesichts erarbeitetes Ergebnis durch und sagte: »Also noch mal, Herr Smiřický.«

Dann ging er wieder weg, vielleicht aufs Klo oder wohin auch immer er sich zurückzog.

Wo er gewesen war, erfuhr ich, als die Uhr Mitternacht schlug und der Herr Rat mich endlich entließ. Vom Flur aus sah ich durch die halbgeöffnete Küchentür die verheulte Irena am Küchentisch sitzen, auch sie über einer Aufgabe brütend. Also war der Herr Rat zwischen mir im Zimmer und Irena in der Küche hin- und hergependelt. Das war für Irena noch schlimmer als eine Tracht Prügel. Ihr Papa mußte ein schöner Sadist sein.

Marie rief ich in dieser Nacht nicht mehr an. Sie lag sicherlich schon längst in ihrem weißen Bett in der Luxusvilla unter dem Schwarzen Berg, unter den Sternen, als ich zu Hause ankam und feststellte, daß auch meine Eltern ruhig schliefen. Der Herr Rat hatte Wort gehalten: Er hatte meinen Vater angerufen, daß ich Irena für eine Mathearbeit vorbereitete. Meinem Vater mußte es natürlich seltsam vorgekommen sein, daß ich Mathenachhilfe geben sollte, wenn ich doch selbst von Herrn Professor Stařec welche bekam, aber der Herr Rat hatte am Telefon wohl glaubwürdig geklungen.

Sonntag früh, gleich nach dem Frühstück, versuchte ich auszubügeln, was ich am Abend zuvor versäumt hatte. Aber Marie hatte das Glück, ein Geschwisterherz, nämlich einen älteren Bruder, zu haben, und der führte meinem Gefühl nach nur Anweisungen aus.

»Meine Schwester ist im Bad«, sagte er, »und dir soll ich sagen, sie ist schon in die Aula gegangen.«

Ich fragte idiotisch: »Wie soll ich das verstehen, Mann?«

»Das weiß doch ich nicht. Das wirst du wohl besser wissen, oder? Ganz einfach, Marie ist in der Badewanne, und was dich betrifft, ist sie schon in der Aula. Ich versteh' das Ganze auch nicht.«

Ich erst recht nicht.

»Dank dir«, sagte ich und hängte auf.

Ich zog mir den Mantel an, setzte den Hut auf und flitzte wie ein Blödmann in die Aula. Für alle Fälle. Die Stadt sah wie eine Weihnachtskrippe aus, der Schnee reichte mir bis zu den Knien. So früh am Morgen war der Weg zum Gymnasium noch nicht ausgetreten. Ich watete durch den Schnee bis zum Gymnasium und rannte die breite Treppe in den ersten Stock hoch. Ich machte die Tür zur Aula auf. Freilich, die liebe Marie saß in der Badewanne.

Ich hockte mich auf einen der Stühle in der ersten Reihe, die für die Primaner reserviert waren, und heftete meinen trübseligen Blick auf den Vorhang, der den Altar verdeckte. Verdammt, wie sollte ich mir da einen Reim drauf machen? Weil es eben Marie war, konnte die einzige Erklärung nur sein, daß sie Gewissensbisse wegen Kočandrle bekommen hatte. Sie war ganz offensichtlich das frömmste Mädchen im Gymnasium, das war allgemein bekannt. Dabei aber keine Nonne. Auch das war allgemein bekannt. Doch seit den Ferien bemühte sich Franta Kočandrle um sie. Und das war, dachte ich bitter, auch allgemein bekannt. Ab und zu ein wenig gegen das sechste Gebot zu verstoßen, das machte ihr nicht so viel aus. Aber wegen ihrer Beziehung zu Kočandrle war es eine Sünde gegen das sechste und gegen das neunte Gebot, und das war schon eine zuviel. So war es wohl. Dafür reichte die Kerze wahrscheinlich doch nicht. Es war ja nur eine …

Der Vorhang ging ein wenig auf, und der hochwürdige Herr Meloun steckte seinen runden Kopf heraus.

»Ah, Smiřický«, sagte er mit freundlicher Stimme. »Gelobt sei Jesus Christus.«

»Gelobt sei Jesus Christus, Herr Professor …«

»Hochwürden«, korrigierte er mich wohlwollend. Der hochwürdige Herr Meloun war Religions- und Geographielehrer, aber

Herr Professor ließ er sich nur während der Geographiestunde nennen, denn die hatten wir mit den Andersgläubigen zusammen. Ansonsten hielt er sehr auf seinen Priesterstand und wohnte im Pfarrhaus auf dem Marktplatz. Den Herrn Dekan hatten die Deutschen im letzten Jahr eingesperrt, und er vertrat ihn jetzt. Er war ein gutmütiger und ein wenig tölpelhafter Priester. Jetzt hatte er offenbar etwas auf dem Herzen.

»Ja, Hochwürden?« sagte ich artig.

»Kommen Sie her, Smiřický«, sagte er und erschien in voller Größe zwischen den Falten des Vorhangs. Groß, untersetzt, mit kahlem Kopf, wie eine richtige Fünf-Kilo-Melone. »Smiřický«, wiederholte er, »Herr Linke hat angerufen, sein Arnošt hat Grippe, Rudolf Chrastina auch. Und die Tertia und die Quarta machen einen Ausflug nach Hradec. Smiřický, Sie haben doch schon oft ministriert. Könnten Sie nicht heute auch?«

Das hatte mir noch gefehlt. Ich würde ministrieren, und Marie würde mir durch die Lappen gehen.

»Aber ich – Hochwürden, ich bin ein bißchen aus der Übung. Ich …«

Seine blauen Augen baten mich, er wurde ganz traurig.

»Ich werde Ihnen soufflieren«, versprach er in einem Ton, daß mich das Mitleid packte. »Kommen Sie!«

»Ich würde gern, Hochwürden«, versuchte ich mich herauszureden, auch wenn ich wußte, daß ich seinen blauen Hundeaugen nicht würde widerstehen können. »Aber ich habe seit Ostern nicht mehr gebeichtet, und so könnte ich nicht …«

Der hochwürdige Herr schaute auf die Uhr.

»Wir haben noch Zeit. Sie können Ihre Beichte noch ablegen.« Augenscheinlich brach es unaufhaltsam über mich herein. Ich versuchte wenig überzeugend einzuwenden, es sei keine Zeit mehr zur Gewissenserforschung, aber der hochwürdige Herr entkräftete auch das. »Beten Sie eine Weile, dann gehen wir es nach den Zehn Geboten durch. Kommen Sie zu mir in die Apsis.«

Er verschwand. So was Blödes! Da war wohl nichts zu machen, und Mariechen würde mir aus den Händen gleiten. Aber dem hochwürdigen Herrn konnte ich nichts abschlagen. Das war klar. Außerdem konnte ich es mir beim Herrgott verderben. Es war ohnehin eine Art göttliche Fügung, daß die zwei Dussel aus der Sekunda Grippe hatten. Vielleicht war das eine Probe. Wahrscheinlich war es das. Ja sicher. Plötzlich erschien es mir eindeutig wie eine Prüfung. Marie blieb nach der Messe ja noch zehn Minuten knien, bis alle gegangen waren. Das würde ich schaffen. Es *war* eine göttliche Fügung. Auch, daß ich von Sünden befreit auf sie zukommen würde. Unschuldig wie ein Lamm. Eigentlich ebnete der Herrgott mir den Weg. Ich würde bestimmt belohnt werden. Eine freudige und fromme Unternehmungslust durchfuhr mich, ich ging durch den Vorhang, kniete vor dem Altar nieder und fing an zu beten.

In der Apsis stand kein Beichtstuhl, und so fühlte ich mich etwas unbehaglich. Der hochwürdige Herr Meloun saß auf einem gewöhnlichen Stuhl, und ich kniete wie ein Holzklotz davor.

Ich zählte meine üblichen Sünden nach den Zehn Geboten auf, bis ich zum heiklen sechsten kam. Ich vergegenwärtigte mir wieder den gestrigen Nachmittag mit Irena, wie ich ihr nacktes Bein bis unter den Rock gestreichelt hatte, und dann den Knutschfleck. Ich schluckte und sagte entschlossen: »Ich habe Unzucht getrieben.« Schnell ging ich zu den fünf kirchlichen Geboten über, aus lauter Angst, daß den hochwürdigen Herrn Details dieser Unzucht interessieren könnten, daß er eventuell wissen wollte, mit wem. In der Kirche, wo man dem ganzen Gymnasium die Beichte abnahm, fragte der Herr Dekan gewöhnlich, ob allein oder mit anderen, ob nur durch Berührungen oder auch anders. Aber der hochwürdige Herr Meloun war gutmütig und schüchtern. Er fragte nichts. Er sprach nur seine gewöhnliche Ermahnung aus, ich hätte durch mein sündhaftes Benehmen den Herrgott sehr beleidigt, aber er selbst war überhaupt nicht beleidigt, er bat mich nur, mir vorzunehmen, das nächste Mal solchen Sünden aus dem Weg zu gehen. Und dann erteilte er mir die Absolution.

Danach ging ich zurück vor den Altar und kniete mich wieder hin. Vater unser, fing ich an, aber plötzlich, als hätte ein Blitz in mich eingeschlagen, wurde mir klar, daß die Gültigkeit des Ablasses vom guten Vorsatz abhängt, und daß ich mir jetzt etwas Schönes eingebrockt hatte. Mir vorzunehmen, nach der Heiligen Messe alles dafür zu tun, um nachmittags mit Marie keine Unzucht zu treiben, wenn auch nur durch Berührungen, das überstieg meine Kräfte. Ich versuchte mir leise vorzunehmen, sie in Ruhe zu lassen, aber der Versuch schlug schon im Ansatz fehl. Ach wo! Das würde nicht gehen. Wie machte Marie das wohl mit den Vorsätzen? Bei ihr klappte es wahrscheinlich auch nicht so recht. Deshalb betete sie nach der Beichte so lange, wie Maria Magdalena direkt nach der Bekehrung, mindestens. Was sollte ich denn tun? Ich kniete vor dem Altar mit den fünf auferlegten Vaterunser, die ich nicht zu Ende betete, und ein kalter Tropfen Angstschweiß lief meinen Rücken herab, er wurde immer kälter und kälter, je tiefer er rann. Draußen vor den Fenstern herrschte wieder Schneegestöber, der Altar wurde von einem kalten, blendend weißen Licht überflutet. Es war ein unlösbares Dilemma. Ich schaute durch das gotische Fenster auf den Schnee, er fiel reichlich in großen, wunderschönen Flocken, jungfräulich weiß. Wunderschöne Schneeflocken rieselten auf die wunderschöne, sündhafte Stadt Kostelec. Die voll hübscher Mädchen war. Das schöne Gefühl einer prima Saison war wieder da. Quatsch, sagte ich mir, der Heilige Ignatius, der Schutzpatron der Auswege, hatte mir im Nu eine theoretische Lösung eingegeben. So ein Quatsch. Ich wollte doch gar nicht *sündigen* mit Marie. Ich wollte sie nur *gewinnen*, und wie sonst konnte man ein Mädchen gewinnen, wenn nicht durch Küsse und Berührungen und so. Ich liebte sie. Wenn möglich, würde ich sie heiraten. Und dadurch würden alle Sünden aufgehoben, im nachhinein würden es eigentlich gar keine Sünden mehr sein. Ich hatte also einen guten Vorsatz. Ich hatte den allerbesten Vorsatz, und wenn Marie mich nicht heiratete, dann war es nicht meine Schuld.

Mit echter Inbrunst fing ich wieder zu beten an, Vater unser, der Du bist im Himmel, aber weiter kam ich diesmal auch nicht. Mir fiel ein, daß das alles überhaupt keine Sünde war. Auch mit Irena war es keine Sünde gewesen, selbst wenn es zu Berührungen gekommen war, und mit Marie würde es erst recht keine Sünde sein, weil ich sie liebte. Und Irena hatte ich gestern auch geliebt, ich hatte alles dafür getan, sie zu gewinnen. Letztendlich würde ich auch sie heiraten, wenn sie nur wollen würde, und als ich so vor dem Altar kniete, war ich mir gar nicht mehr so sicher, ob ich sie jetzt vielleicht nicht wieder liebte; und auch wenn ich am Nachmittag statt mit Marie mit Irena Ski fahren und weiteres machen würde, das alles war frei von Sünde. Auf einmal war mir klar, daß ich sie genaugenommen beide liebte, bloß momentan Marie mehr, was eigentlich eine göttliche Fügung darstellte, die in Anbetracht der größeren Chance, früher zu sündigen, schon heute nachmittag, notwendig war. Gleich nach der Heiligen Messe, dachte ich mir, mußte ich mich beeilen, damit ich sie noch vor der Schule erwischte. Wenn sie Angst hatte, daß es sich dabei um Untreue handelte, dann war das Unsinn. Kočandrle war doch nicht ihr Ehemann. Nur weil sie mit ihm ging. Oder gegangen war. Das war keine Ehe. So was konnte man ruhig beenden, ohne eine Sünde zu begehen. Ich würde es ihr schon erklären, dachte ich mir, ich fühlte mich so gut vor dem Altar, ich spürte direkt, wie ich zur völligen Ekstase geistiger Glückseligkeit emporstieg. Auch wenn sie sich heute früh aus einleuchtenden Gründen hatte verleugnen lassen, würde ich trotzdem am Nachmittag mir ihr Ski fahren. Wenn ich nur bloß keinen Sturz baute. Das wäre gar nicht günstig.

»Haben Sie Ihre Buße schon verrichtet?« Das diskrete, leise Flüstern des hochwürdigen Herrn Meloun riß mich aus meiner Meditation, ich fuhr zusammen. Mir wurde klar, daß ich statt an das Vaterunser schon wieder an Mädchen gedacht hatte. Aber der hochwürdige Herr wartete bereits, in seiner Alba und mit dem Meßgewand in der Farbe des Advents über dem Arm. Ich nahm mir vor, später zu Ende zu beten, stand auf und ging zu dem Schrank mit den Chorhemden. Ich zwängte mich in das größte hinein. Es war irgendwie zu eng. Ach ja. In der Aula ministrierte gewöhnlich nur die Unterstufe.

Wenig später marschierte ich in dem engen Hemd hinter dem hochwürdigen Herrn zum Altar, vor den Augen der vollbesetzten Aula; Joska Špork spielte majestätisch ›Bob Cats‹ auf der Orgel. Wir marschierten im Rhythmus, und ich hatte das Gefühl, ganz schrecklich auszusehen. Ein Raunen ging durch die Aula, und ich war mir ganz sicher, daß ich bestimmt furchtbar aussah. Das Hemd spannte über meiner Brust und über dem Hintern, es war auch viel zu kurz. Als ich mich hinkniete, riß etwas. Wahrscheinlich eine Naht. Ich klingelte mit dem Glöckchen und schaute verstohlen aus den Augenwinkeln links neben die Orgel, wo die Mädchen aus der Oberstufe standen. Tatsächlich. Einige grinsten verdächtig, wahrscheinlich über mich. Ich erspähte Maries rosiges Gesicht, aber sie sah, den erdbeerfarbenen Mund gespitzt, streng und fromm in ihr Gesangbuch, und als ihr Blick sich für einen Moment mit meinem traf, schlug sie die Augen zum Gesangbuch nieder wie die fromme Therese.

Die Liebe schwoll in mir. Ach wo, Marie würde mich nicht wegen dem zu engen Hemd auslachen, auch wenn ich schrecklich aussah, das Chorhemd war ein Teil der Ausstattung für den Gottesdienst. Sie hatte sich ohnehin nur wegen ihrer Gewissensbisse verleugnen lassen. Die Gefühle ließen mich wie ein glückseliger Schüttelfrost erzittern, der hochwürdige Herr Meloun sagte: »*Introibo ad altare Dei*«, und ich erwiderte feierlich, jubelnd und sehr laut, nicht leise, wie die kleinen Ministranten in der Regel wispern: »*Ad Deum qui laetificat juventutem meam!*« und warf einen Blick nach Maries erdbeermundigem Gesicht. Joska Špork ging von ›Bob Cats‹ zu ›Dinah‹ über, und ich dachte mit Freude daran, daß *meam juventutem laetificant* bei mir eher auf Mädchen zutraf als auf *Deus*, aber Mädchen sind vielleicht, ganz bestimmt sogar, die eigentliche Verkörperung des Herrgotts, denn Er ist allgegenwärtig, wie uns der hochwürdige Herr Meloun lehrte, und am meisten in seinen wunderschönen Werken, und was konnte ein schöneres Werk Gottes sein, als Maries wie eine Erdbeere gespitzter Mund. Bei der Buße, als ich an die zwei Mädchen gedacht hatte, die ich beide liebte, dachte ich eigentlich an den Herrgott, ich erschrak ein bißchen, ob ich da nicht eine Lästerung beging, doch plötzlich sagte der hochwürdige Herr Meloun: »*Judica me, Deus, et discerne causam meam*«, und ich pflichtete inbrünstig bei: »*Quia tu es, Deus, fortitudo mea!*« und warf wieder einen frohgestimmten Blick nach Marie. Der Mund sah tatsächlich wie eine Erdbeere auf einer Sahnetorte aus. Marie war eine hübsche Blondine mit sahnefarbener Haut, ein Wunderwerk des Herrn in dieser wunderschönen Stadt Kostelec. Ich versank ganz in Träume über dieses Wunder der Schöpfung, so daß ich den hochwürdigen Herrn kaum noch wahrnahm, und ich wußte mit Sicherheit, daß ich ihr die Gewissensbisse ausreden würde, und am Nachmittag würde ich ihr Nachhilfeunterricht im Telemarkschwung geben, vorausgesetzt, ich baute keine Bruchlandung, und am Montag, fiel mir gleich danach wie von selbst ein, würde ich auch Irena ordentlich Nachhilfe in Exponentialgleichungen, denn der Herr Rat machte bis zum Mittwoch Bilanzen, und das nächste Mal würden wir rechtzeitig das Rollo runterziehen. Und dann … plötzlich kehrte ich aus dem paradiesischen Kostelec in die nächste Zukunft zurück, denn auf einmal nahm ich wahr, daß der hochwürdige Herr Meloun zischend wiederholte: »*Deus tu conversus vivificabis nos!*«, und ich dachte wieder daran, daß Mädchen zwar zweifellos eine Verkörperung Gottes waren, daß man jedoch nicht vor dem Altar an sie denken sollte, und so rief ich eifrig aus: »*Et plebs tua laetabitur in te!*« Und ich fühlte mich so toll, daß ich mir sicher war – auch wenn es nach außen hin wie Unzucht in Kombination mit Bigamie aussah –, nicht das mindeste Gefühl von Sündhaftigkeit zu haben. Eher fast das Gegenteil.

Der hochwürdige Herr hatte sein Pluviale noch nicht ausgezogen, als ich schon vor dem Gymnasium stand, bereit zum Disput mit Marie. Alle waren schon vorbeigegangen, die Jungs aus dem Orchester hatten Lucie, die sich den Fuß beim Skifahren verstaucht hatte, die Treppe hinuntergetragen; man hatte beschlossen, sie nach Hause zu bringen, weil der Weg dahin ein Stück durch die Hauptstraße führte und man damit Aufsehen erregen würde, aber ich widerstand allen Verlockungen und blieb stehen, schon wieder ein wenig wie ein Holzklotz, aber immer noch voller Hoffnung. Marie erschien wirklich als letzte; als ich zu ihr die Treppe emporsah, erspähte ich ein Stück Bein oberhalb der Knie, die in den Strickstrümpfen steckten, und Wohlbehagen erfüllte mich.

»Hallo, Marie!«

Sie schritt die Treppe hinunter, ihre Knie hoben sich mit einer betörenden Bewegung unter dem Rocksaum, und sie ging an mir vorbei, als wäre ich Luft. Ich holte sie schnell ein, es war immer noch ein Spiel.

»Was ist los, Marie?«

Obwohl ihre rosigen Ohren nicht unter der Kapuze steckten, die Kapuze mit dem weißen Pelzbesatz lag auf ihrem Rücken, sah es aus, als hätte sie nichts gehört. Sie trug die Nase hoch wie eine Monstranz und ignorierte mich völlig. Statt theologische Argumente zu benutzen, flehte ich sie an: »Mach keinen Quatsch, Marie! Was ist los?«

»Nichts«, sagte sie forsch und setzte die Kapuze über ihr Goldhaar. Der blaue Mantel umspannte sie vorn ganz toll, dort war sie wirklich hervorragend entwickelt, ein großartiges Werk Gottes. Aber ich spürte schon, daß sich eine Katastrophe anbahnte.

»Wieso nichts? Ich hab' dich heute früh angerufen, und du hast dich verleugnen lassen.«

»Das stimmt.«

»Und weswegen?«

»Deswegen.«

So eine Antwort von einer so hübschen Quintanerin brachte mich auf.

»Erzähl keinen Blödsinn, Marie. Weswegen also?«

»Na, deswegen!« sagte sie und trennte sehr deutlich die zwei Bestandteile des Wortes. Was bedeutete das, dieses Deswegen? Ich überlegte. Wegen der Treue zu Kočandrle? Ich beschloß also, die Theologie doch noch heranzuziehen.

»Hast du Gewissensbisse gehabt?«

Sie schaute mich mit weit aufgerissenen blauen Augen im schwarzen Wimpernrahmen an.

»Ich?«

»Ja, du.«

»Warum ich?«

»Eben du. Ich gehe mit niemandem.«

»Aber nein, mit niemandem, was?«

»Nein.«

Sie zog eine unmißverständliche Grimasse. Ein furchtbarer Gedanke durchfuhr meinen Kopf: Ob sie vielleicht dahintergekommen war, was gestern mit Irena gelaufen war? Aber wie, um Gottes willen? Ihr Vater kannte zwar den Herrn Rat, aber ob die Herren sich über die Liebesabenteuer ihrer Töchter austauschten? Das glaubte ich kaum. So ein Unsinn. Ich verscheuchte die Idee sofort wieder.

»Ist es wegen Franta?«

»Was soll wegen Franta sein?«

»Daß du dich verleugnen läßt.«

»Du denkst, das ist wegen Franta?«

»Also, wegen wem?«

»Ich bitte dich!«

»Na, aber warum dann?«

Zum zweiten Mal während dieser Unterhaltung sah sie mich an und reckte vielsagend das Näschen in die Luft. Wie schon vorgestern nacht landete auch jetzt eine wundervolle Schneeflocke darauf. Und wieder spitzte sie ihren rosa Mund, schob die schöne rosa Unterlippe vor und pustete die arme Flocke weg.

»Rate mal!«

Das ging jetzt nicht so gut. Wir gingen gerade an Skočdopoles Lager vorbei, vor dem Přema in Mütze und Schnürstiefeln stand und rauchte. Trotz der Mißerfolge gefiel es mir, daß mich Přema mit Marie zusammen sah, ich wollte mich aber vor ihm nicht blamieren und ihm keinen Streit vorführen, aus dem er leicht erraten konnte, daß Marie auf mich pfiff. Přema tippte mit einem Finger zum Gruß an seine Mütze, und ich sagte: »Hallo!«

Aber kaum waren wir außer Sichtweite, knurrte ich drängend: »Bist du sauer auf mich, oder was?«

Statt einer Antwort pustete sie eine neue Schneeflocke weg.

»Hab' ich dir was getan?«

Nichts.

»Oder hast du Angst, oder was?«

Sie schritt dahin wie bei einer Modenschau, aber ohne zu lächeln, sie schwieg, ab und zu fielen vereinzelt glänzende Schneeflocken auf den schönen weißen Teppich. Und sie schwieg.

»Was ist denn Schlimmes dabei, Ski fahren zu gehen?«

Nichts. Klar, so dummes Geschwätz zog nicht bei einer so hübschen Quintanerin. Sie wußte sehr gut, was hinter einem Skiausflug Schlimmes steckte.

»Marie!« sagte ich drängend. »Warum quälst du mich? Ich bin verrückt nach dir, und du bist wie ein Stück Eis. Ein hübsches, aber kaltes Stück Eis. Sag doch was, verdammt.«

Wieder nichts. Nur die Schneeflocken landeten, wurden weggepustet, sie umkreisten den vom Frost ein wenig geröteten kleinen Altar.

»So sag doch was, Marie!« jammerte ich weiter. »Sonst springe ich deinetwegen dort in den Fluß, das Eis ist dünn dort, und …« Sie zuckte mit den Achseln und machte mit der Hand im weißen Handschuh eine spöttische Geste, so ungefähr wie: Na bitte, spring doch. Ein noch dümmeres Geschwätz.

»Marie.« Ich wurde ernst. »Du machst mich wirklich verrückt. Was hab' ich denn um Gottes willen verbrochen?«

Nichts. Nichts. Sie schwieg, ging, ihre strickstrumpfigen Knie tanzten unter dem kurzen Rock, es war reine Magie. Und sie schwieg. Was war da noch zu tun? Also schwieg ich auch.

Ich schleppte mich an ihrer Seite über die weiße Ebene vor der tschechoslowakischen Kirche; dort gab es eine tiefe Verwehung, und Marie hob stapfend die Füße in den Filzstiefeln, um keinen Schnee hineinzubekommen, und ihre Knie in den Strickstrümpfen waren zum Verrücktwerden. Ich schöpfte gleichgültig Schnee in meine Halbschuhe, watete in kleinen, gefrierenden Teichen herum, es war mir ganz egal. Marie leuchtete bläulich auf dem weißen Schnee, sie war frisch und munter und herausgeputzt, die Kapuze rutschte ihr nach hinten, und auf dem zarten Rücken bildete sich erneut das V für Victory. Und immer wieder die Schneeflocken, wohl ihretwegen vom Himmel gestreut, sie flogen um sie herum wie Leuchtkäferchen, die aus Versehen im Winter aufgewacht waren; die Sonne brach durch die schönen Wolken, und ihre goldenen Haare leuchteten auf wie im Schaufenster. Die Sonne ließ überall auf der weißen Ebene Brillanten aufblitzen, es blendete mich fast, und Marie war plötzlich von einem Brillantenschein umstrahlt, eine wunderschöne Erscheinung aus einem mystischen Bild, und in meine Niedergeschlagenheit schlich sich etwas Demut ein. Wir gingen und gingen, ich litt wie ein Hund mit Maulkorb, um uns herum herrschte tiefe Sonntagsruhe.

Wir kamen zu der Straße, die zum Fluß führt, und näherten uns der Brücke, wo Irenas Haus stand. Ich dachte mir, es wäre ganz schön dumm, wenn uns jetzt Irena begegnen würde, aber wieso denn eigentlich? Verzweifelt nahm ich mir vor, auf dem Rückweg, nachdem ich Marie auf dieser Schweigewallfahrt bis zu ihrer Villa mit den korinthischen Säulen begleitet hatte, bei Irena vorbeizuschauen. Wenn schon Nachhilfe, dann wirklich Nachhilfe. Wenigstens bei einem der beiden hübschen Mädchen mußte das doch klappen, sonst würde ich wahrscheinlich doch noch sterben wegen dieser ganzen Rühr-mich-nicht-an-Schönheit.

Wir waren schon fast an der Brücke, nach der wir dann bergauf mußten, an der Brauerei vorbei, auf demselben Weg wie neulich nacht, heute aber bei Tag. Der zugefrorene Fluß unter der Brücke hatte sich in einen Schneeteppich verwandelt, auf dem Krähen umherhopsten. Ein stattlicher Rabe marschierte schnurstracks quer über den Fluß und hinterließ Spuren, die aussahen wie Astgabeln.

»Sag doch was, Marie«, unterbrach ich schwach unser stummes Brüten. Gleich darauf dachte ich mir, daß man hier kaum noch etwas sagen konnte, und schielte zu Irenas Fenster hinüber. Es stand offen, trotz der Kälte, sie war abgehärtet.

Mechanisch bog ich in Richtung Brücke zur Brauerei ab, und es kam zu einer Kollision. Denn Marie bog nicht ein wie ich, sie ging weiter geradeaus, beinahe wäre sie hingefallen, als ich gegen sie stieß. Sie aber gab keinen Ton von sich und folgte hartnäckig ihrem Weg. Direkt zur Tür von Irenas Haus.

Ich erschrak furchtbar. Entsetzen packte mich. Um Gottes willen! Hoffentlich hatten sich die zwei Mädchen nicht abgesprochen! Hoffentlich war das nicht alles ein perfekter Schwindel, eine Falle der verräterischen Schönheiten von Kostelec für mich! Ich holte das blonde Mädchen ein und brauste ohnmächtig auf: »Wo gehst du hin, Marie?«

Nichts. Sie war schon fast an der Tür von Irenas Haus, schon schien es, als wolle sie hineingehen, dann aber bog sie direkt davor nach links ab und steuerte über die verschneite Straße auf die andere Seite zu. Ein Stein fiel mir vom Herzen, wie ein Elefant trottete ich hinter ihr her.

»Wo gehst du hin?« blökte ich.

Zum erstenmal seit Skočdopoles Lager war ich ihr eine Antwort wert. »Zu meiner Tante«, sagte sie.

»Du hast eine Tante hier?«

»Ja.«

Sie blieb vor dem Haus vis-à-vis von Irenas Haus stehen und deutete mit einem Finger im dicken, weißen Handschuh nach oben. »Dort oben, im vierten Stock. Weißt du, Dannylein?«

Ich blickte wie ein Tölpel hinauf. Allmählich ging mir ein Licht auf. Marie sagte scheinbar zusammenhanglos: »Deswegen!« Und als ich meinen Blick von der interessanten Fassade wieder auf ihre blauen Augen im sahnefarbenen Gesicht richtete, sah ich, bis über die Ohren rot geworden, darin Teufelchen, die zu einem so frommen Mädchen überhaupt nicht paßten.

»Deswegen«, wiederholte sie mit honigsüßer Stimme, und dann noch einmal, direkt zum Verrücktwerden: »Weißt du, Dannylein?«

Jetzt leuchtete ich ganz bestimmt. Wie ein Stoppschild. Auf dem weißen Schnee sah ich wahrscheinlich einer Erdbeere ähnlich. Marie drehte sich elegant um, das V für Victory verschwand im dunklen Flur des Mietshauses, und ich blieb allein auf dem Bürgersteig. Die Sonne versteckte sich wie auf Befehl hinter einer Wolke, und es fing an zu schneien. In mir erwachte ein Gefühl, daß mir da ein ganz schönes Unrecht geschehen war. Na gut, Marie. Ich verstehe, daß du sauer auf mich warst, nachdem du das alles unter dem hochgezogenen Rollo mit angesehen hattest. Aber den Herrn Rat hättest du nicht gleich anrufen müssen. Verderben hättest du es mir nicht auch noch müssen. Man soll nicht neidisch sein und eine Katholikin nie mißgünstig. Das war keine schöne christliche Tugend, Marie. Ganz und gar nicht. Ich stand schon wieder wie ein Holzklotz vor Irenas Haus herum, wie vorgestern nacht, nur daß ich jetzt unglücklich war und mit dem Rücken zum Haus stand. Langsam bedeckte mich der Schnee. Das Gefühl erlittenen Unrechts wuchs und wuchs. Es schneite stärker; in der Straße herrschte diese furchtbare Stille wie in Irenas Wohnung. Keine Menschenseele weit und breit, nicht eine.

Und dann knirschten, ganz leise, wie gestern, Schritte um die Ecke, sie näherten sich durch die dämmrige Stille. Aus dem Schatten des Schneegestöbers bog Zdeněk um die Ecke, mit Skiern über der Schulter, in einem Anorak mit dem Abzeichen des tschechischen Tourismusverbands, er blieb vor Irenas Haustür stehen, in der Dämmerung bemerkte er mich gar nicht und klopfte den festgetretenen Schnee von den Schuhsohlen, wischte ihn von den Schultern und dem doofen Abzeichen, und mit den

Skiern im Arm verschwand er im Flur. Die hatten sich also wieder versöhnt.

Ich drehte mich um und watete, zugeschneit bis zu den Knien, zum Bahnhof. Nun gut, Lieber Gott, gut. Aber so streng mußtest Du wohl nicht sein. So viel hatte ich auch wieder nicht verbrochen. Alles wegen ein paar Berührungen. Ich weiß, vielleicht hätte ich zwei Kerzen stiften sollen, vielleicht war das zuviel verlangt für eine. Aber das steht nicht im Katechismus. Wie soll man das alles wissen.

Ich ging, bis in die tiefste Seele verdrossen. Der wunderschöne, saubere, jungfräuliche Schnee fiel in riesigen Flocken auf die wunderschöne Stadt Kostelec, und ich blickte an der Ecke auf die beiden gegenüberliegenden Fenster zurück, eins im dritten, das andere im vierten Stock, beide geöffnet und verlockend, aber leer. Na, das konnte ja eine prima Saison werden.

Die prima Saison geht weiter

DIE MAIHEXE

Die Stadt legt langsam sich zur Ruhe.
Nur die Flaneure sitzen noch in den Cafés.
Der Mond verführt mich zur Erkundung
Der heimlichen Gemächer, wo die Mädchen sind,
Wo sie ihr Leben als Geheimnis hüten,
Prinzessinen, umgeben von Magnolienblüten …

Josef Krátký, 7b

Hey, Danny! Guck mal!« rief Benno aufgeregt. Keine Ahnung, was ich mir ansehen sollte. Wir standen vor Herrn Burdychs Schaufenster, und alles da drin war wie immer. Ein Toneking-Altsax, das seit zwei Monaten dort lag, eine Es-Klarinette, mindestens genauso lange im Sonnenlicht ausgestellt. Ein Euphonium in der Ecke, erst seit vierzehn Tagen da. Ansonsten Geigen, eine Mandoline, einige Mundharmonikas, ein lila Bandoneon und Schachteln mit Kolophonium und mit Saxophonplättchen. Die waren leer. Rohrblätter waren Mangelware, und Herr Burdych hob immer extra für uns welche unter dem Ladentisch auf. Dann noch ein Stapel Notenhefte der Musikschule für alles mögliche, von der Orgel bis zum Brummkreisel.

»Was gibt's denn da?« fragte ich. Benno drückte tatsächlich die Nase gegen die Scheibe. Ich wußte nicht, was das sollte; Benno machte immer Blödsinn, als wäre es ihm ernst. Aber jetzt drückte er sich an Herrn Burdychs Schaufenster die Nase platt und starrte hinein. Es war mir schleierhaft, was ihn an dem schon hundertmal gesehenen Altsax interessieren könnte. Vor diesem Schaufenster blieben wir fast jeden Tag stehen, unsere ganze Band. Es gab da selten etwas, was wir nicht längst gekannt hätten. Aber es war schon aufregend, die mit Perlmutt besetzten Saxophonklappen und die verschiedenen verknoteten Messingröhrchen am Bauch der großen Tuba zu bestaunen. Das war eine Sucht fast wie Alkoholismus. Musikinstrumente faszinierten uns nun mal. Aus der Stadtbibliothek hatte ich mir sogar die »Geschichte der Musikinstrumente« ausgeliehen; es hatte genügt, das Buch einmal durchzulesen, und ich hatte mir alle gemerkt, sogar ihren Tonumfang. Sonst war ich in den Wissenschaften völlig daneben. In Mathe jedes zweite Jahr eine Wiederholungsprüfung, in Geschichte blieb mir keine einzige Jahreszahl im Kopf hängen, in Chemie nicht eine Formel, und mit lateinischen Vokabeln war ich bei der Ulrychová jeden Tag drangekommen, damit die Klasse was zu lachen hatte. Aber Musikinstrumente merkte ich mir alle. Bassethorn, Glasharmonika, Ophikleide, Sarrusophon. Ich hatte auch mal versucht, Irena damit zu beeindrucken, aber die interessierte das nicht. Der konnte ich damit nicht imponieren.

»Das Ding da, Mensch, siehst du's nicht? Das war auf dem Bild im ›Burian‹!« zeigte Benno mit seinem dicken Finger an eigenen Ohr vorbei. »Wie heißt denn das bloß?«

Und da sah ich es auch.

»Mensch! Ein Flexaton!«

»Ja. Das is' eins!«

Mit ehrfürchtigen Blicken himmelten wir das Blechding an. Es sah genauso aus wie in Burians altem Jazzführer. Ein Blechdreieck in einem dreieckigen Drahtrahmen mit einem Holzgriff dran. An zwei aufs Blech gelöteten Federn zwei Holzkugeln, eine auf jeder Seite.

»Wenn man das bewegt, kommt da ein Pfeifgeräusch raus«, erklärte ich Benno. Ich fühlte mich wie Apollinaire. Wie er wußte auch ich alles über Dinge, von denen kein anderer eine Ahnung hatte, aber es war auch ein völlig nutzloses Wissen. »Die Kugeln schlagen auf das Blech, du drückst mit dem Daumen, und damit regulierst du den Ton.«

Benno preßte immer noch die Nase gegen die Scheibe, jetzt war das wohl kein Jux mehr. Ich stand daneben und glotzte ebenfalls das Flexaton an. Wir müssen ausgesehen haben wie die Mutter Kráčmerka mit ihrer Tochter Bettynka, wenn sie sich in einem Juwelierladen Halsketten anschauen. Zumindest erinnerte Bennos Figur an die von Mutter Kráčmerka. Er wog zweiundneunzig Kilo und war kleiner als ich.

»Ich geh' rein und kauf's!« entschied er.

»Prima. Wir könnten damit den Chorus in ›Dinah‹ spielen. Die Boswell Sisters spielen ihn auf der Hawaiiflöte.«

»Was erzählst du für Scheiße«, sagte Benno. »Das ist nicht mit den Boswells. Das ist auf einer alten Whiteman-Platte. Wart auf mich!«

Er verschwand im Laden, die Türglocke von Herrn Burdych bimmelte leise. Ich blieb draußen und glotzte weiter das Flexaton an. Es war heiß. Es war zwar erst Mai, aber eine Hitze wie im Juli. Im spiegelglatt polierten Messing des Euphoniums erschien die Karikatur eines Jungen, der sich etwas Rosafarbenes in den Mund stopfte. Ich drehte mich um. Der Junge hielt eine Waffel mit Erdbeereis in der Hand, sein weißes Hemd war schon ganz bekleckert. Neben dem Geschäft von Herrn Burdych war die Konditorei des Herrn Chmelař. Ich dachte mir, daß ich mir auch ein Eis gönnen könnte. Aber gerade, als ich nach der Türklinke der Konditorei greifen wollte, erschien Herr Burdych im Schaufenster, streckte sich über das lila Bandoneon und griff vorsichtig mit seinen kurzen Armen nach dem Flexaton. Er hob es wie eine Monstranz, das Blech war wohl eher Stahl, es glänzte so, daß ich geblendet wurde, denn es war schon vier Uhr rum, und die Sonne stand tief über dem Schloßturm. Ich sah mir die Zeremonie an und tastete dabei nach der Türklinke, konnte sie aber nicht finden, sie war viel zu tief in der Nische, ich grapschte weiter und noch tiefer, und plötzlich faßte mich eine Hand an den Fingern, ein zartes Katzenpfötchen, und eine weiche, schnurrende Katzenstimme sagte: »Erlauben Sie?«

Ich erschrak, und wie mich die vom Flexaton gespiegelte Sonne geblendet hatte, bekam ich nun beinahe den schwarzen Star. Eigentlich eher den bronzenen. Da stand ein mir absolut unbekanntes, wunderschönes Mädchen im grünen Kleid mit orangefarbenen Punkten, auf dem Kopf frisch frisierte Haare, so dicht wie das Gras im Hain hinter dem Schloß, den wir Schmeichelwald nannten, so bronzefarben wie das prunkvolle Geschirr der Räuber über dem Kamin in Domaninovs Schloß. Unter diesem bronzenen Helm grüne Katzenaugen, in denen sich die Sonne spiegelte, so daß sie wie zwei kleine, durchsichtige Skarabäen golden- und smaragd- und kristallfarben aufleuchteten. In der einen Hand hatte sie eine große Waffel mit Vanilleeis, die andere Hand hielt die meine, und aus der Position meiner Hand hätte man schließen können, daß ich, so wie ich vorhin nach der Türklinke gesucht hatte, nach ihrem Busen tappte. Ohne ihr Katzenpfötchen wäre es wahrscheinlich zu einer Peinlichkeit gekommen. Unter den orangenen Pünktchen zeichneten sich zwei hübsche Hügelchen ab.

»Pardon«, sagte ich verwirrt.

Das Mädchen lächelte nur, die weißen Zähne blitzten, und an beiden Seiten des Mundes, der wohl zur Peinigung geschaffen war, bildeten sich Grübchen. Sie ging an mir vorbei, hinterließ Veilchenduft und schwebte unnachahmlich auf ihren herrlich wohlgeformten Beinen in grünen Pumps über den Marktplatz. Die laue Maibrise spielte mit ihrem kurzen Rock, und immer, wenn ihn der Wind bewegte, enthüllte er von hinten zwei entzückende Kniekehlen und ein bißchen höher ein Stückchen brauner Haut, die so glatt war, daß sie beinahe glänzte.

Die Glastür der Konditorei knallte mir in den Rücken, dazu bimmelte sie leise. Die passende Formel kannte ich zwar nicht, aber den Gesetzen der Physik nach hätte dieser Stoß einen Menschen meines Gewichts nicht in Bewegung versetzen dürfen. Aber ich kam in Bewegung. Ich rannte über den Marktplatz, blindlings und wie von Sinnen. Benno mit seinem Flexaton hatte ich völlig vergessen, und einen Augenblick später stand ich an der Seite der unbekannten Schönheit und starrte hemmungslos ihr Profil an. Es war unvergleichlich.

Sie sah mich an, und die goldenen Skarabäen funkelten nicht unfreundlich. Ich freute mich riesig. Sofort wußte ich, daß sie sich nicht so benehmen würde, wie es junge Damen in solchen Situationen normalerweise tun. Sie war ein Mädchen, und sie reagierte, wie ich vermutet hatte.

»Ich dachte, Sie wollten ein Eis holen!« sagte sie.

Ich antwortete so etwas wie »Grlf«, es entsprach korrekt dem Intelligenzquotienten, über den ich momentan verfügte. Der bronzene Seidenhelm, die Pünktchen, die zwei Hügelchen und die glatten Beine, um die der grüne Rock herumwehte, raubten mir das letzte bißchen Verstand, dessen Kleinheit in der alljährlich drohenden Wiederholungsprüfung in Mathe und in diesem Jahr durch eine neue, in Latein, ihren Ausdruck fand.

Das Mädchen merkte, daß meine Stimme streikte, und so streckte sie mir die Hand mit perlmutt-schimmrigen rosa Fingernägeln und mit dem einem Gänseküken nicht unähnlichen Eis entgegen und sagte: »Möchten Sie mal lecken?«

Es war ein fremdes Mädchen. Die konnte nicht aus Kostelec sein. Alle Mädchen in Kostelec kannte ich. Vom Sehen alle, mit Namen alle hübschen, und um die schönsten bemühte ich mich meistens, mit größtenteils unerheblichen Ergebnissen. Benno hielt das für einen pathologischen Zustand und wollte dafür einen lateinischen Namen finden. Aber in Latein war er noch schlechter als ich.

Immer noch hatte ich den bronzegoldenen Star. Durch das Kaleidoskop der herrlichen Blendung kam das Hinterteil des Gänsekükens zu mir angeschwommen, der Duft von Vanille und Veilchen stieg mir in die Nase, und das Gänseküken hatte vier Perlmuttsterne ringsherum wie der Heilige Jan. Ich steckte die Zunge raus und leckte das Gänseküken mächtig ab.

»Sie sind ein Vielfraß«, sagte das Mädchen. »An sich müßten Sie mir ein neues Eis holen.«

Ich konnte nicht antworten, denn der Eisklumpen war mir im Hals stecken geblieben. Immerhin aber sah ich nach der grünbronzegoldorangeundperlmuttfarbenen Blendung endlich wieder klar. Das Mädchen betrachtete traurig die gründlich leergeleckte Eiswaffel.

Ich kam wieder zu mir.

»Ich hol' Ihnen ein neues!« sagte ich, jetzt wieder artikulationsfähig, und rannte los in Richtung Konditorei.

Als ich mit zwei doppelten Portionen aus der Konditorei sprintete, war das Mädchen verschwunden. Oberhalb des Marktplatzes zeichneten sich schwarz die Schloßtürme ab, die Sonne berührte sie schon, und direkt zu dieser magischen Formation schlängelte sich in Serpentinen ein einziger Kiesweg steil den Hang hinauf.

Ich rannte dort lang, stürmte in die erste steile Kurve, der Marktplatz lag mit einem Mal unter mir, es war, als sähe ich ihn von einem Luftballon aus. Aus dem Geschäft von Herrn Burdych kam gerade Benno mit einer Kiste, blieb stehen und schaute sich um. Doch mir kam nicht einmal der Gedanke, mich irgendwie bemerkbar zu machen. Ich kratzte die nächste scharfe Kurve wie Nuvolari, und das Mädchen saß dort in einer kleinen Höhle aus Fliedersträuchern, ein Bein über das andere geschlagen, ein nacktes Knie genau auf mich gerichtet. Aus dem lilafarbenen Halbdunkel der Höhle flackerten geheimnisvoll zwei smaragdgrüne Skarabäen.

»Ach du lieber Gott!« sagte sie. »So viel hätten Sie auch wieder nicht holen müssen. Sie haben ja nur den kleinen Rest gehabt. Das meiste habe ich doch gegessen.«

Sie trug es vor wie ein aus einem wunderschönen Original übersetztes Gedicht. Ich hockte mich zu ihr hin, und plötzlich waren meine gewohnten Fähigkeiten wieder da.

»Was kann ich noch für Sie tun?«

»Sonst nichts«, sagte sie.

»Bloß nicht, ich bitte Sie. Ich muß unbedingt etwas für Sie tun!«

»Warum? Dafür gibt's doch kein Gesetz.«

»Doch, rein zufällig. Und zwar ein sehr strenges!«

»Was Sie nicht sagen!« wunderte sich das Mädchen. »Das hab' ich gar nicht gewußt. Ist es ein Reichs- oder ein Protektoratsgesetz?«

»Ein Weltgesetz«, sagte ich. »Es wird von allen kriegsführenden Parteien anerkannt. Wenn ich mich nicht daran halte, werde ich ganz bestimmt bestraft.«

»Ach, das wäre zu dumm. Dann halten Sie sich doch lieber dran.«

»Was soll ich also für Sie tun?«

»Was Sie wollen.«

»Man kommt aber dem Gesetz viel näher, wenn Sie selbst sagen, was Sie wollen.«

Sie sah mich mit goldenen Augen an und sagte: »Wissen Sie, wo der Militärfriedhof am Schloß ist? Dort wachsen wilde Rosen. Holen Sie mir eine. Aber ich werde auf Sie nur ...«, sie sah auf ihre Uhr, die an einem Kettchen genau zwischen ihren Hügelchen hing, und am Gehäuse waren weiße Rosen aus Emaille, »... genau fünf Minuten warten. Wenn ich los sage ...«

»Fünf Minuten? Das ist doch wahnsinnig weit!«

»Ich habe gedacht, Sie richten sich nach den Gesetzen«, sie sah von ihren Rosen hoch zu mir. »Sie werden selbstverständlich rennen. Ein kleiner Langstreckenlauf.« Sie sah mich an. Ihr Gesicht bekam einen enttäuschten Ausdruck. »Ah! Ich habe gedacht, Sie reden keinen Quatsch. Aber Sie quatschen ja doch nur rum. Wie die meisten.«

»Ich red' keinen Quatsch!« rief ich. »Ich werde wie ein Marathonläufer rennen ...«

»Ich will nicht, daß Sie sterben!«

»Wenn ich den Auftrag nicht erfülle, muß ich sowieso sterben.«

»Dann laufen Sie«, sagte sie. »Auf die Plätze, fertig, los!«

Ich rannte los wie Fikejz, der Zweihundert-Meter-Meister des Gymnasiums in Kostelec, und stürmte den steilen Hang hoch zum Turm. Die Sonne stand schon dahinter, und der Turm warf auf den giftgrünen Rasen am Hang einen langen, bauchigen Schatten. Erst viel später, wohl am nächsten Tag, fiel mir ein, daß es aussah wie die Schattenbrücke, über die Kepler mit Hilfe der Geister den Mond erreicht hatte. Es mußte ein Zaubertrick sein oder so etwas, ich lief dem Schatten nach, und rechts von dem Turm erschien tatsächlich der runde Maimond, er glänzte wie Perlmutt, ich rannte in die Richtung und ahnte noch nicht, daß die Sache mit Kepler gar nicht so übertrieben war. Innerlich setzte ich das Gespräch mit dem wunderschönen fremden Mädchen fort, und es ging voran, ähnlich wie mein Tenorsax-Solo in ›Sweet Georgia Brown‹, dem Schlager, den wir gerade am liebsten mochten und bis zum Gehtnichtmehr spielten. So wie es voran ging, wenn im ›Port‹ Marie oder Helenka saß oder ein anderes von den zwanzig schönsten Mädchen in Kostelec, um die ich mich bemühte, aber bei denen ich leider nicht viel erreichen konnte. Die Improvisation ist aber auch nicht etwas, was einem einfach so in den Schoß fällt. Das Solo in ›Sweet Georgia Brown‹ hatte ich mindestens fünfzigmal gespielt, eher noch öfter, ich konnte es fast schon rückwärts, und so war es mir auch immer wieder gelungen, in die festen Konversationsfloskeln verschiedenen kleinen Schnickschnack einzubauen, immer ein bißchen was anderes, je nachdem, welches von den zwanzig Mädchen gerade im ›Port‹ saß. Aber durch diese zwanzig oder mehr Versuche hielt ich mich in Form. Jeden Versuch machte ich mindestens dreimal, bei Irena und Marie mindestens dreimal im Monat, hochgerechnet also um die hundert Konversationen nach ein und demselben Muster. Jedesmal konnte ich einen neuen Schnörkel einflechten. Und bei diesem unbekannten Mädchen würde ich es bestimmt auch hinkriegen.

Ich erreichte den Friedhof, und mein Herz drückte gegen den Adamsapfel. Auf dem Friedhof stand eine künstliche Ruine, die Nachahmung einer gotischen Kathedrale, und über die rauhen Steine der nachgebildeten zerfallenen Mauern wanden sich wilde Rosen. Hier roch es nach Tannenzapfen und Harz, über die Gräber der im Jahre 1866 für Kaiser und Vaterland gefallenen Soldaten tollten rostbraune Eichhörnchen. Mir kam es aber so vor, als seien sie bronzefarben. Schnell wühlte ich mich durch einen Busch roter Rosen, die einen grünlichen Grabstein umsäumten. Vor kurzem hatte der örtliche Veteranenverein die verblichenen Inschriften auf den Sandstein-Grabmalen mit Gold nachziehen lassen, und nun leuchtete mir im Kranz aus roten und weißen Blütenblättern golden eine Inschrift entgegen: *Hier ruhet Karl von Weber, Leutnant des k.u.k. XVIII. Hulanenregiments. Den Heldentod gestorben für Kaiser und Vaterland, nie wird er vergessen werden.* Ich beachtete sie aber kaum und riß von der ewigen Ruhestätte des Leutnant von Weber einfach einen Arm voll wilder Rosen ab, und schon rannte ich durch den Wald wieder zurück. Mein Herz pochte fieberhaft gegen den Adamsapfel, und während des Laufs sortierte ich die Rosen und schmiß die weg, die mir zu klein vorkamen. Im Wald und auf der Schattenbrücke an dem giftgrünen Hang hinterließ ich eine rotweiße Spur aus verschmähten Blüten, in der Hand behielt ich nur eine einzige, eine große, zarte, rote, die beinahe wie eine richtige Rose aussah. Diese in der ausgestreckten Hand haltend und nach Atem schnappend erreichte ich die aus Flieder gebaute Höhle gerade in dem Moment, als das hübsche Mädchen wiederum auf die Uhr sah.

Sie sah mich an und sagte: »Vier Minuten und sechsundfünfzig Sekunden.« Plötzlich ertönte ein sonderbares Geräusch. Und im selben Augenblick bemerkte ich etwas schwer Erklärbares.

Das Geräusch war ein entferntes, magisches Pfeifen, es tönte irgendwie von unten, von der Stadt her, durch den Flieder und die rauschenden Sträucher, die sich im Maiwind wiegten. Auch das Mädchen wurde aufmerksam, das Pfeifen stieg hoch und sank wieder, ein seltsames, sehnsüchtiges Pfeifen, und plötzlich, weiß Gott warum, erinnerte ich mich an die Schattenbrücke, die ich gerade mit Rosen bestreut hatte. Ich blickte den perlmuttfarbenen Mond an, das Mädchen seufzte, stand auf, das Pfeifen wandelte sich jählings zu einer bekannten Melodie ... bloß zauberhafter, wie verzaubert ... *Dinah, is there anyone finer in the state of Carolina, if there is ...* Das Mädchen bog die Zweige auseinander, blickte auf die Stadt hinab und sagte erstaunt: »Ach! Der Rattenfänger von Kostelec!«

Sie sagte es nicht so, wie ein tschechisches Mädchen es spaßeshalber auf deutsch sagen würde, das sie pflichtschuldigst etwa in der Sexta – auf so alt schätzte ich sie – gelernt hatte. Sie sagte es, wie es ein deutsches Mädchen sagen würde, aber es klang ganz anders als aus dem Mund des Herrn Reichskommissär Horst Hermann Kühl.

Ich steckte meinen Kopf zu ihrem in die auseinandergebogenen Fliederbüsche, ihr Duft vermischte sich – aber womit, verdammt? Mit dem Duft von Orangen, glaubte ich. Anscheinend war ich schon so benommen, daß ich Veilchen und Orangen durcheinanderbrachte. Oder war ich nur erschöpft vom Laufen? Ich schaute in die gleiche Richtung wie sie, in den Strahlen der untergehenden Sonne schritt unter uns der Rattenfänger von Kostelec über den Marktplatz und spielte auf dem glänzenden Flexaton ... *Dinah, I'd wander to China ...*

»Das ist ganz magisch,« sagte das Mädchen auf deutsch. »Aber wo hat er die Flöte?«

Ich sah sie an, sie mich auch.

»Fräulein ...« fing ich an.

»Ach, entschuldigen Sie«, erwiderte sie tschechisch. »Ich hab' vergessen«, sagte sie in perfektem Tschechisch.

»Fräulein, ich ...«

Ich starrte sie an und hatte das Gefühl, auf dem Mond zu sein, im bauchigen Schatten des Turms, der früher der Hungerturm gewesen war ...

»Was denn?« fragte sie tschechisch, Honig in der Stimme.

»Ich ... werde verrückt, oder was ist los ... aber vor fünf Minuten hatten Sie noch ...«

Der bronzene Seidenhelm, die Skarabäusaugen, durch die langsam ein verkleinerter Mond aus Perlmutt schwamm. Eine weiße Majolika-Rose zwischen ihren Hügelchen. Ein kleiner Rest der Eiswaffel in dem Pfötchen mit rosa Fingernägeln. Die zarten Knie wie aus beigefarbenem Samt, ringsum der im Wind wehende kurze Rock – blau wie der Maihimmel in der Nacht! Mit smaragdgrünen Pünktchen. Hatte mich vorher etwa die Sonne geblendet? Oder waren es ihre Augen? Oder was? Mir lief es kalt den Rücken runter, nicht unbedingt unangenehm. War dieses Mädchen in einem ihrer früheren Leben ein Chamäleon gewesen, oder was?

»Was hatte ich vor fünf Minuten?« fragte sie.

»Ein grünes Kleid an!« platzte es aus mir heraus. »Grün mit orangen Pünktchen …«

… *I'd hop an ocean liner*, pfiff aus der Ferne auf dem Flexaton der Rattenfänger von Kostelec, *just to be with Dinah Lee* …

»Ach das«, sagte das Mädchen.

»Warum reden Sie jetzt auf einmal deutsch?«

»Ich habe vergessen, daß ich vorhin mit Ihnen tschechisch gesprochen habe.«

»Und warum reden Sie überhaupt deutsch?«

»Bei uns reden wir mit Vati deutsch. Mit der Mama tschechisch.«

»Ist Ihr Vater Deutscher?«

Das Mädchen senkte die schwarzen Wimpern über die goldenen und smaragdgrünen Käfer in den Augen. Dann sah sie wieder zu mir, und die goldenen Augen blickten mich scharf an.

»Ich kann nichts dafür. Aber Vati ist kein Deutscher«, sagte sie. »Vati ist Österreicher.«

»Aber …«

… *no gal made has got a shade on Sweet Georgia Brown* … pfiff Benno von noch weiter weg, machte aber einen Kicks.

»Ach!« sagte das Mädchen. »Eine Flöte!«

»Das ist ein Flexaton«, sagte ich.

»Oh«, machte das Mädchen. »Was ist das?«

Ich erklärte ihr, was das ist, und dabei beruhigte ich mich ein bißchen. In weiter Ferne knüpfte Benno nach dem Kicks wieder richtig an und spielte dann hervorragend, als sei er eine Sirene des Swing, die ganze Strophe … *since she came, why, it's a shame how she cools 'em down* …

Ich kehrte zur Frage des Kleides zurück.

»Sie haben sich wohl verguckt«, sagte das Mädchen.

»Das kann nicht sein!«

»Warum nicht?« fragte sie und hypnotisierte mich wieder mit ihren goldenen Augen. »Bei mir ist alles möglich.«

»Aber daß ich mich … daß das Kleid …«

»So eine Lappalie«, sagte sie. »Wenn ich nur zu solchen Lappalien fähig wäre, wäre ich gar nichts Besonderes.«

»Sind Sie das?«

»Denken Sie etwa nicht?« Und sie redete weiter, ehe ich antworten konnte: »Das würde ein schlechtes Licht auf Sie werfen. Wegen einem ganz gewöhnlichen Mädchen einen Geländelauf zu machen, und nur um eine Rose zu holen. Ein ganz schlechtes Licht.«

»Warum denn?«

»Wegen gewöhnlichen Mädchen machen so etwas nur – nur – wie nennt man die? Schürzenjäger.«

Das Wort war mir geläufig. Irena benutzte die tschechische Form, wenn sie mich charakterisieren und dadurch auch begründen wollte, warum sie mir gegenüber starke Vorbehalte hatte.

»Ach, das doch nicht. Das ...«

»Die interessieren mich nicht. Wie heißen die auf tschechisch? Helfen Sie mir!«

»*Sukničkáři*«, hauchte ich schwach. Die Brise wehte den Anflug eines besonderen Duftes herbei, wie Schwefel, dann roch ich aber auch wieder Orangen. Ich sagte demütig: »Sie haben recht. Sie sind absolut außergewöhnlich. Etwas ganz Besonderes. Sie sind wahrscheinlich eine Hexe. Sie können alles. Ein grünes Kleid in ein blaues zu verwandeln wie Wasser in Wein, das ist nur eine Lappalie für den Anfang.«

Ich roch es ganz deutlich ... Schwefel? Es war wohl der Rauch aus dem Heizwerk. Sicher die Maibrise ...

»Na, sehen Sie«, sagte das Mädchen und schaute auf die Uhr.

»Gehen Sie noch nicht!«

»Ich muß«, sagte sie. »Mein Onkel hat das Abendessen bestimmt schon fertig.«

»Ihr Onkel?«

Sie zeigte auf die Villa am Weg, ein Stück oberhalb der Sitzbank.

»Sind Sie Fräulein Obdržálková?«

Sie schüttelte den Kopf.

»Hier wohnt doch der Herr Dirigent Obdržálek.«

»Aber ich bin nicht Fräulein Obdržálková.«

»Wie heißen Sie dann?«

Sie sah mich streng an, hob ihre schwarzen Augenbrauen mit einigen bronzefarbenen, wie ziselierten Härchen darin.

»Man hat uns einander nicht vorgestellt«, meinte sie. »Wer sind eigentlich Sie?«

»Ich hab' Ihnen doch das Eis gekauft«, erklärte ich, um noch länger mit dem Mädchen zu schwatzen.

»Sie? Mir?«

Ich deutete auf den kleinen Rest der Eiswaffel, die sie immer noch in der Hand hielt. Sie sah sie ebenfalls an, steckte sie dann in den Mund, schluckte und leckte ihre rosafarbenen Lippen mit der rosigen Zungenspitze ab.

»Das Eis habe ich mir selbst gekauft.«

»Das war das davor.«

»Welches davor?«

»Das ich Ihnen aufgegessen hab'. Also, fast aufgegessen.«

Sie überlegte und sah mich mit ihren goldenen Augen an.

»Daß Sie so frech gewesen sein sollten?«

»Ich war ganz daneben wegen Ihnen.«

»Das habe ich schon vergessen«, sagte sie leichtfertig.

»Sie haben aber ein kurzes Gedächtnis.«

»Ein sehr kurzes«, sagte sie. »Haben Sie mir noch etwas gekauft?«

»Nein. Eine Rose von dem Militärfriedhof hab' ich Ihnen gebracht.«

»Daran kann ich mich erinnern«, sie schnupperte daran. »Eine sehr schöne haben Sie gebracht. Sie riecht wie Moos.«

»Da bin ich aber froh«, sagte ich. »Wie heißen Sie denn? Sie haben bestimmt einen ungeheuer hübschen Namen.«

»Und wie heißen Sie?«

»Danny Smiřický.«

»Ach!« sagte sie. »*Daniel*!« Sie sprach es deutsch aus. »Mich können Sie entweder Karla oder Marie nennen. Das ist egal.«

»Wieso egal? Sie sind entweder Karla oder Marie. Beide Namen sind unheimlich schön.«

»Weil ich Karla-Marie heiße. Es ist ein Name. Karla-Marie.«

»Und weiter?«

»Weber«, sagte sie deutsch und fügte tschechisch hinzu: »Weberová.«

»Karla-Marie Weberová?«

... it's been said, von sehr weit her tönte das Flexaton des Rattenfängers Benno über Kostelec, ... *she knocks' em dead ...* am Himmel um den perlmuttfarbenen Mond, so blau wie das Kleid der Maihexe, erschienen Sterne wie Perlen ... *when she lands in town ...*

»Karl Maria von Weber!« hauchte ich.

»Nicht *von*«, sagte sie. »Ich brauche kein ›von‹, um was Besonderes zu sein. Leben Sie wohl, Herr Danny!«

Sie drehte sich um und schwebte wieder in ihren weißen Pumps über das grüne Gras zur Villa des Dirigenten Obdržálek.

»Warten Sie! Gehen Sie noch nicht, Karla-Marie!«

»Ich muß zum Abendessen. Der Onkel wird böse auf mich.«

»Dann kommen Sie später hierher, nach dem Abendessen.«

»Später kann ich nicht, Herr Danny. Ich muß üben.«

»Wo gehen Sie hin zum Üben?«

»Ich meine, Klavier üben. Ich spiele jeden Abend. Wenn der Mond scheint.«

»Ich werde zuhören. Unter dem Fenster.«

Sie lachte. Sie war schon ziemlich weit, aber unter dem bronzenen Helm loderten goldene Strahlen auf, wurden vom perlmuttfarbenen Mond zurückgeworfen, der Mond explodierte ...

»Dann kaufen Sie mir aber morgen ein Eis als *Honorarium* fürs Zuhören.«

»Habe ich Sie da richtig verstanden, Fräulein Weberová?« rief ich.

»Ich hoffe es. Morgen um drei am Militärfriedhof«, sagte Fräulein Weberová und drehte sich um, schwebte weiter bis zum Tor von Obdržáleks Villa und verschwand darin.

Man konnte den beißenden Rauch riechen, wohl aus dem Heizwerk. Und Orangen. Oder Flieder. Oder Veilchen. Oder was auch immer.

Benno traf ich beim Abendessen an. Er saß in seinem Zimmer im zweiten Stock der Mánesschen Villa und stopfte sich mit Kartoffeln und Quark voll. Überall an den Wänden hatte er Fotos von Jazzmusikern hängen, Louis Armstrong über dem Klavier, neben ihm die Andrews Sisters, über dem kleinen Tisch in der Ecke, an dem er zu Abend aß, die Fotos von Kamil Běhounek und Emil Ludvík. Er schmatzte, und die Kartoffeln spülte er mit Buttermilch runter. Das Flexaton lag neben der Tasse mit Buttermilch, ich nahm es in die Hand und schüttelte es. Ein magischer Ton erklang.

»Benno, kennst du den Herrn Dirigenten Obdržálek?«

»Hm«, machte Benno.

»Hat er 'ne Nichte, die zur Hälfte aus Wien stammen könnte?«

»Hast wieder einen Anfall, oder?«

»Quatsch.«

»Einen starken, nicht wahr? So für vierzehn Tage.«

Ich sah Armstrong an, dann das Porträt von Bennos hübscher Schwester Evka, das Rosťa gemalt hatte, und schüttelte das Flexaton. Schon wieder dieser magische Ton. Benno merkte, wo ich hinguckte und sagte: »Meine Schwester hat dich ungefähr eine Woche lang in Trab gehalten, soweit ich mich erinnern kann. Sie sagte, vor lauter Leidenschaft ist ihr ein Träger gerissen. Von deiner Leidenschaft.«

»Da hat sie Mist erzählt.«

»Und das Veilchen, das du letztes Jahr am achtundzwanzigsten Oktober hattest, war angeblich von ihr.«

»Deine Schwester plappert überhaupt viel zuviel.«

»Aber sie hat recht, oder?«

»Aber sie plappert. Solche Sachen sollte sie besser für sich behalten.«

»Ihrem Bruder darf sie das wohl erzählen.«

»Und wem hast du es erzählt?«

»Niemandem. Helena.«

»Das nennst du niemandem?«

»Die sagt es höchstens Járinka Dovolilová, und allerhöchstens vielleicht auch Dáša Sommernitzová und Marie Dreslerová ...«

Nun konnte ich mir eine besonders eisige Phase zwischen mir und Marie Dreslerová im Herbst letzten Jahres besser erklären. Aber in diesem Moment interessierten mich Marie Dreslerová und meine Chancen bei ihr nicht besonders. Ich schüttelte das Flexaton. Wieder der Ton.

»Verdammte Scheiße, Mensch, versuch doch was Gescheites zu spielen. Du gibst Töne von dir wie ein Fakir.«

Fakir? Ich schüttelte noch mal das Flexaton.

»Du weißt also nichts von einer Nichte aus Wien oder was?«

»Seine Schwester soll in Linz verheiratet sein«, sagte Benno. »Drück das doch mit dem Daumen, verdammt noch mal. Spiel was!«

... *it's been said she knocks'em dead*, spielte ich holprig, der Klang der magischen Flöte vibrierte durchs Zimmer, der Fakirton flog aus dem Fenster hinaus in den Maiabend.

»Hat sie Kinder?« fragte ich.

»Ich glaub' schon«, sagte Benno. »Hast du jetzt eine Kinderkrankheit?«

... *when she lands in town* ...

»Sie ist kein Kind«, sagte ich. »Sie ist eine Hexe.«

»Ja ... ich glaube, sie heißt Weberová«, sagte Benno. »Ihr Mann steckt wohl ziemlich in der Scheiße. Bei den Nazis wollte er nicht mitmachen, meckerte ständig rum, jetzt ist er in einer Strafkolonie, soweit ich weiß.«

... *how she cools'em down* ...

»Karla-Marie Weberová«, sagte ich verträumt und brachte das Flexaton durch eine heftige lyrische Leidenschaft, die Träger zerreißen kann, zum Zittern, so daß es wie eine virtuos gespielte Bratsche oder wie eine möglichst tief gestimmte Oboe klang.

... they all sing and wanna die ...
»Ach du lieber Gott«, sagte Benno.
... for Sweet Georgia Brown ...
»Die Weberová hat dich aber mitgenommen«, sagte Benno.
»So hab' ich dich zum letzten Mal gesehen, als du sechsmal
hintereinander in ›Siegeslauf‹ mit Judy Garland warst.«

Die Liebe spann mich mit einem feinen Faden ein, ich steckte
fest drin, und ich mußte mit jemandem darüber reden. Wenn die
Liebe in mir überquoll, schwappte ein Schwall davon auch auf
Benno über, wie immer, und er willigte, wie immer, ein, für
mich den Beichtvater zu spielen.

Unten im Speisezimmer saß Dáša Sommernitzová mit Tonda
Kratochvíl, sie tranken mit Frau Mánesová Brombeerwein.

»Küß die Hand, gnädige Frau«, begrüßte ich Frau Mánesová,
und Dáša Sommernitzová grinste ich an und sagte: »Hallo, Sommernitzová.«

Dáša zuckte zusammen, Tonda Kratochvíl auch. Sie gingen
wohl miteinander, es war nett von Tonda, mit einer Jüdin zu
gehen. Dáša war eine ersten Grades, oder, wie man dazu sagte,
einfach reinrassig. Also, reinrassig im besten Sinne des Wortes.
Eine Königin von Saba. Tonda mochte einiges über sie gehört
haben, vielleicht sogar von ihr selbst. Fast tat es mir leid, weil
er so ein netter Kerl war. Naja, ich wäre wohl auch so nett gewesen. Mich hatte Dáša aber nicht gewollt. Sie gehörte zu den
ungefähr zwanzig Mädchen in Kostelec, um die ich mich ebenfalls absolut vergeblich bemüht hatte. Tonda hatte wohl mehr
Glück. Es war trotzdem zum Verzweifeln, ich dachte lieber gar
nicht dran. Frau Mánesová war auch Jüdin, hatte aber einen Arier
als Ehegatten, dadurch war sie geschützt. Vorerst. Benno und
Evka waren, glaube ich, zweiten Grades oder so ungefähr. Ich
war eines ganz unerheblichen Grades, denn nur eine Urur-
großmutter meines Vaters hieß Ohrenzweigová, ich war also ein
Arier wie aus dem Bilderbuch. Und Frau Mánesová hatte wenigstens den Mann. Dáša war erst siebzehn, und sie hatte noch

keinen. Würde auch vorerst keinen haben, bestimmt nicht Tonda, denn Tonda war ein hoffnungsloser Arier, hatte bestimmt nicht einmal eine Ohrenzweigová unter den Vorfahren gehabt. Er hatte eine Stupsnase, seine Ohren waren so gewachsen, daß sie, wenn man ihn *en face* anguckte, wie nach vorn gedreht wirkten. Vor kurzem hatte man solchen makellosen Ariern verboten, Königinnen von Saba, so wie Dáša eine war, zu heiraten.

Wir gingen langsam zum Bahnhof, über Kostelec hing der Maihimmel wie ein pastellfarbener Baldachin, darauf der Perlmutt-Mond und Sterne wie Perlen, und ich sagte: »Hast gesehen, wie mich Tonda bös angeguckt hat, als ich zu Dáša ›Sommernitzová‹ gesagt hab'? Ich hab' mir gar nichts bei gedacht. Ich hab' sie nie beim Vornamen genannt. Immer Sommernitzová. Das war so ein Spaß zwischen uns. Sie hat dann Smiřický gesagt. Aber gehabt mit ihr hab' ich nichts. Braucht gar nicht eifersüchtig zu sein, falls er mit ihr geht.«

»Das war doch nicht wegen Eifersucht, du Idiot!« sagte Benno. »Du denkst immer nur, jeder müßte eifersüchtig sein auf dich. Auf dich ist keiner eifersüchtig. Jeder weiß doch, daß du nur faselst, und mehr ist nicht dran.«

»Is' schon gut. Nicht jeder hat so 'n Zauber der Persönlichkeit wie du. Wenn er nicht eifersüchtig ist, warum hat er dann so geguckt, als hätte er mir am liebsten für mein ›Hallo, Sommernitzová‹ ein Messer in den Rücken gestochen?«

»Weil sie nicht mehr Sommernitzová heißt, du Blödmann. Die haben doch geheiratet!«

»Was du nicht sagst! Wann denn? Das hätte ich doch …«

»Erraten! Ausgerechnet heutzutage werden sie das an die große Glocke hängen«, sagte Benno schnell.

Mir leuchtete ein, daß Tonda wirklich ein Jemand war. Aber dann mußte … Ich kramte in meinen Erinnerungen, aber die ganze verwickelte Geschichte mit den zwanzig Schönheiten oder wie viele es waren, die ich belästigt hatte, ließ sich nicht so gut überblicken, aber ganz bestimmt … die mußten geheiratet haben, bevor man den stupsnasigen Ariern … oder so ungefähr zu der Zeit, denn als mich damals die Sommernitzová mit dem muskulösen Arm der Brustschwimmer-Meisterin von Kostelec entschieden wegschubste, bis ich über ein Grasbüschel stolperte und beinahe in den Fluß fiel … ja sicher: als sie zu mir gesagt hatte, Smiřický, Freunde für alle Zeiten, aber damit hat sich's, … also zu der Zeit mußten die schon verheiratet gewesen sein …

Ich konnte es nicht fassen.

»Wann haben die geheiratet, Benno?«

»Was weiß ich. Irgendwann«, sagte Benno und schüttelte das Flexaton … *Georgia claimed her* … »Das kann dir doch egal sein, oder? Du hast doch deine Weberová. Was ist denn die Sommernitzová gegen die Weberová?«

… *Georgia named her* …

»Da hast du recht, Benno«, sagte ich. »Hast du schon mal ein Mädchen mit goldenen Augen gesehen?«

»Ich nicht. Aber deiner Meinung nach haben die auch Helenka Teichmannová, Marie Dreslerová, Zuzka Princová«, er begann sie an den Fingern herzuzählen, »Irena …«

»Warte doch!« unterbrach ich ihn. »Bei denen ist es mir nur so vorgekommen. Die hat sie *wirklich* …«

… *Sweet Georgia Brown* …

Das Flexaton in Bennos Hand tönte verlockend und trügerisch über den abendlichen Marktplatz, ich erinnerte mich, wie ihn Fräulein Karla-Marie Weberová den Rattenfänger von Kostelec genannt hatte …

»Zu deiner Krankheit, du Blödmann«, sagte Benno, »gehört unter anderem auch eine ganz eigenartige Farbenblindheit. Einen Kerl mit goldenen Augen hast du noch nie gesehen.«

Dann saß ich mit Benno auf der giftgrünen Wiese am Rande des niedrigen Waldes hinter der Villa des Herrn Dirigenten Obdržálek, durch deren offenes Fenster man das Klirren der Gabeln hörte und dazwischen ab und zu, ziemlich oft, die süße Stimme von Karla-Marie von Weberová.

»Benno«, seufzte ich. »Mensch, sie ist wirklich eine Hexe.«

»Genau dasselbe hast du auch schon mal von der Althammerová behauptet«, sagte Benno zynisch. »Bis du von ihr den blauen Brief in Deutsch gekriegt hast.«

Ich hatte gedacht, daß der Grund für diesen blauen Brief mein Geheimnis geblieben wäre. Damals hatte mich die hübsche neue Deutschlehrerin dermaßen betört, daß ich es beinahe zu einer Fünf gebracht hatte, obwohl Deutsch zu den wenigen Fächern gehörte, in denen ich noch relativ gut dastand. Es war wohl doch kein Geheimnis geblieben.

»Bei der mein' ich das aber wörtlich«, sagte ich und erzählte Benno vom Wunder des farbenwechselnden Kleides.

»Tja, du Hornochse«, entgegnete Benno, »diesmal schätz' ich das so auf drei Wochen. Wenn du mal ein Weib nicht nur doppelt siehst, sondern gleich mehrfarbig, dann ist das wohl der bisher schwerste Anfall ...«

»Blödmann«, unterbrach ich ihn. »Kann man glatt vergessen, dir was zu erzählen.«

Ich dachte an die Hexe und ihren Trick mit dem Kleid. Vielleicht war das Kleid außen grün und innen blau gewesen, und während ich durch die Gegend gerannt war, um die wilde Rose zu holen, hatte sie das Kleid anders herum angezogen.

Daß sie keine Angst gehabt hatte, dabei von Herrn Dirigenten Obdržálek aus dem Fenster beobachtet zu werden?

Für einen Moment stellte ich mir das sonnengebräunte hübsche Mädchen mit dem Bronzehaar vor, nur mit Schlüpfer und BH bekleidet, wie sie das zweifarbige Kleid über den Kopf auszog. Ich behielt dieses Bild lange vor Augen, deshalb sah ich plötzlich weder Obdržáleks Villa noch die Sterne, das Bild wurde von der ›Kleinen Nachtmusik‹ auf dem Klavier untermalt, Karla-Marie Weberová streckte sich sehnsüchtig in der Höhle aus Fliederbüschen ...

»Du Hornochse«, sagte Benno. »Ist sie das, die da spielt?«

Ich kehrte wieder auf die giftgrüne Wiese und in den Duft des Waldes zurück. Aus dem offenen Fenster im ersten Stock der

Villa flossen zart und verlockend die metallenen Töne des Petrof-Flügels von Obdržálek. ›Eine kleine Nachtmusik‹, dann Beethoven. Ein Rondo, energisch, mathematisch exakt, doch so anmutig wie die Damen in den Pariser Modezeitschriften, bloß vom Ende des letzten Jahrhunderts … Und Schumann, ›Die Träumerei‹ … Benno, der bisher ausgestreckt im Gras gelegen hatte, setzte sich auf und lauschte mit offenem Mund, wie die Nachtbrise diese lieblichen weiblichen Töne den Schornsteinen von Mautners Weberei entgegentrug – kam vielleicht von daher der Schwefelgeruch? – dem Hang entgegen, wo das ›Port Arthur‹ stand, in dem Benno jeden zweiten Abend solo ›Struttin' With Some Barbecue‹ phrasierte, roh und zugleich wunderschön …

»Kann diese Gans aber spielen, du Hornochse«, sagte er ehrfürchtig, und ich schloß mich seinem Gottesdienst an. ›Die Träumerei‹ war zu Ende, nun erklang eine brausende, wunderschöne Sonate, voller Noten, tiefen Rubato-Bässen und Höhen wie aus feinstem Draht geflochten.

»Die spielt!« seufzte ich.

»Und er auch!«

Ich zuckte zusammen, als hätte Benno mir eins auf die Nase gehauen.

»Wie meinst du das, wer er?«

»Obdržálek«, sagte Benno und hörte weiter zu. Mir wurde klar, daß diese Tastenhexerei nur vierhändig zustande kommen konnte. »Ich wußte, daß er gut ist«, sagte Benno, »aber jetzt, du Idiot, jetzt übertrifft er sich selbst.«

Ich seufzte.

»Neben ihr … an einer Tastatur …« sagte ich mit einer Kalbsstimme. »Sogar ich würde dann die ›Mondscheinsonate‹ wie Paderewski spielen …«

»Du ganz bestimmt«, sagte Benno. »Bisher hast du nicht einmal Czernys Fingerübungen bewältigt. Außerdem ist das nicht die ›Mondscheinsonate‹. Das ist Weber.«

Weber! Fräulein von Weber … Karla-Marie … die wunderschönen Jagdmelodien glänzten wie das Spiegelbild des perlmuttfarbenen Mondes, wie die perlmuttfarbenen Fingernägel von Fräulein Weberová, daneben flackerte der Mars, ganz aus Bronze wie die Haare von Fräulein Weberová ... die ganze Welt gehörte dem Fräulein Weberová ...

Sie spielten zu Ende. Benno war, schien mir, schon allein vom musikalischen Aspekt des Fräulein von Weber genauso hingerissen wie ich, er tastete eine Weile im Gras herum und hob dann das silberne Flexaton zum dunkelblauen Himmel empor. Es glänzte wie die Oberfläche eines kleinen Tümpels, und wie in einem Spiegel erschien darin der Mond. Benno brachte den Mond zum Zittern, und in die Stille, die noch voll Erinnerung an Karl-Maria von Weber war und an seine von der Zauberin auf dem Petrof imitierten Waldhörner, erklang ein magischer, wunderschöner, nichts anderem ähnlicher Ton des neuartigen Musikinstruments, und die sichere Hand des Rattenfängers aus Kostelec, des anderen Zauberers im verhexten Doppelkreis zweier Musikstile, erzeugte eine wundervolle Mitternachtsmelodie ... *every star above simply knows the one I love ...*

Das im Mondschein dunkel strahlende Fenster strömte Stille aus, doch plötzlich erklang, wie ein gläsernes Glöckchen, das Lachen Fräulein Weberovás. Es verstummte jedoch gleich. Im schwarzen Fensterquadrat erschien die glänzende Silhouette ihres bronzefarbenen Köpfchens.

... *oh, Sue, it's you!* ...

Das Köpfchen verschwand, nur die Stille blieb und auch die magische Zauberei von Bennos Flexaton ... *and the moon above simply knows the one I love* ... sang der in dem Tümpel gefangene Mond .. *it's you, just you* ...

Dann, noch bevor Benno zum mittleren Chorus übergehen konnte, ertönte ein leises Rubato voller Akkorde, sang die kristallklare Luxusstimme des Petrof ...

... *no one else it seems ever shared my dreams* ... spielten die Maihexenhände ... *without you I don't know what I'd do* ...

Dem Last Chorus schloß sich Benno mit seinem Mondinstrument an, mir schien aber, eine Oktave höher, obwohl das beim Flexaton nicht geht, aber Fräulein Weberová war eine Hexe, und was war schon das chamäleonartige Kleid gegen diesen großen nächtlichen Slowfox ...

... in this heart of mine you live all the time ...

Das Konzert für Klavier und Flexaton war zu Ende. Fräulein Weberovás Silhouette erschien im Fenster: »Ist das der Rattenfänger von Kostelec?«

Bevor ich etwas sagen konnte, antwortete Benno: »Das war ein Ständchen für Sie, mein Fräulein. Von einem gewissen Herrn Smiřický.«

Ich vernahm ein zauberhaftes, aber mehr noch hexenhaftes Klingeln einer Stimme voller Sterne und winziger bronzener Dukaten.

Am nächsten Tag, Viertel vor drei, kniete ich am Grab des Leutnants von Weber und blickte verstohlen auf den Waldweg, wo die Zauberin bald auftauchen mußte. Die Knie taten mir schon furchtbar weh, aber diesen Schmerz legte ich ihr standhaft zu Füßen.

Sie erschien, die goldenen Schatten des Waldes strahlten auf ihrem bronzefarbenen Kopf; in weißen Pumps und weißem Kleid schwebte sie über die Tannennadeln, um die Taille trug sie eine breite blaue Schleife und eine schöne blaue Schleife auch in ihrem Haar.

Ich stellte mich ins Gebet vertieft, tat so, als hätte ich sie nicht gesehen. Ich hörte nur, wie die Tannennadeln unter ihren weißen Pumps vor lauter Glück fein knisterten, und ich roch Veilchenduft.

Eine süße Stimme ertönte: »Das gefällt mir aber sehr.«

Als hätte sie mich aus dem Gebet gerissen.

»Ach!«

»Daß Sie so fromm sind, das gefällt mir. Wofür beten Sie?«

»Ich bete zu Ihrem Vorfahren. Er soll für mich bei Ihnen im Himmel ein gutes Wort einlegen.«

»Ich bin ja nicht tot.«

»Das stimmt. Aber wenn Sie nicht mit mir zusammen sind, können Sie nicht woanders sein als im Himmel. Menschen wie Sie können nicht von dieser Welt sein.«

Sie lachte.

»Das gefällt mir auch«, sagte sie und sah auf die mit Gold frisch nachgezogene Inschrift auf dem Sandstein. »Der arme Leutnant von Weber. Er war so …« Sie stockte.

»Was war er?«

»Er starb so jung«, erklärte sie und setzte sich auf das Grab gegenüber, zuerst aber breitete sie sorgsam ihren weiten weißen Rock aus und setzte sich nur mit dem Schlüpfer, mit ihrem bloßen Popo hin. Den Schlüpfer sah ich natürlich nicht, und Fräulein Weberová wurde einer weißen Rose ähnlich, mit dem Unterschied, daß sie nach Veilchen duftete.

»Was tun Sie heute für mich?« fragte sie.

»Sagen Sie's mir. Vielleicht wieder eine Blume holen?«

»Das wäre keine große Leistung.«

»Ich hab' doch fast den Geist aufgegeben, wie ich gerannt bin, damit ich Ihr Limit einhalte.«

»Vier Minuten sechsundfünfzig Sekunden«, rümpfte sie die Nase, »das ist keine Leistung.«

Das brachte mich auf.

»Schneller wäre nur Fikejz gerannt, und der ist der Bezirksmeister!«

Fräulein Weberová riß eine rote Rose ab und plazierte sie zwischen ihren Hügelchen. Der Stiel verschwand im Tal, nur die rote Blüte ragte hinaus. Das weiße Kleid hatte einen ziemlich tiefen Ausschnitt.

»In dem Fall haben die Läufer eures Bezirks ein ziemlich miserables Niveau. Ich würde es in drei Minuten laufen.«

»Sind Sie Sprinterin?« fragte ich und besah mir die Figur des Fräulein Weberová. Sie war sicher imstande, Kurzstrecken zu laufen. Sicher kein Mädchen, das tagelang im Bett faulenzte.

»Das eher weniger. Aber Sie haben vergessen, daß ich eine Zauberin bin.«

»Auch wieder richtig. Ich hab's nicht vergessen.«

Sie streichelte mit der Hand das Gras auf dem Grab ihres Vorfahren.

»Ich bin wirklich eine. Ich meine das ernst. In früheren Zeiten hätte man mich längst auf dem Scheiterhaufen verbrannt.«

»Was für ein Glück, daß Sie erst jetzt geboren wurden«, sagte ich spöttisch.

»Sie glauben mir nicht. Doch ich kann es Ihnen beweisen.«

»Werden Sie wieder die Farbe wechseln?«

»Das vielleicht auch, wenn Sie wollen. Ich kann's Ihnen aber auch beweisen, indem ich doppelt so schnell renne wie Sie.«

»Das können Sie nicht! Nicht doppelt so schnell!«

»Vielleicht auch dreimal!«

»Na dann, los!«

Die Aussicht auf einen Wettlauf mit einem weißen Schmetterling zwischen den Bäumen erfüllte mich mit viel Energie.

»Na gut«, sagte Fräulein Weberová. »Ein Stück von hier entfernt ist eine Pferderennbahn. Kennen Sie sich dort aus?«

Ich nickte.

»Dort werden wir unser Rennen machen.« Sie stand auf, der weiße Rock fiel verhüllend über ihren Popo, so daß ich nichts erspähen konnte. Doch mir reichte schon, was ich sah.

»Sie laufen nach rechts, ich nach links«, ordnete sie fünf Minuten später an. Wir standen an einer ziemlich zugewucherten Rennbahn, wo ich des öfteren die Komtesse Schaumburg-Lippe und ihren ungefähr hundertjährigen Opa in langsamem Galopp hatte reiten sehen, in Sätteln sitzend, an deren Seiten die schon ziemlich ausgebleichten Wappen ihres Adelsgeschlechts eingestickt waren. Heute ritten sie nicht. Die Bahn führte in Form einer langen Ellipse um eine verwilderte Fasanerie herum. Die Komtesse und der Fürst waren dort wie zwei vergessene Asteroiden um die goldenen Fasane gekreist.

»Sie werden sehen, wo wir uns treffen! Wer von uns in der gleichen Zeit mehr schafft!«

»Natürlich Sie, Fräulein Karla-Marie«, meinte ich. »Aber dreimal so viel wie ich wird es nicht sein.«

»Viermal«, behauptete sie. »Und wenn Sie wetten möchten, lassen Sie's lieber sein. Stellen Sie sich hinter mich, Rücken an Rücken!«

Ich führte ihre Anweisung aus.

»Näher!« befahl sie. »Damit sich unsere Rücken berühren.«

Ich gehorchte auch diesem Wunsch. Am Hintern fühlte ich ihren glühenden Popo, meine Schulterblätter berührten die ihren, die nur von einen leichten Stoff verhüllt waren.

»Ich gebe das Kommando, laufen Sie, so schnell Sie können«, ordnete sie an. »Auf die Plätze – fertig – los!«

Die Schulterblätter und der heiße Popo lösten sich von mir. Ich rannte, was ich konnte, war aber dadurch gehandikapt, daß die Berührung mit ihrem Popo mein bestes Stück recht heftig ermuntert hatte. Doch was ich nach zwei Minuten erleben mußte, nachdem ich ungefähr ein Sechstel der Ellipsenbahn hinter mich gebracht hatte und mich ein kurzes Stück nach der ersten Kurve befand, war mit keinem Handikap zu erklären.

Dort saß nämlich auf einem Baumstumpf das Fräulein Weberová, nur unerheblich außer Atem, sie wischte sich die schöne Stirn mit einem Klettenblatt, und um den Baumstumpf herum breitete sich der hellblaue Rock wie eine große Glocke aus. Um die Taille hatte sie ein weißes Band gebunden und ein zweites, wunderschönes, im Haar. In ihrer bronzefarbenen Frisur saß eine smaragdgrüne Libelle.

Ich stockte und starrte sie an, als hätte ich eine Erscheinung. Mir fiel nichts anderes ein als: »Sie haben abgekürzt!«

Das Kleid, die Schleifen, das alles – was sagte man dazu?

»Ach!« machte Karla-Marie enttäuscht. »Sie glauben nicht an meine Zaubereien!«

»Das ist doch nicht möglich!« brüllte ich.

Fräulein Weberová wurde sehr traurig.

»Sie haben mich enttäuscht«, sagte sie. »Sehr enttäuscht. Sie sind ein furchtbarer, furchtbarer ungläubiger Thomas!«

»Bin ich nicht!« rief ich bange. »Ich glaube Ihnen! Aber wie kann das denn möglich sein? Die Geschwindigkeit, das ginge vielleicht noch. Ich bin kein Fikejz. Aber das *Kleid*, du lieber Gott!«

Bei der Erwähnung des Herrschers im Himmel, dessen Namen ich so unnütz in den Mund genommen hatte, oder vielleicht doch nicht ganz unnütz, zuckte Karla-Marie zusammen und fragte steif: »Was für ein Kleid?«

Die smaragdgrüne Libelle schien die weiße Schleife zu küssen, bald darauf verschwand sie im goldenen Wald.

»Und die Schleifen?«

»Was denn für Schleifen?«

»Vorhin war es weiß!«

»Habe ich etwa nicht«, sie ahmte meine Stimme nach, »Weiß an?«

»Nicht doch! Sie hatten ein weißes Kleid und blaue Schleifen. Jetzt haben Sie ein blaues Kleid und weiße Schleifen!« stöhnte ich verzweifelt.

Fräulein Weberová sah auf die weiße, um ihre zehn Zentimeter weite Taille gebundene Schleife und lockerte den Knoten an der Hüfte.

»Sie sind ein wenig durcheinander«, sagte sie. »Von Anfang an hatte ich ein blaues Kleid mit einer weißen Schleife.«

»Sie lügen! Sie hatten ein weißes mit blauer Schleife!«

»Ich lüge nicht! Ich schwöre!« Fräulein Weberová hob zwei Finger in Richtung der Baumkronen. »Auf der Stelle will ich tot umfallen, wenn ich nicht seit heute früh das blaue Kleid mit der weißen Schleife anhatte!«

Ich sah sie an, sie mich, die Skarabäen waren ganz ernst, grün mit goldenen Pünktchen. Erneut hob sie ihre Finger zum Eid. Und fiel nicht tot um dabei.

»Sie enttäuschen mich immer mehr«, sagte sie. »Wenn Sie denken, ich kann nur so wenige Hexereien und Zaubereien, daß ich wiederholen müßte, was ich Ihnen bereits gestern vorgeführt habe.«

»Ich weiß. Verzeihen Sie mir, Fräulein Karla-Marie. Vielleicht könnten Sie freundlicherweise noch ein anderes Wunder bewerkstelligen.«

»Kommt drauf an, was für eins.«

»Was Sie wollen.«

»Und Sie haben keinen Wunsch?«

»Ach ja – schon. Ich würde mir schon etwas wünschen, aber ich weiß nicht, ob Sie so ein Wunder zustande bringen.«

»Ich werde wohl wieder ganz traurig sein«, sagte sie. »Sie glauben mir überhaupt nicht.«

»Ich wünsche mir, daß Sie sich in mich verlieben!«

»*Sonst nichts?*« fragte sie enttäuscht.

»Ihren Wunsch kann ich aber nicht erfüllen«, antwortete sie später, als wir langsam in Richtung Kramolna gingen. »So eine Zauberin bin ich nun auch wieder nicht. Nicht, daß ich keine wäre. Aber ich hatte in meinem Leben nur eine Liebe und habe geschworen, keine weitere zu haben.«

»Niemals?«

»Na ja, vielleicht doch noch einmal. Aber nicht früher als in tausend Jahren.«

Orangenduft umwölkte mich. Das alles kam mir schon ganz selbstverständlich vor. Auch das Spinnennetz, durch das Fräulein Weberová hindurchgegangen war und das nun hinter ihr herwehte, mit einer dicken, häßlichen Spinne drin.

Eine Kröte hopste plump über unseren Weg.

»Hm. Dann bin ich's bestimmt nicht«, sagte ich bitter.

Sie nahm mich bei der Hand.

»Ich sage aber nicht«, bemerkte sie, »daß ich nicht nett zu Ihnen sein werde, wenn Sie meine Wünsche erfüllen. Wissen Sie, wie ich das meine?«

»Wie meinen Sie das?«

»So nett, daß ich nur dann noch netter sein könnte, wenn ich in Sie verliebt wäre.«

»Ach!«

Mir war jetzt alles egal. Ich verspürte eine sonderbare Benommenheit. Ich nahm sie bei der Hand. Durch das Flackern der Schatten raste ein smaragdgrüner Drachen auf uns zu, er war klein, es war eine Libelle, sie machte vor uns halt, aus ihrem Saugrüssel schlugen Flammen empor. Der glatte Samt rutschte mir aus der Hand.

»Ein Mädchen muß nicht unbedingt verliebt sein, um nett zu sein, nicht wahr?«

»Ach!« wiederholte ich. »Und wann wird das sein, wann werden Sie zu mir nett sein?«

»Vielleicht übermorgen«, sagte Karla-Marie hexenhaft. »Mein Onkel fährt für zwei Tage zu einer Sitzung nach Hradec.«

Wir schlenderten durch das grüngoldene Kaleidoskop bis zu Kramolna, ich war immer noch wie betäubt, vor lauter Glück hätte ich am liebsten Saltos geschlagen, konnte mich aber leicht beherrschen, denn in Sport hatte ich nur eine Drei. Dann wurde ich wieder von Angst oder etwas Ähnlichem übermannt. Vielleicht von Grauen, das zwar ein bißchen schön war, aber immer noch schlimm genug. Ich hatte das Bedürfnis, mich nach dem Schicksal meines Vorgängers zu erkundigen. Dessen, der das größte Schwein auf Erden gehabt haben mußte, weil ihn Karla-Marie geliebt hatte.

»Wollen Sie, daß ich Ihnen von ihm erzähle?«

»Ja! Ich will!«

»Er ist schon gestorben«, erzählte sie ohne die kleinste Spur von Trauer über dieses Unglück. »Er war Kellner in der Schwarzweiß-Bar in Wien.«

»Kellner?« Ich staunte über den demokratischen Geschmack der Hexe.

»Nun ja«, erklärte sie. »Davon hat er gelebt. Ansonsten ist er ein sehr begabter Magier gewesen.«

»Aha. Und der Beelzebub hat ihn geholt. In die Hölle.«

»Mephisto, Daniel«, verbesserte sie mich. »Derselbe, der auch den Doktor Faust geholt hat.«

»Aha«, bemerkte ich. »Er hat ihm seine Seele mit Blut verschrieben.«

»Mit meinem Blut«, sagte Karla-Marie bitter. »Er hat sich gedacht, daß Mephisto dumm ist und mich holt. Aber er hat sich geirrt. Ihn hat man geholt.«

»Sie sprechen von ihm, als hätten Sie ihn nicht so sehr geliebt.«

»Doch! Ich habe ihn geliebt. Ganz furchtbar sogar. Aber er war ein Lump. Ein Halunke. Das passiert schon mal, daß sich ein Mädchen in einen Lumpen und Halunken verliebt, auch wenn sie was Besonderes ist.«

»Ich bin kein Halunke«, bedauerte ich.

»Das weiß ich noch nicht. Wenn ja, werden Sie's bereuen.«

Zwischen den Bäumen sah ich das Ausflugsrestaurant ›Zum Steinpilz‹.

»Darf ich Sie zu einer Limonade einladen, Fräulein Weberová?«

»Zu einer Limonade?«

»Die haben hier nichts anderes. Es sei denn, Sie würden sie in Wein verwandeln. Das können Sie bestimmt.«

»Lästern Sie nicht«, mäßigte sie mich. »Ist Ihnen nicht klar geworden, daß der Böse bloß ein *Gottespolizist* ist?«

Das kapierte ich nicht. Ich war schon zu sehr mitgenommen von den Wechselbädern zwischen Grauen und Liebe, Hoffnung und Niedergeschlagenheit. Wir betraten die Schankstube. Dort war es angenehm kühl und schattig, an einem Tisch in der Ecke saßen drei pensionierte Holzfäller bei dünnem Bier und spielten Karten. Sofort gafften sie Karla-Marie an. Sie breitete ihren himmelblauen Rock aus, und in ihrer graziösen Art setzte sie sich auf die rauhe Bank, bloß auf ihr Höschen. Wieder konnte ich keinen Blick darauf erhaschen.

Ich bestellte zwei Limonaden. Die Hexe sagte ganz nebenbei: »Entschuldigen Sie mich kurz!«, sah sich um und verschwand dann hinter der Tür, über der ein Schild mit zwei Nullen hing.

Über der Limonade versank ich in meine Träume, was wohl übermorgen passieren würde. Die Holzfäller in der Ecke spielten weiter. Das grüne Licht hinter dem Fenster frohlockte, als wäre draußen grünes Feuer aufgelodert. Eine prima Saison mit dem geheimnisvollen Mädchen aus Linz hatte begonnen, eine Saison mit der Zauberin. Ich beruhigte mich, die glückselige Erwartung überstrahlte das Bild der Kröte, die uns über den Weg gelaufen war. Doch ich hatte ständig ein Gefühl, als würden mich von irgendwoher Smaragdaugen verfolgen. Die Skarabäen. Hatte man Skarabäen in den Pyramiden beigesetzt, auf Nofretetes Brüsten? Nein. Es waren die heiligen Katzen. Mit grünen Augen. Ich erschauderte.

Die Tür knarrte. Die mit den zwei Nullen.

Ich starrte mit meinen fiebrigen Augen hin und zuckte so heftig zusammen, daß ich dabei die Limonade umwarf. Sie war grün, doch auf dem Tisch bildete sich … eine rosa Pfütze? Oder war das eine optische Täuschung?

Karla-Marie Weberová kam durch die Tür, in grünem Kleid mit orangen Pünktchen. Der Veilchenduft roch ganz deutlich nach Schwefel und Feuer, direkt aus der Hölle.

Mir wurde übel. Ich war wahrscheinlich ganz grün im Gesicht, denn Karla-Marie fragte mich, ob alles in Ordnung sei. Im Gasthaus war es halb dunkel, und ihre Augen leuchteten wie die des Pappmachéteufels, den Berta Moutelík immer vor dem Nikolaustag in das große Schaufenster des Kaufhauses ›Zur Stadt London‹ zu stellen pflegte. Der Teufel hatte kleine Glühbirnen in den Augenhöhlen, mit orangefarbener Plastikfolie davor.

»Geht's Ihnen wirklich gut?« fragte Karla-Marie. »Ihre Gesichtsfarbe hat sich irgendwie verändert!«

Ich spürte, wie ich auf der Bank schwankte. Vielleicht war eine Ohnmacht im Anzug, noch niemals vorher hatte ich ein vergleichbares Gefühl erlebt. Ich rang nach Luft.

»Lassen Sie uns lieber an die frische Luft gehen«, schlug Karla-Marie vor, als würde sie meine Gedanken lesen.

Also gingen wir.

Wir gingen den Rasenweg vom Gasthaus zurück zum Fasangarten, von irgendwoher war ein Kuckuck zu hören. Nur zweimal. Karla-Marie würde noch mein Tod sein, dachte ich betrübt. In nur zwei Tagen. Übermorgen. Plötzlich wurde mir klar, daß ich mich gegen den Schauder, der zunehmend von mir Besitz ergriff, nicht zur Wehr setzen mochte. Es war ein sonderbarer Schauder. Ich dachte an Doktor Faust und an das alte Problem, das mich in den langweiligen Religionstunden beschäftigt hatte, als uns der hochwürdige Herr Meloun umständlich zu erklären versuchte, daß Jonas von einem großen Fisch verschluckt wurde und nicht von einem Walfisch, infolgedessen bestehe kein Widerspruch zu dem, was Herr Professor Stařec über die Anatomie des Walfischmauls an die Tafel gezeichnet hatte. Oder daß Jesus keine Geschwister hatte, daß man sie bei den alten Juden nur so nannte, doch in der Wirklichkeit seien es Cousins gewesen, und so bestehe kein Widerspruch dazu, daß die heilige Maria bis zur ihrer Himmelfahrt Jungfrau geblieben war. Das Problem war psychologischer Natur. Wie hatte es Faust und auch allen anderen schwarzen Magiern in den Sinn kommen können, für fünfzig, sechzig Jahre Genuß seelenruhig einen Wechsel auf die Hölle zu unterschreiben? Was waren das für Idioten, diese Fauste, daß sie ihre ganz normale, von Gott garantierte Chance, in den Himmel zu kommen und trotzdem einiges zu erleben, auf so blödsinnige Weise verspielten, nur wegen irgendwelcher Genüsse, die allem Anschein nach nichts Besonderes waren. Wäre ich an Fausts Stelle gewesen, hätte mir der Gedanke an die hundertprozentig sichere Hölle jeden Genuß verdorben. Es mußte ähnlich sein, wie wenn man einen zum Tode Verurteilten ein ganzes Jahr lang fürstlich speisen ließe. Nicht einmal den besten Schmaus könnte ich genießen …

»Sie sagen ja gar nichts«, stellte Karla-Marie fest. Der Kukkuck meldete sich wieder, wieder nur zweimal, und mir wurde plötzlich klar, daß, sollte mir die Teufelin an meiner Seite auf irgendeine Weise das Leben verkürzen, ich keine Angst davor hatte, oder doch, die hatte ich, stärker allerdings empfand ich eine wohlige Benommenheit, und wenn sie jetzt eine Unterschrift von mir verlangte, würde ich sogar mit meinem eigenen Blut unterschreiben. Plötzlich glaubte ich, Faust zu verstehen, sehr gut sogar … Es war, als hätten die Bäume gerauscht, die Kronen der Tannen und Kiefern bewegten sich wie ein dunkles Meer, all das ließ mich kopfstehen, goldene und grüne Kleckse begannen auf den Tannennadeln zu tanzen, und auf Karla-Maries Kleid flammten die orangen Pünktchen, als hätte jemand Holz aufs Feuer gelegt. Der Satan! Der Teufel. Weiß der Teufel. Aus dem Wald surrte uns wieder die grüne Libelle entgegen, sie setzte sich abermals auf den bronzenen Helm von Fräulein Weberová, und ich tat, als wollte ich die Libelle fangen, doch sie summte auf und flog davon, und ich faßte schnell Karla-Marie an den Kopf. Sie hatte keine Hörner. Nicht einmal kleine.

»Hat Ihnen das der Kellner beigebracht?« fragte ich sie.

»Was denn?«

»Zaubern.«

»O nein«, widersprach sie. »Das hat mir mein Liebster beigebracht.«

»Sag' ich ja.«

»Ich dachte, Sie hätten Kellner gesagt.«

»Er war doch Kellner!«

»Mein Liebster?«

»Ja. Der, dem Sie geschworen haben, daß Sie nie einen anderen lieben werden. Der von Mephisto geholt wurde.«

»Ach der«, verstand jetzt Karla-Marie. »Das war ein anderer. Den ich meine, der war Fagottspieler der Wiener Philharmoniker. Einer der Urenkel von Paracelsus.«

»*Den* haben Sie geliebt?«

»Selbstverständlich«, bestätigte Fräulein Weberová. »Er war meine einzige Liebe.«

Irgendwie hatte sie für meinen Geschmack zu viele einzige Lieben. Ich kriegte allmählich Wut, wenn auch vermischt mit Hoffnung.

»Und der Kellner auch?«

»Der Kellner?« überlegte Karla-Marie, doch sie konnte sich zu keinem Entschluß durchringen.

»Na ja, der *Halunk*.«

»Der was?«

»Der Halunk. Oder Halunke. Was weiß ich. Der, der mit Ihrem Blut unterschrieben hat.«

»Na ja, der«, überlegte sie weiter. »Tja, *den* habe ich auch geliebt.«

»Sie haben gesagt, daß er Ihre einzige Liebe war. Jetzt behaupten Sie wieder, daß Ihre einzige Liebe irgendein Fagottspieler der Wiener Philharmoniker war. Ich verstehe Sie nicht, Fräulein Weberová!«

»Das sehe ich«, seufzte sie. »Aber verstehen Sie denn nicht, daß ein Mädchen wie ich durchaus *zwei* einzige Lieben im Leben haben kann?«

Wir schritten durch das hohe Gras. Eine Brennessel berührte Karla-Marie oberhalb des Knies.

»Autsch«, zischte sie und hob den Rocksaum ein wenig. Oberhalb des Knies wurde ein frisches Bläschen sichtbar. Sie befeuchtete es mit Spucke. Während sie ihren Rock hochgehoben hielt, sah ich genauer hin, ob seine Innenseite auch so grün war wie die außen. Sie war grün. Also war Karla-Marie doch eine Hexe.

Sie sah mich an, den Rocksaum immer noch in der Hand. Sie fragte kokett: »Oder drei?«

Die orangen Pünktchen glühten. Fräulein Weberová war wie ein eleganter amerikanischer Ofen mit Flammen hinter dem Glimmerblättchen, die goldenen Skarabäen in ihren Augen machten aus mir einen vollkommen sorglosen Faustus.

»Fräulein Weberová«, brachte ich hervor. »Gibt es eine Hoffnung, daß ich Ihre dritte einzige Liebe werden könnte?«

»Warum nicht«, erwiderte sie. »Jeder kann das.«

»Jeder?«

»Jeder, den ich lieben werde.«

»Und mich werden Sie …«

»Wenn Sie mich …«

»Ich liebe Sie!«

»Nur mich?«

»Nur Sie!«

»Keine andere?«

»Keine andere! Niemals mehr im ganzen Leben!«

»Das verlange ich nicht von Ihnen!«

»Aber ich will es so.«

»Das ist unwichtig«, sagte Karla-Marie. »Ich verlange von Ihnen nur, daß Sie mich und nur mich in diesem Mai lieben.«

»Das werd' ich tun! Ich schwöre es! Und …«

»Das reicht aber nicht«, sagte Karla-Marie.

»Daß ich nur Sie liebe und …«

»Das reicht nicht, nur zu *sagen*, daß Sie schwören.«

»Ich beweise es Ihnen!«

»Wirklich?« fragte Karla-Marie. »Und wie?«

»Ich … hole vielleicht wieder eine Rose …«

»Sie müssen mir dafür eine Bestätigung ausfüllen. Haben Sie Papier dabei?«

Da hatten wir's. Ich begriff. Eine betäubende Ohnmacht bemächtigte sich meiner, ich holte ein Notizbuch aus meiner Gesäßtasche, schlug es auf, vorsichtshalber erst in der zweiten Hälfte, damit es nicht dort aufklappte, wo ich einige effektvolle Wendungen notiert hatte, die ich im nächsten Brief an Marie Dreslerová benutzen wollte. Aus der Hemdtasche holte ich meinen Füller.

Fräulein Weberová stoppte mit ihrem perlmuttbekrallten Pfötchen meine Hand.

»Einen Moment«, sagte sie. »So hätte das keinen Wert.«

Wieder begriff ich. Ich klappte mein Notizbuch zu.

»Ich hab' aber kein Messer. Haben Sie eine Nadel oder etwas Ähnliches?«

»Lassen Sie erst die Tinte rauslaufen!« Karla-Marie sah sich um. Zwischen den Bäumen schimmerte grün die Teichoberfläche. Sie nahm mich an der Hand. Ich ließ mich hinführen.

»Lassen Sie die Tinte raus und spülen den Füller aus!« befahl sie mir. Ich hockte mich ans Wasser, das zum großen Teil von Algen bedeckt war, und vollkommen willenlos, aber willenlos glücklich, spritzte ich einige dunkelblaue Tropfen auf die Wasseroberfläche. Es war eine schreckliche Stille; die Wasserläufer flitzten in alle Richtungen davon.

»Spülen Sie durch!« hörte ich Karla-Maries Stimme, die plötzlich einen sonderbaren Befehlston angenommen hatte.

Eifrig pumpte ich mit dem kleinen Kolben, und aus meinem Füller ergoß sich eine dunkle Wolke in das klare Wasser des Tümpels. Eine Kaulquappe näherte sich, nahm einen Schluck von der Wolke, zappelte ein wenig und trieb mit dem Bauch nach oben an die Oberfläche. Ich drehte mich um und erwartete beinahe, daß Fräulein Weberová sich in der Zwischenzeit in eine alte Hexe mit einer Warze auf der Nase verwandelt hatte, doch sie saß am Ufer in ihrem grünen Kleid, die Pünktchen glühten, und war teuflisch hübsch.

»Haben Sie ausgespült?« fragte sie.

»Hab' ich.«

»Kommen Sie mal her!«

Artig kam ich näher und kniete mich hin. Fräulein Weberová nahm meine Hand in ihre Pfötchen und erklärte mir: »Es wird schmerzen. Lieben Sie wirklich nur mich, und werden Sie mich den ganzen Monat Mai hindurch lieben?«

»Stechen Sie zu!« forderte ich sie heldenhaft auf und biß nicht einmal die Zähne zusammen. Ergeben legte ich meine Hand in ihre zarten Hände, sie ergriff meinen kleinen Finger und hob ihren Zeigefinger. Erst jetzt bemerkte ich, daß ihr perlmuttfarbener Fingernagel ganz spitzgefeilt war. Diese Spitze preßte sie gegen die Kuppe meines kleinen Fingers, sie drückte fest, aus dem Schmerz wurden Lust und Wonne, ich ertrank in den teuflischen Augen von Karla-Marie, sie drückte mit ihren zwei Fingern, und aus meinem kleinen Finger quoll ein wundervoller Rubintropfen hervor. Karla-Marie nahm den gereinigten Füller und saugte den Tropfen auf. Dann drückte sie erneut, ein frischer Tropfen kam hervor, sie saugte und saugte, bis die karminrote Flüssigkeit in dem durchsichtigen Kolben den oberen Rand erreichte.

Ich gab keinen Laut von mir.

»Sie lieben mich«, sagte sie. »Das kann ich sehen.« Sie nahm meinen malträtierten kleinen Finger in den Mund. Ich spürte, wie sie sog, ihre Zungenspitze berührte kurz meine Wunde. Dann ließ sie meinen Finger los und forderte mich auf: »Jetzt schreiben Sie!«

»Was soll ich schreiben?«

»Schreiben Sie«, sie sprach wie eine Lehrerin. »Ich liebe, und im Mai dieses Jahres werde ich nur ... und nun fügen Sie selbst ein, wen Sie im Mai lieben werden.«

Ich nahm den Füller und schlug das Notizbuch auf. Doch nachdem die Ereignisse der letzten fünf Minuten mich um meinen restlichen Verstand gebracht hatten, klappte ich das Buch ausgerechnet auf der Seite auf, die mit dem Wort »Marie« vollgeschrieben war, mindestens hundertmal. Ich hatte das eleganteste M geübt. Marie, Marie, Marie, Marie, Marie, usw.

Ich schrieb.

»*Halt!*« sagte Fräulein Weberová. »Was schreiben Sie denn da?«

Ich sah mir die blutige, ziemlich holprige Zeile an, die langsam zu rostfarbenen Worten trocknete.

Ich liebe, und im Mai dieses Jahres werde ich nur und ausschließlich Fräulein Marie ...

»Ich schreib's noch einmal«, warf ich schnell ein.

»Ach, Sie können das auch so lassen«, sagte Karla-Marie. »Marie-Karla oder Karla-Marie, das wird wohl egal sein.«

»Wirklich?«

»Na klar«, beruhigte sie mich. »Immer bin ich es, Fräulein Weber.«

Ich schrieb zu Ende: ... *Fräulein Marie-Karla Weberová lieben. Daniel Smiřický.*

»Zeigen Sie mal!«

Während ich schrieb, spürte ich, wie sich die Seele in meinem Körper auflöste und an ihre Stelle so etwas wie glühende Lava trat. Fräulein Weberová las streng meinen Schuldschein, pustete darauf und wedelte ihn trocken. Dann rollte sie ihn fest zusammen und steckte ihn in die Mulde zwischen ihren Hügelchen. Das gepunktete Kleid hatte keine Taschen.

In meiner neuen Rolle eines dem Teufel Verschriebenen griff ich gierig nach ihr.

Sie sprang auf und machte einen Schritt zurück zum Teich.

»Rühren Sie mich nicht an!« sagte sie. »Erst morgen!«

»Ich will schon heute!«

»Das dürfen Sie nicht!«

Ich faßte sie an der Taille, schloß die Augen, es war eine dem Kino abgeguckte Geste, blind suchte ich nach ihrem Mund, der vorhin mein Blut gesaugt hatte. Er war nicht zu finden. Fräulein Weberová hatte den Kopf weggedreht, von irgendwoher, wohl aus ihrem Ausschnitt, wehte der Veilchenduft mich an, meine Lippen spürten die warme zarte Haut von Karla-Maries langem Hals, und jetzt sog ich, bis ich den Geschmack von Blut verspürte. Fräulein Weberová warf sich heftig hin und her, wir schwankten am Rande des Tümpels, plötzlich rutschten mir die Beine weg, und samt Fräulein Weberová im Arm stürzte ich ins Wasser.

»Verflucht noch einmal!« hörte ich ihre süße Stimme und verschluckte eine ordentliche Portion der widerlich schmeckenden Algen. Nachdem ich wieder orientierungsfähig geworden war, sah ich, wie das Fräulein Weberová aus dem Tümpel stieg, das grüne Kleid klebte an ihrem Körper, so daß man alles sehen konnte. Der bronzene Helm hatte sich im Wasser aufgelöst, und ihr Haar hing klatschnaß um ihr reizendes Gesicht.

Sie lächelte mich an.

»Du darfst mich nicht auf den Mund küssen«, sagte sie. »Dann muß ich sterben.«

»Karla, sei nicht böse ...«

»Karla-Marie!«

»Karla-Marie, sei nicht böse, ich weiß gar nicht, was mit mir …«

»Weil du mich liebst, nicht wahr?« entgegnete Karla-Marie. »Aber auf den Mund darfst du nicht. Ich würde wirklich sterben. Das ist ein Fluch.«

»Ich habe dir … ich wollte es nicht, aber es hat mich so gepackt, daß ich dir …«

»Was?«

»Auf dem Hals hab' ich dir …«

Sie faßte dorthin, auf die schnell dunkel werdende Spur meiner teuflischen Leidenschaft.

»Ach das! Das macht nichts. Das heilt im Nu.«

Also sie war ganz anders als alle Mädchen in Kostelec. Und offensichtlich war sie überhaupt nicht böse auf mich. Teufel werden vielleicht gar nicht böse, wenn man sich ihnen mit Leib und Seele verschreibt.

»Heilt es bei dir schnell?«

»Ja. Heute abend habe ich das vielleicht gar nicht mehr.«

»Und auf den Mund?«

»Da würde ich sterben.«

Das würde dann wohl schwierig werden, wenn sie lieb zu mir sein wollte. Doch jetzt fror sie langsam, und so begleitete ich sie zu Obdržáleks Villa und küßte nur ihre Handfläche, die nach Wald, Veilchen und Algen roch.

Wir saßen im ›Port Arthur‹ und swingten gerade ›Muscat Ramble‹, als der alte Bárta aus der Küche angeschlurft kam und mir mitteilte, ich solle ans Telefon kommen. Ich setzte mein Tenorsax ab und ging in Bártas Küche.

»Hallo?«

»Karla-Marie«, ertönte eine zarte Stimme.

Ich gab einen Laut von mir, der hoffentlich anzeige, daß Gefühle in mir explodiert waren.

»Du mußt mir einen neuen Schein ausstellen«, hörte ich Karla-Maries Stimme. »Ich habe den ersten verloren.«

»Um Gottes willen! Wo denn?« erschrak ich, und sofort zogen durch meinen Kopf fürchterliche Visionen, wie eines der anderen zwanzig Mädchen meine Erklärung über die Liebe im Mai finden würde, eines, das ich zwar im diesem Mai nicht liebte, aber vorher geliebt hatte, und sie würde es einer anderen zeigen und die wieder der nächsten, sie würden es abschreiben und …

»Wahrscheinlich im Tümpel«, sagte Karla-Marie.

»Und hast du ihn ganz bestimmt verloren? Ist er nicht irgendwo steckengeblieben?«

Ich stockte. Wir waren noch nicht so weit, daß ich mir hätte erlauben dürfen, über ihre Hügelchen zu sprechen, wenn sie sich nicht einmal auf den Mund küssen ließ.

»Es ist nichts steckengeblieben. Ich habe mich nackt ausgezogen und meine Sachen durchsucht, aber es war nichts da.«

»Das Papier wird sich wahrscheinlich auflösen«, sagte ich.

»Das wird sich schon aufgelöst haben.«

»Dann schreib' ich es eben noch mal. Ich komm' zu dir, sobald wir hier fertig sind.«

Ihre Stimme wurde leise.

»Hierher kannst du nicht kommen. Der Onkel ist zu Hause.«

»Dann warte ich irgendwo auf dich.«

Eine Weile herrschte Stille. Dann sagte Karla-Marie entschieden: »Nein. Ich komme ins ›Port Arthur‹.«

Sie legte auf. Ich hängte auch ein, und als ich aus der Küche in den Saal kam, saß sie schon dort. Von Obdržáleks Villa war es eine gute halbe Stunde zu Fuß, mit dem Auto, falls sie eins gehabt hätte, wenigstens zehn Minuten. Aber das überraschte mich gar nicht. Sie saß dort im pechrabenschwarzen Kleid, hatte ein schwarzes, breites Samtband um den langen Hals, so daß man den Knutschfleck nicht sehen konnte, und der alte Bárta wich benommen vor ihr zurück, mit seinem riesigen Hintern vornweg. Die Jungs an den Notenpulten taten so, als würden sie vom Blatt spielen, doch alle Blicke hingen am Gesicht und den diversen anderen Sehenswürdigkeiten von Fräulein Karla-Marie Weberová.

Ich setzte mich schnell zu ihr.

»Haben Sie ein Blatt Papier?« fragte sie. »Ich habe vergessen, was mitzubringen.«

»Karla-Marie, bist du böse auf mich?«

»Warum sollte ich böse sein?«

»Als ich den Schein geschrieben habe, hast du mich geduzt.«

»Das war ein Versprecher.«

Ich wurde traurig.

»Ich dachte, du wolltest … Sie wollten … dadurch …«

»Aber nein«, sagte Karla-Marie. »Das jetzt war ein Versprecher. Nicht vorhin.«

Ich sah in ihre grünen Augen. Vorn auf dem Samtband trug sie eine gelbe Porzellanbrosche mit einer schwarzen Rose. Harýk hinter mir spielte spöttisch den Anfang vom ›Poem‹, und Venca Štern ließ einen unschönen Posaunenstoß los. Lexa kicherte.

»Hol ein Blatt und schreib«, sagte Karla-Marie.

Ich streckte ihr meine Hand entgegen und hielt meinen kleinen Finger hin.

»Ich habe wieder kein Messer.«

Sie sah sich die kaum abgeheilte Wunde an, die ihr Fingernagel hinterlassen hatte, dann warf sie einen Blick auf die Band im Hintergrund und sagte: »Eigentlich reicht es mit Tinte. Wenn's sowieso nur eine Abschrift ist …«

Aber in meinem Füller war nur trockenes Blut.

»Dann leih dir einen aus, mein Herz«, sagte Fräulein Weberová besitzergreifend. Absolut zutreffend. Ich stand auf und ging zur Band.

»Meine Herren, hat jemand von euch 'n Füller?«

Lexa holte schnell einen heraus.

»Wozu brauchst du den?«

»Ich muß Fräulein Weberová meine Seele verschreiben«, sagte ich und ging mit dem Füller zurück zu der Teufelin. Unter ihrer Aufsicht schrieb ich mit Lexas grüner Tinte: *Ich liebe, und im Mai dieses Jahres werde ich nur und ausschließlich Fräulein Karla-Marie Weberová lieben.*

Ich unterschrieb. Diesmal achtete ich darauf, daß ich die beiden Hälften ihres Vornamens in richtiger Reihenfolge aufschrieb. Sie wußte es zu schätzen.

»Du hast's nicht verwechselt. Ich bin Karla-Marie Weberová.«

»Ich weiß. Sehr gut sogar, Karla-Marie.«

»Weiß Gott, ob das stimmt.«

»Weiß der Teufel.«

»Richtig«, sagte sie. »Der weiß das ganz genau.«

Ich betrachtete sie. War es nur wegen dem Kontrast zu dem schwarzen Kleid, dem schwarzen Samtband und der schwarzen Rose, daß sie plötzlich aussah, als bestünde sie aus weißem Wachs? Leichenblaß? Eine sehr hübsche, zarte Leiche? Ich hätte zu gerne gewußt, ob sie die zwei Kilometer von Obdržáleks Villa ins ›Port Arthur‹ auf einem Besen geritten war. Und auch, wenn ich mich umdrehte und wieder spielen ging und mich dann noch einmal umdrehte, ob sie dann nicht etwa in einem andersfarbigen Kleid oder sogar unsittlich nackt dasitzen würde. Doch morgen ... ich durfte sie aber nicht auf den Mund küssen. Meine Seele, oder was auch immer ich in diesem Moment in mir hatte, erzitterte bei der Vorstellung all der Möglichkeiten. Fräulein Weberová saß da, schwieg, lächelte vor sich hin, ihre grünen Augen waren dunkel geworden und sprühten kleine, grüne Blitze wie die eines Basilisken.

Plötzlich sagte Lexa hinter mir: »Guten Abend, Fräulein. Benno Mánes erzählte uns, Sie können fabelhaft Klavier spielen.«

Grüne Blitze sprangen über meinen Kopf hinweg.

»Das kann ich«, bestätigte sie. »Sehr schön.«

»Und wie wär's, wenn Sie uns etwas sehr schön vorspielen würden«, grinste Lexa.

»Aber keinen Jazz.«

»Sie dürfen alles, Fräulein«, sagte Lexa.

Karla-Marie stand auf und schritt zum Piano. Ich bemerkte, daß sie Strümpfe anhatte und Pumps aus schwarzem Wildleder mit Riemchen um die Knöchel. Sie setzte sich ans Klavier und legte ohne viel Federlesens mit Bach los.

Ich hätte nie geglaubt, daß in dem alten Piano von Bárta solche Musik stecken könnte. Und in der alten Fuge von Bach soviel Teufelei, obwohl er ein so frommer Organist gewesen war. Es schien mir, als würden auf dem Klavier schwarze Kerzen lodern, und die weißen Hände des Fräuleins würden sich innerhalb der Schwärze auf den schwarzen Tasten bewegen. Hinunter in die dröhnenden Bässe, nach oben in die drahtigen Höhen. Um Fräulein Weberová und die Schwarze Messe ihrer Töne versammelte sich die ganze Band, der die gewohnten Späße vergangen waren. Benno stand da mit halboffenem Mund, Haráks Finger tasteten wie von selbst lautlos nach dem Griffbrett. Brynych holte den Jazzbesen heraus und fing an, ganz leise, ganz sanft, im Rhythmus der teuflischen Fuge das Trommelfell zu streicheln. Fräulein Weberová mit ihren langen, schwarzen Ärmeln arbeitete wie ein phantastischer Dynamo, es war eine Musik nicht aus dem Himmel, sondern von woanders her, ich wußte woher, doch das behielt ich für mich, sie strömte wie ein nach Orangen und Hölle riechender Brei aus einem glühenden ›Töpfchen-koch‹, die ganze Band wurde davon langsam gefangengenommen, bis sie darin versank. Brynychs Besen tanzten bereits nach dem Takt der perlmuttfarbenen Fingernägel, Harýk spielte einen Akkord, dann einen zweiten. Obwohl die Teufelin nicht vorgehabt hatte, Jazz zu spielen, spielte sie ihn nun doch. Ich griff nach dem Tenorsaxophon, spitzte die Ohren, sie waren irgendwie lang und spitz, ich sah, daß Benno den Dämpfer in die Stürze steckte, nach ihm auch Venca, beide führten das Instrument zum Mund, Fondas Finger hob sich, Fräulein Weberová raste unheimlich schnell die schwarze Treppe herunter in eine unterirdische Höhle, doch das andere Fräulein Weberová, das andere Ich des Fräuleins Weberová begann, die weiße Treppe der Tonleiter hochzusteigen in das Licht der hohen Oktaven, Fonda nickte mit seinem Lockenkopf, hauchte halblaut »Es!«, und wir bliesen sanft einen wohlklingend gedämpften Akkord, von dem das Fräulein Weberová in ihren zwei Inkarnationen von oben wieder die Treppe in die Höhle hinunterlief, ihre Linke ein wenig voran, die Rechte hinterher, die perlmuttfarbenen Fingernägel tanzten auf den Tasten, der gelbe Ring mit einer schwarzen Rose auf dem Mittelfinger ebenfalls, Fonda hauchte, wir bliesen leise einen neuen Akkord, mich packte grob der Freund von Fräulein Weberová, er roch nach Orangen, er war es also gewesen, und zu ihr gehörten die Veilchen, mit seinen zwanzig Fingern nahm er jeden Finger von mir in seine zwei, ich scherte aus dem gehauchten Akkord aus und kletterte mit höllischem Timbre aus der Höhle in das Leuchten der Teufelsflammen, meine Finger saßen fest auf dem anderen Perlmutt, ich hörte, wie Fräulein Weberová einen leisen Akkord, den man noch nie gehört hatte, anschlug, ich zwängte mich an Betonungen vorbei, über einen anderen von der Band gehauchten Akkord nach oben und noch höher, bis es nicht mehr weiter ging, und stürzte zum C, zum H, zum B, ein Ziegenbock meckerte, ein Ochse brüllte, Venca vollbrachte ein heiseres Glissando, und die Finger von Fräulein Weberová spielten wieder weit oben auf der schwarzen Sonnenseite der schwarzen Tasten, doch plötzlich wurden sie von Bennos Trompete zurechtgewiesen, eine rauhe, vulgäre Phrasierung durchbrach die neckende Fuge des Fräuleins, weiß Gott wie, hinter uns ertönte die große Trommel von Brynych, das Fräulein unterwarf sich, wie mir schien, fast freudig, und wie eine Fledermaus flatterte ›Sweet Georgia Brown‹ aus der Fuge, Benno war ganz davon erfüllt, zwischen seine nachgezogenen Synkopen stieß Fräulein Weberová bemerkenswerte Keile riesiger Akkorde ... *It's been said* ... etwas zwischen Dur und Moll ... *she knocks' em dead* ... Lexa drängte sich mit der Trompete nach vorn, danach ich und Venca, Fonda setzte sich ans äußerste Ende der Tastatur und gab Bässe hinzu, die ganze Band donnerte los wie eine swingende Philharmonie, doch nur ich allein wußte, woher das alles kam ... *when she lands in town* ... Wir tobten dermaßen, daß die Glühbirne an dem Kabel über uns zu schaukeln anfing, durch die halbgeöffneten Fenster strömte Musik nach draußen, die weder aus Linz stammte noch aus Chicago, sondern aus der Hölle, Fräulein Weberová schlängelte sich mit ihren schwarzen Noten geschickt zwischen uns durch, ihr schmaler, schwarzer Rücken wiegte sich über den schwarzen Tasten hin und her, aus denen Fonda von unten den donnernden Klang eines sich nähernden Gewitters hervorholte, und plötzlich sank Fräulein Weberová lachend über der Tastatur zusammen und erzeugte dabei den phantastischsten Akkord, der Krach der Band verstummte ... *Sweet Georgia Brown* ...

»Fräulein«, sagte Harýk erstaunt. »Mensch! Fräulein Weberová!«

Die Hexe lachte aus vollem Halse und klemmte eine ungebärdige bronzene Haarsträhne in die schwarze Haarspange.

Als ich mich um Mitternacht unter dem perlmuttfarbenen Mond von Fräulein Weberová verabschiedete, sagte ich zu ihr, ich würde sie gerne küssen.

»*Aber nicht auf den Mund!*« erwiderte sie.

Ich tastete also nach dem Samtband auf ihrem braungebrannten, jetzt im Mondlicht aber weißleuchtenden Hals und schob es zur Seite. Keine Spur mehr von einem Knutschfleck. Also hatte sie die Wahrheit gesagt. Sie war ein Mädchen aus der Hölle.

Ich gab ihr einen Kuß auf die kühle Wange.

»Morgen um neun«, flüsterte sie. »Ich werde lieb zu dir sein.«

Sie schloß das Gartentor auf, lief dann den weißen Weg entlang, und ich fiel ins duftende Gras. Kaum war sie im Hauseingang verschwunden, leuchtete schon oben im Fenster die bronzene Silhouette ihres Kopfes auf. Sie mußte durch den Schornstein vom Eingang ans Fenster geflogen sein. Doch bei ihr und in dieser Mainacht war alles möglich.

Ihr Kopf verschwand, und der Schwefelgeruch der Färberei unten im Tal vermischte sich mit wohlbekanntem Veilchenduft.

Für den Abend, an dem Fräulein Weberová lieb zu mir sein wollte, machte ich mich besonders schick, so wie sie am Abend davor fürs ›Port Arthur‹. Ich zog die graue Hose und das dunkel-

blaue Samtjackett an, das ich bei Herrn Neděla, dem Altwaren-
händler, gegen ein geschnitztes Kreuz aus dem Nachlaß meiner
Oma eingetauscht hatte. Schon um sieben war ich fertig herausgeputzt und bummelte über die Straße. An der Ecke vor der
Sparkasse standen die Jungs von der Band mit Lucie und Helena, und die hatten gleich was zu spotten: »Mensch!« wunderte
sich Lucie. »Ich hab' gar nicht gewußt, Danny, daß du ein Warmer bist!«

»Das kommt erst. Warte ab so bis Mitternacht. Dann wird er
so heiß sein wie ein Hochofen«, ließ Harýk sich hören.

»Begeben Sie sich zu einem Rendezvous mit Fräulein Weberová, Sir?« lästerte Lexa.

»Leck mich!« erwiderte ich.

»Warum gleich so starke Worte?« fragte Lexa.

»Er hat Lampenfieber«, warf Benno ein. »Seht ihr, wie er
schwitzt?«

»Zeig mal!« sagte Lucie und faßte an meine Stirn. »Mensch!
Todesschweiß!«

»Na ja, kein Wunder«, meinte Harýk. »So ein Fräulein wie
das Fräulein von Weber. Bis Mitternacht wird er in der Höllen-
glut geschmolzen sein.«

»Daß er uns mal nicht wegschmilzt«, sagte Benno.

»Hab keine Angst«, beruhigte ihn Lucie. »Vielleicht wird das
eine schöne kalte Dusche sein, das Fräulein Weberová.«

Benno holte das Flexaton heraus und schüttelte es. Über den
Marktplatz tönte *Georgie ... why, it's a shame how she cools' em
down* ... Kalte Dusche? ... Unsinn!

»Gestern im ›Port‹ hat er ihr sein Herz ausgeliefert. Und es
ihr gleich schriftlich gegeben«, erzählte Lexa.

»Ist ihm überhaupt noch ein Stückchen davon geblieben?«
fragte Lucie. »Man hat's ihm doch mindestens neunzehnmal
gebrochen, allein in Kostelec ...«

»Zwanzigmal«, verbesserte ich sie.

»Ja?« wunderte sich Lucie und fing an, an den Fingern abzu-
zählen: »Irena, Marie ...«

Sie bekam wirklich neunzehn zusammen, die Mädchen hatten anscheinend einen guten Überblick, ich wunderte mich, wie genau ihre Statistik war. »Bei mir kommen nur neunzehn raus«, sagte sie.

»Du hast dich selbst ausgelassen.«

»Möglich.«

»Ach ja«, sagte Harýk. »Und wann war das denn?«

»Er macht nur Spaß«, sagte Lucie.

»Um so schlimmer«, brüllte Harýk wie bei einem Eifersuchtsanfall.

»Wieso?« fragte Lucie.

»Wenn du ihm das Herz nicht gebrochen hast, bedeutet das wohl, daß du was mit ihm gehabt hast!«

»Na erlaube! Mit so einem, der von neunzehn anderen abgenutzt ist!«

»Damals war ich's noch nicht«, sagte ich boshaft. »Damals war ich's höchstens von Irena, und von der auch nicht so übermäßig.«

»Was höre ich denn da?« fragte Lexa.

»Er schwafelt bloß so vor sich hin«, sagte Lucie.

»Und wenn nicht?« fragte Harýk.

»Danny schwafelt in diesen Sachen nicht«, warf Benno ein. »Wenn etwas Scheiße gelaufen ist, gibt er das zu, ohne daß man ihn groß bitten müßte.«

»Benno!« ermahnte ihn Helena.

»Schief, meine ich«, sagte Benno. »Das wollte ich sagen. Nicht das andere.«

»Aber das andere wurde daraus. Ich meine, mit mir,« sagte Lucie. »Und er lügt, denn in der Zeit war er schon von mindestens fünfzehn abgenutzt.«

»Meint ihr, daß die Weberová davon weiß? Von den zwanzig?« fragte Harýk.

»Das glaube ich kaum«, entgegnete Lexa. »Sie ist fremd hier.«

»Wir sollten sie warnen«, schlug Fonda vor. »Lucie, geh hin und sag ihr Bescheid.«

»Meine Herren«, warf ich ein. »Die Mühe könnt ihr euch sparen. Die weiß alles. Und alles hat sie mir verziehen. Ich bin ihre einzige Liebe.«

»Die sieht nicht danach aus«, sagte Harýk. »Die hat mindestens eine Liebe an jedem lackierten Finger. Einige in Prag, einige in Wien, wieder andere in Linz.«

»Ich bin ihre einzige Liebe im Mai.«

»Allerhöchstens«, warf Lucy ein.

»Könnten Sie für mich ein Wörtchen einlegen, Sir?« sagte Lexa. »Ich wäre im Juni frei.«

»Da wird Fräulein Weberová bereits tot sein«, sagte ich.

»Was für'n Jammer!« fiepte Harýk. »Du aber hoffentlich auch? Du würdest bestimmt so einen Verlust nicht überleben?«

»Würde ich auch nicht.«

»Wir werden für dich auf der Beerdigung spielen, du Idiot«, spann Benno weiter. »Was sollen wir spielen?«

Ich grinste Lucie an und sagte sarkastisch: » ›Nobody's Sweetheart‹, oder?« Ich berührte die Hutkrempe wie Clark Gable und sagte: »Macht's gut, die Herren und die Damen!«

Lockeren Schrittes lief ich über den Marktplatz in Richtung Schloßhügel. Hinter mir ertönte das Flexaton, und die Jungs brummten ... *you got silken hose, velvet gown, all out of place in your old home town ...*

Das war ich. *Out of place.* Ein dem Teufel Verschriebener. Oder eher einer Teufelin.

Sie machte mir die Tür auf, und fast hätte es mich umgehauen. Wenn sie hübsch gewesen war, als sie das Eis vor Burdychs Laden geschleckt hatte, und schön, als sie das Blut von meinem kleinen Finger abgeleckt hatte, stellte sie nun eine phantastische Schöpfung der Bühnentechnik dar oder was auch immer, sie war wunderschön und wirkte schon beinahe künstlich. Als erstes bemerkte ich ein kleines schwarzes Schönheitsmal, das auf ihrer Wange klebte. Von dem Mal an bis fast zu den Spitzen ihrer reizenden Hügelchen war sie nackt und vollgepudert, so daß sich zu dem üblichen Veilchengeruch ein betörender Parfümerieduft gesellte. Ihr restlicher Körper war dafür bis zu den Knöcheln verhüllt, in ein schwarzes Festkleid aus Samt mit einer giftgrünen Blume an der Taille, anscheinend eine Nachbildung einer fleischfressenden Pflanze, so gefährlich sah die aus. Ihr Mund war doppelt so groß wie am Tag, er war mit irgend etwas bemalt, das den Eindruck einer nicht trocknen wollenden Feuchtigkeit erweckte. Um die Augen herum zog sich ein hübscher schwarzer Lidstrich, sie hatte auch etwas an ihren Wimpern verändert, denn sie waren jetzt länger, mindestens fünf Zentimeter. Wenn sie zwinkerte, sah ich ihre smaragdgrünen Augenlider, waren die Augen offen, erschienen die Smaragdskarabäen. Die bronzenen Haarsträhnen auf ihrem Kopf waren zu einer bemerkenswerten Ornamentkomposition geformt, die kunstvoll mit einer Plastikschlange durchflochten war, diese bestickt mit winzigen, schwarzen, glänzenden Plättchen. Der stumpfe Schlangenkopf mit den grünen Glasaugen ragte hinter Fräulein Weberovás Ohr hervor. An den Ohren steckten schwarze Margeriten. Bei dem Anblick dieses Kunstwerkes verlor ich die Sprache. Fräulein Weberová verstand es, das Beste aus ihrem Äußeren zu machen! Und ihr Äußeres war es wert.

»Du kannst nach oben gehen, mein Herz«, sagte sie. »Ich komm' gleich nach, mit Erfrischungen.«

Ich stieg die Treppe mit einem roten Kokosteppich hoch, direkt gegenüber gähnte die offene Tür zum Salon, in dem es wie in einem Beerdigungsinstitut aussah. Zwei Paraffinkerzen auf einem Tisch neben der Couch und zwei Schummerlämpchen in den Ecken beleuchteten den Raum spärlich. Steif trat ich ein, da erschien auch schon Karla-Marie in der Seitentür. Sie war wohl durch den Kamin aus der Küche heraufgeflogen. In den Händen trug sie ein bronzenes Tablett mit einer Karaffe und zwei Gläsern. In der Karaffe schimmerte ein grünes Getränk, wahrscheinlich ein Hexengebräu. Karla-Marie goß ein, setzte sich graziös auf die Couch und nickte mir zu. Sie saß gerade, als hätte sie ein Lineal verschluckt, damit bloß nichts von dem

Kunstwerk durch eine unvorsichtige Bewegung draufging. Ihre Hügelchen mit den entblößten Abhängen waren direkt auf mich gerichtet.

»Jetzt muß ich wieder Sie zu dir sagen«, sagte sie. »Denn es würde nicht zu dem passen, was ich dir jetzt erzählen möchte.«

Demütig nickte ich.

»Zuerst trinken wir aber was.«

Wir tranken. Es enthielt ungefähr einhundertzehn Prozent flüssigen Vergnügens und schmeckte nach irgendwelchen Kräutern. Na ja. Ein Hexengebräu. Ich kippte das Glas auf ex; Fräulein Weberová goß mir sofort ein neues ein, und nach der Wirkung des ersten versuchte ich vielleicht fünf Minuten lang, ein Wort herauszubringen, bevor ich meine Stimme wiederfand: »Sie sind unglaublich hübsch, Karla-Marie!«

»Fräulein Weberová«, verbesserte sie mich.

»Fräulein Weberová.«

»Sie sind auch hübsch. Besonders im Samtsakko.«

»Machen Sie sich nicht lustig über mich.«

»Mache ich mich lustig über Sie?« wunderte sie sich. »Tu' ich doch gar nicht. Sie sind ein hübscher junger Mann, und hübsche junge Männer sollten sich fein anziehen. Mir gefällt das, und alles andere ist unwichtig.«

»Sie haben recht, Fräulein Weberová. Wie immer.«

»Sie sind ein hübscher junger Mann«, wiederholte sie die absolute Unwahrheit, »aber Sie haben eine schmutzige Seele.«

»Hab' ich nicht!« rief ich aus. »Fräulein Weberová, wie können Sie so etwas sagen?«

»Ich kann es, weil ich immer recht habe«, sagte sie. »*Sie haben es selber gesagt!*«

»Sie war vielleicht schmutzig. Aber jetzt werde ich sie reinigen, gründlich, Sie werden sehen.«

»Da müßten Sie aber immer und ausschließlich die Wahrheit sagen«, sprach Fräulein Weberová. »In der Liebe ist nur die absolute Wahrheit gut genug. Lieben Sie nur mich?«

»Nur Sie!«

Sie lächelte traurig, wie mir schien. Sie griff irgendwohin in das Tal zwischen ihren Hügelchen, holte einen zusammengerollten Zettel, strich ihn auf dem Schoß glatt und las mit bitterer Stimme: »*Ich liebe, und im Mai dieses Jahres werde ich nur und ausschließlich Fräulein Karla-Marie Weberová lieben.* Das haben Sie gestern abend geschrieben«, sagte sie, »doch es ist nicht die Wahrheit.«

»Es ist wahr!« rief ich. »Doch und doch und doch!«

Ich kippte das nächste Glas hinunter, und während ich mit meiner Stimme kämpfte, füllte mir Fräulein Weberová mit traurigem Gesichtsausdruck ein neues nach.

»Was bedeutet es, nur ein Mädchen zu lieben?« fragte sie philosophisch und gab auch gleich die Antwort darauf: »Mit keiner anderen eine Sünde begehen.«

»Ich sündige nicht! Ich liebe nur Sie, Fräulein Karla-Marie Weberová!«

»Sind Sie Christ, Herr Smiřický?«

Daß sie danach noch fragt, dachte ich. Das weiß sie doch. Sonst hätte sie sich nicht um meine Seele bemüht, die Teufelin. Heidenseelen sind für den Teufel ohne Wert. Die kommen so oder so in die Hölle. Und ich jetzt auch, Fräulein Weberová, doch Ihr Wille geschehe!

»Bin ich«, sagte ich. »Ein schlechter, aber ein getaufter.«

»Also gilt für Sie das Neue Testament?«

»Es gilt, soweit ich weiß.«

»Haben Sie das Evangelium des Heiligen Matthäus gelesen?«

»Ja«, sagte ich. Verdammt, warum fragt sie mich in Religion ab, die Teufelin? Wahrscheinlich, damit ich lästerte. »Ich muß es wohl gelesen haben. Oder wenigstens zum Teil. In Religionsgeschichte in der Tertia. Oder vielleicht in der Sekunda.«

»Matthäus«, belehrte mich Karla-Marie Weberová, »sagt in Kapitel fünf, Vers sieben- und achtundzwanzig: ›Ihr habt gehört, daß gesagt worden ist: Du sollst nicht ehebrechen. Ich aber sage euch: Wer eine Frau auch nur lüstern ansieht, hat in seinem Herzen schon Ehebruch mit ihr begangen.‹ Verstehen Sie?«

»Das verstehe ich nicht«, sagte ich trotzig, obwohl ich genau wußte, worauf sie hinauswollte.

»Dann werde ich es Ihnen erklären. Stellen Sie sich ein Mädchen vor, hier aus Kostelec. Sicherlich hat Ihnen eines gefallen, bevor ich kam. Sagen Sie die Wahrheit.«

»Haben mir … hat mir gefallen«, sagte ich. Es hatte keinen Sinn zu leugnen. Es hätte sehr unwahrscheinlich geklungen, und außerdem hatte sich Fräulein Weberová das Monopol nur für den Monat Mai eingeholt.

»Stellen Sie sich das Mädchen vor!«

»Welches?«

»Eins von den Mädchen.«

Ich stellte mir Marie Dreslerová vor. Wie sie von der Aula kommend am Fluß entlang lief, über die schneeverwehte Ebene, wie die Schneeflocken auf ihrer Nase landeten, wie sie diese wegpustete. So aufrichtig war ich. Ich stellte mir das weiße V vor, das V für Victory. Ich stellte mit ihre zarten Knie in den Feinrippstrumpfhosen vor. So erfüllte ich die Befehle der Teufelin, die meine Gedanken jäh unterbrach: »Gefällt es Ihnen nicht? Sind Sie nicht willig, in Ihrem Herzen …?«

Ich wollte lügen. Maries Knie gefielen mir sogar in Anwesenheit des dekolletierten Fräuleins Karla-Marie. Ich sah auf ihr Dekolleté, damit ich ihr die Wahrheit sagen konnte, doch Fräulein Weberová faßte mich mit einem Finger am Kinn und zwang mich, anstatt auf ihre Hügelchen in die zwei grünen ägyptischen Käfer zu gucken. »Sagen Sie die reine Wahrheit!« befahl sie. Mich durchfuhr ein seltsamer Schauder, und die Hand von Fräulein Weberová, mit einem goldenen Schlänglein mit roten Augen am Ringfinger, reichte mir das grüne Gebräu.

Ich kippte es hinunter, noch immer wollte ich lügen, wenigstens ein bißchen, doch das Getränk brachte mich zum Schweigen. Fünf Minuten später sprach ich die reine Wahrheit.

»Sie haben recht, Fräulein Weberová. Ich habe bereits Ehebruch begangen oder wie das heißt.«

»Mit wem?« fragte sie mich.

»Mit Fräulein Marie Dreslerová.«

»Sie war aber nicht die einzige. Stellen Sie sich eine andere vor. Wie heißt sie?«

Meinen Willen zum Widerstand hatte ich nun vollkommen verloren. Karla-Marie überbrückte das gepuderte Tal mit ihrem weißen Arm, das Schlänglein sah mich mit seinen roten Augen an, ich richtete meine Augen nach oben, und die andere Schlange, die hinter dem Ohr von Fräulein Karla-Marie, durchbohrte mich mit einem grünen Blick. Die goldenen Augen der Hexe gaben mir den Rest.

»Irena«, hauchte ich.

Sie reichte mir das Glas, ich trank, und Fräulein Weberová sagte: »Die nächste! Name und Adresse!«

Und so zählte ich ihr zwischen den zwei Paraffinkerzen in dem hexenhaften Dämmerlicht alle zwanzig Mädchen aus Kostelec auf, mit denen ich in meinem Herzen Ehebruch begangen hatte, sogar Judy Garland fügte ich hinzu. Ich hinderte Fräulein Weberová überhaupt nicht daran, daß sie alle mit einem Miniatur-Bleistift in einen mit bunten Steinen besetzten schwarzen Notizblock eintrug.

»Ich gestehe alles und bekenne vor Ihnen, Fräulein Weberová, daß mir diese Mädchen gefallen, wenn ich an sie denke. Doch jetzt im Mai denke ich nicht an sie. Ich hab' jetzt nur deshalb an sie gedacht, weil Sie das so gewünscht haben. Sonst denke ich nur an Sie, und nur Sie liebe ich, Fräulein Weberová, bei Gott …«

»Pst!«

»Also beim Teufel oder wem auch immer …«

»Ach ja«, sie klappte den Block zu und steckte den Stift in ein Lederetui. »Entweder Sie lieben mich nicht genug, oder Sie sind ein so anspruchsvoller Liebhaber, daß Ihnen ein Mädchen nicht reicht, auch wenn sie etwas Besonderes ist.«

»Sie irren sich, Fräulein Weberová. In beiden Punkten.«

»Ich irre mich nie. Aber das erste ist ausgeschlossen. Wenn mich jemand liebt, dann liebt er mich *absolut*. Auch ist es nicht möglich, daß ich für den noch so anspruchsvollen Liebhaber nicht gut genug wäre, denn ich bin etwas *ganz Besonderes*.«

Die Schlange hinter dem Ohr sah ziemlich gefährlich aus, Karla-Maries Überlegung brachte mich durcheinander.

»Aber wo denn ... wie denn ... also mit mir, Fräulein Weberová? Wenn beide Möglichkeiten nicht zutreffen ...«

Sie schlug die Beine übereinander, ein Knöchel kam unter dem schwarzen Kleid zum Vorschein. Ein glänzender Strumpf umhüllte ihn.

»Trinken Sie!«

Ich tat, wie mir geheißen, auch wenn die letzten Spuren meines Verstands mir zuflüsterten, daß dies nicht anders als verheerend enden würde.

»Das ist ganz einfach«, sprach sie. »Sie wissen doch, wer ich bin.« Sie nahm das Schlänglein hinter ihrem Ohr mit zwei Finger hoch und rückte sein Nest in dem bronzenen Gebüsch ein wenig zurecht. Danach legte sie ihre Hand auf die glatten sanften Hänge, so daß die andere Schlange auf die gepuderten Schatten im Tal herunterschaute. Ich begriff endgültig, wer sie war, ich schluckte. Eine Paraffinkerze zischte, eine durchsichtige Träne lief an ihr hinunter und schimmerte grün, denn sie hatte den Blick der Hexe Weberová auf sich gezogen.

»Ich weiß, Fräulein Weberová.«

»Karla-Marie«, sagte sie.

»Ich weiß, Karla-Marie.«

»Meine Liebe ist keine ...«, mit dem entblößten Arm vollführte sie einige hexenhafte Zeichen, »... ist keine Liebe ... mein Herz. *Ich hab' Verbindungen mit den dunkleren Elementen ...* und die sind von einer ... viel ernsthafteren Natur.«

Sie holte tief Luft, die Hügelchen hoben sich, das Kleid rutschte an den Hügelchen ein wenig tiefer.

»Bisher haben Sie noch nicht davon gekostet«, sagte sie.

Plötzlich bekam ich das Gefühl, mich in einen Vulkan verwandelt zu haben. Die Lava dehnte sich in mir mit einem ungeheuren tektonischen Druck aus.

»Karla-Marie!« röchelte ich. »Erlauben Sie mir, davon zu kosten?«

»Aber Sie müssen noch einmal den Schwur ablegen!«

»Auf alles, was Sie nur wollen, Karla-Marie!«

»Außer den zwanzig Mädchen, an die Sie gedacht haben, als ich Sie gefragt habe«, sprach sie langsam und sehr ernst, »außer an die haben Sie im diesem Monat Mai an keine andere gedacht, seit wir uns getroffen haben?«

»Ich schwöre es! An keine andere! Nicht einmal an irgend etwas bei einer anderen! Nur an Sie und an alles an Ihnen, Karla-Marie!«

»Auch haben Sie keiner anderen solche Sachen gesagt, die Sie zu mir gesagt haben?«

»Das schon gar nicht! Wie können Sie …! Wie könnte ich!«

»Haben Sie keine andere geküßt? Oder sie sonst berührt?«

»Karla-Marie!« flehte ich sie an. »Ich habe nur Sie berührt. An keine andere habe ich auch nur einen Gedanken verschwendet. Nur Sie und allein Sie habe ich geküßt!«

»Hm … Wenn das alles wahr ist …« Mit beiden Händen rückte sie die bronzene Komposition zurecht, und als sie die Arme hob, richteten sich auch die Hügelchen auf, der Stoff, der die Spitzen umhüllte, straffte sich, der Vulkan in mir rumorte dunkel.

»Wenn das alles wahr ist«, sagte Karla-Marie Weberová, »dürfen Sie …«

»Darf ich …« röchelte ich heiser, ganz wie ein Vulkan voller Lava und Schwefel. »… Sie küssen?«

Sie ließ die Arme baumeln und saß gerade wie eine Kerze auf der Couch, bewegungslos, wie aus dem von Sonne gewärmten Marmor gemeißelt. Sie rührte sich nicht, senkte nur langsam ihre Augenlider mit den fünf Zentimeter langen Wimpern, bis die ägyptischen Götzen verdeckt waren, die Lider waren grün geschminkt.

Ich näherte mich ihr, es umwehte mich der Duft der Orangen, einer wohl verbotenen Obstart aus dem höllischen Paradies, der Duft des Puders aus Wien, der Duft des teuren Parfums aus Paris, vielleicht aus Vorkriegsbeständen, ich berührte die wohlriechenden Lippen, doch plötzlich sagte sie: »Aber nicht auf den ...«

Sie konnte es nicht zu Ende sprechen, denn ich war nicht mehr in der Lage, diesem Befehl zu gehorchen, und ich sog mich mit all meiner Kraft an dem geschminkten Mund fest, ich umarmte ihre nackten Schultern, der Vulkan in mir war im Begriff zu explodieren, die Kerzen flackerten, doch auf einmal klappte sie in meinem Arm merkwürdig zusammen, ihr Mund rührte sich überhaupt nicht mehr, ich forschte darin mit meiner Zunge, berührte ihre, die regungslos darin lag, es schmeckte nach Menthol und nach Himbeeren.

Ich hörte auf, sie zu küssen. Die bronzene Konstruktion war zur Seite verrutscht, die langen, nackten Arme hingen leblos in meiner Umarmung. Die Hügelchen wogten nicht mehr.

Grauen überkam mich. Ich legte sie auf die Couch, führte meinen mit Spucke befeuchteten Finger an ihren halbgeöffneten Mund, doch ich spürte keinen kühlen Atemhauch. In dem Durcheinander griff ich nach ihrem Handgelenk, doch ich wußte nicht, wo die Pulsader ist, ob links oder rechts, ich konnte sowieso nichts ertasten, mich schauderte. Nicht auf den Mund ... Da würde ich sterben ... Sie hatte mir gesagt, sie würde sterben ... Um Gottes willen, hoffentlich war sie nicht gestorben?

Ich nahm noch einmal ihr Handgelenk, doch da war nichts, kein bißchen Pulsieren einer Ader. Vielleicht konnte ich den Puls ja bloß nicht ertasten, fiel mir ein. Oder aber ich konnte es und ...

Plötzlich gingen die zwei Lämpchen in den Zimmerecken aus. Es wurde fast völlig dunkel. Die Paraffinkerzen qualmten nur noch.

Ich sah mich um und erschrak dermaßen, daß ich Karla-Maries Arm losließ, er rutschte leblos von der Couch herunter, die Schlange auf dem Finger schlug klirrend auf den Boden. Ein schwaches Licht von der Halle unten drang durch die geöffnete Tür. Es bildete einen hellen Rahmen, und in dem Rahmen stand eine Person, die ein durchsichtiges Gewand trug, das ganz deutlich verriet, daß es sich um ein Mädchen handelte und daß sie außer diesem Gewand nicht sehr viel mehr anhatte.

Ich schnappte mir die Paraffinkerze aus dem Messingständer, das ersterbende Licht erhellte ein wenig die Erscheinung.

Mein Gott!

Es war Karla-Marie, mit weißem Gesicht, als hätte man sie mit Kreide beschmiert, das bronzene Haar offen, und als ich sie anleuchtete, sprangen aus ihren Augen zwei tiefgrüne Basiliskenlichter.

»Du hast mich umgebracht! Ich habe dir gesagt, du sollst mich nicht auf den Mund küssen!«

In wahnsinniger Verwirrung drehte ich mich um. Karla-Marie lag leblos auf der Couch, die Hügelchen hoben sich nicht, die Hand ruhte auf dem Boden und berührte mit den Fingergelenken den Teppich, die bronzene Komposition war fast unberührt, nur das Schlänglein lugte ein wenig aus dem Nest heraus und wand sich nun halb auf der schwarzen Couch, mit den Augen wechselte sie grüne Signalblicke mit Karla-Maries Geist in der Tür.

Ich kreischte auf oder tat irgendwas in der Art und sah zur Decke hoch. Sie mußte sich jeden Moment spalten, und durch die Ritze würde sich einer auf mich stürzen ... und mich gegen die wieder geschlossene Decke werfen, so daß nur ein blutiger Fleck von mir übrigblieb ... Erneut entfloh mir ein bebendes Wimmern, und Karla-Maries Geist sprach: »Und noch dazu hast du niederträchtig, widerlich und furchtbar gelogen!«

»N... nein ... nicht gelogen!« versuchte ich mich zu wehren, doch gegen die dunklen Elemente nützte das wohl recht wenig.

»Angeblich liebst du nur mich!« sagte der Geist verächtlich. »Du hast es mir sogar schriftlich gegeben!«

Der Geist streckte mir die Hand entgegen, in der er ein Stückchen Papier hielt.

»Lies vor!«

Ich entfaltete das Blatt, meine Hand zitterte, ich sah im flakkernden Kerzenlicht darauf rostbraune Buchstaben zwischen grünen Flecken ... von Algen ... ein wenig verschwommen, doch lesen konnte man es noch.

»Ich liebe«, las ich mit erstickender Stimme, *»und im Mai dieses Jahres werde ich nur und ausschließlich Fräulein Marie-Karla Weberová lieben.«*

»Ha!« brachte der Geist triumphierend hervor. In seinem kreidebleichen Gesicht leuchteten die Augen wie die grünen Flaschenglassplitter in den Lampen, die Herr Nedĕla verkauft hatte, grüne Splitter ins weiße Blech gestanzt, mit einer Glühbirne von hinten ...

»Aber ... aber ... Fräulein Weberová«, stotterte ich, »diesen Schein haben Sie doch im Teich verloren!«

»Damals, als ich noch gelebt habe«, sagte der Geist. »Jetzt aber, jetzt kann ich alles haben. Auch die verlorengegangenen Dinge.«

»Ach so«, sagte ich, mir schlotterten auf einmal die Knie, ich schwankte. Der Geist forderte mich auf: »Trink!«

Ich ertastete die Flasche. Ich nahm einen tiefen Zug von dem Hexengesöff, der Geist vollführte tänzelnde Bewegungen, seine Augen leuchteten noch immer übernatürlich. Ich sah verstohlen nach Karla-Marie, sie lag tot auf der Couch.

»Nimm den zweiten Schein und lies auch den vor!« hörte ich den Geist sagen. Ich blickte die tote Karla-Marie an. Die Fingergelenke lagen auf dem Teppich, die Hügelchen hoben sich nicht.

»Wo ...«, wieder schüttelte ich mich vor Grauen, »...wo ist der?«

»Tu nicht so, als wüßtest du nicht, wo er ist!« sagte der Geist. »Ich habe den Schein am Herzen getragen, weil ich dich geliebt und dir geglaubt habe. Mach schon!«

Eine dunkle Kraft schob mich zu der Leiche. Ich streckte meine Hand zu den Hügelchen hin, über dem Tal stockte ich, schwankte, vollkommen betäubt vor Entsetzen.

»Wird's bald?« fragte der Geist.

Und so fischte ich mit meinen zitternden Fingern in der Mulde. Es war weich und nachgiebig dort und noch warm, viel zu warm, schien mir, für ein Mädchen, das bereits seit zehn Minuten tot sein sollte. Sie fühlte sich elastisch an unter meinen forschenden Fingern, ich forschte und forschte …

»Das dauert aber bei dir!« sagte der Geist. »Du sollst nur den Schein suchen und nichts anderes.«

Eine scharfe Kante berührte meinen Finger, ein kleines Papierröllchen. Ich zog es heraus, fast mit Bedauern. Der Geist befahl mir: »Lies vor!«

»Ich liebe, und im Mai dieses Jahres werde ich nur und ausschließlich Fräulein Karla-Marie Weberová lieben.«

Ich hob meinen Blick zu dem Geist, zu seinen Hexenaugen aus grünen Glassplittern. Von der Couch her ertönte ein Stöhnen. Der Geist hob einen Arm. Ich schrie auf.

Blendendes Licht schlug mir ins Gesicht. Jemand hatte den Kristalleuchter des Herrn Dirigenten Obdržálek angeschaltet. Ich schloß geblendet die Augen, öffnete sie wieder. Karla-Marie im langen, schwarzen Kleid stand vor mir und wieherte teuflisch. Und daneben noch eine Karla-Marie in einem durchsichtigen, weißen Nachthemd, die genauso wieherte, ihr Gesicht war mit weißem Mehl bedeckt. Die erste Karla-Marie faßte die andere um die Taille, beide wieherten und hatten einen Höllenspaß.

»Sie sind ein Lügner, ein Lügner, ein Lügner«, sangen sie ein reizendes Duett.

Ich hob die Hände zum Protest, ich sah, daß ich in jeder einen Zettel hielt. Das Licht des Kronleuchters machte die ganze Hexerei zunichte, es blieben nur die zwei teuflisch hübschen Mädchen da, die einander zum Verwechseln ähnlich sahen. Verlegen schaute ich mir meine Zettel an. Die eine Karla-Marie im Kleid riß mir den einen aus der linken und gleich darauf die zweite Karla-Marie im Nachthemd den anderen aus der rechten Hand.

»Ich liebe, und im Mai dieses Jahres werde ich nur und ausschließlich«, las sie mit höhnischem Pathos vor, *»Fräulein Kar-*

la-Marie Weberová«, und machte einen Knicks. Gleich darauf las Karla-Marie im Festkleid weiter, doch sie mußte sich große Mühe geben, damit sie sich nicht vor Lachen verschluckte.

»Ich liebe, und im Mai dieses Jahres werde ich nur und ausschließlich«, ein Knicks, und: *»Fräulein Marie-Karla Weberová.*« Sie sah mich an mit ihren spottenden Augen und sagte honigsüß: *»Marie-Karla* Weberová.«

Sofort danach das Mädchen im Nachthemd, erst ein Knicks und dann: *»Karla-Marie* Weberová.«

Und gleich prusteten sie wieder aus vollem Hals.

»Das ist nicht fair«, rief ich. »Das ist ein Betrug, das hier! Wie hätte ich das wissen sollen?«

Die Mädchen sahen einander an, dann mich, und rezitierten unisono spöttisch: »Lieben Sie uns und nur uns, Herr Daniel?«

Sie wieherten dermaßen, daß ich auch mitlachen mußte, selbst wenn ich vor Wut mit den Zähnen knirschte.

Die Weber-Mädchen hatten wohl sehr viel Spaß im Leben.

Als ich dann, mit Anislikör abgefüllt und um lehrreiche Erfahrungen über die verschiedensten amüsanten Möglichkeiten im Leben von Zwillingsschwestern bereichert, über den Schloßhügel nach Hause lief, kam mir der Gedanke, daß es auch einmal nicht mehr ganz so witzig werden könnte. Sie waren beide ganz nette Mädchen, das war mir schon klar, denn in der letzten Stunde mit ihnen, als wir gemeinsam den Anislikör ausgetrunken hatten, machte es richtig Spaß. Es war eine amüsante, gesellige Unterhaltung mit den wunderschönen Käfern gewesen. Doch wenn irgendwann mal jemand es im Ernst angehen würde mit ihnen, ich meine mit der Liebe, und es auch sie voll erwischen würde, was wollten sie dann machen? Wenn derjenige einer sein würde und sie zwei? Kann man zwei Mädchen auf einmal lieben? Wahrscheinlich schon, wie ich es mit meiner Erfahrung in der Simultanliebe zu Irena und Marie belegen konnte. Doch die waren absolut verschieden. Kann man zwei absolut gleiche Mädchen gleichzeitig lieben?

Ich ging den steilen Trampelpfad bergab zwischen den Fliederbüschen in Richtung Marktplatz, über mir stand perlmuttfarben der Mond. Von irgendwoher, wahrscheinlich von dem Großen Plateau, wo ein paar Bänke standen, ertönte ein Flexaton … *when you walk down the avenue* … ich hielt inne, lief ein Stück zurück und folgte dem Ton auf dem schmalen Pfad … *I just can't believe it's you* … und lugte durchs Gebüsch. Unterhalb von mir auf dem kleinen rundlichen Platz, aufgehängt im Flieder über der Stadt, saß der Rattenfänger von Kostelec und schwenkte einen kleinen silbernen Mond hin und her, um ihn herum die Jungs aus der Band, Brynych trommelte leise auf einen Schuhkarton. Die nagelneuen Schuhe mit den nach oben gerichteten Spitzen lagen ausgepackt neben ihm auf der Bank und glänzten im Mondlicht … *heydoodey! haydooda* … auf der Schallplatte, von der wir den Song gehört hatten, verstanden wir den Text nicht so gut, und die Jungs saßen da, hörten Benno dem Rattenfänger zu in der wunderschönen Nacht in der wunderschönen Stadt Kostelec, sie hauchten einen großartigen, samtig gedämpften Akkord, und das Flexaton rief sehnsüchtig in die wunderschöne Nacht der Jugend hinaus … *where is the bird of paradise?* … brummend übernahmen die Jungs den sanften Chorus wie das Rauschen des Waldes … *heydoodey … heydooda* … ich drehte mich um und ging bergab in die Stadt … *where is the bird of paradise?* … bergab, bergab, in die mitternächtliche, schöne, traurige Stadt Kostelec …

Ich war immer noch traurig, schon seit dem Morgen des nächsten Tages, nachdem die Wirkung des Anislikörs nachgelassen hatte. Sie hatten mich nicht ernst genommen, die Weber-Mädchen. Schlau hatten sie sich's ausgedacht, den Plan dann immer wieder angepaßt, je nachdem, wie sich die Situation änderte. Wie ich mich zum Beispiel vertat, als ich an Marie Dreslerová gedacht und auf den Schein Marie-Karla geschrieben hatte. Sofort hatten sie ihr Szenario darauf abgestimmt, die zwei Hexen. Wie der Knutschfleck verschwunden war, wie sie in der Fasanerie die Plätze getauscht hatten, genauso wie auf dem Klo in der Kneipe ›Zum Steinpilz‹. Und wie gut die Hexenflüge von Obdržálek ins ›Port Arthur‹ abgestimmt gewesen waren, und auch die von der Küche nach oben ans Fenster. Nur hatten sie es nicht immer hingekriegt, sich darüber zu verständigen, was ich mit der jeweils anderen geredet hatte. Doch ich war viel zu verwirrt von ihnen beiden gewesen, um irgendwas zu merken. Wie hätte ich es auch nicht sein sollen. Die Weber-Mädchen. Die, deren Vater in der Strafkolonie war, weiß Gott, ob denen die Späße nicht schneller vergehen würden, als sie denken mochten. Die unheimlich hübschen Weber-Mädchen, und mich hatten sie nicht ernst genommen.

Niemand nahm mich ernst, niemand in ganz Kostelec. Ich tat mir selber sehr leid. Ich schaute aus dem Fenster, das Maiwetter wurde schlechter, über der Stadt hingen schwarze Wolken und unter ihnen graue Fetzen. Der Wald war dunkel geworden, er erstreckte sich bis nach unten zum Fluß, am Hang sah man die Villen zwischen den Bäumen hervorlugen, auch das rote Dach der Villa von Marie Dreslerová, und unten, an der Brauerei, sah man die Mietshäuser, wo Irena wohnte. Eigentlich, überlegte ich mir, eigentlich liebte ich sowieso Irena. Oder Marie. Aber die nahmen mich auch nicht ernst.

Oder etwa doch?

Es war Nachmittag, die Kaffeestunde um vier. Ich ging in den Flur, nahm den Telefonhörer ab und wählte die Nummer des Herrn Rat. Alena nahm ab.

»Hallo. Du willst Irena sprechen, nicht wahr?«

»Ja.«

Ein Moment Stille, dann Irenas fröhliche Stimme: »Hallo?«

»Ich bin's.«

»Danny?«

»Ja. Irena … könnten wir uns sehen?«

»Jetzt?«

»Ja. Sofort. Ich muß dich unbedingt sehen!«

»Sonst nichts?«

»Sonst nichts.«

»Wirklich?«

»Wirklich.«

»Dann komm eben vorbei, Danny. Aber hier sitzt eine ganze Clique.«

»Eine ganze Clique?« fragte ich enttäuscht.

»Nur unsere Alena und irgendwelche Freundinnen von ihr. Nur Mädchen.«

»Aber ich will nur dich sehen. Auf die Mädchen pfeife ich.«

»Das ist eine interessante Veränderung«, sagte Irena. »Komm vorbei, dann sehen wir weiter. Vielleicht kann ich sie irgendwie loswerden, bevor du da bist.«

Ich ging also los.

Ich schleppte mich durch die Jirásek-Straße, am Hotel Granada vorbei und über die Gleise zu Irenas Haus. Die Schwärze am Himmel war beinahe übernatürlich, als wollte der Himmel der schönen Stadt Kostelec drohen für alle ihre Sünden. Ich rannte die Treppe hoch bis zu der Wohnungstür des Herrn Rat und klingelte. Alena machte auf.

Als sie mich sah, prustete sie los und hielt sich die Hand vor den Mund.

Schnell schaute ich nach, ob mein Hosenlatz nicht offen war oder ob nicht mein Hemd aus der Hose herausguckte oder sonst was, es war aber nichts.

»So viel Spaß auf einmal!« sagte ich. »Ist was?«

»Nichts.«

»Was gibt's denn hier zu lachen, mein Schatz?«

»Nichts, Danny!« sagte Alena, prustete wieder, oder was auch immer das war, und verzog sich in die Küche.

»Danny?« hörte ich aus dem Wohnzimmer Irenas Stimme.

»Ja?«

»Komm nur rein. Die andern sind schon weg.«

Die ganze Wohnung war plötzlich hell erleuchtet, auch wenn sich hinter dem Fenster im Arbeitszimmer des Herrn Rat, das ich durch die geöffnete Tür sehen konnte, der schwarze Bauch des Himmels fast bis zu den Baumkronen gesenkt hatte und daraus langsam weißgraue Schleier auf den Wald herunterfielen, es fing wohl an zu regnen. Flink schritt ich auf Irenas Zimmer zu, im Gesicht ließ ich ein begeistertes Lächeln entstehen. Das verging mir jedoch gleich auf der Schwelle.

Im Zimmer stand Irena, und auf der Couch, wo ich ihr im Winter den Knutschfleck gemacht hatte, da saßen die Weber-Mädchen, und eine von denen, ich wußte nicht welche, trug auf ihrem langen Hals den verblaßten Knutschfleck, den ich ihr vor zwei Tagen beim Teich gemacht hatte.

»Nur meine Cousinen sind hiergeblieben. Sonst sind alle Mädchen gegangen«, sagte Irena, dann fuhr sie mit süßer Stimme fort: »Macht euch bekannt ... ach ja, braucht ihr eigentlich nicht. Meine Cousinen haben mir schon erzählt, wie du sie verwechselt hast.«

Also hatten die Cousinen gequatscht. Wie ich die mit dem Knutschfleck mit der ohne Knutschfleck verwechselt hatte, weil sie mir weisgemacht hatten, sie würden über Zauberkräfte verfügen, die das Verschwinden von Knutschflecken bewirken. Was hatten sie wohl noch alles erzählt? Schöne Cousinen, meine liebe Irena. Doch das paßte genau zu mir. Das war auch schon alles, was Gott mir gestattete. Ein paar Knutschflecke am Hals der Mädchen aus Kostelec, und wenn ich besonders artig war und Kerzen verheizte wie ein Köhler, dann vielleicht auch am Hals der Mädchen aus Linz.

»Dann gehe ich mal, Irena«, sagte ich. »Leben Sie wohl, meine Fräulein Weber!«

Und so ging ich.

Als ich vor dem Haus stand, fing es an zu regnen. Es war mir egal. Ich war traurig, und als die Tropfen aus dem schwarzen Himmel fielen, wurde es sogar eine ganz schöne Traurigkeit.

Bennos Fenster in der Villa von Mánes stand offen, der Regen rauschte, doch in den Regen hinein erklang plötzlich das

Flexaton ... oder vielleicht schien es mir nur so ... *heydoodey, haydooda* ... sang der Rattenfänger aus Kostelec, der dicke Rattenfänger unserer Jugendjahre, wir hatten den Text nicht verstanden, und so dichteten wir etwas zusammen, damit es einen Sinn gab ... *where is the bird of paradise?* ... Ich sah nach oben, zu den Fenstern von Maries Tante, und in der Tat, Marie neigte sich gerade heraus und schüttelte eine gelbe Decke aus. Ihre Tante war wahrscheinlich krank, und die vorbildliche Christin Marie vollbrachte gute Taten ... *it all seems wrong somehow* ... sang Bennos Flexaton, ich bog unter Bennos Fenster zum Fluß ab, schleppte mich am Fluß entlang, dicke Regentropfen machten große Kreise auf dem Wasser, die Kreise stießen an andere Kreise, der Regen rauschte und kühlte mich ab, er kühlte angenehm ... tief über dem Wald hingen graue Wolken ... *'cause you're nobody's sweetheart now* ...

Die prima Saison kommt ins Stocken

CHARLESTON HINTER GITTERN

Der Mond, er lächelte auf sie nieder
und bettete sich in die Farne schon.
Er spielte den Charleston der Jugend
auf seinem gold'nen Saxophon.

Josef Krátký, 7b

Wᴇɴɴ Kʀɪsᴛýɴᴀ ᴀᴍ Rᴀɴᴅ ᴅᴇʀ Büʜɴᴇ sᴛᴀɴᴅ, konnte man ihr vom Orchester aus ein Stück weit unter den Rock gucken. Aber sie trug eine Krinoline, und deshalb war nicht sehr viel zu sehen. Nur wenn sie eine heftige Drehung vollführte und der Trichter der Krinoline sich auf der einen Seite gefährlich hob, kam ein schwarzer Strumpfhalter zum Vorschein, der ihre weißen Strümpfe oberhalb der Knie festhielt.

»Ah, Meister Mozart«, sprach Kristýna, als würde sie in der Tschechischstunde ziemlich miserabel eingelernte Verse vortragen, »ist das wahr, daß Er für mich ein neues Menuett komponiert hat?«

Aus dem Gymnasium in Mýto hatte man sie zu einem Gastauftritt eingeladen, angeblich weil sie eine so gute Schauspielerin war. Ach wo! Mit den Laienschauspielern aus Mýto soll sie die Julia im »Romeo« gespielt haben, mit riesigem Erfolg. Alles Pustekuchen. Man hatte sie auf Professor Dostáls Drängen hin eingeladen, er war ein bekannter Frauenheld, und Kristýna gefiel ihm. Denn sonst hätte Herr Professor Dostál Jarka Mokrý, der unsere Maifestrevue »Die Frühlingssonne« geschrieben hatte, eine Fünf in Mathe verpassen können, weil Jarka Mokrý über die Bruchrechnung nicht hinausgekommen war, und sogar auf diesem Gebiet war sein Erkenntnisstand in den Anfängen steckengeblieben. Deshalb überlegte sich Jarka Mokrý, die Hauptrolle doch besser nicht mit Zuzana Votická, für die er das Stück ursprünglich gedacht hatte, zu besetzen, sondern mit Kristýna Nedoložilová. Glücklicherweise sah der liebe Gott dabei nicht tatenlos zu, und so war Herr Professor Dostál just an jenem Tag an Gelbsucht erkrankt, als Kristýna Nedoložilová zur ersten Probe kam; und heute, einen Tag vor der Premiere, war er immer noch gelb, aß Grießbrei und mußte im Bett bleiben.

»Es ist wahr, meine Komtesse«, sprach Rosťa, der viel zu enge lange Unterhosen anhatte. »Es ist wahr ... es ist wahr ...«

Und er vergaß seinen Text. Jarka Mokrý rastete aus.

Daß man die Rolle mit Kristýna Nedoložilová aus Mýto besetzt hatte, war kein Fehler. Die Schauspielerei war zwar nicht ihre Stärke, aber alles andere stimmte schon.

»Pitterman, ich bitte dich, bist du völlig verblödet?« Jarka Mokrý explodierte. »Ist das denn so schwer? Diese zwanzig Sätze?«

»Das ist mir zuviel«, sagte Rosťa.

»Red keinen Stuß«, erwiderte Jarka. »Also: Es ist wahr, meine Komtesse. Ich habe ein Menuett komponiert, wie noch niemand, nirgends, niemals, eines komponiert hat. Na also.«

»Es ist wahr, meine Komtesse«, sagte Rosťa. »Ich habe ein Menuett komponiert, wie ...« Er blickte zu Kristýna, die ein Kichern unterdrückte. »...wie noch nirgends ... nein: nie ... oder ... niemand nirgends ...« Er verhaspelte sich hoffnungslos und verstummte, und Jarka Mokrý faßte sich an den Kopf: »Mensch, das ist doch egal! Niemand niemals nirgends oder nirgends niemals niemand! Sag das irgendwie, aber sag's!«

»Nirgends, niemand, niemals«, sagte Rosťa. »So ein Menuett hat noch niemals – niemand – nirgends ...«

Fonda nickte uns zu, und wir fingen an, das Menuett zu spielen. Jarka Mokrý hatte zwar vor, es noch einmal wiederholen zu lassen, doch Kristýna Nedoložilová trippelte bereits mit ihren gut eingeübten Schritten los, der Trichter ihrer Krinoline drehte sich schaukelnd auf der Bühne, und Rosťa am Spinett vergaß völlig, so zu tun, als würde er die Tasten drücken. Spielen konnte er sowieso nicht.

Wir spielten das Menuett. Lexa schmückte es in der oberen Lage aus, Jenda Lenoch, den wir uns für diese Revue für Jindra ausgeborgt hatten, setzte tadellose Bässe direkt unter Kristýnas Pantöffelchen. Dann nickte Fonda noch einmal, wir blieben im Break stehen, und ohne Schlagzeug drängte sich Benno durch die Synkopen von unten nach oben, Fonda nickte noch mal, dann legten wir mit einem flotten Charleston richtig los.

Vom Spinett her kam Rosťa angetanzt. Das konnte er gut. Besser als Reden. Er schwang die Beine, die Knie aneinander gedrückt, genauso, wie es ihnen der Tanzmeister Toman beigebracht hatte. Und er hatte es ihnen perfekt beigebracht. Das Beineschwingen sah ziemlich effektvoll aus. Dumm daran war nur, daß man Kristýnas Beine unter der Krinoline nicht sehen konnte.

»Stop! Stop! Stop!« schrie Jarka Mokrý. »Das ist Murks!«

»Was?« fragte Kristýna.

»Das ist doch Mist, Charleston in einer Krinoline zu tanzen«, jammerte Jarka. »Man sieht deine Beine überhaupt nicht! Verdammt, daran hätte ich gleich denken können!«

»Wie langweilig«, maulte Kristýna. Das stimmte, denn ihre Beine gehörten nicht zu der Sorte, die man unter einer Krinoline hätte verstecken müssen.

»Kannst du das Ding nicht hochkrempeln?« schlug Rosťa vor.

»Unten drunter ist doch so ein Drahtgestell. Guckt mal«, Kristýna bückte sich zum Rocksaum hinab und schlug den rosa Satin hoch. Zum Vorschein kamen ihre Beine in weißen Strümpfen, jedoch in einem Drahtkäfig.

»Das ist ja heiß!« freute sich Jarka. »Das bringt's! Zieh's noch höher!«

Kristýna enthüllte ihre Beine bis zu den Knien.

»Noch höher!«

»Moment mal!« protestierte Kristýna.

»Was denn? Hast du nichts an unter dem Rock?«

»Ich bitte dich!« sagte Kristýna und war eingeschnappt. Doch dann zog sie den Stoff über dem Drahtgestell ein Stückchen höher, so daß man die schwarzen Strumpfhalter mit rosa Blümchen sehen konnte.

»Und los geht's!« rief Jarka. »Ab dem Trompetensolo!«

Kristýna ließ den Rock runter, Benno blies auf der Trompete in die vollkommene Stille hinein seine zuckenden Synkopen, Brynych gab mit der Trommel den Takt für den Charleston an, und schon zappelte Rosťa im Mozart-Kostüm quer über die Bühne. Kristýna krempelte ihren Rock hoch, und auch sie schwang hinter den Gittern ihre weißen Beine, die vor meinen Augen wirbelten. Es war toll. So war es richtig. Ich blies den Charleston und bewunderte dabei die beiden, wie sie die Beine schwangen, vor und auch hinter den Gittern.

Ich klopfte an die Tür der Mädchengarderobe und hoffte, daß Zuzana sich schon abgeschminkt hätte und Kristýna alleine da wäre. Meine Hoffnung ging in Erfüllung.

»Herein«, sagte Kristýnas Stimme, es bedeutete, daß sie bereits angezogen war. In der Tat. Sie hatte ein Sommerkleid mit einem Muster aus gelben Birnen an. Sie kämmte sich gerade die Haare, die kurz waren, fast ein Jungenhaarschnitt. Neben ihr auf einem Holzkopf hing die silberne Rokoko-Perücke.

»Hallo«, sagte ich wie nur so nebenbei. »Hast du heute abend was vor?«

»Ich fahr' nach Hause. Um sieben geht mein Zug.«

»Oh. Du bleibst gar nicht über Nacht?«

»Nein. Mein Papa erlaubt's mir nicht.«

»Du hast wohl einen strengen Vater.«

»Da würdest du wirklich staunen. Selbst vom Bahnhof holt er mich ab.«

»Ich bitte dich. Das ist ja neunzehntes Jahrhundert.«

»Eher achtzehntes«, sagte Kristýna bitter. »Wenn ich mit Laienschauspielern probe, kommt er zu jeder Probe. Obwohl er nicht mitspielt.«

»Wieso paßt er so auf dich auf?«

»Was weiß ich. Hast du 'ne Ahnung?« fragte sie und starrte mich an. Ihre Augen waren hellgrün, mit einem zarten blauen Schimmer, eben Mädchenaugen aus Lesní Mýto.

»Es ist gut so, daß er auf dich aufpaßt. Mýto soll ein richtiges Sodom sein.«

»Kostelec dafür das größte Gomorrha weit und breit.«

»Die aus Mýto übertreiben«, behauptete ich. »Wir sind absolut anständig. Hier könnte dich dein Papa mit ruhigem Gewissen auch allein rumlaufen lassen.«

»Ich weiß nicht«, zweifelte sie, »wenn ich dich so höre ...«

»Ich meine tagsüber. In der Stadt. Nicht einmal tagsüber darfst du alleine raus?«

Sie schüttelte den Kopf.

»Meistens auch nicht tagsüber.«

»Na ja, in Mýto würde ich das auch nicht zulassen. Aber du ...«, sagte ich und machte eine Pause.

»Was denn?«

»Du, jetzt ist dein Vater aber nicht da. Laß uns doch spazierengehen!«

»In der Stadt?«

»Lieber durch den Wald. Im Wald ist die Luft besser.«

»Ach ja?!«

»Hier ist es absolut ungefährlich«, versicherte ich ihr. »Alle Wilderer sitzen schon im Knast.«

»Vor denen habe ich keine Angst.«

»Nein? Vor wem dann?«

»Eher vor den Gymnasiasten. Kommt drauf an. Vor dir zum Beispiel.«

»Vor mir?«

»Ja, vor dir beispielsweise.«

»Vor mir brauchst du keine Angst zu haben. Ich hab' gar keine Muskeln. Ich spiel' ja immer nur Saxophon ...«

»Du machst doch bei den Bergsteigern mit!«

»Das stimmt. Aber das schlägt sich nicht auf die Muskeln.«

»Nein? Und auf was dann?«

»Mehr aufs Gehirn, weißt du? Höhenangst. Aber das Bergsteigen hab' ich eh schon sausen lassen«, erlaubte ich mir eine kleine Lüge. »Du mußt also keine Angst haben.«

»Ja, ja, du schleppst mich in irgendein Gebüsch, und dann wirst du komisch!«

»Das mach' ich nicht, Ehrenwort. Wir werden nur auf Wegen gehen, die man von überall her sehen kann. Dort sitzen Rentner auf Holzstapeln und spielen Karten ...«

Aus irgendeinem Grund war Kristýna nun mit ihrer Frisur zufrieden, obwohl ich nach den fünf Minuten, in denen sie an den Haaren herumgezupft hatte, keine Veränderung bemerken konnte. Sie drehte ihre tollen mädchenhaften Augen zu mir und bemerkte: »Das wird aber ziemlich langweilig sein, oder?«

»Na gut, wir können auch kleine Pfade nehmen, die man nicht so gut einsehen kann.« Ich verharrte, voller Erwartung.

Kristýna sah auf die Uhr.

»Halb sechs – wir haben anderthalb Stunden Zeit ...«

»In der Zeit kann man um den ganzen Ameisenberg laufen«, warf ich schnell ein.

»Wir wollen doch keine Marschübung machen«, sagte sie. »Wir setzen uns irgendwo auf einen Baumstamm, und du machst für mich die Lateinübersetzung, ja? Ich hab's dabei. Für übermorgen.«

Ihr Vertrauen brachte mich in Verlegenheit. War die naiv. Latein beherrschte ich fast so gut wie Mathe, und da stand mir die Wiederholungsprüfung noch bevor. Doch ich schnappte mir ihre Schulmappe und sagte zu: »Klar doch, du kannst dich auf mich verlassen. In Latein bin ich eine Kanone.«

Ich machte die Tür auf. Jarka Mokrý erschien.

»Da bist du ja«, sagte er. »Ich wußte doch, wo ich dich suchen muß.«

»Bist wohl 'n Hellseher«, sagte ich darauf.

»Hör mal, jetzt ist der Teufel los. Kühl will uns nicht spielen lassen. Ihm muß eine Laus über die Leber gelaufen sein. Eben hat er angerufen, daß er die Erlaubnis solange zurückzieht, bis ihm eine Stelle im Text erklärt wird, die zweideutig und unverständlich sein soll und in der reichsfeindliche Formulierungen stehen. Verstehst du, was das für 'ne Scheiße ist?«

»Dann geh halt hin und erklär ihm das!«

»Ich kann doch nicht Deutsch, du Idiot. Und außerdem, du hast die Übersetzung für ihn gemacht.«

»Ich hab' jetzt keine Zeit«, erwiderte ich. »Du hast das geschrieben.«

»Aber ich hab' nichts Reichsfeindliches reingeschrieben«, sagte er. »Das muß von dir stammen. Mein Text ist reiner Ulk, reichsfeindlich ist nur eure Musik.«

»Die hat er aber doch nicht verboten.«

»Weil er sie noch nicht gehört hat.«

»Es sind doch nur reichsdeutsche Komponisten dabei. Jiří Patočka, Günter Fürwald.« Ich zählte ihm einige der fiktiven Namen auf, die wir statt Ellington, Chick Webb oder Hoagy Carmichael angegeben hatten.

»Na gut«, sagte Jarka. »Tatsache ist, daß er im Text reichsfeindliche Formulierungen gefunden hat, und die können nur von dir stammen, aus deiner bescheuerten Übersetzung.«

»Ich habe nur wortwörtlich den Schwachsinn übersetzt, den du geschrieben hast.«

»Also jetzt hör mal. Bis um sechs wartet er auf uns. Dann schmeißt er das Ganze hin, und die Revue ist im Arsch. Entschuldige, Kristýna.«

»Tu dir keinen Zwang an!« antwortete Kristýna. »Ich habe mich an das Gomorrha von Kostelec schon gewöhnt. Der dicke Trompetenspieler …«

»Was?«

»Nichts, gar nichts. Na, ich geh' dann mal. Macht's gut.«

»Warte, Kristýna!« Ich griff nach ihrer Hand. Sie sah mich an, dann Jarka, Jarka sah sie an, dann mich, dann wieder sie, und er entschied: »Du mußt nicht warten, Kristýna!«

»Nein?«

»Nein. Ich bin hier der Regisseur, und in der Truppe verlange ich absolute Disziplin.«

»Aber nicht außerhalb der Proben.« Ich versuchte zu retten, was noch zu retten war. Doch es ging nichts mehr.

»Smiřický«, sagte Jarka ernsthaft. »Hier handelt es sich um eine ernste Angelegenheit. Wenn du das Kühl nicht erklärst, findet die Revue nicht statt. Dann war alles für die Katz, und wer weiß, ob er nicht noch mehr Ärger deswegen macht. Da müssen eben irgendwelche …« er sah Kristýna an.

»Lateinaufgaben«, ergänzte sie demütig.

»… irgendwelche Lateinaufgaben zurückgestellt werden. Einer für alle, alle für einen.«

»Dann nimm doch alle anderen zu Kühl mit, und mich kannst du die Lateinaufgaben machen lassen«, sagte ich wütend und verzweifelt. Immer kam mir was dazwischen. »Gemeinsam könnt ihr ihm die Übersetzung erklären.«

»Mach keine blöden Witze«, sagte Jarka.

»Wirklich, er hat recht«, pflichtete Kristýna ihm bei.

Ich sah sie wie eine Verräterin an, doch die Mädchenaugen waren komisch ernst.

»Ach ja«, seufzte ich. »Dann laß uns gehen.« Aus Spaß hob ich meinen Arm hoch wie zum Nazigruß und schlug die Hakken zusammen.

»Hajtla!« sagte Kristýna und grinste freundlich. Auf den Altar unserer Maifestrevue legte sie als Opfergabe ihre potentielle Fünf in Latein. Sie irrte sich ohnehin gewaltig, wenn sie glaubte, ich hätte sie davor retten können.

»Na also«, sagte der Herr Regierungskommissär Kühl sehr unfreundlich. »Haben Sie's gelesen?«

Mit gewichsten Stiefeln und in SA-Uniform stand er breitbeinig neben seinem riesigen Schreibtisch, an der Wand rechts von ihm hing sein Führer, sehr realistisch dargestellt und genauso unfreundlich. Ich saß auf einem niedrigen Besucherstuhl und hielt Jarkas Libretto in der Hand, das ich, um eine Genehmigung zu kriegen, gemäß den *Richtlinien für kulturelle Tätigkeit im Protektorat Böhmen und Mähren* ins Deutsche übersetzt hatte, das ich dank Herrn Lehrer Katz beherrschte. Die Genehmigungsinstanz war der Herr Regierungskommissär Kühl.

»Jawoll«, sagte ich.

»Lesen Sie's laut!«

Ich nahm das Libretto und las. Es war ein Gedicht von Ví-
tězslav Nezval, aber Jarka, eingedenk der *Richtlinien für kulturelle Tätigkeit im Protektorat Böhmen und Mähren*, gab es für
sein eigenes aus.

Während ich es laut vorlas, leuchtete mir langsam ein, daß
das Gedicht in meiner Übersetzung seltsam klang, es ließ den
Verdacht auf reichsfeindliche Unverständlichkeit aufkommen.

Ich las ziemlich monoton vor:

»In der Kanzlei dreifache Kapelle spielt, um zu tanzen.
Ein Fuß aus Papier ist gefüllt mit blauen Karpfen.
Die Forellen und die Bluten der Bäume
tanzen fröhlich für Kraft durch Freude.«

»Na also?« fragte der Herr Reichskommissär äußerst unfreundlich.

»Ein gutes Gedicht ist das nicht«, sagte ich auf deutsch. »Ganz
bestimmt nicht. Aber reichsfeindliche Formulierungen, bitteschön, ich weiß nicht, aber mir scheint, es sind keine drin.«

»Keine, sagen Sie? Keine?« Der Regierungskommissär Kühl
wippte in seinen Stiefeln und schlug mit der flachen Hand auf
den Tisch. »Und was soll das hier heißen? *Gefüllt mit blauen
Karpfen?«*

»Das ist, bitteschön, – eine Metapher …«

»Wissen Sie, was *gefüllter Fisch* ist?« schrie der Herr Reichskommissär.

»Bitteschön, das …« Ich wußte es genau. War ich manchmal
zu früh in die Deutschstunde von Herrn Lehrer Katz gekommen,
war er gerade noch dabei gewesen, besagten Fisch zu essen. Er
hatte mich immer kosten lassen und mich auch immer mit den
gleichen Worten belehrt: *»Gefillte Fisch, Daniel, das ist eine tra-
ditionelle Speise der osteuropäischen Juden. Sehr schmackhaft.«*

Schmackhaft kam es mir nicht vor, doch in der momentanen
Situation fiel das nicht weiter ins Gewicht. Der Herr Reichskommissär war wegen diesem Fischchen einer Sabotage auf der Spur.

»*Gefüllter Fisch*«, sagte er herrisch, »ist eine widerwärtige jüdische Speise. Was hat eine jüdische Speise in einem Libretto zu suchen, das man mir zur Genehmigung vorlegt, und dazu noch in Verbindung mit *Kraft durch Freude*?«

Tja! Ich wollte vor ihm den Charleston, ein im Originaltext gebrauchtes englisches Wort, verheimlichen, und so hatte ich es dummerweise mit Kraft durch Freude ersetzt. Ich hatte das nicht bedacht, beim Übersetzen. Kühl durchbohrte mich mit seinen ziemlich kleinen, aber arg stechenden Äuglein. Im stillen sagte ich mir die originalen Verse vor:

Im Büro spielt eine dreifache Jazzband zum Tanz
Ein Fluß aus Papier ist voll blauer Fahnen
Karpfen, Forellen und Blüten der Bäume
tanzen fröhlich zum Charleston.

Was hätte ich damit machen sollen?

»Und was ist mit dem *Fuß*?« fragte Kühl düster.

»Was für ein Fuß, bitteschön?«

»Der aus Papier. Warum aus Papier?«

Ich suchte erschrocken den Papierfuß in meiner Übersetzung.

»Soll das etwa ein deutscher Fuß sein? Und Sie denken, er ist aus Papier?«

»Nein, ganz bestimmt nicht, bitteschön. Wo der einmal hintritt, dort wächst kein Gras ... Ich meine, er bleibt dort stehen wie ... wie ...«

»Der Führer hat es gesagt«, sagte Kühl aufbrausend. »Wie ist es denn möglich, daß er aus Papier ist? Und warum ist der *Fuß aus Papier* voll *gefüllter Fische*?«

Der Herr Reichskommissär verfügte über sehr gute Assoziationsfähigkeiten. Nezval hätte sich über ihn gefreut. Im Moment war er aber keine Freude für uns.

»Was sind das denn für Symbole? Sind sie etwa, meine tschechischen Herren, aus dem *Talmud*?«

»Ganz bestimmt nicht! Den Talmud habe ich nie gelesen.«

»Oder vielleicht noch schlimmer«, sagte der Herr Reichskommissär sehr finster. »Ist das etwa *entartete Kunst*?«

Um Gottes willen! Er kannte sich sogar in den Parteibroschüren aus!

»Ganz bestimmt nicht«, behauptete ich mit fester Stimme.

»Nein? Und was ist zum Beispiel das hier: ...« Er riß mir das Libretto aus der Hand und trug mit Widerwillen vor: »... *die Bluten der Bäume tanzen fröhlich!*« Er ließ die Hand mit dem Manuskript sinken und durchstach mich wieder mit den Stecknadeln seiner Augen.

»*Die Bluten*«, stellte er fest, »eine Mehrzahl von Blut gibt es nicht. Ist das etwa als Anspielung auf *BLUT und BodEN* gedacht? Eine raffinierte tschechische Anspielung, meine Herren? Eine Neuformulierung aus *Blut und Boden? BLUTEN?*«

Woher kam nur seine phänomenale linguistische Begabung? Hatte er etwa Morgenstern gelesen? Den hatte Benno einmal aus der Bibliothek seines Vaters angeschleppt; der hatte in seinen Gedichten auch solchen Unsinn. Jarka neben mir zischte.

»Bitte!«

»Was wollen Sie?« schnauzte ihn der Herr Reichskommissär an.

»Bitte«, sagte Jarka. »Das ist *einer* Fehler.«

»*Einer* Fehler, was«, wiederholte der Herr Reichskommissär höhnisch. »*Ein* Fehler, mein Herr! Wenigstens ihr, ihr Studenten, könntet richtig Deutsch lernen! Und was für ein Fehler soll das sein?«

»Es soll ein Umlaut sein«, sagte Jarka. »Blüte. Nicht Bluten.«

Ich blickte in den Text, und einige der Quellen von Kühls Assoziationen wurden mir klar. Finster betrachtete Kühl den Text.

»Na gut. Also Blüten, kein Blut. Aber der Fuß aus Papier ist immer noch da ...«

Da sah ich den zweiten Fehler.

»Das soll *Fluß* sein! Kein *Fuß*!« rief ich aus. »Das ist ein Tippfehler! Fluß! Kein Fuß!«

»Hm«, machte Kühl und war sehr unzufrieden. Dann fing er an, mit seiner unangenehmen Stimme vorzutragen: »*In der Kanz-*

lei dreifache Kapelle spielt, um zu tanzen. Ein Fluß aus Papier
ist gefüllt mit blauen Karpfen. Die Forellen und die Blüten der
Bäume tanzen fröhlich für Kraft durch Freude.«

»Sind jetzt keine Fehler mehr drin?« fragte er.

»Doch, bitte.« Ich verglich seine Fassung mit der tschechischen Vorlage. »Im zweiten Vers wurde ausgelassen, daß der Fluß aus Papier voll von blauen Fahnen ist. Und so bezieht sich gefüllt nicht auf Fische, sondern auf die blauen Fahnen.«

»Warum blau?«

»Ach – nur so. Es ist eine fröhliche Farbe. Es hängt zusammen mit *Kraft durch* …«

»Und warum Fluß aus Papier? Haben Sie dabei etwa an die deutsche Administration im Protektorat Böhmen und Mähren gedacht?«

»Ich …« verzweifelt überlegte ich. »Ich habe es nicht geschrieben. Hast du mit dem Fluß aus Papier«, ich wandte mich an Jarka, »die deutsche Administration gemeint?«

»Nein«, sagte Jarka.

»Er hat nicht«, übersetzte ich.

»Und was hat er damit gemeint?«

Das verstand Jarka und sagte: »Das ist ein *dichterischer* Bild.«

»Also *den dichterischen Bild*«, entschied Kühl mit menschenfressender Ironie, »werden Sie ändern.«

»Jawoll!« sagte Jarka.

»Und die Karpfen«, sagte ich, »beziehen sich nur auf *tanzen fröhlich*. Das ist auch ein Fehler. Daher taucht in dem Gedicht keineswegs eine Anspielung auf *gefüllten Fisch* auf.«

Es zeigte sich aber, daß ich zu eifrig war. Kühl brüllte: »Wenn Karpfen fröhlich tanzen, mein Herr, dann schmälern Sie das Programm des Führers für die Erholung der Arbeiterschaft! Karpfen und Forellen tanzen aus Freude am Leben! Sollen etwa Karpfen und Forellen die deutschen Arbeiter sein?«

Mir wurde klar, daß die nationalsozialistische Seele von Mystizismus durchdrungen war und alles in vielerlei Bedeutungen wahrnehmen konnte.

»Das ist auch ein Fehler, bitte«, erklärte ich. »Ich habe nicht gewußt, wie ich das übersetzen soll. Mir haben die Worte gefehlt.«

»Was für Worte?«

»Im Original steht die Bezeichnung für den Tanz, den die Karpfen und die Forellen tanzen. Wörtlich könnte man es als *Karltanz* übersetzen. Aber in Deutschland gibt es diesen Tanz nicht.«

»Ist das ein tschechischer Tanz?«

»Ja, bitte.«

»Das gibt es nicht, daß es in Deutschland einen Tanz nicht gibt, wenn es ihn im Protektorat Böhmen und Mähren gibt!«

»Den gibt's bestimmt. Aber ich weiß nicht, wie er auf deutsch heißt.«

»Beherrschen Sie den Tanz?« fragte der Herr Reichskommissär.

»Jawoll.«

»Sie auch?« wandte er sich an Jarka. Jarka sah mich an und sagte ebenfalls: »Jawoll.«

»Tanzen Sie ihn vor, und ich sage ihnen, wie er auf deutsch heißt!«

Jetzt saßen wir in der Patsche. Wir konnten ihm doch nicht einen Charleston vorführen! Er würde sofort erkennen, daß das ein nichtarischer Tanz war.

»Wir sollen ihm den Tanz zeigen«, sagte ich halblaut zu Jarka.

»Ich hab' ihn schon verstanden. Aber was sollen wir ihm vortanzen?«

»Irgend etwas. Egal.« Dann fiel mir was ein. »Klatsch dabei auf die Oberschenkel.«

Der Herr Reichskommissär lehnte sich mit seinem Hintern gegen den Tisch und verschränkte die Arme vor der Brust. Wir standen auf, stellten uns einander gegenüber, einen Moment lang wußten wir nicht, wie wir anfangen sollten, und so stampfte ich einmal auf, schlug mir dabei auf die Oberschenkel, und mit elefantenähnlichen Hopsern drehte ich mich um die eigene Achse. Jarka machte es genauso. Dabei schlugen wir uns auf die Oberschenkel. Als wir einander wieder gegenüberstanden, klatschten wir die flachen Hände gegeneinander. Ich hoffte, daß es völkisch genug aussah und nicht jüdisch-negroid.

»*Ländler*«, entschied der Herr Reichskommissär trocken. »Schreibt *Ländler* hin, aber es dürfen keine Karpfen und Forellen drin vorkommen!«

»Ja, bitte. Wir werden es ändern.«

»Schreibt *die Burschen und die Mädels*«, befahl der Herr Reichskommissär. »Und der Fluß ist nicht aus Papier, er wird blau sein, und die Fahnen braun.«

Es sah aus, als beruhigte er sich allmählich, dafür erwachte wohl eine latente Kreativität in ihm.

»Jawoll«, sagte ich, nahm einen Stift raus, und schnell nutzte ich seine sich deutlich bessernde Stimmung aus.

»Die *dreifache Kapelle*«, sagte er ziemlich gütig, »ist wahrscheinlich auch ein Übersetzungslapsus. Oder der Herr Dichter dachte sich, es sei originell. Das ist kein dichterisches Bild, sondern Unsinn. Macht *Streichkapelle* daraus, oder besser noch *Blaskapelle*.«

Ich strich fleißig durch und schrieb neu. Es machte mir plötzlich Spaß, und ich setzte sogar noch ein paar eigene Verbesserungen durch. Jarka saß nur da und sagte lieber gar nichts mehr. Nach einer Viertelstunde war der Herr Reichskommissär mit dem Gedicht zufrieden. Er nahm das Libretto erneut in die Hand und trug mit gar nicht mehr finsterer, eher zufriedener Stimme vor:

»Im Walde eine Blaskapelle spielt zum Tanz.
Der blaue Fluß spiegelt die braunen Fahnen.
Burschen und Mädels unter den blühenden Bäumen
tanzen fröhlich den volkstümlichen Ländler.«

Er stand auf, schaute zufrieden ins Libretto, beinahe lächelte er. Mein Gott. Also hatte die Poesie doch tatsächlich irgendeine Macht, wie der Herr Professor Vondichovský immer geschwärmt hatte. Er war zwar schwach, was die Wissenschaft betraf, denn als damals die Universitäten von den Deutschen geschlossen worden waren, war er erst im dritten Semester gewesen, und jetzt in der Schule trug er lieber Gedichte vor, statt uns zu prüfen. Er behauptete, die Poesie könne sogar einen verbitterten Charakter aufhellen, bereits die alten Griechen hätten das gewußt. Doch wie der Charleston von Nezval den Herrn Reichskommissär Kühl zu einer Katharsis getrieben hatte, war schon bemerkenswert. Das Gedicht hatte er zwar total versaut, jedoch einigermaßen erfinderisch, und darüber hatte er den pflichtgemäßen reichsdeutschen Trübsinn glatt vergessen.

»Jetzt ist es ganz hübsch«, lobte er das Werk, ohne zu ahnen, daß es sich um die Bearbeitung der Verse eines kommunistischen Surrealisten handelte, der vielleicht sogar ein Judenfreund war.

»Im Original reimt es sich hoffentlich. Poesie ohne Reime ist keine Poesie.«

»Jawoll«, riefen wir beide aus, und ich hoffte beinahe, daß der Herr Reichskommissär sich die Mühe geben und seinen Blaskapellen und Mädels unter den blühenden Bäumen auch noch Reime raufdrücken würde. Es wäre sicherlich ganz nett geworden. Doch das tat er nicht. Statt dessen nahm er einen Stempel in die Hand, hauchte ihn an und plazierte direkt unter Jarkas Namen auf der Titelseite ein wunderschönes Hakenkreuz.

»Genehmigt«, sagte er und schrieb es unter das Hakenkreuz.

Wir schlugen die Hacken zusammen, donnerten ein »Auf Wiedersehen«, der Herr Reichskommissär hob seinen Arm wie der Reichskanzler, im Ellenbogen und im Handgelenk geknickt, und einigermaßen beiläufig, ähnlich wie Kristýna Nedoložilová vorhin, sagte er: »Hajtla!«

Am nächsten Tag wartete ich sicherheitshalber schon am Mittagszug auf Kristýna. Sie kam, trug wieder ihr Kleid mit den Birnen und fragte mich mit ungeduldiger Spannung: »Wie ist es ausgegangen? Spielen wir?«

»Klar«, antwortete ich. »Ich hab' ihn so eingewickelt, daß er sogar einen Teil selbst geschrieben hat.«

»Das glaub' ich aber nicht, daß das so gut ist.«

»Nur einen kleinen Teil. Und auch nicht in deiner Rolle.«

»In Rosťas?«

»Der vergißt das. Die sperren uns alle ein, wenn Kühl zur Aufführung kommt. Wir setzen einen Souffleur in den Kasten.«

»Das wird auch besser sein«, sagte Kristýna. Wir gingen durch die Jirásek-Straße. Aus dem Fenster über Pittermans Garage spähte Rosťa heraus; schnell hakte ich mich bei Kristýna ein, um ihm zu zeigen, daß er sich keine Hoffnungen zu machen brauchte.

»Hör mal«, sagte Kristýna, »ist das nicht zu intim?«

»Was?«

»Du führst mich, als wäre weiß Gott was.«

»Und warum nicht?«

»Weil eben nichts ist.«

»Und du willst nichts?«

»Was denn?«

»Tja, weiß Gott was.«

»Das glaub' ich kaum.« Kristýna löste ihre Hand aus meinem Arm. »Du hast hier einen ziemlichen Ruf.«

»Meinst du wegen Latein?«

»Deswegen auch. Angeblich kriegst du für Vokabeln jeden Tag 'ne Fünf, und ich blöde Gans wollte, daß du mir bei der Übersetzung hilfst.«

Irgendwo mußte sie Auskünfte über mich eingeholt haben. Andererseits war das ein gutes Zeichen. Anscheinend interessierte ich sie.

»In Übersetzungen bin ich gut. Aber Vokabeln kann ich mir nicht merken. Wofür hat man denn ein Wörterbuch?«

»Einer aus der Oktava hat für mich die Aufgabe im Zug gemacht.«

»Ach ja? Die möchte ich gerne mal sehen. Die ist bestimmt ganz schön versaut!«

»Nach dem Abitur will er Priester werden. Deshalb lernt er ziemlich eifrig Latein.«

»Ein schöner Priester! Der für die Quintanerinnen Hausaufgaben macht!«

»Warum sollte er das nicht?«

»Ein Priester sollte nicht.«

»Du stellst dich vielleicht an!« meinte Kristýna. »Er will nur deshalb Priester werden, damit er nicht ins Reich muß!«

Eine Weile gingen wir schweigend weiter. An der Ecke der Sparkasse legte Kristýna einen neuen Köder im Mainachmittag aus: »Für morgen hab' ich einen Aufsatz zu machen. Der Fluß und das Leben. Ein Vergleich.«

Ich sah sie aufmerksam an. Mit ihren hübschen Augen betrachtete sie interessiert das uninteressante Gebäude der Sparkasse.

»In Tschechisch bin ich der Beste überhaupt. Sogar besser als in Mathe.«

Wir verabredeten, daß wir nach der Generalprobe in den Wald gehen würden, und auf der Lichtung am kleinen Forsthäuschen sollte ich den Aufsatz für sie schreiben. Der Fluß und das Leben. Ein Vergleich.

Gerade swingten wir das Finale, Kristýna, Rost'a, Zuzka und alle anderen verneigten sich probeweise vor einem nicht vorhandenen Publikum, als ich sah, daß sich der hochwürdige Herr Meloun über das Geländer zum Orchester beugte und mich anstarrte. Er war direkt über mir und sah ein wenig wie der Mond aus, sein Kopf war rund wie mit dem Zirkel gezeichnet, mit schütterem grauem Stoppelhaar, mitten im Gesicht eine Knopfnase. Ein bißchen fehl am Platz wirkte er, hier im Stadttheater, wo Kristýna mit einem tiefen Ausschnitt auf der Bühne tanzte.

Wir spielten zu Ende, und durch den abschließenden Schlag der Becken hörte ich ein lautes Flüstern des hochwürdigen Herrn: »Smiřický!«

Ich schaute nach oben. Ich wollte sagen: »Gelobt sei Jesus Christus«, wie er es von uns sanftmütig verlangte, doch in dieser Stätte der Musen, die zu Bennos rauher Trompete getanzt hatten, sollte man, dünkte mir, Christus besser nicht loben.

»Guten Tag, Hochwürden«, sagte ich.

»Smiřický«, sprach er mich an. »Könnten Sie für einen Augenblick ...?«

Ich warf einen Blick auf Kristýna. Bis sie sich von dem Käfig und von der Perücke befreit und die Schminke abgewaschen hatte, das würde ein bißchen dauern.

»Bitte, Hochwürden.«

»Wenn Sie vielleicht mit mir ins Pfarrhaus kommen könnten«, sagte er. »Es geht um eine – wissen Sie – eine heikle Angelegenheit. Damit uns niemand hört.«

»Aber ... ich kann wirklich nur ganz kurz. Wie haben eine Premiere hier ...«

»Sehr nett, daß Sie so hilfsbereit sind«, erwiderte der hochwürdige Herr raffiniert. »Ich brauche nur einen Rat von Ihnen. Gehen wir.«

Also gingen wir. Das Pfarrhaus stand gleich neben dem Theater, schon drei Minuten später saßen wir im Büro des Pfarramtes. Jetzt war Kristýna wohl schon in der Garderobe. Im Büro herschte ein ungeheurer Saustall. Riesige Berge von Büchern, die meisten davon klein und schwarz, alle unter Staubwüsten begraben. Zwischen den Büchern kleine Plastiken, Rosenkränze und Heiligenbilder. An den Wänden ungefähr fünfzig verschiedene Kreuze, die sich offenbar seit der Zeit angesammelt hatten, als das Pfarrhaus gebaut worden war, und das war irgendwann am Anfang des achtzehnten Jahrhunderts gewesen. Es war von den Jesuiten aus Hradec erbaut worden. Doch Jesuiten gab es hier längst nicht mehr. Auch nicht den Herrn Dekan Jezdec. Oder den Herrn Kaplan Blahník. Nur der hochwürdige Herr Meloun war noch da.

Er nahm etwa einhundertfünfzig Gebetsbücher von einem Stuhl, zwanzig davon fielen ihm auf den Boden, die, die nicht auf dem Boden landeten, legte er zu einem Stoß anderer Gebetsbücher auf ein Möbelstück, das man unter dem Stapel nicht näher identifizieren konnte.

»Nehmen Sie Platz, Smiřický.«

Ich setzte mich hin. An der Wand mir gegenüber hing eine alte hölzerne Uhr mit einem sonnenförmigen Zifferblatt aus Messing. Ich schätzte, daß ich ungefähr zehn Minuten Zeit hatte, bis Kristýna den Käfig abgelegt hatte. Der hochwürdige Herr setzte sich direkt unter die Uhr, deren Zifferblatt genauso groß war wie sein Gesicht, ebenfalls wie mit einem Zirkel gezeichnet. Der hochwürdige Herr faltete die Hände.

»Smiřický, Sie kennen den Herrn Antonín Kratochvíl?«

»Den Bauarbeiter?«

»Ja. Er ist Maurermeister. Und Sie kennen auch das Fräulein Dagmar Sommernitzová?«

Ich nickte. Mir schwante, daß es wieder eine Komplikation geben würde. Warum sagte er Fräulein zu ihr, gerade er mußte doch wissen, daß die beiden geheiratet hatten. Tonda Kratochvíl war ein bigotter Katholik, ganz bestimmt hatten sie in der Kirche geheiratet. Auch wenn sie es vielleicht ohne den ganzen Pomp veranstaltet hatten.

»Wissen Sie, sie …«, sagte der hochwürdige Herr verlegen, »… ist Christin. Ich selbst habe ihr das Heilige Sakrament der Taufe gespendet, im Jahre neununddreißig. Aber sie ist auch, wissen Sie, wie die Deutschen sagen, nichtarischer Abstammung …«

»Ich weiß«, sagte ich, und die Vision eines Aufsatzes am Häuschen im Wald begann schnell zu verblassen. Mir war klar, daß es wieder eine Komplikation geben würde. Nur wußte ich noch nicht, welche.

»Sie wollte mit Herrn Kratochvíl in den Ehestand treten, doch das erlauben die weltlichen Ämter jetzt nicht mehr. Weil das Fräulein … eben nichtarischer Abstammung ist«, erzählte er weiter, es schien ihn abzustoßen. »Aber die Heilige Kirche sagt nichts über die … Abstammung«, es klang fast angewidert. »Und so hab' ich sie eben getraut.«

»Das war sehr nett von Ihnen, Hochwürden.«

»Aber, Smiřický«, er dachte nach und heftete seine Augen auf mich, wie der Heilige Florian, oder wer immer das war, auf dem Kirchenfenster. »Aber, es gibt böse Menschen. Jemand hat sie darauf aufmerksam gemacht.«

»Herrje!«

»Aber es gibt auch gute Menschen«, warf er schnell ein. »Jemand hat mich darauf aufmerksam gemacht«, er meinte es bestimmt nicht als ein Wortspiel, »daß morgen früh jemand ins Pfarrhaus kommen wird. Von der – wie sagen die denn dazu? Ge… Ge…–«

»Gestapo?« schlug ich vor, es lief mir kalt über den Rücken. Die Vision des Aufsatzes für Kristýna kam mir auf einmal banal vor.

»So ist es. Gestapo«, sagte der hochwürdige Herr. »Und … wissen Sie, ich mußte die Eheschließung in der Matrikel vordatieren. Verstehen Sie das? Vor den Tag, an dem die Deutschen es verboten haben.«

Ich nickte. Das frostige Faktum, daß wir im Protektorat Böhmen und Mähren lebten, an das ich die meiste Zeit nicht dachte, weil ich nicht nichtarischer Abstammung war, wurde mir bewußt.

»Doch das ist mir nicht so ganz gelungen«, fuhr der hochwürdige Herr fort. »Ich mußte das wegradieren. Kurz und gut … es wäre vielleicht besser, wenn Sie sich das anschauen.«

Er stand auf, nahm ungefähr ein Dutzend Heiligenbilder, vier Kreuze und achtundfünfzig Bücher vom Tisch vor mir und brachte eine riesige Matrikel in festem Einband. Er schlug sie auf und zeigte mit seinem dicken Finger auf eine Stelle.

Also, eine ganz schön versaute Stelle.

Er hatte über zwei Zeilen, die er so gründlich ausradiert hatte, daß darunter das folgende Blatt durchschimmerte, drübergeschrieben, und auf der radierten Seite war alles ein wenig verflossen: *Herr Antonín Kratochvíl, Maurermeister, und Fräulein Dagmar Marie Sommernitzová, Hausfrau, beide wohnhaft in Kostelec.* Und das Datum.

Ich seufzte über die Bescherung.

»Was machen wir damit?«

Der hochwürdige Herr Meloun ließ seinen sanftmütigen Blick auf mir ruhen. Ich wußte gar nicht, daß Sommernitzová auch noch Marie hieß. Das war wohl wegen der heiligen Taufe. Der hochwürdige Herr sprach sanft: »Ich habe mir gedacht, daß Sie vielleicht wüßten, ob es eine chemische Substanz gibt, mit der man das ... an den Herrn Professor Vlk wollte ich mich nicht wenden, wissen Sie. Nicht, daß ich kein Vertrauen hätte zu ihm, Gott bewahre! Aber er ist so ein ängstlicher Mensch, ich möchte ihn nicht in ... gibt es eine chemische Substanz ...?

»Hierfür? Glaube ich nicht. Weiß ich nicht. In Chemie bin ich nicht besonders gut ... aber ich könnte Rosťa Pitterman holen. Der ist in Chemie eine Kano..., also, der ist sehr gut. Er ist ein guter Freund von mir, und in Chemie hat er eine Eins.«

Der hochwürdige Herr schwankte.

»Denken Sie, daß Pitterman ... wird er keine ...«

»Der wird keine Angst haben«, sagte ich. »Aber ich weiß nicht, ob ihm was einfällt. Aber wir sollten es probieren.«

»Ich möchte niemandem Unannehmlichkeiten bereiten«, sagte der hochwürdige Herr. »Doch wenn Sie meinen, daß Pitterman keine Angst hat ...«

»Bestimmt nicht!«

Er wird höchstens sauer sein, dachte ich mir, als ich Rosťa an meiner Stelle in Kristýnas Garderobe antraf. Sie waren gerade dabei wegzugehen, und Kristýna verkündete mir gleich, Rosťa würde den Aufsatz für sie schreiben. Trotz des Ernstes der Situation mußte ich verächtlich darüber lachen. Die Aufsätze für Rosťa hatte nämlich ich immer geschrieben. Als Tausch für seine Mathe-Spicker. Rosťa wurde rot, und ich sagte: »Verzeih, Rosťa« und schob ihn aus der Garderobe. Kristýna schubste ich hinein. Sie sträubte sich. Ich sagte ernst: »Guck mal, Kristýna, das ist kein Spaß. Es geht um Leben oder Tod. Echt.«

Sie riß ihre hellen Augen auf, sofort glaubte sie mir. Ich hatte anscheinend irgend etwas in der Stimme, wovon ich bisher nichts geahnt hatte.

»Ist das wegen dem Ärger von gestern? Mit Kühl?«

Ich wollte ihr schon wahrheitsgemäß erzählen, worum es ging, aber ich stockte. Sie war ein Mädchen, und nach allen Regeln, die zwar vielleicht doof waren, ... aber sicher war sicher.

»Ja«, nickte ich. »Mehr kann ich dir im Moment nicht sagen, aber wir sind in einem Schlamassel. Rosťa muß jetzt mit.«

»Ich verstehe!« Kristýna legte ihre Hand auf meinen Arm. Ich griff nach ihr, sie drückte meine Hand.

»Tschüs«, verabschiedete ich mich. »Wir sehen uns heute abend«, und fügte noch hinzu: »Hoffentlich.«

Diesmal sagte sie kein Hajtla! Sie sah mir mit ihren hellen, diesmal jedoch ernsten mädchenhaften Augen nach.

»Dafür gibt's keine Chemikalien«, sagte Rosťa. »Sie hätten das nicht radieren sollen. Sie hätten einen Löschstift nehmen müssen und dann drüberschreiben. Aber das würde man trotzdem sehen. Ich weiß auch nicht, was man da machen könnte.«

Wir besahen uns die Bescherung, und mir kam der Gedanke, daß nach dem Herrn Kaplan Blahník und dem Herrn Dekan Jezdec das Pfarrhaus von Kostelec nun definitiv verwaisen würde.

»Ich könnte diese Matrikel im Keller verstecken«, schlug der hochwürdige Herr Meloun vor. »Oder woanders ... es findet sich vielleicht ein guter Mensch, der sie an sich nehmen würde ...«

Wir schwiegen, über dem Kopf des hochwürdigen Herrn tickte knöchern die Wanduhr aus Holz.

»Das bringt doch nichts«, erwiderte Rosťa. »Wie wollen Sie das denen erklären?«

»Da haben Sie auch wieder recht.«

Rosťa blätterte in der Matrikel, ich sah ihm über die Schulter. Sie begann im Jahre 1923 und war zu drei Vierteln beschrieben. Die Tinte änderte, immer nach zehn, zwanzig Seiten, ihre Schattierung, je nachdem, wann die hochwürdigen Herren das Tintenglas verbraucht hatten. Auch die Schriften waren verschieden.

Die Uhr tickte immer noch, hinter dem Fenster strahlte ein heller Tag, ins Fenster neigte sich ein Fliederast.

»Es sei denn, wir würden das alles neu schreiben«, sagte Rosťa. »Die Tinte könnten wir mischen, damit die Farbe unterschiedlich wirkt. Die werden wohl keine chemische Analyse machen wollen ... und wenn das auf den ersten Blick glaubwürdig aussehen würde ...«

»Das müßte aber bis morgen früh fertig sein«, sagte der hochwürdige Herr. »Der Bursche kommt gleich morgens.«

Rosťa sah ihn an, dann wieder in die Matrikel.

»Die Schrift ist auch unterschiedlich. Wenn wir uns abwechseln – dann schaffen wir das vielleicht ...«

Der hochwürdige Herr Meloun sah mich verlegen an, Rosťa sah ihn an und ich die beiden.

»Bis heute abend könnte ich die Tinte mischen«, sagte Rosťa, »und nach der Premiere würden wir dann kommen ...«

Die hölzerne Wanduhr röchelte, das war wohl der Uhrenschlag oder so, halb fünf. Völlig unpassenderweise fiel mir ein, daß Kristýna nach der Vorstellung den Zug um zehn nicht schaffen würde und erst mit dem Mitternachtszug fahren konnte; das waren zwei Stunden. Ihr Vater hatte Hexenschuß, deshalb konnte er nicht zu der Vorstellung kommen, eine Mutter hatte sie nicht. Ohnmächtige Wut entbrannte in mir, aber sie war gleich vorbei.

»Ich bin dafür«, erklärte ich heldenhaft.

»Wenn Sie so nett wären«, sagte der hochwürdige Herr. »Ich würde inzwischen eine neue Matrikel bereitlegen. Der Vorrat stammt aus dem Jahr neunzehnhundertzwölf, sie wird also nicht wie neu aussehen ...«

»Also abgemacht«, sagte Rosťa. »Ja?«

»Ja.«

»Gott vergelt's euch, Jungs«, verabschiedete sich der hochwürdige Herr Meloun von uns.

Wir machten uns davon, und anstatt einen Aufsatz zu schreiben, gingen wir nach Hause, um Tinte zu panschen.

Am Abend verspäteten wir uns ein wenig. Im Gang stand Kristýna, bereits als Rokokodame in voller Schminke, ihre Mädchenaugen wurden durch geisterhafte Umrandungen deutlich vergrößert.

»Und, Danny, wie?«

Mit ihren Augen hing sie an mir; Herr Macháň, unser Maskenbildner, glaubte, daß die Augenringe vom Zuschauerraum aus nicht zu sehen waren.

»Gut.« Ich merkte, daß sie wirklich Angst hatte. Ob sie sich um das Schicksal der Revue oder um meines sorgte, war nicht ganz klar. »Du brauchst keine Angst zu haben.«

»Ich habe Angst gehabt. Und – kannst du mir sagen, worum es ging?«

»Besser nicht. Sei mir nicht böse, weißt du – aber je weniger Leute …«

Eifrig nickte sie mit der großen Perücke.

»Klar doch. Wenn die Gestapo jemanden mitnimmt und er nichts weiß, dann kann er auch nichts erzählen.«

Ich schaute sie an, das Rokokokleid stand ihr sehr gut, ihre Schauspielkunst würde heute niemanden stören. Besonders, wenn sie ihren vergitterten Charleston tanzte. Sie erklärte einsichtig: »Dann erzähl mir lieber nichts. Aber, Danny …«

»Ja«, muckste ich mit einer plötzlichen ungaten Vorahnung. Sie wurde auch gleich bestätigt.

»Danny … ist wirklich alles in Ordnung?«

»Ja.«

»Hör mal – mein Zug fährt erst um Mitternacht … wenn du willst, können wir spazierengehen … im Wald …«

Im Wald! Mensch. Sie wollte mich für mein Heldentum belohnen, das ich unter Beweis gestellt hatte, vor allem durch Lügen! Und nachts! Und mit Kristýna!

»Und wir schreiben keinen Aufsatz«, fügte die Rokokodame noch hinzu. »Man sieht ja ohnehin nichts.«

Wir werden keinen Aufsatz schreiben, dachte ich mir bitter. Bestimmt keinen Aufsatz. Ich Idiot! Warum hatte ich ihr erzählt, daß alles in Ordnung sei? Der hochwürdige Herr Meloun hatte ja immer gewarnt, daß sich Lügen nicht auszahlt.

Kristýna war auf der Bühne ganz groß in Form, als hätte ihr ein Widerstandskämpfer ein nächtliches Stelldichein versprochen. Nicht nur Knickse, winzige Schritte, Nicken mit dem Kopf und die Kür mit einer Kaffeetasse in rosa Satin. Das hatte sie immer schon gekonnt. Doch sogar, als sie Jarkas ziemlich hölzerne Sätze aufsagte, verschwand die deklamierende Intonation aus ihrer Stimme, aus der man normalerweise den ostböhmischen Dialekt heraushören konnte. Es klang zwar wie eine sklavische Übersetzung, doch aus einem ausgezeichneten Deutsch. Sie blühte vor mir regelrecht auf, in ihrem süßen Köpfchen spukten wohl Gedanken wie: Was wird zwischen zehn Uhr und Mitternacht im Wald passieren, während bei mir sich diese Gedanken im Conjunctivus irrealis abspielten oder wie auch immer; einfach, was hätte sein können, wenn … doch es würde nicht sein.

Im Grunde genommen war ich wütend. Das Solo in ›Sweet Lorraine‹, das wir dem Herrn Reichskommissär im Programmheft als ›Der Ruf der Wildgänse‹ präsentiert hatten, spielte ich, als wär's das Gebrüll eingeschnappter Truthähne, und ich stieß Lästerungen gegen Gott aus. So eine Falle! Lügen zahlt sich eben nicht aus. Aber dies war eine Lüge, die der hochwürdige Herr Meloun als *pia fraus* bezeichnete. So eine Lüge müßte sich vielleicht doch auszahlen. Verdammt! fluchte ich. Warum hatte ich es ihr nicht offen gesagt? Vielleicht hätte sich eine andere Chance ergeben. Vielleicht würde ihr grausamer Vater wieder Hexenschuß bekommen. Doch ich konnte den hochwürdigen Herrn nicht im Stich lassen. Das ging nicht. Er schrieb in einem Tempo ungefähr wie meine Oma, die neunzig war und bis heute Kurrentschrift gebrauchte. Und Rosťa allein würde es nicht bis morgen früh schaffen. Verdammt!

Die Ballettschule von Jitka Skalická führte auf der Bühne gerade eine Quadrille vor, langbeinige Mädchen aus Prima und Sekunda, und mir kam der Gedanke, ob das nicht wieder eine der Gottesstrafen war. Immer strafst Du mich, warf ich Ihm im stillen vor. Und belohnt hast Du mich nicht ein einziges Mal! Nie, fast nie. So viel Anstrengungen, die es mich gekostet hatte! Einundzwanzig Mädchen, eines davon sogar in zweifacher Ausführung! Was für ein Aufwand! Und das Ergebnis? Na ja, ich habe jetzt zweiundzwanzig Freundinnen. Ein bißchen Küssen, ein bißchen Herumknutschen und sonst nichts. Reicht diese Strafe etwa nicht?

Auf die Bühne kam Kristýna in ihrer Drahtkrinoline und mit ihr Rosťa, als Mozart verkleidet. Sie führten ihre Konversation, lauter »ob«, lauter »würden« ... Rosťa vergaß die Hälfte, so daß seine Repliken doppelt zu hören waren, einmal aus dem Souffleurkasten, zum zweiten Mal aus seinem Mund in einer mehr oder weniger ähnlichen Wiedergabe.

Mir ging ein Licht auf. Es war doch ganz einfach. Ich frage jemanden aus der Kapelle, ob er mich vertreten könnte. Nicht bei Kristýna selbstverständlich. Bei der Schreibmaloche. Ich sah mich um. Fonda spielte gerade das Menuett, das zwar von Mozart war, doch wenn wir schon das ›I've Got a Guy‹ als ›Einen Burschen hab' ich‹ dem mythischen Jiří Patočka untergeschoben hatten, warum sollte dann Rosťa in seiner Rolle als Mozart nicht behaupten dürfen, eine Klavierkomposition mit dem Titel ›Die Schuhe der Komtesse auf dem gläsernen Tümpel‹ verfaßt zu haben. Den Titel hatte sich Čóča Rot ausgedacht, der beste Surrealismus-Kenner auf dem Gymnasium in Kostelec. Ich ließ meinen Blick über die Band schweifen. Fonda schloß ich aus. Einerseits hatte er in der Prima beim Eishockeyspielen ein Auge verloren, andererseits war er auf dem Gymnasium berüchtigt für seine Handschrift, die nicht einmal der Kurzschriftlehrer Krouský lesen konnte. Lexa neben mir feuchtete gerade das Klarinettenrohrblatt an, den ließ ich auch aus dem Spiel, sein Vater war eingelocht, weil er vor dem Krieg tschechischnationaler Abgeordneter gewesen war, und die lagen den Deutschen besonders im Magen, wegen Präsident Beneš. Benno schied ebenfalls aus. Er war Halbjude, und damit hatte er vor dem Reichsgesetz schon genug auf dem Kerbholz. Außerdem war er so gut wie verheiratet mit Helena, und Verheiratete in irgendeine Verschwörung hineinzuziehen war eine zu große Verantwortung.

Fonda nickte mit seinem Lockenkopf, und wir setzten zur begleitenden Stimmungsmusik aus Fondas Feder an. Benno hielt neben seiner Trompete eine Scheibe Brot mit künstlichem Honig in der Hand.

Aus demselben Grund fiel auch Venca Štern aus, der war schon richtig verheiratet, hatte heiraten müssen und hatte auch schon einen Balg. Jarka Lenoch am Baß war nur ausgeborgt, für Jindra, der sich aus Trotz nicht einmal die Revue angucken kam. Jindra beherrschte den Baß nur mit einer Genauigkeit von höchstens einem und einem dreiviertel Takt, so daß wir ihn an die Revue nicht ranlassen konnten. Jarka Lenoch war eine Kanone, ein Profi, er spielte mit der Regierungsmilitärkapelle in Hradec, und jetzt ergänzte er uns mit einem hervorragenden musikalischen Gerüst von volltönenden, klirrenden Bässen, einem melodischen Feuerwerk. Doch zur Truppe gehörte er an und für sich nicht. Und an und für sich kannte ich ihn auch gar nicht. Er war bestimmt ein prima Kerl, sein Vater war Schuster, als Säufer bekannt, man heuerte ihn bei Beerdigungen an, damit er am frischen Grab Baßflügelhorn spielte. Er spielte so gefühlvoll, daß er für gewöhnlich auch die Bestatter zum Heulen brachte. Säufer sind fast immer gute Musiker. Jarka hatte es von ihm, beides, doch er war in der zweiten Klasse von der Realschule abgegangen, wer weiß, wie er mit Schreiben drauf war. Wer weiß, ob er überhaupt richtig buchstabieren konnte. Wahrscheinlich nicht. Der war also auch nicht zu gebrauchen. Harýk? Er zupfte ein wunderschönes, zartdrahtenes Menuett auf der Gitarre, das Vorspiel zum letzten Menuett dieser Szene, dem, das wir so hübsch schweinisch zum Charleston umfunktioniert hatten. Doch als ich über die Wellenlinie meines Tenorsaxophons hinter die Kulissen blickte, stand Lucie dort, eine der Rokokodamen in Ballettschuhen, fertig zum nächsten Auftritt. Ach ja. Auch ein Verheirateter. Die beiden sogar schon seit der Sekunda. Und der Herrgott bestraft sie nicht! Obwohl der Herr Doktor Šmíd bei einer Gesundheitskontrolle in der Tertia rein zufällig festgestellt hatte, daß Lucie keine Jungfrau mehr war. Das wußte ich todsicher. Von Honza Šmíd, der es gehört hatte, als sein Vater es telefonisch dem Vater von Lucie mitteilte. Der mußte sich gefreut haben. Doch was sollte man schon mit einer verlorenen Jungfräulichkeit machen. Nichts. Und Lucie wurde nicht vom Herrgott bestraft! Auch nicht Harýk, der sie offenkundig um ihre Jungfräulichkeit gebracht hatte, wohl schon in der Sekunda. Eine komische Gerechtigkeit.

Auf der Bühne sprach Kristýna mit einer Intonation, die entfernt an Französisch nach drei Lektionen erinnerte: »Ach, Maestro Mozart, ist das wahr, daß Er für mich ein neues Menuett komponiert hat?« Stille trat ein, dahinein redete die bucklige Vaníčková aus dem Souffleurkasten laut, ohne jegliche Betonung: »Es ist wahr, meine Komtesse, ich habe ein neues Menuett komponiert …« Darauf Rosťa wie der Prinz im Puppentheater, vor lauter Lampenfieber sprach er ostböhmischen Dialekt: »'s wahr, mein Komteß, ich hab'n Menuett komponiert, 's noch – noch« »Niemand-niemals-nirgends«, die Vaníčková …

Brynych? Ich betrachtete sein grünliches Mäusegesicht mit Sommersprossen um die Nase herum, sein Haar, als wäre es mit Bier begossen worden. Er war einsfünfundfünfzig groß, anstatt des Brustkorbes eine umgedrehte Waschschüssel, ein richtiger Chick Webb, nicht schwarz, sondern chlorophyllfarben. Obwohl er schon die Sexta besuchte und zweimal durchgefallen war, rasierte er sich anscheinend immer noch nicht. Er zog die Schrauben an der kleinen Trommel fest, und man sah, daß es für ihn eine ähnliche Kraftanstrengung bedeutete, als würde ich Breitbart vertreten müssen, der alle Mittelschulen abklapperte und vom Schienenverbiegen lebte. Dann jedoch wirbelte Brynych ein leises Pianissimo, und wir spielten das Menuett bis zum Break. Er war dauerhaft vom Sportunterricht befreit, nicht wie ich damals in der Tertia, als ich den Herrn Doktor Šmíd mit irgendwelchen Medikamenten angeschwindelt hatte, die ich bei Čóča Rot gegen eine fast unbeschädigte Ausgabe der Zeitschrift »Die Frau in der Mehrzahl« eingetauscht hatte und auf die ich ein beinahe lupenreines Asthma bekam. Brynych war wirklich krank. Meine Mutter sagte, es würde reichen, wenn man ihn anhauchen würde ... Break, Benno drängelte sich roh mit einem zuckenden Ton von unten nach oben, wir legten mit dem Charleston los. Ob das der Herr Regierungskommissär Kühl für einen *Ländler* halten würde, weiß ich nicht. Brynych mußte ich also auch aus dem Spiel lassen.

Rosťa wurde sein Lampenfieber los, seine Rolle war praktisch schon vorbei, jetzt tanzte er von seinem Spinett zu der Rokokodame und schwang die Beine. Wie es aussah, würde es doch an mir hängenbleiben, beklagte ich mich bitter bei mir selber. Es sah ganz so aus, als würde ich keinen Ersatz auftreiben können. So eine Ungerechtigkeit! Doch Du weißt es, Herrgott, daß ich Dich fürchte, und Du nutzt es aus! Du weißt, daß ich das aus Feigheit machen werde, damit Du Dir nicht noch was Grausameres einfallen läßt!

Die Rokokodame hob den Rock, und die weißen Beine leuchteten hinter dem schwarzen Gitter auf, sie fing an, mit dem Körper im Rhythmus des Charleston zu zucken, genauso flink wie Maestro Mozart, doch sie war schöner anzusehen. Tadlata – tadlata – tadlatatata transponierten wir den Charleston aus Kostelec in den Dixieland aus Chicago. Kristýna Nedoložilová und Wolfgang Amadeus tanzten mit einer Leichtigkeit, sie berührten kaum den Boden, ich Blödmann, warum kam ich nicht auf die Idee, ihr zu sagen, daß es noch nicht in Ordnung war, daß ich nach der Vorstellung weitere Heldentaten vollbringen mußte und deshalb nicht mit in den Wald kommen konnte, selbst wenn es nur um den Aufsatz gegangen wäre. Und dazu wäre es noch die Wahrheit, keine Lüge, wenn auch nur eine *pia fraus*. Vielleicht sollte ich es ihr doch noch sagen? Jetzt würde sie mir nicht mehr glauben. Sie würde denken, daß irgendeine von den zweiundzwanzig anderen ... falls sie so weitgehend informiert war, bestimmt, wenn sich ein Mädchen Informationen holt, dann aber vollständige, na ja, ich Idiot.

Na ja, es gab kein Zurück mehr. Die weißen Beine tanzten am Bühnenrand, direkt über mir, ich sah die schwarzen Strumpfhalter mit den roten Rosen, für einen Sekundenbruchteil erblickte ich etwas zart Hellblaues, doch alles war für die Katz. *Fraus* oder nicht *fraus*, es war eine Lüge, eine unnötige Lüge, ich hätte ihr doch reinen Wein einschenken sollen, oder wenigstens zum Teil reinen. Mich ergriff eine bittere Wehmut und eine wehmütige Wut, Kristýna tanzte in die Mitte der Bühne, der Strumpfhalter verschwand, ich sah nur ihre hübschen Mädchenbeine hinter dem Drahtgitter. Ich blies so stark in das Tenorsaxophon, bis es wie eine Trillerpfeife klang, Fonda drehte sich mißmutig nach mir um, jetzt war ich dran, schon wieder ich, ach ja, das war nicht mehr zu ändern. Hoffentlich würden die ganzen Strafen eine moralisierende Wirkung auf mich haben. Doch bisher war ich eher zur Sünde willig gewesen, Kristýna war mein zweiundzwanzigster Versuch, der zweite mit einer von auswärts, eigentlich der dreiundzwanzigste, wenn man die Weber-Mädchen aus Linz als zwei rechnete.

Die Wanduhr mit der Sonne hustete jede Viertelstunde, mir kam es vor, als wäre es alle fünf Minuten. Eine psychologische Täuschung. Ich und Rosťa kritzelten und kritzelten, auf dem Boden lag schon ein Häuflein kaputter Federn, und in das Abhusten der blöden Schwarzwalduhr diktierte die sanfte Stimme des hochwürdigen Herrn Meloun: *Herr Alois Čepelka, Beamter, und Fräulein Eliška Kudelková, beide wohnhaft in Kostelec. Den fünfzehnten September eintausend neunhundert siebenunddreißig.* Ich wechselte mich mit Rosťa immer dann ab, wenn sich im Original die Handschrift änderte. Zum Glück waren es nur zwei verschiedene, die eine von Herrn Dekan Jezdec, den die Deutschen eingelocht hatten, weil er im Café Beránek einen Witz über einen Reichsmarschall erzählt hatte, und die andere des Herrn Kaplan Blahník, aus dessen Predigt über den Heiligen Wenzel der Herr Reichskommissär reichsfeindliche Gedanken herausgehört hatte. Die waren tatsächlich drin gewesen. Anders als bei Jarkas Revue. Lukič, der Denunziant, hatte sie während der Predigt aufgeschrieben und noch einige als Fleißübung dazu.

Und so war jetzt der hochwürdige Herr allein im Pfarrhaus, es würde wenigstens keine anderen Eingeweihten mehr geben. Er diktierte mit seiner sanften Stimme: *Herr Rudolf Mrkvička, Zimmermannsmeister aus Kostelec, und Fräulein Anna Machová, Fabrikarbeiterin aus Provodov. Den zehnten Februar eintausend neunhundert achtunddreißig.* Herr Kaplan Blahník hatte sich absolut regelmäßig mit dem Herrn Dekan abgewechselt, sie legten vielleicht Monatsschichten oder sowas fest, ein Monat lang übernahm der Herr Kaplan Hochzeiten und der Herr Dekan die Taufen, danach tauschten sie. *Herr Jindřich Lederer, Kaufmann, und Fräulein Růžena Skočdopolová, Hausfrau, beide wohnhaft in Kostelec,* schrieb ich, er war auch ein sogenannter Nichtarier, Jindra Lederer, und Růžena Skočdopolová, na ja, Hausfrau. Tja, Prostituierte konnte der Herr Kaplan Blahník nicht in die Matrikel eintragen. Angeblich war Jindra damals von seinem Vater enterbt und mosaisch verflucht worden, doch als dieser Růžena gesehen hatte, gefror ihm der Fluch auf den Lippen, und dann sprach sich ein Witz herum, Jindra sollte über dem Textilgeschäft nicht mehr Jindřich Lederer & Co. stehen haben, sondern Jindřich Lederer & Vater. Jetzt war Růžena tatsächlich Hausfrau, und es sah danach aus, als hätte sich diese Mesalliance für Jindra doch noch gelohnt, wenn es auch dem armen Vater kaum noch etwas helfen würde. Růžena, so erzählte man, war eine vorbildliche Ehefrau, wie das, so hieß es immer, verheiratete Prostituierte gewöhnlich sind.

Immerhin in dem Sinne, daß es so aussah, als meinte sie das ›in guten wie auch in schlechten Tagen‹ ernst, denn Jindra hatte kein Textilgeschäft mehr, doch noch immer die Růžena. In anderem Sinne war es schon schlimmer. Sie hatten zwei Kinder, ein rothaariges und ein blondes, obwohl die Eltern dunkelbraune Haare hatten. Der Vater, ich meine Jindras Vater, hatte rote Haare, aber wer der Blonde gewesen sein mochte, wußte man in ganz Kostelec nicht.

Die Uhr hustete halb fünf, Kristýna schlief bestimmt längst. Sie mußte ganz schön sauer gewesen sein. Wer hatte sie wohl in den Wald begleitet? Wahrscheinlich Lexa. Er war genauso ein Meister wie ich, aber wahrscheinlich erfolgreicher. Würde der Herr Doktor Šmíd nächste Woche bei den Gymnasiasten in Mýto eine Gesundheitskontrolle machen, wäre es um Kristýna schlecht bestellt. Oh mein Gott! Oh verdammt!

Rosťa löste mich ab. Ich setzte mich an den kleinen Sekretär, wo in einer ausgehöhlten Nische aus Gebetsbüchern und anderen Devotionalien eine leere und eine zur Hälfte ausgetrunkene Flasche mit der Vignette »Meßwein Iᵃ-Qualität« standen. Der hochwürdige Herr hatte sie für uns geöffnet. Zur Stärkung, hatte er gesagt. Der Wein stieg mir schon in den Kopf. Eine weitere Sünde. Unzucht, Lüge, Unmäßigkeit. Da durfte ich mich nicht wundern, daß bei mir nichts klappte. Sollte Lexa mit Kristýna in den Wald gegangen sein, dann war es bestimmt vorbei mit der Jungfräulichkeit. In der Nacht ganz sicher, tagsüber wäre es doch noch möglich gewesen, daß sich Kristýna hätte wehren können. Falls sie sich überhaupt hätte wehren wollen. Ihrem Gerede nach zu urteilen war sie nicht so sehr auf Sich-Sträuben aus. Und ich Idiot besoff mich hier, statt eine angenehme Sünde zu begehen. Und der Wein war keine Iᵃ-Qualität. Das würde einen Kater geben morgen früh.

Rosťa brach die Feder ab, und ich löste ihn ab. *Herr Leutn. Otakar Hejna aus Prag, Offizier, und Fräulein cand. med. Ludmila Vavrušková, Medizinstudentin aus Kostelec. Den zwanzigsten September eintausend neunhundert achtunddreißig.* Auch eine Hochzeit auf die Schnelle. Nicht wie bei Venca Štern, der hatte heiraten müssen. Lída war nicht schwanger gewesen und war es bis heute nicht. Es mußte wegen der Mobilmachung so schnell gehen. Doch kaum war die Demobilisation gekommen, haute der Herr Leutnant Hejna nach Frankreich ab, Lída sollte ihm folgen, aber bei irgendeinem Praktikum schnitt sie sich in den Finger oder sowas, bekam eine Blutvergiftung und lag damit ungefähr neun Monate im Spital, und währenddessen wurden wir von den Deutschen unter die Haube genommen, und der Herr Leutnant Otakar Hejna kam in Afrika ums Leben bei der Ausbildung mit irgendwelchen Flugzeugen, die er nicht kannte. Das nenne ich Pech. Nicht einmal die Witwe eines Helden zu sein. In der Ausbildung verstorben. Noch dazu war die Universität geschlossen worden, und Lída arbeitete jetzt als Krankenpflegerin. Sie ging mit niemandem. Weiß Gott. Vielleicht glaubte sie nicht an seinen Tod, vielleicht dachte sie, der Herr Leutnant Hejna habe nur ein Gerücht in die Welt gesetzt, damit sie nicht schikaniert wurde. Weiß Gott. Der weiß ja alles, der Despot.

Rosťa labte sich am Wein, und mit halbgeschlossenen Augen starrte er ein Bild an, auf dem einem Märtyrer die Haut bei lebendigem Leibe abgezogen wurde. Bis zur Gürtellinie war sie schon runter, er war rot wie ein gekochter Krebs, von der Taille abwärts war er noch gelb, doch er machte ein frommes Gesicht, als merke er von dem ganzen Foltern gar nichts. Die Peiniger waren dagegen so gemalt, als hätten sie eine ungeheure Wut. Bestimmt hatten sie Wut, weil ihr Foltern keine Wirkung zeigte. Ihre Gesichter waren unterschiedlich, beinahe realistisch, der Maler hatte sie wahrscheinlich nach existierenden Personen gezeichnet, auf die er vielleicht wütend war. Rosťa glotzte das Bild an, vielleicht inspirierte es ihn. Möglicherweise würde er bald selbst ein Bild schaffen, auf dem er mit dem Gesicht Karel Hynek Máchas, des berühmten tschechischen Dichters der Romantik, eine Tschechisch-Arbeit schreibt, und um ihn herum stehen alle vier Tschechischlehrer aus Kostelec und knirschen mit den Zähnen. *Herr Přemysl Janek, Industrieller, und Fräulein Renata Müllerová, Klavierlehrerin, beide wohnhaft in Kostelec.* Die Uhr schlug fünf, der hochwürdige Herr Meloun machte ein Gesicht, als wollte er sich entschuldigen: »Ich muß mir auch die Kehle anfeuchten, Jungs. Sie ist ganz ausgetrocknet. Würden Sie, Pitterman ...« Pitterman begriff, goß ihm ein Glas ein, in dem der hochwürdige Herr davor irgendein heiliges Öl aufbewahrt hatte, und der hochwürdige Herr feuchtete sich die Kehle tatsächlich nur an und diktierte weiter: *Herr Martin Vosolsobě, Müller, und Fräulein ...*

Wir schrieben zu Ende und trockneten die Tinte, um halb sieben morgens war alles fertig. Schon am Abend hatte ich zu Hause gesagt, wir würden bei Mánes die Premiere feiern. Alles war in Ordnung. Auf den ersten Blick sah unser Werk ganz anständig aus, doch bei näherer Betrachtung ...

Zum Glück hatte die Gestapo in Hradec interessantere Fälle, und so schickte man zu der Kontrolle einen Säufer, dessen Kopf halb aus Kunststoff bestand, die Folge einer Granate.

»Es war der Meßwein, Jungs«, sagte uns der hochwürdige Herr Meloun später. »Zuerst war ich mir nicht sicher, ob ich euch auch Wein anbieten sollte. Nicht daß ich geizig wäre, aber junge Menschen sollten nicht trinken. Der Wein soll eine Freude des Alters sein. Na ja, aber ich habe mir gesagt: Das hier ist ein außergewöhnlicher Umstand, und wir werden damit einer dem Herrn gefälligen Sache dienen. Und seht ihr, Jungs, durch Gottes Fügung hat wohl gerade der Meßwein ...«

Kurz und gut, die Flasche, die er erst Viertel nach sechs geöffnet hatte, war zufällig auf dem Tisch stehengeblieben, und der Mann mit dem künstlichen Kopf bemerkte sie, sowie er das Pfarramt betreten hatte, und dachte, es sei eine Aufmerksamkeit für ihn. Die Flasche hatte wahrscheinlich der ganzen Angelegenheit eine gewisse Glaubwürdigkeit verliehen. Der Mann bat nicht einmal um Erlaubnis, und als er sich endlich zu den Matrikeln setzte, mußte der hochwürdige Herr Meloun schon eine neue aufmachen. Als sie dann fertig waren, mußte er ihm eine ganze Batterie Flaschen als Bestechung einpacken. Zu dem Zeitpunkt war der Mann von der Geheimen Staatspolizei schon so besoffen, daß er dem hochwürdigen Herrn schwor, er sei ein guter katholischer Christ, der sich nur deshalb bei den Nazis verdingt hatte, weil er eine Frau und zwölf Kinder hatte, und daß man ihn die Gestapo nur deshalb als Mädchen für alles aufgenommen hatte, weil ihm beim Polenfeldzug der halbe Kopf weggeschossen worden war, und so habe er heute einen *Ersatzkopf*. Also, im Grunde genommen war unsere ganze Arbeit umsonst gewesen, letztendlich hätte allein der Meßwein ausgereicht, angeblich von Iª-Qualität. Die

Wege des Herrn waren wunderbar. Weiß Gott, ob das alles nur als eine der vielen Strafen für mich angezettelt war. Doch Dáša Mařenka Sommernitzová war in Sicherheit, genauso wie Jindra Lederer, falls man im Protektorat Böhmen und Mähren überhaupt von Sicherheit reden konnte.

Eine traurige Stimmung überfiel mich, ungefähr so eine, die angeblich *omne animal* befällt, doch bei mir um so trauriger, als ein Teil des Spruchs auf mich gar nicht zutraf. In meinem Kopf sah ich immer noch Kristýnas Beine in den weißen Strümpfen, die hinter dem Drahtgitter Charleston getanzt hatten, und hörte ihre Stimme ... *und wir schreiben keinen Aufsatz. Man sieht ja ohnehin nichts ...*

Es war ein Uhr, der Vater legte sich gerade zu einem zehnminütigen Mittagsschläfchen aufs Kanapee, meine Mutter räumte den Tisch ab. Ich stand auf und ging in die Küche.

»Mama, heute komm' ich spät nach Hause. Ich fahr' mit den anderen Jungs nach Mýto.«

»Nach Mýto, Danny? Warum?«

»Ach, nur so.« Ich ließ mir schnell etwas einfallen. »Dort im Gymnasium wollen die auch eine Revue machen und haben keine Kapelle, da wollen wir mit denen was ausmachen.«

»Dann fahrt mal hin«, sagte meine Mama. »Es war so schön, Danny! Und das Mädchen, das die Komtesse gespielt hat! Die sah hübsch aus! Ist sie nicht aus Mýto?«

»Doch«, bejahte ich, und dachte bei mir: Das Mädchen ist aus Mýto, liebe Mama, das stimmt schon, nur daß die auf dem Gymnasium dort keine Revue vorbereiten. »Sie soll in deren Revue auch die Hauptrolle spielen.«

»Die ist begabt«, schwärmte meine Mutter. »Das sieht man gleich. Und hübsch. Kennst du sie, Danny?«

»Ein bißchen. Mir gefällt sie nicht.«

»Ich bitte dich! So ein hübsches Mädchen!«

»Sie hat krumme Beine«, entgegnete ich. Kristýna hatte ein klein wenig Säbelbeine, aber so unerheblich, daß es eigentlich schön war. Eine teuflische Abweichung von der Schönheit, wie Poe oder sonst jemand gesagt hatte.

»Ich bitte dich! Sie hat doch Beine wie eine Gazelle! Danny«, meine Mama sah mich an, und in ihren Augen funkelte es fröhlich. »Ist das nicht eher so, daß du ihr nicht gefällst?«

»Ich … ihr?« Das brachte mich auf, doch ich beherrschte mich aus taktischen Gründen, und nach außen wehrte ich mich nicht gegen diese nicht ganz auszuschließende Möglichkeit. »Das kann schon sein. Ich hab' sie nicht danach gefragt.«

»Dann frag sie doch mal, wenn du schon nach Mýto fährst. Falls es rein zufällig doch nicht zutrifft«, sagte meine Mutter.

Anscheinend war auch sie über mich ausreichend informiert.

Der Bus kam um drei in Mýto an und hielt direkt vor dem Rathaus, einem barocken Gebäude mit vielen Halbbögen, gelbbraun angestrichen, mit beigen Stuckornamenten. Es wurde von der fast sommerlichen Sonne angestrahlt; als ich aus dem Bus stieg, glühten die Fenster und warfen ihren Abglanz auf die Barockkirche gegenüber, die rosafarben war, mit einer Sonnenuhr, die schon vier Uhr anzeigte, weil man eine Sonnenuhr nicht auf die Reichssommerzeit umstellen konnte. Zwischen dem Rathaus und der Kirche ragte eine Mariensäule in die Höhe, der Widerschein eines der Fenster fiel auf die Jungfrau Maria und auch auf die goldenen Weintrauben, die sich um die Säule rankten. Am Fuß der Säule verkündete der Gottesengel der Jungfrau Maria die Empfängnis. Sie hatte augenscheinlich schon empfangen, es war plastisch dargestellt, an der Stelle, wo sich bei einer anderen der Busen befunden hätte. Ihr Herz war auch frisch vergoldet, zu ihm führten drei goldene Strahlen aus der Hand des Engels. Der hatte ebenfalls vergoldete Flügel. Mýto war anscheinend eine überaus fromme Stadt.

Ich setzte mich auf eine Bank, um mir alles durch den Kopf gehen zu lassen, falls ich überhaupt dazu in der Lage sein würde, denn im Bus war es mir nicht gelungen. Doch kaum fing ich an nachzudenken, durfte ich auch schon wieder aufhören. An der Ecke einer Straße, die auf den Marktplatz führte, erschien Kristýna in ihrem Kleid mit den Birnen, sie trug eine schwarze Mappe mit der goldenen Aufschrift MUSIKALIEN unter dem Arm, und auf ihren nackten Beinen marschierte sie an der rosafarbenen Kirche vorbei. Krumm waren sie überhaupt nicht. Noch eine weitere Lüge von mir. Nur ein bißchen gekrümmt waren sie, nur ein bißchen wie ein Säbel.

Mit Freude dachte ich daran, daß Kristýnas frühes Erscheinen nicht von ungefähr kam, es mußte wohl eine Fügung Gottes sein, und der Herr schickte sich endlich an, mich zu belohnen. Ich hatte vielleicht ein wenig Unzucht, ein wenig Lüge und ein wenig Unmäßigkeit begangen. Doch die Nachtschicht an der Matrikel war andererseits eine gute Tat gewesen. Auch wenn ich sie nicht mit Freude und bereitwillig begangen hatte, wie gute Taten begangen sein wollten. Wie dem auch sei, der Herrgott schickte mir das hübsche Mädchen direkt in die Arme.

Ich stand auf, Kristýna erblickte mich. Sie stockte, in ihrem Gesicht leuchteten in einem Lächeln die weißen Zähne auf, dann veränderte sich ihr Gesichtsausdruck, und sie bekam eine trotzige Miene.

»Hallo, Kristýna«, begrüßte ich sie.

»Hallo«, sagte sie kurz angebunden.

»Bist du sauer?«

»Ich? Warum?«

»Weil ich gestern nicht gekommen bin.«

»Ging wohl nicht, oder?« fragte sie und fuhr ein wenig unsicher fort: »Mußtest wahrscheinlich wieder einem aus der Klemme helfen. Oder einer, nicht wahr?«

Genau, wie ich befürchtet hatte. Doch sie war sich unsicher. Ihre Trotzhaltung wurde durch den Verdacht untergraben, daß ich ja vielleicht doch ein Held war und sie sich daher dämlich aufführte.

»Es ging wirklich nicht«, sagte ich in leicht beleidigtem Ton.

»Du hast doch gesagt, daß alles in Ordnung ist. Vor der Vorstellung hast du das gesagt, oder?«

»Da war's auch so. Aber nachher sind Komplikationen dazu-
gekommen«, erklärte ich, und eine Eingebung durchfuhr mich.
»Dein Charleston hat Kühl nicht gefallen. Wir haben ihm vor-
geflunkert, daß in deinem Auftritt Ländler getanzt werden soll,
und er, so doof wie er zwar ist, hat trotzdem erkannt, daß das
kein Ländler war.«

»Oh, bei den Augen des Igels!« rief Kristýna. Alle Mädchen
sagten das gerne. Sie kannten das aus dem Buch »Jirka, der
Schreck der Familie«. Ich hatte es auch gelesen und benutzte
den Spruch genauso.

»Wir mußten ihn bis morgens belabern. Und er hat auch gesagt, so wie du das getanzt hast, war es unsittlich.«

»Jesusmaria«, quiekte Kristýna und wurde blaß. »Jetzt krieg'
ich das alles ab!«

»Hab keine Angst. Wir haben ihn zwar nicht beschwatzen
können, doch er ist bestechlich, wie alle Deutschen. Dóďa Lehm
hat irgendeinen Cognac angeschleppt. Das ist jetzt die reichsdeutsche Währung.«

»Gibt's keinen Ärger?«

»Bestimmt nicht. Die Gefahr ist vorbei.«

Mit Schrecken wurde mir klar, daß ich schon wieder gelogen
hatte. Aber es war wieder eine *pia fraus*, lieber Gott! So ganz
pia eigentlich nicht. Ich wollte, daß Kristýna mit mir spazieren-
ging. Ich sollte eigentlich nicht lügen. Doch es mußte sein. Die
Versuchung war übermächtig, und ich, vielleicht noch vor dem
Auftauchen der Weber-Mädchen, war schon an den Teufel verkauft oder sowas.

»Hat dein Vater noch Hexenschuß?« fragte ich mit ganz und
gar unlauteren Absichten.

»Nicht mehr. Er ist wieder gesund.«

»Und wo gehst du jetzt hin?«

»Zum Klavierunterricht.« Sie schaute auf die Sonnenuhr. »Jesus! Ich sollte schon längst dort sein!«

»Geh nicht hin!« beschwor ich sie eindringlich.

»Du bist gut! Und was sag' ich zu Hause?«

»Du kannst sagen, daß dir schlecht geworden ist, zum Beispiel. Daß du im Park ohnmächtig geworden bist.«

»Das wird mir mein Vater ganz bestimmt glauben!« protestierte sie, und man merkte ihr an, daß das Problem in diesem Moment nicht mehr »Ob« sondern »Wie« hieß.

»Dann nicht ohnmächtig, vielleicht nur, daß du dich schwach gefühlt hast. Du bist doch eine Frau. Dein Vater wird dich doch nicht nach so Sachen fragen.«

»Was für Sachen?«

»Nun ja, Frauensachen und so.«

Kristýna begriff. Sie wurde feuerrot im Gesicht.

»Ich weiß nicht«, sagte sie. »Ich … ich hätte sowieso nur eine Stunde Zeit. Spätestens um Viertel nach vier muß ich zu Hause sein. Mein Vater macht dann noch mit mir Matheaufgaben.«

»Das schaffst du«, sagte ich heldenhaft. Auch wenn man in einer Stunde nicht viel machen konnte, das war mir klar. Oder vielleicht doch, aber für mich war es nicht zu schaffen. In einer Stunde?

»Du bist dann zu Hause. Wir setzen uns in den Wald.« Ich deutete in Richtung Süden, wo am Ende einer kleinen Straße der erwähnte Platz lag. Kristýna schaute wieder auf die Sonnenuhr, dann auf das Haus neben dem Rathaus.

»Kristýna! Ich habe mich so auf dich gefreut!« legte ich noch Holz aufs Feuer. »Du verstehst doch, daß ich nicht kommen konnte. Es war eine ernste Sache. Und jetzt bin ich extra wegen dir mit dem Bus gefahren. Du siehst doch, wie wichtig mir das ist, mit dir zusammen zu sein. Auch wenn es nur für eine knappe Stunde ist.«

Das patriotische Argument erfüllte auch sie mit Heldenmut.

»Na gut, dann laß uns gehen!« stimmte sie endlich zu. Zügig marschierten wir an dem Haus vorbei, an dem das Schild hing: *J. K. Hejda, Regens chori. Klavier – Geige – Harmonium.* Drei Minuten später saßen wir schon auf der Bank im Wald.

Es war ein kleiner Hain, gleich vor der Stadt, an der einen Seite begrenzt von dem Friedhof. Der richtige Wald war ein

Stück weiter, aber bis dorthin dauerte es bestimmt eine Viertelstunde strammen Fußmarsches, dann eine Viertelstunde zurück, und jetzt war es schon Viertel nach drei. In einer Viertelstunde hätte auch Lexa nichts geschafft. Ich verspürte eine aufkommende Eifersucht.

»Was hast du denn gestern nach der Vorstellung gemacht?« fragte ich sie mit einem wahrscheinlich etwas drohenden Ton.

Sie wandte mir kurz ihre großen Mädchenaugen zu, ließ den Blick aber gleich wieder ringsherum schweifen, und dann starrte sie in Richtung Kirchturm.

»Ich war mit den anderen Mädchen bei Dreslers«, sagte sie unschuldig, wahrscheinlich sogar wahrheitsgemäß. »Herr Dresler hat mich dann zum Bahnhof gebracht.«

Was hatte dann Lexa gemacht? Vielleicht war er mit einer anderen weggegangen. Die Revue war voll von den hübschesten Mädchen aus dem Gymnasium, zwei von der Handelsakademie waren auch dabei. Dann war Lexa wohl mit denen weggegangen.

»Ich hab' an dich gedacht«, sagte ich nach meinem Standardmuster.

»Bei Kühl?« fragte sie ungläubig, doch ihr Mißtrauen war schnell vorüber. »Ja, sag mal, was hat er von mir erzählt? Daß der Tanz unsittlich war oder was?«

»Das kam erst später. Zuerst hat er gemeckert, daß wir den deutschen Tanz, diesen Ländler, geschändet haben. Dann ist Dóďa mit den Cognac-Flaschen gekommen, und Kühl, damit das nicht so auffällt, hat noch weiter gemeckert, daß es zu alledem noch eine ungeheure Unsittlichkeit war.«

»Jesusmaria, warum denn?«

»Man hat angeblich deine Strumpfhalter sehen können.«

»Echt?«

»Das stimmt. Echt.«

»Nein. Ich meine nicht, ob er gesagt hat, daß es unsittlich war … Hat man sie wirklich gesehen?«

»Ja, das stimmt. Echt.«

»Strumpfhalter sind sowieso zum Vorzeigen da«, entgegnete Kristýna und fügte naiv hinzu: »Warum sollten denn sonst die Röschen drauf sein?«

»Die habe ich auch richtig gesehen«, erwiderte ich tückisch. Sie wurde wieder unsicher.

»Ja? Na und. Dann hast du sie eben gesehen. Was soll's?«

»Ich habe noch mehr gesehen«, sagte ich noch tückischer. »Vergiß nicht, daß ich dich vom Orchesterplatz aus gesehen hab', von unten.«

Kristýnas Gesicht wurde wieder dunkelrot.

»Du bist gemein! Und geschmacklos dazu! Das gefällt mir nicht!«

»Bin ich nicht«, wehrte ich mich. »Ich kann das doch nicht ändern. Ich mußte die Bühne im Auge behalten, damit ich meinen Einsatz nicht verpasse, und ich kann doch nichts dafür, daß Weiber Röcke tragen.«

»Weißt du was? Ich werde doch lieber zum Klavierunterricht gehen«, entschied sie, stand jedoch nicht auf.

»Geh nicht weg!« Ich rückte näher an sie heran und legte meinen Arm auf die Lehne hinter ihrem Rücken.

»Laß mich in Ruhe!« protestierte sie.

»Kristýna! Ich kann dir sagen, bei Kühl hab' ich ganz schön Angst gehabt. Einen Moment. Und weißt du, an was ich gedacht hab'?«

»Das weiß ich nicht.«

»An dich. An deinen Mund. Du hast einen so wunderschönen Mund …«

»Ach hör auf. Das sagst du nur so.«

»Sag' ich nicht. Gib mir einen Kuß, Kristýna«, sagte ich ohne Umschweife, weil ich hinter ihrem Rücken auf meine Armbanduhr geblickt hatte und merkte, daß ich endlich handeln mußte, auch wenn es nur wenig bringen würde, und daß es mit Hilfe der gewohnten Umwege nicht zu schaffen war.

»Meinst du, ich küsse jeden?«

»Bin ich denn *jeder* für dich, Kristýna?«

»Bist du«, sagte sie, sah mich an, und ihre Augen waren mit Versuchung erfüllt. »Oder auch nicht.«

Mit dem einen Arm umfaßte ich von hinten ihre schmalen Schultern, von vorne umarmte ich sie mit dem anderen. Ihre mädchenhaften Augen schlossen sich, und ihr mädchenhafter Mund öffnete sich ein wenig. Ich näherte mich ihr mit meinem Mund.

»Kristýna!« brüllte plötzlich jemand hinter uns.

Oh je, sagte ich für mich.

Als hätte Kristýna eine glühend heiße Ofenplatte berührt, sprang sie auf, die Notenmappe purzelte zu Boden, und die Blätter fielen heraus. Kristýna war erneut purpurrot im Gesicht. Ein dickleibiger Herr, ebenfalls purpurrot, marschierte jäh auf die Bank zu und packte Kristýna grob an der Hand.

»Papa, mir ist …«

»Das kannst du mir zu Hause erzählen!« sprach der Fettsack nach klassischem Muster und wandte sich zu mir. »Du Schuft, sieh zu, daß du schnell verschwindest! Ich werde das in der Schule melden!«

»Melden Sie ruhig«, sagte ich frech und furchtbar wütend. »Es gibt ja nichts zu melden.«

»Dein Glück, du verfluchter Bastard!«

Herr Nedoložil zerrte Kristýna mit einem Ruck davon.

»Papa, warte – meine Noten!«

Der dickleibige Herr registrierte unwirsch die Noten, die auf dem Weg verstreut lagen.

»Heb das auf!«

Flink sprang ich herbei und wollte ihr helfen.

»Du läßt das liegen!« schrie der Herr Nedoložil und stieß mich so derb weg, daß ich auf den Hintern fiel.

»Sie sind vielleicht einer!« meckerte ich. »Wir leben doch nicht mehr in der k.u.k. Monarchie!«

»Halt's Maul!« war seine Antwort. Kristýna war fertig mit dem Einsammeln der Noten, der Vater schleifte und zog seine Tochter hinter sich her. Sie schaffte es gerade noch, einen traurigen Mädchenblick nach mir zu werfen, einen Blick mit Tränen gefüllt, und dann verschwand sie mitsamt ihrem gestrengen Vater.

Die arme Kristýna. Einen so mittelalterlichen Erzeuger zu haben. Ich stand vom Boden auf, klopfte mir die Hose ab, dann setzte ich mich doch noch auf die Bank, weil der nächste Bus erst um fünf fahren sollte.

Wofür strafst Du mich, mein Herr? Warum hast Du überhaupt Mädchen geschaffen, wenn sie ein katholischer Christ, wie es aussieht, nicht mal berühren darf? Oder war das etwa für die Lüge mit Kühl? Ich hätte ihr doch nicht sagen können, warum ich tatsächlich nicht gekommen war. Sie war ein Mädchen, es hätte sie bestimmt gejuckt, überall davon rumzuerzählen. Mädchen, so heißt es, neigen dazu. Ich konnte sie nicht in so eine Versuchung führen. Mein Gott, was bist Du für einer? Ich verstehe zwar, daß man bei Menschen nur mit Strenge etwas erreichen kann. Aber das hier war schon ein wenig übertrieben. In meinem Fall, glaubte ich. So viel hatte ich doch nicht angestellt.

Eigentlich, *de facto*, hatte ich gar nichts angestellt, sagte ich mir bitter. Überhaupt nichts, mit Kristýna. Nicht einmal Charleston hatte ich mit ihr getanzt.

Hinter dem grünen Gebüsch am Rande des Hains lugte die Kirche mit der rosafarbenen Kuppel hervor, auf der Dachrinne ihres roten Zwiebelturmes gurrten und liebkosten sich Tauben. Die dürfen es, dachte ich mir. Die dürfen, mein Herr, und es sind nur Tiere. Das ist eine schöne Ungerechtigkeit.

Die prima Saison erreicht den Höhepunkt

DIE AUSSICHT VOM TURM

Und er wird dich malen
(dich malen – dich lieben)
und dich in seine Hütte locken …

Josef Krátký, 7b

DIESMAL WAR ES EIN ABSOLUT BOMBENSICHERER PLAN, und der ging so: Zdeněk Pivoňka war zu den Eltern nach Prag gefahren, weil er ein Telegramm bekommen hatte, daß seine Mutter krank geworden war. Irena hatte Rosťa schon längst versprochen, ihm Modell für ein Porträt zu sitzen; und weil zu dieser Zeit alle Mädchen aus Kostelec darauf versessen waren, sich von Rosťa malen zu lassen, würde Irena Zdeněks Abwesenheit ganz bestimmt ausnutzen und in seine Atelierhütte im Wald kommen. Die Skizzen von den Porträts hob Rosťa alle auf, sagte den Mädchen aber nicht, warum. Und weil er ihnen die fertigen und ungeheuer bunten Bilder schenkte, forschte keine weiter nach. Nach unserem Plan sollte ich an jenem Tag wie zerrissen von meiner unerfüllten Liebe durch den Wald geschlendert kommen und nach dem Mittagessen rein zufällig in Rosťa Pittermans Hütte vorbeischauen. Dann wollte Rosťa behaupten, er brauche Irena für ein oder zwei Stündchen nicht mehr, denn für die Vollendung eines Bildes sei es besser, ohne Modell, das ihn bloß ablenke, zu arbeiten. Rosťa machte den Mädchen immer weis, er sei Expressionist, das sollte heißen, daß er seine durch sie hervorgerufenen Empfindungen in ihre Gesichter projizierte. Und die zweistündige Pause, in der diese Projektion stattfinden sollte, könnte ich ausnutzen. Wir rechneten damit, daß Irena sich zu einem Spaziergang im Wald überreden lassen würde, und dann noch weiter, zu den Felsen beispielsweise, so weit es nur ging. Rosťa wollte in der Zwischenzeit nach Kostelec verduften und in der Hütte irgendeine Ausrede hinterlassen, und wenn ich mit Irena, die mittlerweile in der entsprechenden Stimmung sein sollte, in die Hütte zurückkommen würde, sollten wir dort nur seine Nachricht und das unvollendete Porträt vorfinden. Dann würde es allein von mir abhängen, wie lange Irena mit mir in der Hütte blieb. Für alle Fälle hatte Rost'a ein sauberes Bettuch auf die Liege gelegt.

Es war ein hervorragend ausgeklügelter Plan. Es war der beste von allen, die ich mit Rost'a bisher für verschiedene andere Mädchen ausgeheckt hatte. Meistens hatten sie zwar nicht so recht geklappt, aber der jetzt war todsicher.

Um Viertel nach eins also, ich setzte meine traurigste Miene auf, kam ich rein zufällig in die Hütte und überraschte die beiden dort: »Hallo! Das ist ja toll! Ihr seid hier? Das wußt' ich gar nicht! Stör' ich?«

»Ach wo!« sagte Rost'a, genau wie es seine Rolle vorschrieb, er hatte nichts vergessen.

Irena warf mir einen Blick zu, der einer intelligenten Verdächtigung nahekam, und mir schoß plötzlich durch den Kopf, daß der Plan nicht unbedingt todsicher sein mußte. Mit dem Seil über den Schultern und der Bergsteiger-Pumphose, die ich für das kopflose und tieftraurige Umherirren im Wald ausgewählt hatte, fühlte ich mich auf einmal ziemlich daneben.

»Was machst denn du hier?« fragte Irena.

»Nur so …«, sagte ich mit lyrischer Betonung. »Mir war so traurig zumute … weißt du, Irena? Und deshalb wollte ich einfach ein bißchen raus, herumschlendern … zu den Felsen …«

So weit hatten wir den Dialog vorbereitet. Ab da fing eine Schachpartie an, in der es auf alles, was Irena sagen würde, eine Reihe möglicher Erwiderungen gab.

Doch sie kam mit einer Antwort, die im Drehbuch überhaupt nicht vorgesehen war: »Warum schlenderst du dann nicht herum? Geh doch weiter!«

»Mir tun schon die Füße weh«, sagte ich. »Und wenn ich den Meister hier nicht störe …«

»Aber mich störst du!«

»Warum dich, Irena?«

»Ich genier' mich«, sagte Irena. »Ich kann nicht natürlich sein.«

»Warum solltest du dich genieren? Du sitzt doch nicht für einen Akt«, erwiderte Rosťa.

Irena ignorierte diese Anspielung klugerweise.

»Mich macht das einfach nervös. Danny soll weggehen. Wenn er da ist, kriege ich keinen natürlichen Ausdruck hin.«

»Ich sehe aber nichts Unnatürliches in deinem Ausdruck«, widersprach Rosťa. »Du glotzt, als hättest du Kinderlähmung in den Lidern, aber das machst du immer.«

»Wieso glotz' ich? Ich hab' so große Augen.«

»Wahrscheinlich willst du sie noch größer haben«, meinte Rosťa. »Du, hör mal, ich brauch dich eh nicht mehr. Die Ähnlichkeit hab' ich schon drin, jetzt male ich dich fertig und werde dabei meine Empfindungen hineinprojizieren, die du in mir hervorgerufen hast.«

»Brauch' ich also nicht mehr zu sitzen?«

»Nein.«

»Dann will ich zusehen, wie du die Empfindungen hineinprojizierst.«

»Das geht nicht.«

»Warum?«

»Weil … wenn du mir nämlich zuguckst, wird keine Projektion entstehen. Meine Empfindungen haben keine Chance, wenn du mir auf die Finger starrst.«

Man sah, daß Irena ihm das nicht unbedingt glaubte.

»Geh ein bißchen spazieren«, schlug Rosťa vor, nun wieder in seiner Rolle. »Komm so in zwei Stunden wieder, dann ist dein Porträt fertig.«

»Ja?« fragte Irena, und ich hörte ihrer Stimme an, daß sie Unfug im Schilde führte. »Auch mit den Empfindungen?«

»Mit allem Drum und Dran«, sagte Rosťa. »Auch mit deinem Knutschfleck unter dem Kragen.«

»Ich hab' gar keinen!« protestierte sie, doch faßte sie verunsichert unter den Kragen.

»Na gut«, sagte sie. »Dann geh' ich nach Hause und komme um vier wieder.«

»Das lohnt sich nicht«, warf Rosťa schnell ein, um unseren Plan zu retten.

»Doch. Ich brauch' zwanzig Minuten bergab nach Hause und eine halbe Stunde bergauf. Ich schaffe es auch noch, mir was mit jemand auszumachen.«

»Mit wem?« fragte Rosťa.

»Mit Zdeněk, mit wem sonst?«

»Der ist doch in Prag.«

Das hätte er nicht sagen sollen, denn Irena konnte eins und eins zusammenzählen.

»Woher weißt du denn das?« fragte sie, wie mir schien, jetzt siegesgewiß.

»Woher?« wiederholte Rosťa und überlegte. In solchen Situationen verfügte er über keine große Schlagfertigkeit.

»Alena hat's erzählt«, kam ich ihm zur Hilfe. Dadurch half ich zwar, aber nicht mir.

»Du weißt es also auch?« Irena wandte mir ihre, wie sie richtig bemerkt hatte, großen Augen zu, braun mit kleinen Honigtropfen in der Iris.

»Tja ... Alena hat's erzählt ...«

»Du weißt es also auch?«

»Weiß ich. Alena ...«

»Ich hab' langsam kapiert, daß Alena es erzählt hat. Ist ja interessant.«

»Mich interessiert's nicht«, sagte ich.

»Aber mich.«

»Mich interessiert nicht, ob Zdeněk in Prag ist oder sonstwo.«

»Mich auch nicht. Mich interessiert nur, wieso du da bist. Seit wann bist du so 'n Einsiedler, Dannylein?«

Sie stand auf. Für das Porträt hatte sie ihr Paradekleid angezogen, das gelbe mit dem braunen Kragen.

»Also, bis dann, Rosťa! Um vier bin ich wieder da.«

Und sie rauschte triumphierend an uns vorbei.

Wir wechselten hilflose Blicke, und dann rannte ich schon hinter Irena her.

»Darf ich dich begleiten, Irena?« fragte ich, als ich sie eingeholt hatte. Sie marschierte in Richtung Stadt in beinahe professionellem Pfadfindertempo.

Sie musterte mit einem Blick meine komplette Ausrüstung: »Du gehst nicht klettern?«

»Allein macht es keinen Spaß. Ich hab' mir gedacht, vielleicht treff' ich jemanden …«

»Mitten in der Woche?«

»Warum nicht?«

»Oder hast du vielleicht gedacht, daß du mich triffst, rein zufällig?«

»Vielleicht. Das wäre das schönste gewesen.«

Sie blieb stehen, pflückte eine Margerite und steckte sie sich hinter das Ohr. Danach drehte sie sich zu mir um.

»Das hast du mit Rost'a eingefädelt. Abgekartete Sache.«

Ich stellte mich erstaunt. »Abgekartet? Wieso?«

»Stell dich nicht dumm, bist doch sonst so gewieft. Aber nicht gewieft genug. Du bist auch ein bißchen dumm.«

Eine Weile bewunderte ich diese Gedankenkette, dann rückte ich mit der Wahrheit heraus: »Ich geb's zu, Irena. Wir haben's ausgemacht.« Der Plan war jetzt sowieso im Eimer. »Es ist aber nicht meine Schuld!«

»Schieb das nicht auf Rost'a. Der ist nicht wie du. Der liebt Marie Dreslerová und belästigt keine andere.«

Sie war, wie alle anderen Mädchen, ziemlich gut informiert. Doch nicht so ganz. Sie war auch ziemlich uninformiert, schloß jetzt ich meine Gedankenkette wieder.

»Ich schieb' nichts auf Rost'a. Du tust aber immer, als hätte ich dir sonst was angetan.«

»Und was war das mit den Webercousinen? Angeblich hat sich auch der Herr Nedoložil aus Mýto in der Schule über dich beschwert. Weißt du nicht, warum?«

»Keine Ahnung. Ich hab' Kristýna nur zufällig im Park getroffen, und er hat sich wie ein wilder Affe auf mich gestürzt.«

»Und Karla-Marie?«

»Das wirfst du mir vor, Irena? Und was ist mit Zdeněk?«

»Das ist was anderes. Mit dem geh' ich.«

»Ich würd' mit Karla-Marie auch gehen, wenn die beiden mich nicht so reingelegt hätten. Wahrscheinlich hast du das alles angestiftet.«

»Ich bitte dich! Die braucht man doch nicht anzustiften! Meinst du, du wärst der erste gewesen, der sich an den beiden die Finger verbrannt hat?«

»Siehst du. Doch ich liebe sowieso nur dich.«

»Und wenn du mit den Weberschwestern gegangen wärst?«

»Auch dann würd' ich nur dich lieben.«

»Du lügst doch bloß«, sagte sie.

»Ich liebe dich doch bloß.«

Jetzt war es offensichtlich, daß sie keine Lust mehr hatte, nach Hause zu gehen. Vielleicht war der Plan ja doch noch zu retten.

»Irena«, fing ich wieder an. » Laß uns zu den Felsen gehen. Das lohnt sich wirklich nicht, für die eine Stunde nach Hause zu gehen.«

»Ja ja, ich weiß schon. Und du wirst mich dann anwinseln. Wie immer.«

»Werd' ich, wenn du's möchtest.«

»Möcht' ich aber nicht.«

»Normalerweise willst du.«

»Heute aber nicht.«

»Dann eben nicht.«

»Und du wirst nicht betteln?«

»Doch.«

»Wenigstens ehrlich bist du«, bemerkte sie. »Ansonsten bist du ein Ausbund an Schlechtigkeit.« Sie sah zu den grauen Felsengipfeln, die in der Julisonne verlockend glänzten.

»Komm!« sagte ich mit gespielter Sehnsucht.

In ihrem Köpfchen spukte wieder irgendeine ihrer Ideen. »Weißt du was? Laß uns klettern gehen.«

»Klettern?«

Sie mußte die Enttäuschung in meiner Stimme deutlich herausgehört haben, denn sie fing an zu lachen.

»Wenigstens sind dann deine Hände beschäftigt, Dannylein!«

»Du kannst einem aber auch die Laune verderben.«

»Du hast doch übers Klettern sogar ein Gedicht geschrieben«, sagte sie. »Zwar unter Pseudonym, aber jeder weiß, daß es von dir ist«, und höhnisch rezitierte sie einen Vers aus meiner poetischen Hervorbringung, die in den »Kostelec-Blättern« abgedruckt worden war.

»Muskelbepackt
und mit Waden aus Stahl –
zur goldenen Sonne
durch blaue Luft überm Tal …«

»Hör auf, Irena!«

Mit Muskeln war ich nicht besonders gesegnet, und zu dem ganzen schändlichen Epos hatten mich allein ihre, nicht meine Waden inspiriert. Ich hatte sie immer gut vor Augen gehabt, als ich hinter ihr hergeklettert war, und sie hinter Zdeněk, alle an einem Seil.

»Hast du's etwa nicht geschrieben?«

»Doch. Aber nicht wegen dem Klettern, sondern wegen dir.«

»Aber ich hab' jetzt Lust zu klettern. Also, wenn du mich liebst, komm mit. Wir nehmen uns die Fünf Finger vor.«

Ja, dachte ich mir. Ich nehme die fünf Finger. Fünf um den einen. Heute nacht, wie es aussieht. Das sagte ich Irena selbstverständlich nicht.

In der Hütte des Tschechischen Touristenverbands zog sich Irena um, schlüpfte in ihre berühmten Knickerbockers mit dem Herzen aus braunem Leder auf dem Hintern und in ihr schäbiges Jungensakko mit Lederellbogen und einem Lederflicken zum Abseilen auf der Schulter. Sie behängte sich mit Karabinern,

Schlingen und Haken, wahrscheinlich, um mich nicht zu nahe an sie ranzulassen, und so ausstaffiert führte sie mich zum Fuß der Fünf Finger.

Ich weiß nicht, warum man den Felsen so nannte. Er sah eher aus wie ein zum Drohen erhobener Zeigefinger, und auf der Schwierigkeitsskala hatte er gerade mal eine Drei. Oben war ich noch nie gewesen, und ich verspürte auch kein sonderliches Bedürfnis, dorthin zu kommen. Nicht einmal mit Irena. Ich wußte genau, wie die Gipfel aussahen. Wieviel Platz dort war. Dort oben war absolut nichts zu machen, wenn ein Mädchen nicht wollte.

»Gehst du als erster?« fragte Irena.

Ich brummte: »Klar!« und freute mich überhaupt nicht drauf.

»Aber die erste Plattform ist erst dort, siehst du?« Sie zeigte irgendwohin nach oben, gute sechs Meter. »Damit du nicht runterfliegst, rein zufällig.«

»Dann flieg' ich eben rein zufällig runter und bring' mich um.«

»Das gerade nicht, aber eine schöne Prellung kannst du dir holen.« Sie tat, als hätte sie den beredten Unterton in meinen Worten nicht gehört. »Ich werde dich über die Fichte da sichern.«

Noch bevor ich protestieren konnte, damit sie bloß nichts unternahm, was meinem Todeswunsch im Weg stand, sprang sie schon auf den Stamm einer stattlichen Fichte und kletterte wie ein Eichhörnchen zu den niedrigeren Ästen und von da aus noch höher und höher wie ein Affe.

Während sie kletterte, zogen Erinnerungen durch meinen Kopf, was ich ihretwegen schon alles in Kauf genommen hatte. In den Sokol-Turnverein war ich gegangen. Ich hatte dort zwar nichts gelernt und mir bloß die Hand verrenkt, und dazu noch die linke, daß nicht einmal Schuleschwänzen raussprang. Dann hatte ich mit dem Skifahren angefangen. Mein Leben lang kam ich nicht genau dahinter, wie man mit Skiern eine Kurve fährt, ohne hinzufallen. Ich schwamm im Bassin der Stadtsparkasse, im Sommer auch im ›Jericho‹, doch egal, wo auch immer ich rumpaddelte, Zdeněk war immer besser als ich, da gab es nichts.

Einmal war ich sogar vom Turm gesprungen, um vor Irena anzugeben, aber Benno sprang direkt nach mir, und weil er so dick war, fiel er schneller und erwischte mich unter Wasser direkt am Kreuz, und mir ging die Puste aus. Durch Schläge auf den Rücken hatte mich ausgerechnet Zdeněk wieder zum Leben erwecken müssen, Irena hatte natürlich mitgemacht. Was ich wegen diesem Mädchen schon alles über mich hatte ergehen lassen müssen, und auf Jazz pfiff sie vollkommen.

Wir waren bereits aneinandergeseilt, und Irena, schon ganz weit oben in der Baumkrone, zog das Seil durch einen Karabiner, den sie in einer Schlinge befestigte; die zurrte sie um den Baumstamm und einen Ast, und dann kletterte sie wieder hinunter. Das Seil zog sich von meiner Brust über die Baumkrone, und von da aus reichte es bis zu Irenas Brüsten.

»So, mach dich zum Aufstieg fertig«, sagte sie, blitzende Teufelchen in den Augen.

Ich ging die Sache an wie ein Gladiator, und kaum war ich einen halben Meter hochgeklettert, klar, da rutschte mir schon ein Fuß weg, ich plumpste wieder nach unten und schlug mit der Nase gegen den Felsen.

»Da rechts hast du einen Griff«, belehrte sie mich fachmännisch. »Mit der Rechten kommst du hin. Dann mit der Linken ungefähr vierzig Zentimeter geradeaus nach oben, da ist eine Sanduhr.«

Mit großer Mühe versuchte ich das, was sie mir geraten hatte, und kam ungefähr drei Meter hoch. Doch dann war ich in argen Nöten. Die Wand hatte dort einen Überhang.

Ich schaute, gegen alle Vorschriften, nach unten. Irena stand unter mir, breitbeinig, damit sie mein Gewicht halten konnte, sollte ich abstürzen, und mit ernsten Augen verfolgte sie meine tolpatschigen Bewegungen. Eine Welle der Liebe überkam mich, trotz meiner prekären Lage.

»Sieh nicht nach unten, Danny!« rief sie streng. »Schau mal! Rechts hast du einen schrägen Spalt. Halt dich da fest und geh in Falkenstellung einen Meter weiter, dort ist wieder eine Uhr, und von da aus hast du's nur einen Meter zu der Traverse hinüber.«

Die hat gut reden, dachte ich mir. Ich würde bestimmt abstürzen. Trotzdem kam ich unter Anspannung aller meiner Saxophonspielermuskeln zu dem Spalt und nahm die Falkenstellung ein. Das heißt, mit beiden Händen direkt nebeneinander faßte ich die eine Seite des schrägen Spaltes, und mit den Spitzen beider Füße stemmte ich mich gegen das andere Ende. In dieser Lage, durch die Anspannung der Arme und der Beine waagerecht im freien Raum gehalten, sollte ich mich langsam nach oben arbeiten.

Ich bewegte mich jedoch ziemlich schnell, allerdings abwärts.

»Nicht nach unten, Danny! Nach oben!« hörte ich den Tadel meiner Lehrerin unter mir. Um die Peinlichkeit zu überspielen, daß die Schwerkraft die Oberhand über mich gewann, schnaubte ich wie verwundert: »Nach oben?«

»Ja klar!«

Ich spannte meine Barroom-Muskeln wie auch meinen sündhaften Willen an und hatte ein Gefühl, als würde ich eine Tonne wiegen. Vor allem am Hintern. In diesem Moment griff anscheinend der Herrgott selbst ein, denn irgendwie kam ich bis zu der Uhr. Ich hielt mich dort fest, mit dem linken Fuß fand ich einen Tritt, mit dem rechten tastete ich am Felsen herum, dann gab ich auf und ließ ihn einfach so runterbaumeln. Ganz in der Nähe rauschten die Kronen hoher Kiefern, und ein doofes Eichhörnchen in der Spitze eines Baumes hörte auf zu nagen und glotzte mich neugierig an.

»Du mußt drei Haltepunkte haben, Danny! Mit zweien ist es zu riskant!« kreischte tief unter mir Irena.

»Ich halte mich doch mit beiden Händen.«

»Aber nur an einem Punkt. Links, dreißig Zentimeter weiter, hast du wieder einen Griff. Ein Stückchen höher!«

Ich ließ also mit der Linken die sichere Uhr los und fing an, nach links oben zu tasten. Dort war es so glatt wie Irenas Popo. Wenigstens stellte ich ihn mir so glatt vor. Mein rechter Fuß pendelte immer noch im Leeren. Und so stand ich auf dem großen Zeh des linken Fußes, und mit der rechten Hand hielt ich mich an einer ziemlich dünnen Säule aus Sandstein fest.

»Noch ein bißchen höher!«

Ich streckte mich, bis mir das Kreuz weh tat, und wirklich, oberhalb des Popos war eine Mulde, etwa so tief wie die bei Irena. Das wußte ich aus Beobachtungen, also einer rein visuellen Erfahrung. Sie war immer in einem knappen zweiteiligen Badeanzug ins ›Jericho‹ gegangen.

Mit dem Zeigefinger krallte ich mich in der Mulde fest.

Irenas Stimme erreichte mich durch das betäubende Rauschen der Kiefern und das Knabbern des Eichhörnchens, das inzwischen weiterfraß. »Jetzt paß auf. Direkt über der Uhr hast du einen Griff. Stütz dich da ab und geh mit dem rechten Fuß in die Kluft, die etwa auf Höhe der Uhr ist.«

Ich ließ die Uhr los, aber, es war kein Griff da. Eine Weile hing ich so in Irenas Mulde und auf dem Zeh vom linken Fuß, dann fing mein Bein an, heftig zu zucken.

»Höher!« schrie Irena. »Ein Stück nach rechts! Das ist zu weit!«

»Ich …«, stellte ich fest, »… ich hab schon ’nen Krampf im Bein.«

»Dann geh zurück zur Uhr! Nicht mit der Rechten! DANNY!« kreischte sie.

Irgend etwas war passiert. Ich segelte gemächlich durch die blaue Luft, die ich in meinem Gedicht so exakt beschrieben hatte, über mir die goldene Sonne. Einen Moment lang flog auch das Eichhörnchen an meiner Seite, seinen Schwanz gehoben wie einen Fallschirm, mit einem Kiefernzapfen in der Schnauze, doch bald änderte es die Richtung und landete auf einem Ast. Ich stürze nach unten, dachte ich und merkte, wie sich der Felsen jäh von mir entfernte, doch ich erschrak nicht einmal, mich beherrschte ein beinahe wohliges Gefühl. Mein Schutzengel hakte sich bei mir unter, es schien mir, als hätte ich ihn für einen Augenblick gesehen, seine Flügel waren so golden wie auf der Mariä-Verkündigungssäule in Mýto, er hakte sich also unter und trug mich in gemächlichem Bogen nach unten und dann wieder nach oben, und dort ließ er mich los.

Ich hing am Seil von der Kiefer herunter, hilflos wie ein Sandsack, Irena unter mir bohrte ihre Füße in den Boden und zerrte mit aller Kraft am Seil.

Nun übernahm Irena das Kommando, und innerhalb von zwanzig Minuten erklommen wir den Gipfel. Oberhalb der großen Traverse, die ich bei meinem ersten Versuch nicht erreicht hatte, war es tatsächlich nicht einmal die Drei. Aber trotzdem, eine ganz schön steile und ganz schön lange Nadel. Ohne das Herz auf Irenas Hintern hätte ich das Ganze längst sausenlassen und mich von einer Uhr abgeseilt.

Die Kuppe des Zeigefingers, Fünf Finger genannt, ragte unheimlich hübsch in die Höhe über allen anderen Türmen weit und breit, in der Tiefe unter uns wiegten sich die Kronen der Kiefern, die voll verfressener Eichhörnchen waren. In der Ferne öffnete sich die Julilandschaft, gestreift und kariert mit Roggenfeldern und mit Klee und Wiesen, und dazwischen wie auf einem bunten Teppich lag die rote und weiße und rosafarbene Stadt Kostelec, über ihr das Schloß mit dem mächtigen Turm, in dessen Richtung jetzt die glühende Sonne strebte.

»Ist das schön!« seufzte Irena.

Ehrlich gesagt, es war wirklich schön. Doch die Faszination dieser Schönheit hatte ich mir nie eingestanden. Mein Ideal war die Großstadt, wenigstens Prag, noch besser aber New York, mit Bars, Hotels und so. Doch weil ich es war …, ausgerechnet ich mußte in Kostelec wohnen. Aber das war ich schon von Gott gewöhnt.

»Aber die Mühe, bis man hier oben ist.«

»Das schadet dir gar nichts. Du bist ein fauler Sack. Sieh mal!« Und sie zeigte mit dem Finger aufgeregt irgendwohin.

»Was denn?«

»Man kann das Riesengebirge sehen!«

Sie trug es vor, als wäre sie ein von Skorbut halb dahingeraffter Seemann, der nach dreimonatiger Irrfahrt eine Insel sichtet.

»Hm«, erwiderte ich.

Sie sah mich an. »Ist dir das Wurst, Danny?«

»Na ja, man kann halt das Riesengebirge sehen. Ich weiß, daß dort das Riesengebirge ist. Ich war auch schon mal da. Was ist denn dabei?«

»Aber das ist doch *schön*! So ein wunderschöner klarer Tag! Weißt du, wie weit das ist?«

»Fünfzig Kilometer, oder so. Siebzig.«

»Und das ist alles nichts …« Sie gab auf, winkte ab und himmelte das blauschimmernde Riesengebirge an, das aus irgendeinem Grund so bemerkenswert war, nur weil es fünfzig Kilometer weit weg lag. Sie sah es ganz verzaubert an, und ich betrachtete Irena in ähnlicher Art und Weise.

»Das mag ich am liebsten!« schwärmte sie. »Wenn ich abends hier hochkomme, weißt du? Wenn die Sonne untergeht. Dann ist es erst richtig schön! Es sieht zwar kitschig aus«, sagte sie schnell dazu, damit ich ihr keinen schlechten Geschmack unterstellte, »aber es ist trotzdem schön.«

»Ich kann Kitsch und richtige Kunst sowieso nicht auseinanderhalten.«

»Ach komm, Danny. Du erkennst doch Kitsch.«

»Sind Rosťas Bilder kitschig?«

»Tja …die …« Jetzt hatte ich sie ertappt, aber sie redete sich raus. »Ich glaube nicht. Rosťa steht erst am Anfang seiner künstlerischen Laufbahn. Technisch ist er noch nicht so perfekt.«

»Meinst du, weil seine Bilder so bunt sind?«

»Das nicht. Aber denk zum Beispiel an van Gogh.«

»Das ist der, der die eckigen Gitarren malt? Das ist für mich Kitsch.«

So doof war ich natürlich nicht. Ich wußte genau, daß Picasso und Braque die eckigen Gitarren gemalt hatten. Rein zufällig interessierte mich Malerei. Ich wollte Irena nur provozieren. Auch wußte ich, daß van Gogh Sonnenblumen gemalt hatte.

»Nicht doch! Du bist vielleicht …! Ich bitte dich! Du gehst doch in die Septima! Von van Gogh sind die Sonnenblumen!«

Irena zog sich ihr gestreiftes Sakko aus, darunter hatte sie ein gelbes Trikot an, von Harz und Moos verdreckt, und unter dem Trikot einen schwarzen Büstenhalter. Sie krempelte das Trikot bis zum BH hoch, ihre Haut war glatt und hellbraun. Ich schaute auf ihre Haut, und oberhalb der sich wiegenden Kiefern tief unter uns und unterhalb der tiefstehenden glühenden Sonne über uns erzählte mir Irena von van Gogh. Daß er Sonnenblumen gemalt und sich ein Ohr abgeschnitten hatte. Und auch, daß er Impressionist war.

»Rosťa ist Expressionist«, bemerkte ich.

»Das sagt er«, erwiderte Irena. »Einstweilen ist er noch gar nichts. Aber Talent hat er. Der bringt es einmal zu was. Nicht wie du.«

»Ich werd' in 'ner Bar Tenorsaxophon spielen«, sagte ich darauf.

Und so plauderten wir, der wunderschöne Nachmittag ging langsam zur Neige, die Sonne näherte sich dem Schloßturm. Eine Weile kreiste ein Bussard über uns, und Irena schwebte im siebten Himmel. Der Bussard kreiste weiter herum, als sei er nicht ganz sicher, ob wir nicht doch was zum Fressen wären. Dann verlor er das Interesse, und mit einer wunderschönen Ellipse über das halbe Felsmassiv verschwand er im Wald.

»Was willst du eigentlich werden, Irena?« fragte ich.

»Weiß ich noch nicht. Vielleicht werde ich Sport studieren. Also erst nach dem Krieg.«

»Willst du etwa Lehrerin werden?« fragte ich voller Ekel.

»Warum nicht? Vielleicht«, meinte sie. »Es muß doch nett sein, jungen Menschen etwas beizubringen.«

»Dir kommt das nett vor?« entgegnete ich angewidert. »Junge Menschen zwingen, übers Pferd zu springen, sich an die Ringe zu hängen oder sonstigen Unfug zu treiben?«

»Na ja, Faulenzern, wie du einer bist, paßt das nicht, ich weiß«, sah sie ein, und mit ihren milchkaffeefarbenen Augen liebkoste sie die Landschaft.

»Du wirst sowieso Zdeněk heiraten. Der macht dir ein Kind oder zwei oder drei, und dann versauerst du zu Hause.«

»Das stimmt nicht. Außerdem mag ich Kinder gern. Ich möchte *wenigstens* drei haben.«

»Aber nicht mit mir.«

Sie sah mich an und lächelte.

»Hör auf zu quasseln«, sagte sie. »Du spinnst ja wieder.«

»Oder möchtest du doch?«

»Das hängt nur von dir ab.«

»Wenn das nur von mir abhängen würde, Irena«, folgerte ich logisch, »dann hättest du mit deinen sechzehn Jahren mindestens schon zwei Kinder. Oder auch vier, wenn alle im sechsten Monat auf die Welt gekommen wären.«

»Red keinen Quatsch, Dannylein. Du weißt doch, wie ich das meine.«

»Wenn ich das wüßte«, sagte ich bitter. »Wenn ich das wüßte, dann hättest du sie schon.«

Sie hielt mir den Mund zu. Sie hatte Hornhaut auf der Hand, von dem Sandstein, ihre Handfläche roch nach Moos und Gänseschmalz. Wahrscheinlich hatte sie ein Schmalzbrot zu Mittag gegessen. Sie drückte mir ein wenig die Nase ein.

»Ich hab' jetzt ein sehr schönes Buch gelesen«, erzählte sie mir. »›Und ewig singen die Wälder‹ von Gulbranssen. Hast du's auch gelesen?«

»Nein«, sagte ich. »Ich lese nur Schundromane.« Und ich küßte ihre Handfläche.

»Du spinnst wieder, Dannylein.« Sie zog die Hand zurück und musterte ihre Handfläche.

»Ich spinne nicht. Hast du ›Die Rückkehr des frommen Schützen‹ gelesen von Dings … von …, na ja, von irgendwem halt, was weiß ich.«

»Was hab' ich denn da?« fragte sie und sah immer noch auf ihre Hand.

»Eine Seele«, verriet ich ihr.

»Von wem?«

»Von mir. Aber jetzt gehört sie dir. Du kannst sie behalten.«

»Na gut.« Sie ballte die Hand zur Faust. »Aber wohin damit?«

Sie sah mich an, mit Poesie oder was auch immer in den Augen. Ich mochte Gedichte gerne, doch das hier hatte ich nie darin gefunden. Ich sah in ihre Augen, honigfarbene Fischchen schwammen in dem Milchkaffee. Dann schweifte mein Blick dorthin, wo ihr bekleckertes Trikot einen züchtigen Ausschnitt hatte. Irena hielt immer noch die geballte Faust vor ihrer Nase. Sie verfolgte meinen Blick und seufzte.

»Ach Danny. Wenn du nicht immer nur an das eine denken würdest. Denk zum Beispiel an Literatur. An Gedichte vielleicht. Wir könnten uns darüber unterhalten.«

Sie machte die Faust auf, näherte die Handfläche ihrem Mund, flüsterte: »Flieg, liebe Seele!« und pustete.

»Du bist vielleicht eine …, Irena!« sagte ich vorwurfsvoll. »Wo soll so eine weggepustete Seele hinfliegen? Sie hat keine Chance.«

»Vielleicht findet sie eine andere Seele.«

Ich legte ihr meine Hand auf den Mund. Über der Hand betrachteten mich riesengroße, braune Augen, die unheimlich schön waren. Wenn Irena nur wollte, war es prima mit ihr. Wenn sie wollte, obwohl nicht immer das, was ich gerne gewollt hätte. Wenn sie vielleicht gewollt hätte, hätte ich doch nicht gewollt, das. Ich spürte, wie sie meine Handfläche leicht küßte. Ich ballte meine Hand zur Faust. Nah an meinen Augen öffnete ich sie ein wenig.

»Was gibt's denn da Eigenartiges?«

»Wieso eigenartig?«

»Ich weiß nicht. So was habe ich im Leben noch nicht gesehen.«

»Das ist eine Seele, du Dummkopf!«

»Von wem?«

»Rate mal!«

»Sie ist irgendwie …«

»Wie?«

»So flatterhaft. Guck mal, wie unruhig sie ist! Sie fliegt von einem Finger zum anderen!«

»Gar nicht wahr. Sie weiß nur nicht, wohin. Deshalb fliegt sie hin und her«, erklärte Irena.

»Dann werd' ich ihr einen Rat geben, ja?«

»Tu das, aber einen guten!«

»Liebe Seele«, sagte ich. »Schau mal. Siehst du die große Kiefer dort?« Und mit der anderen Hand deutete ich in die Richtung, wohin Irena meine Seele weggepustet hatte. »Dort fliegt eine einsame Seele hin und her. Eine männliche Seele.«

»Woran erkennt man das?«

»Sie ist traurig. Alle männlichen Seelen sind traurig. Und die weiblichen Seelen kichern.«

»Kichert die da auch?«

»Im Moment nicht. Jetzt hört sie zu. Oder es sieht wenigstens so aus.«

»Also gib ihr einen Rat!«

»Ich rate dir, liebe Seele, flieg dorthin zu der Kiefer, und wenn du die männliche Seele da siehst, schmeiß dich an sie ran, halt dich fest und laß sie nie mehr los. Das ist eine ungeheuer treue männliche Seele.«

»Glaub ihm kein Wort, liebe Seele«, widersprach Irena. »Es ist die verlogenste Seele in ganz Kostelec.«

»Das scheint nur so. Weil keine Seele an ihr Interesse zeigt. Und so sucht sie und sucht, weil die anderen Seelen meist dämlich sind. Die weiblichen, meine ich.«

»Paß auf dich auf, liebe Seele«, sagte Irena.

»Ach was. Du brauchst nicht aufzupassen«, entgegnete ich. »Flieg schnell! Flieg!« Und ich pustete Irenas Seele zwischen die Kiefern, sie verschwand zwischen den jungen Schatten der frischen Bäume, und ich fand sie nie mehr wieder.

So plauderten wir und plauderten, ich und das Mädchen Irena, bis plötzlich aus der Ferne von der Kirche die Gabriel-Glocke und gleich danach die namens Michael ertönten, und das Mädchen Irena tat den gewohnten Aufschrei der Mädchen aus Kostelec: »Bei den Augen des Igels! Es ist schon fünf!«

Es war schon fünf.

»Wir müssen uns abseilen, Danny.«

»Na ja. Müssen wir wohl.«

Doch jetzt stellten wir etwas Unangenehmes fest. Dort, wo es an den Fünf Fingern immer den Abseilhaken gegeben hatte, war er nicht mehr. Nur ein Loch mit verbröckeltem Gips gähnte dort.

»Hier hat sich wahrscheinlich Benno abgeseilt«, bemerkte ich. Als Witz, klar. Benno wäre es nie in den Sinn gekommen, bei den Bergsteigern mitzumachen. Aber Irena war jetzt nicht zum Witzereißen aufgelegt.

»Was machen wir nun?«

»Hast du vielleicht einen Abseilhaken in deinem Keuschheitsgürtel?« Ich zeigte auf die Traube verschiedener Metallutensilien, die sie, wohl zum Schutz, mit sich herumschleppte. Sie ignorierte die Anspielung und sagte: »Ich hab' aber keinen Gips dabei!«

Wir saßen schön in der Patsche, und es sah ganz danach aus, als würden wir nicht rechtzeitig zum Abendessen nach Hause kommen. Mir machte das nicht so viel aus, aber Irena hatte Schiß vor dem Herrn Rat.

»Wir stecken den Haken einfach so rein«, schlug ich vor, »befestigen ihn irgendwie, und ich werde ihn mit der Schlinge festhalten. Du seilst dich ab und holst jemanden, der mit Gips herkommt.«

»Ja, und wenn er nicht hält? Du kannst ihn nicht halten. Hier gibt's nicht einmal eine Stütze für die Beine.«

Sie sah sich um. Der Gipfel der Fünf Finger war glatt, rund, ausgewaschen durch Regenfälle bestimmt seit dem Diluvium. Weit und breit nichts, wo man wenigstens eine Schlinge festmachen konnte, und auch keine Uhr, die weniger als zehn Meter unter dem Gipfel war. Ich dachte angestrengt nach.

»Weißt du was? Hör zu: Wir machen drei Schlingen auf, binden sie zusammen und stecken sie durch den Abseilhaken durch. Dann fädeln wir noch das Seil durch, und ich hänge mich mit den zusammengebundenen Schlingen auf der anderen Seite über den Felsen. Wenn der Haken doch rausfliegen sollte, könnte ich dich trotzdem halten.«

Die Idee war ziemlich unorthodox, deshalb gefiel ihr das nicht. Irena mochte es, wenn alles ein vertrautes Schema hatte. Doch andererseits fürchtete sie sich vor dem Papa.

»Das ist aber sehr riskant, Danny.«

»Wir können auch warten, bis am Samstag die anderen Jungs kommen. Mir ist das egal. Heute ist Mittwoch, das wären also zwei Tage, ohne Essen kann man's so lange aushalten. Und Wasser können wir aus dem Loch unter dem Haken schöpfen, falls es regnet. Wenn nicht …«

»Ich muß um sieben zu Hause sein. Sonst gibt's Ärger«, quengelte sie, wie die Mädchen aus Kostelec eben so zu quengeln pflegten.

»Warum sollte es Ärger geben? Es gibt keinen Ärger.«

»Red keinen Quatsch, Danny. Guck mal …« Ihr kam eine Idee. »Vielleicht kommt's Rost'a komisch vor, daß wir nicht wieder auftauchen, und er geht uns suchen, oder? Was meinst du?«

»Das glaub' ich nicht. Der ist längst zu Hause, weißt du?«

»Woher weißt du das?«

»Wir haben das so abgemacht, wegen dir.« Ich sah ihr direkt in die Augen aus Milchkaffee. »Er ist gleich abgehauen, als wir gegangen sind. Er hat nur einen Zettel dagelassen, daß ihm schlecht geworden ist.«

»Ihr seid sowas von doof!« regte sie sich auf. »Was machen wir denn jetzt, um Gottes willen?«

Doch letztendlich war die Angst vor ihrem orthodoxen Vater stärker als die vor meiner unorthodoxen Technik. Ich sollte Irena von oben durch das Gewicht meiner Liebe sichern, und sie wollte dann, auf dem Weg zum Papa, Hilfe holen.

Ich bekreuzigte mich, Irena ebenfalls, und dann ließ ich mich auf der anderen Seite der Spitze langsam an den zusammengebundenen Schlingen hinunter. Halsbrecherisch war das auf jeden Fall. Ich bekam es mit der Angst zu tun.

»Kann ich, Danny?« vernahm ich Irenas bange Stimme.

»Ja«, antwortete ich knapp, damit meine Stimme nicht ins Zittern kommen konnte.

Etwas war im Gange. Wahrscheinlich fing sie an mit dem Abseilen. Zu meinem Entsetzen merkte ich, daß der Haken wakkelte. Plötzlich knackte es, etwas knirschte oder was auch immer das war, und die Schlinge über mir rutschte langsam zur Seite.

Oh je! Jesusmaria!

Schnell zog ich mich wieder nach oben, meinen Oberkörper konnte ich noch über die Kante wuchten, doch dann triumphierte der schnöde Selbsterhaltungstrieb über die Liebe, ich ließ die Schlinge los und preßte mich mit meinem ganzen Körpergewicht auf den Sandstein. Wie eine Schlange kroch ich langsam vorwärts, in die Sicherheit. In meinen Ohren klang ein schauerliches Kreischen. Von der armen Irena, die auf der anderen Seite aus etwa zwanzig Metern Höhe herunterstürzte.

Um Gottes willen! Ich hörte Zweige rascheln und schaffte es, mit Hilfe meiner Bauchmuskeln so weit zu robben, daß sich mein Schwerpunkt jetzt auf den abgerundeten Teil des Plateaus verlagerte. Schnell kam ich auf alle viere und kroch zum Rand auf die Seite, wo Irena runtergefallen war.

Wohl zum ersten Mal in meinem Leben packte mich richtige Angst.

Ich schaute über die Kante des Turms nach unten und sah Irena. Sie saß auf einem Haufen Tannennadeln. Gott vergelt's! Sie lag nicht ohnmächtig dort. Sie saß auf dem Boden und betastete sich den Fuß oder was weiß ich. Ich konnte es nicht genau erkennen. Es flimmerte mir wahrscheinlich vor den Augen.

Ich rief: »I...Irena! Ist ... ist dir was passiert?«

Eine ziemlich blöde Frage.

Sie hob den Kopf und fiepste jämmerlich: »Danny! Ich hab'
mir, glaub' ich, das Bein gebrochen!«

»Sonst nichts?« fragte ich, genauso blöd.

»Ich weiß nicht. Das Seil ist gerissen, gerade als ich mich
von der Wand abgestoßen hab'. Ich bin in die Kiefer geflogen
und dann runtergerutscht. Ich bin ganz abgeschürft.«

»Hast du ... keine inneren Verletzungen oder so was?« rief
ich wie ein Vollidiot.

»Weiß ich nicht. Aber das Bein ist vielleicht gebrochen!«

»Kannst du erkennen, ob es gebrochen ist?«

»Ich weiß nicht!«

»Schaut der Knochen raus?«

»Nein. Das Bein sieht ganz aus.«

»Versuch mal, dich hinzustellen. Aber vorsichtig!«

Irena stand auf und sackte sofort wieder zusammen.

»Aua!«

»Ist es gebrochen?«

»Weiß ich doch nicht! Es tut furchtbar weh! Au! Au! Mein
Knöchel!«

Ich wußte nicht, was ich sagen sollte.

»Auauauau!« jammerte Irena. Man mußte sie bis nach Kostelec hören können.

So ein Mist!

Ich blickte mich um. Auf einmal sah ich unten einen Kerl. Er
stand unter den Kiefern und pinkelte. Irena konnte ihn nicht
sehen, zwischen ihnen waren zu viele Büsche und Felsblöcke.
Aber der Kerl hatte sie sicherlich brüllen gehört, er hielt nämlich inne. Schnell machte er seinen Hosenlatz zu.

Ich wollte ihn schon rufen, aber im letzten Moment verkniff
ich es mir. Der Kerl war Zdeněk. Was hatte der hier zu suchen?

Also blieb ich mucksmäuschenstill da hocken und sah mir alles
wie in einer Pantomime an. Irena kreischte immer noch, und

Zdeněk folgte eilig dem Schrei. Als er das letzte Gebüsch auseinanderbog, stutzte er, und ich hatte den Eindruck, er wolle gleich wieder abhauen. Doch Irena hatte ihn bereits gesehen, es gab kein Zurück mehr für ihn.

»Zdeněěěěk«, rief sie kläglich, gar nicht überrascht davon, daß er aufgetaucht war, obwohl er hier gar nicht hätte sein dürfen. »Ich hab' mir das Beeeeiiiin gebrochen, Zdeněěěěk!«

Doch plötzlich wurde sie ganz still. Ihr fiel ein, daß er bei seiner kranken Mutter hätte sein sollen und ganz offensichtlich nicht dort war. Zdeněk stieg äußerst mißmutig aus dem Gebüsch und kniete sich neben Irenas Bein. Sie vergaß zu schreien. Bestimmt nicht vor Freude, daß sie gerettet wurde. Sogar aus dieser Entfernung konnte ich erkennen, daß sie ihn nicht gerade anlächelte.

Dann fragte sie ihn etwas. Es war ihre normale Stimme, ich verstand sie aber nicht. Doch ich konnte mir denken, was sie gefragt hatte. Zdeněk gab etwas Unverständliches zur Antwort, aber er sagte es so, daß ich sogar bis auf die Fünf Finger hören konnte, daß er log. Dann sagte Irena wieder etwas, dann Zdeněk, dann wieder Irena, und Zdeněk sah nach oben.

Flink zog ich den Kopf ein und kroch auf die andere Seite. Ich sah mich um, damit ich nicht abstürzte, und da unten, zwischen den Kiefern, spazierte eine Blondine in einer langen Hose hin und her. Sieh mal einer an! Sie sah nicht sonderlich natürlich aus, ihre Haare waren mit Wasserstoffperoxyd gebleicht, frisch vom Friseur. Sie stolperte über die Steine, wahrscheinlich eine Pragerin. Da schau her! Das war dann wohl die kranke Mutter sein. Aber in diesem Fall war nicht der Prophet zum Berg gekommen, sondern der Berg zum Propheten. Und der Prophet hatte Schiß gehabt, daß man den Berg in Kostelec sehen könnte, und so verfrachtete er ihn zur Felsenstätte. Wahrscheinlich in die Hütte von Pilňáček. Mit Pilňáček war Zdeněk ziemlich befreundet.

Schnell kroch ich wieder auf die andere Seite. Unten war Zdeněk mit Irenas Knöchel beschäftigt, er schaute ab und zu verdächtig unruhig über die Schulter nach hinten. Er erhob sich, erzählte etwas und machte sich dann auf den Weg, wollte anscheinend Hilfe holen gehen. Irena redete auf ihn ein, sie schien ihn zurückhalten zu wollen.

Schnell wieder zurück. Die Blondine tauchte gerade direkt unterhalb der Fünf Finger auf und zupfte an irgendwelchen Blumen. Ich pfiff. Sie sah nach oben.

»Fräulein!« rief ich mit gedämpfter Stimme. »Laufen Sie schnell auf die andere Seite. Da ist was passiert!«

Sie starrte mich mit großen Augen an.

»Schnell! Meine Freundin ist von hier oben abgestürzt und hat sich das Bein gebrochen!«

Ich deutete in die Richtung, die Zdeněk sicherlich nicht einschlagen würde.

Die Wasserstoffblonde wurde ihrer Christenpflicht gewahr, und sie setzte sich um die Fünf Finger herum in Trab.

Wieder schnell auf die andere Seite. Zdeněk war gerade am Weggehen, und zwar in die entgegengesetzte Richtung, als wolle er Hilfe holen. Ich hätte gerne gewußt, was für eine Entschuldigung er sich für das Blondchen zurechtlegte.

Er verschwand, und im nächsten Moment tauchte dort die Blondine auf. Sie ging zu Irena, und trotz der Höhe sah ich Irenas Blick. Mann, was für ein Blick!

Wieder kroch ich auf die andere Seite. Zdeněk forschte dort bereits mit Augen und Ohren nach der Blonden.

»Zdeněk!« brüllte ich von oben. »Hier auf der anderen Seite liegt Irena. Sie hat sich das Bein gebrochen!«

»Ich weiß«, schrie er zurück. »Ich will gerade Hilfe holen.«

Offensichtlich hatte er sich aber verirrt, denn er suchte die Hilfe in einer Richtung, wo es im Umkreis von dreißig Kilometern nur Felsen gab.

»Ein Mädchen ist gerade zu ihr gekommen«, rief ich. »Du brauchst keine Hilfe mehr zu holen.«

»Was für ein Mädchen?«

Wie ein Kreischen kam es heraus.

»So ein blondes, in langen Hosen.«

Er murmelte etwas, ich tippte auf »Scheiße«.

Und so bezog ich wieder meine Stellung.

Was sie zueinander sagten, als sie sich alle drei gefunden hatten, entging mir. Ich sah nur, wie sich Irena bei beiden am Nakken festhielt, links an der Blondine, rechts an Zdeněk, und wie sie auf einem Fuß in Richtung von Rosťas Hütte davonhumpelte. Was Zdeněk zu Rosťas Porträt gesagt hatte, erfuhr ich nicht. Vor Wut ließ er mich aber auf den Fünf Fingern fast bis um zehn warten. Erst dann kamen Leneček und Kršák, zwei Alpin-Asse vom Touristenverband, sie bezwangen die Fünf Finger innerhalb von zehn Minuten, putzten das Loch, stopften es mit Blei aus, gossen Gips darauf, und dann warteten wir, bis das alles fest wurde.

Der riesige Mond hing am Himmel, viel näher, als wenn man ihn von der Erde aus sieht. Ich hörte mir Kršáks Predigt an, was wir für Idioten gewesen seien, leichtsinnige Idioten, und daß das Bergsteigen eine der ungefährlichsten Sportarten sei, solange man die Regeln genauestens einhalte. Und auch wie das Bergsteigen eine echte Freundschaft fördere und Treue und Opferbereitschaft schule, obwohl es absolut ungefährlich sei. So in der Art predigte Kršák, ich dachte dabei daran, wie Irena meine Seele weggepustet hatte und ich ihre; um den Mond herum bildete sich ein grüner Ring, und auf die Stadt Kostelec tief unter uns fiel der feine Baumwollstaub, den die schmutzigen Schornsteine der Spinnereien tagsüber zum Himmel bliesen und der im Mondlicht funkelte wie eine riesiger Schwarm Heuschrekken mit Glimmflügeln. Jetzt hielt zur Abwechslung Leneček eine Rede darüber, daß Bergsteigen Freundschaften auf Leben und Tod hervorbringe, obwohl es doch absolut ungefährlich sei, und ich überlegte mir, was die Seelen in den Kronen der Kiefern jetzt wohl machten, ob sie einander suchten und finden würden, und ob nicht etwa auch das Bergsteigen im Falle von Bergfexen unterschiedlichen Geschlechts wahre Liebe zum Ergebnis haben könnte. Wieder predigte Kršák, unten hörte ich

ein Eichhörnchen schnarchen und rülpsen, im Sommer über-
fraßen die sich immer, irgendwo schrie eine Eule, eine Fledermaus flog an uns vorbei, um sich uns anzusehen, und schiß auf
uns, wortwörtlich, es fiel auf Kršáks Hut, er wischte es auf dem
Sandstein ab, Wind kam auf, und die Staubflocken fingen an,
über der Stadt Kostelec zu tänzeln, über der wunderschönen,
nebligen Stadt Kostelec, wo fünfzig Prozent der Einwohner
wegen dieser Flöckchen unter Bronchitis litten. Die Seelen
würden einander bestimmt finden, ganz sicher, es mußte so sein.
Irena konnte sich jetzt ein Bild davon machen, wer flatterhaft
war und wer nicht, ihn hatte sie rangelassen, und er hatte sie mit
einer Wasserstoff-Blondine betrogen, mir hatte sie nichts erlaubt und ich hatte sie nicht einmal mit den hübschen Weber-
Mädchen betrogen, weil, das ist wohl wahr, es nicht geklappt
hatte, doch hätte mir Irena etwas erlaubt, ich schwöre bei Gott,
ich hätte sie niemals betrogen, meine liebe Irena, wie hätte ich
nur gekonnt! Auf einmal schien mir, daß ich heute endlich mal
keine Sünde begangen hatte, nicht einmal gelogen. Ich hatte
Irena alles gebeichtet, wie die Falle für sie vorbereitet war, und
mit diesem Eingeständnis wurde alles neutralisiert. Es sah so
aus, als sei Gott gar nicht so ungerecht, wie es mir manchmal
vorgekommen war, und daß er mich heute eigentlich belohnt
hatte. Na ja. Mich belohnte er, Zdeněk wurde bestraft. Und das
war erst der Anfang! Was würde noch alles kommen! Mensch!
Ach du lieber Gott! Mein Gott! Und ich bedankte mich bei dem
ziemlich unerforschlichen Herrn, unter dem Mond, der inzwischen fast braun geworden war, darin schwammen kleine gelbe
Pünktchen, fast so gelb wie Irenas Pupillen.

Dann war der Gips hart genug, und wir seilten uns ohne Probleme ab, in die Dunkelheit unter den Kiefern. Jetzt erst würde
es eine prima Saison werden!

Die prima Saison neigt sich dem Ende zu

EINE PENSION FÜR GESCHWISTER

Schön bist du, wie die Berge sind,
immer wenn ich bei dir bin.
Und das Elend meines Lebens
kommt mir nicht mehr in den Sinn …

Josef Krátký, 7b

Und wie! Ganz prima war sie!
Kaum hatten wir uns abgeseilt, rannte ich zum Krankenhaus.
Auf dem Weg dorthin zogen Bilder durch meinen Kopf, wie ich
Irena im Krankenhaus Tag für Tag besuchte, sie lag dort völlig
hilflos, ein Bein am Galgen aufgehängt, das Herz gebrochen,
ich kam jeden Besuchstag mit einem Blumenstrauß vorbei, damit ihr endlich die Augen aufgingen. Es fiel mir ein, daß ich
wahrscheinlich nicht der einzige mit einem Blumenstrauß sein
würde, denn jeder würde diese Situation ausnutzen wollen, wenn
sich erst herumspräche, daß Zdeněk sie betrogen hatte. Das würde wieder eine schöne Konkurrenz geben, doch davor hatte ich
keine Angst. Es würden alles nur Frischlinge sein, aber ich liebte Irena schon seit drei Jahren, schon seit der Zeit, als sie mit
Franta Kočandrle ging, bevor Marie Dreslerová ihn ihr ausgespannt hatte, und auch dann, als sie sich aus Groll auf den Tar-
zan aus Kostelec einließ, einen Hohlkopf namens Peruna, an
dem überhaupt nichts dran war, nicht einmal Aufsätze konnte
er schreiben. Ich traf ihn regelmäßig bei den Mathe-Wieder-
holungsprüfungen. Aber er hatte einen Körper. Einen Körper
mit großem K. Doch das nutzte ihm wenig, weil er damit nichts
anzufangen wußte, und so stellte er ihn wenigstens einmal im
Jahr zur Schau, auf der Festveranstaltung des Sokol-Turnver-
eines. Er stand dort mit Öl eingefettet als ein Teil des lebenden
Bildes, in dem er eine allegorische Figur darstellte, ohne eine
Ahnung zu haben, welche. Trotzdem war Irena mit ihm zum
Skifahren gegangen, doch auch das konnte er nicht sehr gut,

und so hatte sie bald genug von ihm. Als sie ihm dann den Laufpaß gegeben hatte, sah es zwei Wochen lang fast so aus, als würden meine rhetorischen Fähigkeiten als Kontrast zu dem furchtbar langweiligen Körper doch noch Erfolg haben, aber wie aus dem Nichts tauchte der Idiot Zdeněk auf, der aus Prag oder sonstwoher kam, sie hatte ihn irgendwo auf den Felsen kennengelernt, und so ging ich trotz meiner geistigen Anstrengungen wieder leer aus. Aber ich ließ nicht locker, und jetzt war ich sozusagen der Senior dieses Korps von Konkurrenten, all die anderen waren bloß Frischlinge. Ich würde Irena mit Blumensträußen überschütten, und die anderen konnten mir allesamt den Buckel runterrutschen. Diesmal würde Irena ganz bestimmt mir den Vorzug geben.

Aber bald fiel mir die Klappe runter. In der Ambulanz musterte mich der Herr Doktor Čapek mit einem ziemlich merkwürdigen Blick und sagte, als würde er sich dabei köstlich amüsieren: »Haben Sie sie so zugerichtet, Herr Smiřický?«

Danach teilte er mir mit, daß Irena Abschürfungen an den Armen und im Gesicht hätte, eine leichte Gehirnerschütterung, ein angerissenes Ohrläppchen, sowie Prellungen am, ähem, verlängerten Rücken, kurz gesagt, Sport ist gesund. Und daß Herr Pivoňka gesagt hätte, die Technik, die ich für den Abstieg von den Fünf Fingern vorgeschlagen hatte, sei völliger Schwachsinn gewesen. Hätten wir nur noch zehn Minuten gewartet, hätten wir ihn durch den Wald kommen sehen, und er hätte Hilfe geholt.

»Pivoňka soll besser den Mund halten!« bemerkte ich und erkundigte mich gleich, ob Irenas Bein gebrochen war.

Das war es nicht, nur der Knöchel war verrenkt. Meine Vision barmherzigen Samaritertums verschwamm wie die meisten meiner Wunschbilder. Ich lief dann nach Hause, und meine Laune besserte sich, als ich den mit drei Kronen aus Baumwollstaub geschmückten Mond sah. Ich sagte mir, daß Irena mit der Knöchelverrenkung auch im Bett liegen mußte, in ihrem Zimmer mit dem venezianischen Spiegel und dem Kleiderschrank, und daß ich ihr wenigstens einen Blumenstrauß bringen würde, und zwar gleich morgen.

Ich klingelte, Alena öffnete die Tür.

»Du bist's?« fragte sie ungläubig. Das war kein Empfang, der mir besonders gut gefiel.

»Warum fragst du so doof, Schätzchen?«

»Wenn du mit ›Schätzchen‹ anfängst, kannst du gleich wieder gehen. Die Blumen darfst du hierlassen, aber auch das muß nicht sein.«

»Hör mal, mein Schatz«, legte ich wieder los, aber in diesem Moment erschien im Flur der Herr Rat. Alena wurde kleiner und kleiner, bis sie ganz verschwand, und der Herr Rat winkte mir wortlos mit einem Finger.

Es war nichts zu machen, und so folgte ich ihm in sein Zimmer. Er deutete auf einen Sessel und setzte sich selbst hinter den Schreibtisch. Darauf stand eine Büste von Väterchen Masaryk aus echter Bronze, aber hier, beim Herrn Rat, empfand ich eine starke Abneigung gegen das Väterchen Masaryk.

Die Konversation begann er damit, daß er lobend mit dem Kopf nickte. »Sehr schöne Blumen. Ich nehme an, die sind für unsere Irena, oder?«

Ich bestätigte, daß seine Annahme richtig war.

»Sehr aufmerksam von Ihnen, Herr Smiřický«, sagte er und hörte nicht auf mit dem Kopfnicken. »Ich werde sie Irena geben.«

Das wiederum war sehr aufmerksam von ihm, aber ich hatte ihn keineswegs darum gebeten.

»Dürfte ich Irena sehen, Herr Rat? Ich würde ihr die Blumen … eigentlich … lieber persönlich geben.«

»Das bezweifle ich nicht«, antwortete der Herr Rat. »Aber …«

Er ließ den unvollendeten Satz einfach in eine meisterhaft unbestimmte Pause ausklingen. Ich wußte, daß er ein Sadist war. Kein physischer, wie Herr Nedoložil, sondern ein psychischer.

»Ich weiß, Herr Rat. Als ich damals im Winter Irena mit Mathe geholfen hab', da war ich …«

»Ich nehme es Ihnen nicht übel, Herr Smiřický«, entgegnete der Herr Rat. »Ich war auch mal jung, auch mir haben Mädchen gefallen. Die Zeiten waren ein wenig anders, Mädchen hat man damals nicht allein zu Hause gelassen. Aber das ist, würde ich sagen, mehr mein Fehler.«

Offensichtlich wollte er jetzt diesen Fehler wieder gutmachen. Er grübelte, ich schwieg.

»Aber«, sprach er nach einer Weile. »Sie werden nach den Ferien in die Oktava gehen, nicht wahr?«

»Ich hoffe es.«

»Wollen Sie damit andeuten, daß …«

Er wußte genau, was ich damit andeuten wollte. Trotzdem mußte ich fortsetzen: »Ich muß eine Wiederholungsprüfung machen.«

»Latein?«

Peinlich. Doch lügen konnte ich nicht, denn der Herr Rat spielte mit Bivoj Schach, und Bivoj hatte mir die Prüfung aufgebrummt, schon zum dritten Mal. Bereits seit der Tertia sorgte ich jedes zweite Jahr immer Ende August für die Kurzweil dieses Scheißers. Auch ein Sadist.

»Nein. Mathematik.«

Der Herr Rat hob nur die Augenbrauen. Er mußte überhaupt nichts dazu sagen. Nachträglich tauchten in seinem wie auch in meinem Kopf die Vorfälle des letzten Winters in ihrer ganzen Absurdität auf. So wurde ihm immerhin klar, warum letztes Jahr auch Irena eine Wiederholungsprüfung machen mußte, und zwar auch nicht in Latein.

»Nun, es ist gut, daß es nicht Latein betrifft«, sagte der Herr Rat. »Ich habe hier nämlich ein Zitat, ich glaube von Cicero: *Sunt certim denique fines*. Sie verstehen sicher.«

Er fragte das ziemlich naiv.

»Soll das heißen – alles ist zu Ende? *Finis*, Plural *fines* ?«

Sein langer, unerforschbarer Blick ruhte auf mir.

»Hören Sie, Herr Smiřický«, sagte er nach etwa einer halben Stunde, die erfüllt war vom Bewußtsein, daß ich mich vor ihm mit meinen Lateinkenntnissen genauso blamiert hatte wie damals mit der Exponentialgleichung. »Wie Sie bereits feststellen konnten, gehöre ich zu den altmodischen Vätern. Ich kontrolliere manchmal – heimlich – die Schriftstücke meiner Töchter. Letzten Endes sind sowohl Irena als auch Alena noch minderjährig.«

Ich hatte das Gefühl, daß ich genauso rot wurde wie Kristýna damals, als ich ihr das mit den Frauensachen vorgeschlagen hatte. Um Gottes willen! Dann war er wohl ziemlich belesen in meinen Briefen an Irena! Mein Gott!

Doch das, was er aus einer Schublade hervorholte, sah nicht nach Briefen aus. Es war ein Bündel winziger Papierblätter wie aus einem winzigen Notizblock. Irenas Tagebuch? Um Gottes willen! Der Herr Rat stöberte ein Weilchen darin herum, er ordnete die Blättchen wie Spielkarten, als würde er überlegen, welchen Trumpf er ausspielen sollte. Ich war ganz außer mir. Meine Liebesbriefe an Irena hatte ich auf handgemachtes Briefpapier aus der Vorkriegszeit geschrieben, das ich unter der Hand bei Herrn Lukáš im Papierladen gekauft hatte, zu dem einzigen Zweck, darauf Liebesbriefe an Irena zu schreiben. Auch an Marie Dreslerová hatte ich welche geschickt, und vielleicht auch einige an Helena Teichmanová. Und auch, erinnerte ich mich, an Lída Obdržálková, und vielleicht noch an drei, vier oder fünf, höchstens aber an acht andere. Doch vor allem an Irena …

Ich wurde aus diesen Reminiszenzen gerissen, als der Herr Rat anfing, ein seltsames Verzeichnis vorzulesen: »Marie Dreslerová, Helena Teichmanová, Danica Špálová, Ludmila Obdržálková, Marie Štichová, Libuše Fišerová, Alena Synková, Hana Hartmanová, Jaroslava Fibírová, Marie Dyntarová, Vlasta Bartošová«. Allmählich wurde ich von einem peinlichen und unerklärlichen Verdacht erfaßt, ich wollte ihn schon unterbrechen, doch der Herr Rat zwang mich mit einem Wink zum Schweigen und las weiter, als würde er die Anwesenheitsliste einer Mädchenklasse durchgehen: »Ladislava Hornychová, Bibi Kalhousová, Zdena Maršíková, Jarmila Dovolilová, Dagmar Winter-

nitzová, Eva Bojanovská, Venuše Paroubková, Jana Leskov-
janová und Zuzana Princová.«

Er legte die Blätter zur Seite.

»Kennen Sie diese jungen Damen, Herr Smiřický?«

Ich konnte nicht anders als die Tatsache bestätigen. Ich sagte
aufmüpfig: »Ja.«

Der Herr Rat senkte den Blick wieder auf die Blätter und
sagte: »Diesem Verzeichnis ist noch etwas von einer Karla-Marie
beigefügt, wahrscheinlich der Tochter meiner in Linz verheira-
teten Cousine – *Allen diesen Mädchen hat dein Daniel ...*« Der
Herr Rat schwieg kurz und sah mich an: »Das wird bestimmt
die Tochter meiner Cousine sein. Sie geht auf eine deutsche
Schule.«

Mich mußte er nicht darüber aufklären. Ich wußte auch, daß
es Karla-Marie Weberová war, ganz bestimmt im Klüngel mit
Marie-Karla Weberová, diese zweiköpfige Schlange.

»*Allen diesen Mädchen,* also, *hat dein Daniel die Liebe erklärt*«, las Herr Rat zu Ende, klappte den kleinen Fächer aus
Papieren zusammen, steckte ihn in einen Umschlag, den Umschlag legte er in die Schublade zurück, schob sie zu und schloß
ab, alles in einer Todesstille.

Dann faltete er seine Hände auf der Tischplatte.

»Wie ich schon gesagt habe, Herr Smiřický«, sprach er sadistisch, in ruhigem Ton, »auch ich war mal jung. Aber ...«

Sunt certim denique fines, rezitierte ich für mich. Oder: *Alles
hat sein Ende.* Laut sagte ich nichts, es ging auch gar nicht. Er
redete nämlich, mit der ihm eigenen sadistischen Sanftmut,
weiter: »Wenn Sie sich entschieden haben, Herr Smiřický, sagen wir mal, für zwei oder drei junge Damen von diesen einundzwanzig – ich rechne auch unsere Irena dazu ...« Er wußte
noch nichts von Karla-Marie und Marie-Karla, oder er zählte
sie nicht mit. »Also, wenn Sie sich entschieden haben, welchen
zwei oder drei jungen Damen Sie den Vorzug geben wollen,
welchen Sie eine – ähem – mehr als freundschaftliche Zunei-
gung schenken möchten, dann kommen Sie wieder. Falls unse-

re Irena mit dabei sein sollte. Bis dahin – ich habe die Ehre, Herr Smiřický.«

Er stand auf und wies mir die Tür. Ich verließ mit meinem Blumenstrauß die Wohnung.

Dann versuchte ich immer wieder anzurufen, doch ans Telefon ging zuverlässig der Herr Rat. Es war eins, Zeit in die Mathestunde von Professor Stařec zu gehen. Es ging auf Ende Juli zu, die Wiederholungsprüfung näherte sich, und wie schon zweimal zuvor ermöglichten meine Leistungen in Mathe Herrn Professor Stařec, sich etwas dazuzuverdienen.

Herr Professor Stařec wohnte am anderen Ende der Stadt, in einer hübschen modernen Villa, die angeblich ganz mit Nachhilfestunden und Bestechungsgeldern finanziert worden war. Den Grundstein soll der Herr Baron Báječný gelegt haben, dessen Söhne noch doofer waren als ich, die aber trotzdem das Abitur geschafft hatten dank Herrn Professor Stařec, er soll dabei als Verteiler der Finanzfonds mitgewirkt haben.

Also schleppte ich mich zu dieser Villa, durch die ganze Stadt, äußerst mißgestimmt, an der Kirche vorbei, der Turnhalle und dann weiter die Kocanda entlang in westliche Richtung. Am Schwimmbecken vor Lucies Villa saßen Benno, Helena, Harýk und Lexa, sie brachten Lucie bei, mit einem Rückwärtssalto ins Wasser zu springen. Sie sprang und verrenkte sich dabei das Kreuz, jedenfalls stieg sie ganz krumm aus dem Wasser. Oder sie täuschte es nur vor. Schlicht und einfach, sie genossen die Ferien. Ich lief zum Gartenzaun, blieb dahinter stehen und sah zu, wie Harýk versuchte, Lucies Knochen einzurenken. Lexa sah mich.

»Wo gehst du hin? Komm rein.«

»Kann ich nicht. Ich muß zu Mathe.«

»Bist du wieder durchgesaust?«

»Wundert's dich?«

»Wer sagt, daß ich mich wundere?«

»Vielleicht wirst du dich aber wundern. Nächstes Jahr habt ihr auch Bivoj. Stařec sagte das.«

Lexa ging in die A, die bisher den schußligen, aber lieben Dr. Luboš Hlavata in Mathe hatte.

»Mensch, Harýk!« rief Lexa dem Einrenker zu. »Nächstes Jahr sind wir erledigt! Wir kriegen den Bivoj in Mathe!«

»Oh Scheiße!« schrie Harýk.

»Warte doch mal«, flehte mich Lexa an. »Wir gehen mit dir büffeln. Wir haben keine Zeit zu verplempern.«

»Sollten wir uns nicht lieber gleich aufhängen?« schlug Harýk vor.

Lucie hatte eine andere Idee: »Ihr könnt euch im Schwimmbecken ertränken. Mein Alter hat eine Hantel in seinem Zimmer. Die könnt ihr euch um den Hals hängen und – aber er hat nur die eine.«

»Wir ertränken uns einer nach dem anderen«, entwickelte Lexa die Idee weiter. »Zuerst Harýk, damit ich dich daran hindern kann, falls du ihn retten möchtest, und wenn er sich ertränkt hat, machen wir die Hantel ab, und dann kann ich ins Wasser.«

»Und ich?« fragte Benno.

»Du hast nicht die nötige Qualifikation, du Blödmann«, entgegnete Harýk. »Idioten, die in Mathe eine Drei oder fast eine Zwei haben, haben kein Recht, sich zu ertränken.«

Ach ja, sie amüsierten sich köstlich in den Ferien. Sie hatten ihre Mädchen, mußten dieses Jahr keine Wiederholungsprüfung machen, nur Brynych in Latein, deshalb war er auch nicht dabei. Voller Überdruß ließ ich sie blödeln und ging weiter an der Weberei von Šerpoň und am Friedhof vorbei zur Villa des Herrn Professor Stařec.

Bei ihm standen sie Schlange. Im Wintergarten saß Bertie Moutelík, und durch die Glastür konnte ich Blanka Poznerová und Milena Pilnáčková im Zimmer am Tisch sitzen sehen, sie langweilten sich, während Herr Professor Stařec auf der anderen Seite des Tisches über ihren Gleichungen schwitzte. Er hatte seine eigene Lehrmethode. Zuerst stellte er eine Aufgabe, mit der der Schüler nicht weiterkam, und dann begann der Herr Professor, Ratschläge zu geben, und verhedderte sich dermaßen in den Rechnungen, daß er die Lösung selbst nicht mehr fand, so rechnete er alleine weiter, und weil er stur war, kriegte er das Ergebnis meistens raus. Manchmal erst nach drei Stunden. In der Zwischenzeit kamen einige zusammen, die zur Nachhilfe bestellt waren, und damit sie die Zeit nutzen konnten, verteilte er Aufgaben. Die meisten wußten damit nichts anzufangen, sie warteten, er nahm einen nach dem anderen dran und rechnete für sie. Oft wußte auch er weder ein noch aus, doch er rechnete weiter und gab nicht auf. Gegen Abend saß gewöhnlich eine kleine Schulklasse um ihn herum, obwohl einige gleich nach dem Mittagessen zur Nachhilfe gekommen waren. Herr Professor Stařec unterrichtete Biologie und Geographie auf dem Gymnasium, seine Mathekenntnisse stammten noch aus der Zeit, als er selbst Gymnasiast gewesen war, und das war lange vor Einstein gewesen.

Doch jetzt waren Ferien, nur Leute mit Wiederholungsprüfungen kamen zu ihm, und so viele gab es nun auch wieder nicht. Deshalb saßen nur drei dort, als ich kam. Die beiden Mädchen wurden schon bald entlassen, dann war ich mit Bertie dran. Der Herr Professor blieb gleich bei meiner ersten Gleichung hängen und machte sich ans Werk. Ich langweilte mich. In einem Korb in der Ecke schlief ein uralter Pinscher, angeblich der älteste in ganz Böhmen. Der Herr Professor mochte Tiere und hatte nicht das Herz, ihn einschläfern zu lassen. Der Pinscher litt unter Asthma, und in Intervallen von etwa zehn Sekunden hustete er abscheulich. Dann krabbelte er mühsam aus dem Korb, zitterte, als würde er weiß Gott wie frieren, und lief zu seinem Pißpott in den Wintergarten. Seine Krallen waren zu lang, sie scharrten leise auf dem Parkett, als er hinaustorkelte. Wegen den ganzen Mathestunden hatte der Herr Professor keine Zeit, sich um die Tiere zu kümmern. Und weil er ungefähr vierzig Katzen besaß, sahen die Möbel im Wohnzimmer aus, als sei die Villa gerade von einer ganzen Division Vandalen heimgesucht worden.

Er bewältigte meine Aufgabe und gab Bertie die nächste, Bertie wußte damit nichts anzufangen, der Herr Professor setzte sich daran, und so ging es wie gewohnt weiter, die Zeit floß dahin, bis er die letzte Aufgabe von Bertie gelöst hatte, er entließ ihn, und ich bekam noch eine. Es herrschte Stille, nur der Pinscher hustete, doch auf einmal knarrte die Tür zum Wintergarten. Alena trat ein. Sieh mal einer an! Das hatte ich gar nicht gewußt, daß dieses Basketball-As auch eine Wiederholungsprüfung machen mußte.

Vor lauter Langeweile sah ich mir Alena an, während sich der Herr Professor anstrengte, bis ihm der Schweiß im Gesicht herunterlief. Nachdem ich sie einige Zeit angestarrt hatte, schnitt sie mir Grimassen. Ich grinste zurück. Sie saß unter einer Palme, war phantastisch gebräunt, trug einen ganz kurzen Rock, die Haare zu zwei Zöpfen geflochten, sie hingen nach vorne über das grüne Triktohemd und waren an den Enden mit rosafarbenen Haargummis zusammengebunden. Ich sah sie mir weiter an. Ihre Figur war prima. Eine der besten. Das wußte ich genau, denn ich ging öfter zu den Punktspielen der Mädchenmannschaften in Kostelec. Doch mit ihrem Gesicht sah es nicht ganz so gut aus. Nicht daß sie häßlich gewesen wäre oder so. Sie sah Irena sehr ähnlich, aber ungefähr so, als hätte sich Gott zuerst an Alena versucht und danach Irena geschaffen, als hätte er aus den Fehlern gelernt und sie bei Irena vermieden. In Wirklichkeit war Alena aber ein Jahr jünger als Irena.

Plötzlich schoß mir eine Idee durch den Kopf. Ich kannte Alena nicht so gut, wir sagten uns nur Hallo, aus Jux nannte ich sie Schätzchen. Höchstens erlaubte sie sich manchmal eine gutgemeinte giftige Bemerkung, die sich auf meine Aktivitäten in Sachen Irena bezog. Alena war bestimmt ein ganz prima Mädchen. Bestimmt prima genug, um mich nicht zu verpfeifen.

Herr Professor Stařec kriegte meine Aufgabe endlich hin, entließ mich und ging in die Küche, um sich einen Kräutertee zu kochen. Alena kam rein, und ich sprach sie gleich in der Tür an: »Alena, könntest du für mich etwas tun?«

»Willst du etwas von Irena?«

»Woher weißt du das?«

»Ich hab' erfolgreich die Grundschule absolviert«, meinte sie. »Unser Papa hat dich heute früh vor die Tür gesetzt, oder?«

»Hm.«

»Ich wollte dich warnen, aber er war schneller.«

»Alena, sag doch bitte Irena …«

Was denn, verdammt noch mal? Daß ich sie liebe, kann ich ihr doch nicht von Alena ausrichten lassen.

»Daß es dir leid tut, daß du sie so zugerichtet hast?«

»Das auch«, sagte ich. »Aber hör mal, ich werde auf dich an der Brauerei warten. Ich hab' den Blumenstrauß für sie, ich hab' vergessen, ihn deinem Vater zu geben. Könntest du ihn für sie mitnehmen?«

»Der wird bestimmt schon ganz schön welk sein, oder?«

Wahrscheinlich ja. In meiner Wut hatte ich ihn unter mein Bett geschmissen.

»Ich kauf' einen neuen.« Der Herr Professor Staŕec kam mit seinem Tee zurück, Waldduft umwehte uns. Er wunderte sich: »Wir sind doch schon fertig, Danny. Oder war das Bertie?«

Ich verduftete, damit er mir nicht noch eine Aufgabe aufbrummte und damit mir der Blumenladen nicht vor der Nase zumachte.

Das war auch gut so, denn als ich die Blumen unter dem Bett hervorholte, sah ich sofort – dabei waren mir Blumen eigentlich so was von egal –, daß sich Irena an diesem Strauß nicht besonders erfreut hätte. Für den zweiten ging der Rest meiner momentanen Ersparnisse drauf, doch ich rechnete damit, daß es sich auszahlen würde. Um fünf stand ich mit dem Strauß an der Brauerei, um sechs tauchte Alena auf. Sie nahm die Blumen und versprach, sie weiterzuleiten.

»Alena«, sagte ich schnell, »könntest du mir eine Nachricht von Irena zukommen lassen?«

»Was soll sie dir schon bestellen wollen?«

Sie stellte manchmal blöde Fragen. Absichtlich blöde.

»Na ja, wenn sie mir was sagen möchte.«

»Und wenn nicht?«

»Sie wird bestimmt eine Nachricht für mich haben.«

Alena betrachtete die Blumen, beschnupperte die Rosen und meinte: »Das sollte sie auch.«

»Ich warte hier auf dich. Um acht, ja?«

»Nicht hier«, widersprach Alena. »Ich möchte nicht, daß man mich mit dir sieht. Sonst tauche ich auch noch in irgendeiner Liste auf.«

Ich überhörte ihr unangebrachtes Wissen. In der Familie des Herrn Rat war es anscheinend nicht möglich, ein Geheimnis für sich zu behalten.

»Wo dann?«

»Warte am Bahnhof auf mich.«

»Da wird man dich erst recht mit mir sehen.«

»Aber das wird eher nach Zufall aussehen. Als würden wir beide auf einen Zug warten. Das ist nicht so auffällig.«

Sie drehte sich um und rannte auf ihren langen Basketballerin-Beinen mit dem großen Blumenstrauß davon. Eigentlich, wenn sie Irena nicht so ähnlich gesehen hätte, wäre sie ein ganz hübsches Mädchen gewesen.

Bereits um halb acht wartete ich auf dem Bahnhof. Um Viertel vor acht kam der Zug aus der Neustadt, die Arbeiter aus der Schicht im Stahlwerk stürmten hinein, zwischen ihnen schlängelten sich unauffällig in entgegengesetzter Richtung Frauen durch, die mit Proviant angekommen waren. Herr Krpata, der Polizist, der auf dem Bahnhof Verstöße gegen die Lebensmittelzuteilung kontrollieren sollte, verhielt sich, als sei er von Geburt an blind, doch dann kam aus dem Büro der Herr Ceeh, ein Deutscher von der Kontrollabteilung, sofort sah sich Herr Krpata mit Habichtsaugen nach möglichen Schiebern um und schnappte sich dann ein kleines Kerlchen, das zwei riesige Koffer schleppte. Herr Ceeh kam näher, und Krpata befahl grob, die Koffer zu öffnen. Das Kerlchen stellte die Koffer hin und zuckte die Achseln. Herr Krpata machte einen der Koffer energisch auf, ein Schwein kam zum Vorschein, zerlegt und schön angeordnet wie die ermordete Vranská. Nur die Zitrone in der Schnauze fehlte. Herr Ceeh holte schon tief Luft, doch plötzlich stürmte eine Dame mit einem schwarzen Schleier herbei, hinter ihr ein SS-Mann mit zwei eisernen Kreuzen auf der Brust, Herr Krpata erblickte sie und klappte den Koffer wieder zu, der SSler fing an, mit Herrn Ceeh, der nur Flugabwehrreservist war, überheblich zu diskutieren, schließlich schlug Herr Ceeh die Hacken zusammen. Der angeheuerte Kerl schnappte sich wieder die Koffer und machte sich davon, ihm nach die Dame mit dem SS-Mann. Herr Ceeh verkroch sich wieder in sein Büro, und das Spalier der Frauen mit dem Proviant war schon fast außer Sichtweite.

Ich machte es mir auf einer Bank bequem und streckte die Beine lang aus. Die Sonne ging unter, die Luft roch nach Bahnhof, nach Rauch und Ruß, auf einem entfernten Gleis rangierte man Güterwaggons mit Kanonen unter den Planen. Die langen Schatten der Hügel am Radechov-Bach legten sich über die Gleise, am Himmel vermischte sich Rosa mit Blau, und in diesem Gemisch erschienen wie Glasperlen in Weinschaumsoße die ersten Sterne. Es ging mir gut. Ich war mir sicher, daß der Blumenstrauß etwas bewirkt hatte. Anders war es auch nicht denkbar, jetzt, nach Zdeněks Entlarvung, die Irena gestern hatte erleben müssen.

Die Zeit verging angenehm, auf einmal klapperten Sandalen auf dem Bahnsteig, und schon stand Alena vor mir. Mit dem Blumenstrauß. Sofort war meine gute Laune hin.

»Hier, ich soll sie dir zurückgeben«, sagte Alena.

Ein spontaner Klagelaut entwich mir: »Warum?«

»Du sollst dich bei ihr nicht blicken lassen. So hat sie das gesagt«, erklärte Alena mir und legte den Blumenstrauß neben mich auf die Bank. »Sie sagte, wegen dir wäre sie fast in den Tod gestürzt.«

»Wegen mir? Und wer wollte um jeden Preis auf die Fünf Finger klettern? Ich wollte nur spazierengehen!«

»Das mag sein, aber du hast sie losgelassen, und sie ist böse auf die Nase geflogen.«

»Ich hab' sie nicht losgelassen. Der Haken ist rausgeflogen.«

»Du hast aber gewußt, daß er locker sitzt.«

»Das hat sie auch gewußt.«

»Deshalb wollte sie sich auch nicht abseilen.«

»Warum hat sie's dann doch gemacht?«

»Weil du sie beschwatzt hast, sagt sie.«

»Mein Gott!« rief ich. »Mein Gott!«

Alena setzte sich zu mir, ihr Rock rutschte nach oben, über die Knie, vom Basketballspielen waren sie ganz schön zugerichtet, aber trotzdem hübsch. Sie trug braune Sandalen. Ich schwieg und war absolut fertig.

»Schlicht und einfach«, fuhr sie fort, »du sollst dich nicht mehr blicken lassen bei ihr.«

»Ich darf nicht, ja? Und was ist mit Zdeněk?«

»Der auch nicht.«

Sie sah mich an. Ihre Augen waren genauso wie die von Irena. Groß, braun, mit Honigtröpfchen darin.

»Aber du bist ein bißchen besser dran als er«, sagte Alena. »Dich hat nur unser Papa vor die Tür gesetzt. Bei Zdeněk hat es Irena höchstpersönlich getan. Der Papa hatte ihn zu ihr reingelassen.«

Ich wurde sauer.

»Ich wüßte nicht, warum ich besser dran sein sollte als er. Mich hat sie nur deshalb nicht rausgeschmissen, weil euer Papa mich nicht zu ihr reingelassen hat.«

»Ach ja«, seufzte sie. »Na ja. Männerlogik.«

Wir schwiegen. Immer mehr und mehr gläserne Sternchen gingen an, das Blau wurde dunkler, das Rosa teilte sich in kleine Strähnen und musterte ungleichmäßig das Dunkelblau mit dem gläsernen Sternenschleier. Eine laue Julibrise kam auf, die Waggons rumpelten über die Gleise.

Ich nahm den Blumenstrauß und legte ihn Alena in den Schoß.

»Du kannst ihn haben.«

»Danke. Will ich aber nicht!« sagte sie und legte ihn mir in den Schoß.

»Nimm doch!«

Jetzt wollte ich ihn wieder ihr in den Schoß legen, aber sie stieß mich heftig zurück.

»Danke, ich will nicht!«

»Warum?«

»Du hast ihn für Irena gekauft.«

»Aber jetzt geb' ich ihn dir.«

»Abgelegte Blumen nehm' ich nicht.«

»Dann kauf' ich dir einen neuen.«

»Danke, will ich nicht.«

Mir wurde klar, daß ich mich wie ein Elefant benommen hatte. Es wurde finster, Alenas Augen blinzelten verdächtig. Ach ja, ich Blödmann.

»Ich bin ein Idiot.«

»Das stimmt.«

»Ich meine nicht wegen Irena.«

»Ich auch«, sagte sie und zog die Nase hoch. »Verdammt, hast du ein Taschentuch?«

Ich gab ihr eins. Sie wischte sich über die Augen.

»Nicht weinen!« versuchte ich zu trösten.

»Weine ich etwa? Ich weine nicht!« bestritt sie. »Ich heule!«

Sie schluchzte los, sie, der Center eines Meisterteams.

Um Gottes willen, mir ging ein Licht auf, liebte sie mich etwa? Sie heulte. Ihre Schultern zuckten. Ich nahm sie in den Arm.

»Hör doch auf zu heulen«, redete ich auf sie ein.

»Ich heule nicht. Ich plärre!«

Das hatte sie ziemlich genau erfaßt.

»Ir...«, fing ich an, schnell korrigierte ich mich: »Alena! Komm! Hör auf zu plärren!«

Doch sie plärrte oder heulte, einfach gesagt, sie weinte so herzzerreißend, daß sie mir auf einmal furchtbar leid tat.

»Na komm schon, Ir… Alena!«

»Siehst du?« schluchzte sie. »Immer nur Irena, Irena und wieder Irena! Verdammt noch mal, ich mag sie gern. Ist ja meine Schwester. Es ärgert mich aber, daß ich neben ihr wie Luft bin!«

»Das stimmt nicht«, entgegnete ich. »Und wenn, dann aber eine sehr hübsche Luft.«

»Dann guck besser hin, sei so nett, ja?«

»Ich gucke doch.«

»Daß du noch nichts gesehen hast, wenn du so genau guckst!«

Die ist tatsächlich verknallt in mich, dachte ich erstaunt. Das ist ja ein Ding. Das wird wieder einer von den Witzen sein, die Gott immer mit mir treibt. Einer von den blöden Witzen.

»Man ist halt manchmal blind«, gab ich zu.

»Du solltest besser geblendet sagen! Bei Irena reicht es, wenn sie einmal mit dem Hintern wackelt, und alle rennen ihr nach wie die Schafe!«

»Dir ja auch, Alena.«

»Rein zufällig ist meiner schöner als Irenas«, behauptete sie. »Dafür ist meine Nase um so schrecklicher.«

Ungewollt sah ich hin, und plötzlich wurde mir diese gewaltige Tatsache sonnenklar. Oder auch diese kleine. Denn just durch die Nase unterschied sie sich von Irena, der sie sonst absolut ähnlich war. Sie hatte recht. Ehrlich gesagt, ihr Hintern war tatsächlich hübscher. Irena neigte mehr zu barocken Formen, Alena dagegen war von dem Gerenne unter den Körben durchtrainiert.

»Das stimmt nicht«, tröstete ich sie.

»Doch«, widersprach sie. »Sie glänzt immer.«

»Mach mal Puder drauf.«

»Das hilft alles nichts.«

»Dann läßt du sie halt glänzen. Mich stört das nicht.«

»Das sagst du nur so«, glaubte sie mir nicht.

Sie fing wieder an zu schluchzen.

Frau Moutelíková kam auf den Bahnsteig, sofort bemerkte sie Alenas Tränen und brachte diese offensichtlich mit meiner Gegenwart in Zusammenhang.

»Laß uns weggehen von hier!« zischte mir Alena zu.

»Warten wir lieber ab, oder? Bis der Zug kommt. Dann sieht es wenigstens so aus, als würden wir auf den Zug warten. Wenn wir jetzt gehen, stehst du morgen auf der Liste.«

»Mir egal!« fertigte sie mich ab. »Sonst komm' ich nie unter die hübschen Mädchen!«

Wir machten uns davon und schlenderten zum Fluß. Etwas geschah mit mir. Mensch! Ganz klar. Ich war dabei, mich zu verlieben. Es war schon fast dunkel geworden, ich hielt Alena am Arm und spürte ihre feste Basketballerinnenhüfte an meiner, ich sah ihre Nase von der Seite, und in dieser von Sternen illuminierten Julinacht sah sie gar nicht mal so schlimm aus, die zwei Zöpfe standen ihr ausgesprochen gut, ich registrierte, daß Alena sie mit grünen Schleifen zusammengebunden hatte, statt mit den rosafarbenen Haargummis, die sie bei Herrn Professor Stařec getragen hatte. Sie hatte ja nicht gewußt, daß ich dort sein würde, fiel mir ein. Mensch! Eigentlich war sie das einzige Mädchen mit Zöpfen auf dem ganzen Gymnasium. Ja, stimmte, das einzige.

Wir kamen bereits zu ihrem Haus. Sie blieb stehen.

»Geh noch nicht, Alena! Laß uns noch in den Wald gehen!«

»Ich muß um neun zu Hause sein.«

»Dann hast du noch 'ne Viertelstunde Zeit.«

Ich spürte, daß sie absolut keine Lust hatte, nach Hause zu gehen. Ich wollte wahnsinnig gern mit ihr in den Wald.

»Na gut«, willigte sie ein, ohne Irenas langes Hin und Her.

Wir gingen schnell über die Brücke, an der Brauerei vorbei, und bald waren wir zwischen den Bäumen. Hohes Gras wuchs dort. Ohne große Vorreden küßte ich sie. Sie hatte schöne, weiche, warme Lippen, sie küßte mich zurück. Etwa fünf Minuten lang küßten wir uns sehr heftig, dann mußten wir Luft holen. Sie sagte: »Irena ist ohnehin ganz schön doof!«

»Das stimmt.«

»Sie ist eigentlich ganz prima und meine Schwester noch dazu, aber im Grunde genommen ist sie doof!«

»Ungeheuer doof!«

»Sag du das nicht, Danny. Aber sie ist trotzdem doof.«

»Was soll ich sonst sagen?«

»Etwas über mich, verdammt noch mal!«

»Du bist prima. Du bist ganz toll, Alena. Du hast den schönsten Popo im ganzen Landkreis Hradec.«

»Zeit wird's, daß das einer würdigt. Und dabei hast du mich noch nicht ohne was an gesehen.«

Ich stürzte mich auf sie, und wieder küßten wir uns ungefähr fünf Minuten. Dann fuhr ich mit meiner Hand unter den Rock und ertastete ihren Schlüpfer.

»Mmm … nee«, murmelte sie, die Regeln berücksichtigend, in meinen Mund hinein.

»Warum nicht, Alena?« fragte ich nach den gleichen Regeln und hakte einen Finger unter den Gummi an ihrem Bauch.

»Mmm … nee«, wiederholte sie und griff nach meiner Hand.

Ich zog ihren Schlüpfer halb herunter und fühlte ihre üppigen Härchen.

»Mmm … nee! Laß mich!« Sie riß sich aus meiner Umarmung los. Vom Basketballspielen war sie ganz schön durchtrainiert. Sie stand auf, hob ihren kurzen Rock, und so wie sie vor mir stand, zog sie ihr Höschen wieder richtig an. Es war ein winziges Höschen, weiß wie Milch.

Ich stand auch auf.

»Bist du sauer?«

»Aber nein«, sagte sie. »Jetzt geht das aber nicht.«

»Warum nicht?«

Die Antwort gab die Rathausuhr.

»Jesses! Viertel nach! Ich hätt' um neun zu Hause sein sollen!«

»Bleib hier! Geschimpfe vom Vater gibt's sowieso!«

»Jetzt vielleicht noch nicht. Er respektiert das akademische Viertel.«

Ich umarmte sie: »Alena!«

Wir küßten uns wieder, also war alles wieder gut. Aber nur eine Minute lang.

»Ich muß echt gehen.«

»Alena! Ich möchte wahnsinnig gern mit dir zusammen sein!«

»Ich mit dir auch, Danny!«

Mann! So direkt hatte mir das noch keine von den dreiundzwanzig gesagt! Irena hatte es zwar auch schon ein paarmal gesagt, doch sie hatte kein musikalisches Gehör, und ich hörte ganz deutlich heraus, daß sie das einfach nur so dahersagte, doch wenn es darauf ankäme, würde sie es sich ganz genau überlegen. Aber Alena nicht. Mein Gott! Kaum hatte ich ihren Busch berührt, erzählte sie mir gleich so was! Ach Gott! Mann!

»Dann treffen wir uns morgen!« schlug ich vor.

»Morgen kann ich nicht. Die Tante aus Rounov kommt zu Besuch, und am Abend gehen wir mit ihr ins Freilichttheater.« Sie überlegte, und zwar beachtlich gut: »Aber wenn du willst, wenn du wirklich willst, kannst du am Samstag mit mir zum Šerlichberg radeln, um Honig zu holen.«

»Is' gut.«

Sie sah mich an, forschend oder so, als sei sie sich immer noch nicht sicher, wie ich darauf reagieren würde, was sie mir sagen wollte. »Vielleicht … könnten wir auch über Nacht bleiben. Es sind irgendwelche Verwandten von uns, und ich übernachte manchmal dort. Ich sage zu Hause, daß ich über Nacht da bleibe, dort sage ich, daß ich abends zurück muß … verstehst du …«

Das, was sie mir sagte, raubte mir den letzten Rest meines Verstandes. Und ich fragte wie ein dummer Hans: »Und wo werden wir dann sein?«

»Mein Gott!« seufzte sie. »In irgendeinem Hotel halt! Dort gibt es ja jede Menge von diesen Ausflugspensionen. Warst du etwa noch nie da?«

Und so fuhren wir am Samstag früh mit den Fahrrädern zum Šerlichberg. Das Fahren war nicht gerade das Schönste an unserem Ausflug. Alena hatte zwar ihre blaue kurze Hose angezogen, und wie ich hinter ihr herradelte, bot sich mir die ganze

Zeit ein sagenhafter Blick auf ihren wirklich vorzeigbaren Hintern, aber ich war kein Cabicar. Mein Gleichgewicht war ziemlich labil, und sobald uns ein Auto überholte, schwankte ich hin und her und neigte immer wieder dazu, in den Straßengraben zu fahren. Zweimal gelang mir das auch. Zum Glück holte ich mir dabei nur ein abgeschürftes Knie, das Fahrrad blieb unversehrt. Bei jeder Steigung kriegte ich kaum noch Luft, und Alena mußte oben meistens auf mich warten. Sie machte sich ein bißchen lustig über mich, doch für eine Basketballspielerin hielt sich das in Grenzen. Außerdem lachte sie nur sehr taktvoll über mich, oder wie auch immer, na ja, sie wußte, wo wir hinfuhren und warum, und so waren wir zueinander ungeheuer taktvoll.

In Máselná Lhota kamen wir um drei an. Ich hockte mich in den Wald, und Alena fuhr virtuos den gewundenen Feldweg abwärts, zu dem Gut, wo ihre Verwandten Bienen züchteten. Wir hatten ausgemacht, daß sie noch zum Kaffee dortbleiben würde, dann wollte sie sagen, sie müsse am Abend zu Hause sein. Ich würde solange im Wald warten, und nachdem sie sich verabschiedet hatte, wollten wir ein Stück weiter zum Fuß des Šerlichbergs fahren, dorthin, wo die Ausflugspensionen waren.

Ich lag im golden schimmernden Schmielgras und sammelte meine verlorenen Kräfte, mit dem Wissen, daß ich sie abends sehr gut würde gebrauchen können. Die Schäfchen am Himmel bewegten sich langsam, vom Dorf her hörte ich das Brüllen der Kühe, irgendwo klirrte ein Pferdegeschirr. Ich versuchte, daran zu denken, daß mich nun Gott für all meine Anstrengungen belohnen wollte, doch es ging nicht, ich konnte keinen klaren Gedanken fassen, wahrscheinlich weil es diesmal ernst werden sollte, richtige Unzucht, noch dazu mit einem Gummi, und das würde der ganzen Sache die Krone aufsetzen. Aber ich konnte doch nicht riskieren, Alena 'nen dicken Bauch zu machen. Wahrscheinlich war sie noch nicht mal sechzehn. Irena sollte im August siebzehn werden, und so war Alena vielleicht gerade erst sechzehn. Das konnte ich wirklich nicht riskieren, zumal ich schon meine Seele aufs Spiel setzte, durch diese richtige Unzucht. Irgendwie spürte ich, daß der Herr zwar ein ziemlicher Schinder war, aber diese Sünde vergab er gewohnheitsmäßig, obwohl sie eine von den sieben Todsünden war. Sie war wohl die am wenigsten todsündigste, sicher, eine Sünde war es schon, und es wäre eine Gotteslästerung gewesen, zu denken, sie sei eine Belohnung Gottes. Sie würde dadurch gemildert werden, daß ich damit Alena eine Freude machen wollte, und danach sollte sich ja ein Christenmensch richten. Na ja, allerdings würde ich Alena zur Sünde verführen. Das würde wiederum mir Freude machen. Wenn man das also zusammenrechnete, die zwei Sünden und die zwei mildernden Umstände, das machte dann für jede Sünde einen mildernden Umstand. Das würde uns der Herr ganz sicher vergeben. Ich freute mich unheimlich auf Alena, auf ihren famosen Hintern ohne alles, und in dem Moment erschien sie in der Ferne, am Gutshof unterhalb von mir, mit zwei großen, mit Honig vollgestopften Taschen auf dem Lenker, virtuos schwang sie sich auf ihr Damenrad mit dem Netz als Schutz für den Rock, damit er sich nicht im Rad verhedderte, das Rad war neu, ich weiß nicht, in welcher Zeit die Konstrukteure lebten, wenn ich an ihr kurzes Röckchen dachte … und schon trat sie in die Pedale und fuhr aufwärts zum Šerlichberg.

Ich schwang mich ebenfalls aufs Rad, fast genauso virtuos wie sie, und fuhr auf dem parallel verlaufenden Weg. Als man das Gut nicht mehr sehen konnte, wechselte ich auf ihre Seite und wartete.

Danach fuhren wir nebeneinander leicht bergauf, in Richtung zu den Pensionen.

Drei gab es dort. Ein Stück vor der ersten stiegen wir ab. Alena genierte sich, mit mir hineinzugehen.

»Das merken die doch sofort, wenn wir sagen, daß wir ein Ehepaar sind.«

Auch ich dachte ständig daran, was wir wohl sagen könnten. Bereits seit gestern. Alena sah extrem minderjährig aus, ich zwar nicht so arg, doch auch nicht gerade wie ein verheirateter Mann.

Gestern hatte ich mich auf die Inspiration vor Ort verlassen, die jetzt allerdings auf sich warten ließ.

»Gehen wir einzeln rein und nehmen uns jeder ein Zimmer.«

»Dann wird denen aber *ziemlich* klar sein, daß wir nicht verheiratet sind.«

»In dem Fall machen wir ja auch nicht vor, daß wir 'n Ehepaar sind«, zeigte ich erneut meine völlige Verblödung.

»*Das andere* wird denen dann auch ziemlich klar sein, weißt du?« erklärte Alena. »Das kauft mir doch kein Mensch ab, daß ich einfach so alleine mit 'm Rad losgefahren bin, um eine Nacht im Hotel zu verbringen. Und dazu noch mit Honig. Und minderjährig.«

Ich sah sie an, sie kam mir unheimlich hübsch vor. Früher war ich wohl blind gewesen. Ihre Nase glänzte zwar, doch ich fand es nur lustig. Also, ihr würde kein Mensch was glauben, wenn es auch die reine Wahrheit sein sollte.

»Es bleibt nur eine einzige Möglichkeit«, schlug ich vor. »Wir sagen, daß wir Geschwister sind.«

»Hört sich das nicht ein bißchen doof an?«

»Warum sollte sich das doof anhören?«

»Na ja, daß ein Bruder mit seiner Schwester zusammen Ausflüge macht ...«

Sie hatte wahrscheinlich recht. Aus eigener Erfahrung wußten wir das aber nicht. Ich hatte keine Schwester und sie keinen Bruder. Nur Marie Dreslerová hatte einen Bruder, der war ein Jahr älter, und ich hatte es erst erfahren, nachdem ich zwei Jahre in sie verliebt gewesen war. So unsichtbar war er.

»Was soll ich also sagen?«

»Ich weiß nicht.«

So ein blödes Hindernis direkt vor dem Ziel! Wir standen ratlos da mit unseren Fahrrädern, es war heiß, die Grillen zirpten, und ich wollte so furchtbar gerne mit Alena allein in dem Hotelzimmer sein.

»Ich sag's!« beschloß ich.

»Was denn?«

»Daß wir Geschwister sind.«

»Also, ich weiß nicht ...«

»Was kann schon passieren?«

»Tja – wahrscheinlich nichts, vielleicht ...«

»Höchstens sagen sie mir, daß kein Zimmer mehr frei ist.«

»Na ja, wahrscheinlich ja.«

Entschlossen schritt ich auf die erste Pension zu, um dort zu berichten, daß ich mit meiner Schwester in die Berge gekommen war, damit ich mit ihr eine Nacht im Hotel verbringen kann.

Die werden mir was erzählen!

Doch es ging alles glatt. Sie hatten nichts frei. Es war Hochsaison.

Wir radelten zur zweiten Pension, dort wiederholte sich das Ganze.

Vor der dritten sagte ich zu Alena: »Komm doch jetzt mit rein. Es sieht glaubwürdiger aus, und die werden sowieso wieder nichts frei haben.«

Also lief sie heldenhaft neben mir her, und gleich in der Tür wurde sie rot. Die Pension war winzig, das Foyer nur ein größerer Flur, doch alles war schön mit Holz getäfelt, an der einen Wand war ein Schalter mit der Aufschrift ›Rezeption‹. Kein Mensch da. Nur ein Druckknopf auf der Theke. Wir warteten etwa fünf Minuten lang, dann raffte ich mich auf und klingelte.

Von irgendwoher tauchte ein Herr auf, in einem altmodischen Hemd ohne Kragen, an das man einen Kragen aus Kautschuk dranknöpfen konnte, ein ähnliches Hemd, wie es auch mein Vater manchmal trug. Auf den ersten Blick kam er mir komisch vor. Zuerst sah er mich an, dann Alena, offensichtlich war ihm sofort alles klar. Er fragte: »Wollen Sie 'n Zimmer?«

»J...ja«, brachte ich stotternd heraus, seine Direktheit verwirrte mich. »Ich und meine Schwester – wir möchten hier übernachten. Wir ...« Auf einmal war die Inspiration da, und ich legte flüssig los. Der Herr hörte mir mit Interesse zu und betrachtete Alena mißtrauisch, die immer noch rot war, und ich redete und redete.

»Wir kommen aus Prag und machen eine Radwanderung. Gestern haben wir in Zelený Hradec geschlafen, und morgen möchten wir nach Kostelec.«

»Eine Radwanderung, ja? Und wo sind Ihre Rucksäcke?«

Alena wurde glühend rot. Schnell versuchte ich, die Situation zu retten.

»Wir haben Taschen dabei. Draußen auf den Fahrrädern.«

»Wenn das so ist. Heutzutage ist die Jugend sehr leichtsinnig«, entgegnete der Herr. »Oft fahren sie einfach los, manchmal ohne den Eltern etwas zu sagen.«

»Die Eltern wissen Bescheid. Der Papa hat uns, mir und Al… Irena, geholfen, die Strecke zu planen …«

»Wenn das so ist …« sagte der Herr wieder. »Bleibt nur die Kleinigkeit, daß Sie keine Geschwister sind.«

»Erlauben Sie mal«, versuchte ich zu protestieren.

»Schauen Sie mal, erzählen Sie mir hier keine Märchen«, sprach der Herr. Hinter mir leuchtete etwas Rotes auf, wahrscheinlich Alena. »Ihre Schwester heißt Alirena, oder? So einen Namen hab' ich in meinem Leben noch nicht gehört, obwohl ich seit ein paar Jährchen im Gewerbe bin. Machen Sie mich nicht zum Idioten.«

Ich protestierte schwach: »Ich lasse mich von Ihnen nicht beleidigen!« Das Gesicht des Herrn wurde von einem purpurroten Leuchten bestrahlt.

»Ich beleidige Sie also«, fuhr der Herr fort. »Schauen Sie, Sie wollen doch mit dem Fräulein hier ins Bett gehen. Aber das darf man nicht. Die Reichsgesetze, wissen Sie? Doch in diesem Protektorat hat man schon so viel verboten, also was soll's? Jeder von Ihnen nimmt ein Zimmer, für den Fall, daß eine Kontrolle kommen sollte. Wenn man Sie zusammen in einem Zimmer erwischt, bin ich aus dem Schneider, Sie haben dann den Ärger. Her mit den Ausweisen!«

Ich war so perplex, daß ich ohne Kommentar meinen Schülerausweis hervorholte, Alena, wie in Trance, ebenfalls. Zum Glück trafen wir auf solch einen Experten. Uns war gar nicht in den

Sinn gekommen, daß die Nazis durchgesetzt hatten, daß man sich in den Hotels anmelden mußte.

Der Herr trug uns ein, das war nicht so gut. Doch als die Vision einer gemeinsamen Nacht mit Alena jäh in den Bereich der Realität rückte, war mir alles egal. Er trug jeden von uns unter einer anderen Zimmernummer ein, sollte es doch zu Problemen kommen, würden wir uns zu Hause schon mit Lügen zu helfen wissen. Oder vielleicht auch nicht. Alena würde wohl keine Erklärung dafür finden, warum sie nicht bei ihrem honig-tragenden Onkel, oder was auch immer er war, geschlafen hatte, und ich würde zu Hause kaum weismachen können, warum ich erzählt hatte, daß ich mit den Bergsteigern in die Prachover Felsen fahren wollte. Aber auch das war mir egal. Ich freute mich ungeheuer auf die Nacht mit Alena. Sie war inzwischen ein bißchen blasser geworden.

»Hier«, der Herr gab uns die Ausweise zurück. »Die Nummer eins und drei. Bringen Sie Ihre Taschen, oder was immer Sie auch dabei haben sollten, rein, aber drin bleiben können Sie noch nicht. In den Zimmern sind noch zwei solche – Geschwister. Sie in der Eins, er in der Drei, aber jetzt sind sie in den Wald, Heidelbeeren suchen, sie wollten zum Abendessen zurück sein, aber wann genau, weiß ich nicht. Wenn Sie jetzt drin-bleiben, könnten die Sie mitten im Besten stören.«

Alena wurde wieder rot, der Herr bemerkte es.

»Na na«, lächelte er. »Sie brauchen sich keine Gedanken zu machen. Wenn die anderen zurück sind, werde ich ihnen die Situation erklären. Das Fräulein wird dann in die Eins gehen, Sie in die Drei, und danach tauschen Sie mit dem anderen Herrn Bruder und der anderen Schwester. Ist das so in Ordnung?«

»Is' gut«, bejahte ich. »Danke.«

Wir gingen raus, um die Taschen mit dem Honig zu holen.

Es war fünf. Wir gingen auch Heidelbeeren pflücken. Der Herr erwies sich als ein beispielloser Geschäftsmann. Nachdem wir den Honig hochgebracht hatten und uns danach durch den Haupteingang hinausschleichen wollten, rief er mich zu sich. Alena verdrückte sich, und ich ging noch mal zurück zu ihm. Der Herr lehnte sich über den Schalter: »Haben Sie Gummis?« fragte er halblaut.

Ich hatte welche dabei, doch ich war nicht in der Lage, ihn abzuweisen. »Was haben Sie für welche?« fragte ich.

»Sehr gute aus Vorkriegsbeständen, Olla. Mit so einem Zip-felchen am Ende. Das sind die besten. Die ohne platzen leicht, und … ich meine, Ihr Fräulein ist auch nicht gerade alt. Das wäre ja ein Malheur. Und die kann man ein paarmal benutzen.«

»Geben Sie mir zwei Stück.«

»Ich habe Päckchen zu je drei Stück.«

»Dann eben ein Päckchen.«

Er schlug einiges drauf, der Mistkerl, bestimmt fünfhundert Prozent. Aber trotzdem war er klasse. Ich freute mich schon dermaßen, daß ich ihm sogar einen Schuldschein auf jede beliebige Summe ausgestellt hätte.

Ich wollte schon gehen, doch dann fiel mir plötzlich etwas Entsetzliches ein. Ich drehte mich wieder um.

»Äh – können Sie mir vielleicht sagen, woher die zwei anderen kommen?«

»Aus Prag«, entgegnete er, und damit ich ja keine Zweifel bekam, daß er sich an meinem seelischen Leiden ergötzte, fügte er noch hinzu: »Genau wie Sie.«

Ich wurde wütend.

»Wir sind gar nicht aus Prag. Das hab' ich mir ausgedacht.«

»Ganz ruhig, junger Mann«, sagte er. »Die schon. Zum einen merke ich sowas, zum anderen sind sie mit dem Auto gekommen, und das hat ein Prager Kennzeichen. Jetzt sind die damit zum Heidelbeersammeln losgebraust.«

So ganz glaubte ich ihm nicht; er konnte wahrscheinlich Gedanken lesen und versuchte, mich zu beruhigen: »Ganz ruhig, hab' ich gesagt. Aus dem Landkreis Hradec kommen die nicht. Ich würde doch meinen Ruf bei der Kundschaft ruinieren, wenn ich sie in irgendwelche peinlichen *in flagranti*-Geschichten hineinrennen lassen würde. Das sind ganz sicher Prager, außerdem sind sie ungefähr doppelt so alt wie Sie und dreimal so alt wie Ihr Fräulein. Und verheiratet sind sie bestimmt auch noch. Aber nicht miteinander.«

War das vielleicht ein Kuppler! Das Gespräch mit ihm erweckte ein Gefühl des Sündhaften in mir.

»Mit denen werden Sie schon klarkommen, junger Mann. Ich erzähle ihnen, worum's geht, wenn die früher da sein sollten als Sie. Genießen Sie solange noch den Sonnenschein mit Ihrem Fräulein. Verdammt noch mal, wie ich Sie beneide. Wie alt ist sie denn? Elf?«

»Einhalb«, fertigte ich ihn kurz ab, war aber trotzdem nicht mehr sauer auf ihn.

»Sie werden bestimmt zufrieden sein. Ich meine mit der Unterkunft. Und wenn Sie das nächste Mal …, verstehen Sie, ich stehe zu Diensten. Diskretion ist Ehrensache.«

Ich zog ab mit einem riesigen sündigen Gefühl, das aber *de facto* ganz angenehm war. Nur der Gedanke an Gott störte mich ein wenig, denn Er ist allwissend.

»Es sind irgendwelche Leute aus Prag«, erzählte ich dann Alena. »Er hat gesagt, daß die beiden verheiratet sind, allerdings jeweils mit jemand anders.«

Alena saß auf einem Baumstumpf zwischen den Heidelbeersträuchern, ihr Mund war schon ganz dunkelblau. Nach meiner Information wurde sie ganz still, erst nach einer Weile fragte sie: »Das ist dann aber Ehebruch, oder?«

»Tja«, sagte ich. »Das stimmt.«

»Das ist aber furchtbar!«

»Was denn?«

»Daß zwei Menschen heiraten und dann – dann betrügen sie einander.«

»Tja«, entgegnete ich. »Das stimmt.«

»Warum heiraten sie dann, wenn sie sich danach untreu sind?«

»Wenn sie heiraten, wissen sie's wahrscheinlich noch nicht.«

»Dann sollen sie nicht heiraten.«

»Wenn sie nicht wissen, daß sie untreu werden?«

»Wenn sie nicht wissen, *ob* sie sich treu bleiben!«

»Na ja«, sagte ich wieder. »Das stimmt.«

»Wenn sich zwei mögen, dann müssen sie auch wissen, sie würden mit keinem anderen ...«, entwickelte Alena ihre vereinfachte Theorie, »... oder? Und wenn der eine den anderen immer noch sehr mag und der andere ihn betrügt ... dann ist es doch ... unmenschlich ...«

»Na ja«, bestätigte ich. »Das stimmt.«

Ich sah mir an, wie die Sonne Alenas Oberschenkel liebkoste, und es kam mir eher menschlich vor, doch ich wiederholte: »Das stimmt, ja.«

»Ist es etwa nicht so?«

»Doch.«

Auf einem ihrer Zöpfe krabbelte ein Marienkäfer. Er verlief sich ziemlich in dem fest geknoteten Haar. Mich interessierte, ob er die richtige Richtung einschlagen würde, und wohin.

»Danny«, ließ sich Alena hören.

»Ja?«

»Guck mal, du wirst wahrscheinlich sauer sein, aber ...«

Ich verlor das Interesse an dem Marienkäfer. Alenas vereinfachte seelische Vorgänge führten sicherlich zu einer für mich unerfreulichen Schlußfolgerung.

»Was denn, Alena?«

»Ich weiß nicht – ich hab' irgendwie ...«

»Was?«

»Ich geh' da nicht hin!« platzte es aus ihr heraus.

»Wohin?«

»In die Pension. Wenn die eine da ist ...«

»Wer die?«

»Das – untreue Frauchen. Und der – Saukerl!«

»Ach komm, Alena! Die haben doch mit uns nichts zu tun!«

»Doch!« erwiderte sie barsch und sah mich dabei nicht an.

»Wieso? Wir sind doch nicht verheiratet!«

»Doch du liebst sowieso Irena!«

»Nein … nicht doch«, widersprach ich schwach, obwohl ich in diesem Moment keine besonders heftigen Liebesgefühle für Irena empfand.

Etwas empfand ich. Für Alena. Aber es war eine Art der Solidarität oder was auch immer.

»Ständig versprichst du dich! Iralena!« äffte sie mich nach. »Alirena!«

»Ich wollte dich vorhin vor dem Kuppler schützen.«

»Ach ja, ich bitte dich!«

Der wunderschöne warme Nachmittag, der sich zu einem wunderschönen heißen Abend und danach zu einer wunderschönen glühenden Nacht entwickeln sollte, fiel rasch zu einem Haufen kalter Asche zusammen. Ich mußte diese vielversprechende Situation um jeden Preis retten.

»Alena«, erklärte ich mit ernster Stimme. »Ich hab' deine Schwester geliebt, das ist richtig. Aber jetzt hab' ich dich kennengelernt …«

»Du kennst mich doch genauso lange wie Irena.«

»Der Mensch ist manchmal blind.«

»Das hast du schon vorgestern gesagt. Wieso sind dir die Augen so plötzlich aufgegangen?«

»Ich war geblendet. Außerdem hab' ich festgestellt, daß Irena ein Luder ist, und …«

»Jetzt soll ich das Trostpflaster für dich sein?«

»Nein, das stimmt nicht, Alena. Ich meine es ehrlich …«

»Was willst du dann?«

Na ja, so direkt konnte ich ihr das nicht sagen, auch wenn sie absolut prima war. Außerdem, wollte ich wirklich nur das? Nur das eine, wofür ich mir die überteuerten Olla-Gummis gekauft hatte? Sie saß mit dem blauen Mund auf dem Baumstumpf, die Bergbrise zauberte aus dem Schmielgras um sie herum goldene Wellen.

»Ich liebe dich«, sagte ich, und nur eine ganz leichte Falschheit in meiner Intonation trübte dieses Geständnis.

»Blanke Lüge«, erwiderte sie, das waren Irenas Worte. »Ich bin doch nur ein Trostpflaster für dich.« Oder wer weiß. Vielleicht waren das Alenas Worte, und Irena hatte sie von ihr übernommen.

»Bist du nicht. Ich liebe dich.«

Diesmal klang es makellos. Weil ich es auch so meinte.

»Das stimmt nicht. Du willst nur deinen Spaß haben.«

Ich schwieg eine Weile. Ein Trick fiel mir ein.

»Und was ist mit dir, Alena?«

»Was soll mit mir sein?«

»Warum bist du hier mit mir?«

»Weil ich doof bin.«

»Bist du nicht.«

»Doch.«

»Nein. Du willst doch auch nur deinen Spaß haben. Ich liebe dich, und du willst deinen Spaß haben.«

»Bist du vielleicht blöd. Für ein Mädchen ist das sowieso kein Vergnügen.«

»Wieso?« wunderte ich mich. »Wieso nicht? Warum machen das dann die Mädchen?«

»Bist du blöd!«

»Erklär's mir! Ich versteh's nicht.«

»Du bist *blöd*!«

»Warum machen sie's dann, wenn's eh kein Vergnügen ist?«

»Weil sie *verliebt* sind! Du ... du ... du bist so *furchtbar* blöd, Danny!«

Tränen schossen ihr in die Augen. Ich sah sie an, der Marienkäfer kämpfte sich immer noch hartnäckig durch die verflochtenen Wege ihres Zopfes. Mensch! Das bedeutet also ... Ich war vielleicht ein Idiot. Sie mochte mich offensichtlich. Ich Blödmann! Ein ganzer Ozean von zärtlichen Gefühlen überflutete mich. Ich stand auf, hockte mich neben sie und umarmte sie.

»Alena – ich mag dich wirklich!«

Ich küßte ihre Wange und schmeckte die salzigen Tränen. Sie drehte den Kopf zur Seite, wehrte sich aber nicht gegen meine

Umarmung. Ich verstärkte meine Aktivitäten; nach einer Weile wandte sie mir den Kopf zu, und ich küßte sie auf den von Heidelbeeren blauen Mund. Wir küßten uns einen Moment lang. Es war also wieder alles gut. Dann sagte sie: »Ehrlich, Danny?«

»Ehrlich.«

»Wie kannst du mich jetzt so auf einmal gern haben, wenn du drei Jahre Irena geliebt hast?«

»Das weiß ich nicht«, antwortete ich ehrlich. »Es ist aber so. Ehrlich.«

»Das glaub' ich dir nicht. Ist mir aber egal. Ich mag dich!«

Sie umarmte mich auch, und wir küßten uns. Eine Sache bohrte aber in meinem Kopf. Es war zwar dumm, doch es warf ein komisches Licht auf ihre Meinung über mich.

»Alena«, fragte ich sie, als wir kurz mit dem Küssen aufgehört hatten, »du hast gesagt … daß du mit mir nicht deinen Spaß haben kannst, wie … wie hast du das gemeint?«

»Du bist dumm, Danny!«

»Du meinst, ich … ich kann es nicht, oder was?«

»Ach, Danny!«

»Was denn?«

Langsam wurde ich sauer.

»Muß ich dir das erklären?«

»Was denn?«

»Na ja, daß es für ein Mädchen kein Vergnügen ist, weißt du doch wohl«, fuhr sie fort und sah mir in die Augen. Sie waren noch größer als die von Irena, braun, mit Honigtröpfchen, in den Tröpfchen grüngoldene Punkte von den Waldlichtern. »Beim ersten Mal«, klärte sie mich auf.

Mensch! Sie war noch Jungfrau!

»Es soll auch manchmal weh tun«, sagte sie.

Mensch! Der Ozean meiner Gefühle wurde von einem Orkan heimgesucht, aber dieser Sturm war voll von Zärtlichkeit. Na, so was!

»Ich werde aufpassen«, versicherte ich ihr etwas belämmert.

»Ich werd's schon aushalten.«

»Ich werde wirklich aufpassen.«

»Auf was, du Dummer?« bemerkte sie. »Das geht nicht anders, ob du nun aufpaßt oder nicht.«

Diese Tatsache verstörte mich ein wenig. Wir küßten uns nicht mehr. Wir saßen nebeneinander, der Marienkäfer verheddterte sich in dem Haarknoten und zappelte wütend mit den Beinchen.

»Danny ...« fing Alena an.

»Was denn?«

»Hast du schon eine gehabt?«

Verdammt! Was sollte ich sagen? Es zugeben?

»Tja«, machte ich. »Es war nichts Besonderes.«

»Hast du?«

»Ja«, gab ich zu. Mist. Als hätte die Unzucht, die noch einigermaßen verzeihbar war, nicht gereicht, jetzt log ich auch noch. Und was für eine Lüge! Eine absolut unverzeihliche.

»Irena?« fragte Alena ganz leise.

»Nein, Irena war's nicht.«

»Welche dann?«

»Die kennst du nicht.«

»Ist sie nicht aus Kostelec?«

»Nein. Aus Prag.«

Sie schwieg. Der Marienkäfer kitzelte sie bei seinen Versuchen, sich zu befreien, auf der Wange. Alena nahm ihn vorsichtig aus dem Haar und streckte den Zeigefinger aus. Der Marienkäfer krabbelte schwankend daran hoch, breitete seine Flügel aus und flog davon. Er landete auf einer Blume, die vor einer Weile von einer fetten Hummel ausgesaugt worden war, wahrscheinlich restlos.

»Mir ist das egal«, meinte Alena dazu. »Ich liebe dich.«

Sie sagte es stolz oder so ähnlich.

Wir lagen im goldenen Gras am Waldrand, oben am großen Hang, unter uns eine Bergstraße und die drei Pensionen mit den roten Dächern. Unsere war von Bäumen verdeckt. Davon, was mir Alena vorhin erzählt hatte, war ich immer noch ein bißchen blöd im Kopf. Die Gefühle, die ich gehabt hatte, die sich, genauer betrachtet, vor allem durch den Druck in meiner unteren Körperhälfte geäußert hatten, wenn es auch nicht allein das war, waren verschwunden, wie ausgetauscht oder so. Nicht, daß ich mich nicht auf die Nacht freute, das schon, aber der Sturm der Zärtlichkeit war ruhiger geworden. Und auf einmal, in dem goldenen Gras, verdammt, auf einmal empfand ich … ein intensives Lebensgefühl oder was auch immer das sein mochte. Nicht die Sehnsucht nach Vergnügen, sondern nach Leben.

Aber weil ich nun mal ein Idiot war, kamen mir idiotische Gedanken in den Sinn.

»Ir… Alena, glaubst du, daß Zdeněk …« Ich stockte, doch es war zu spät. Alena erstarrte. Ich machte mit meinen idiotischen Ausführungen nicht weiter, aber sie verlangte nach der Fortsetzung: »Was ist mit Zdeněk?«

»Ach nichts.«

»Ich weiß schon«, sagte sie bitter. »Du bist furchtbar, Danny!«

»Na ja«, bestätigte ich. »Das stimmt.«

»Und sag bitte nicht immer ›na ja‹ und ›tja‹ und ›das stimmt‹ und ›doch‹ und ›na ja‹.«

»Na ja«, sagte ich. »Ähem, gut, mach' ich nicht mehr.«

Wir schwiegen, Alena war angespannt wie eine Violinsaite, und ich hätte mir am liebsten eine reingehauen.

»Ich bin ein Idiot, Alena.«

»Nicht doch«, widersprach sie. »Aber sie hat dich ganz schön mitgenommen.«

»Das stimmt. Aber jetzt liebe ich dich.«

»Na ja.«

»Jetzt sagst wieder du es.«

»Das stimmt.«

»Deine Schwester hat mich wirklich ganz schön mitgenommen. Aber alles hat seine Grenzen.«

»Das hoffe ich.«

»Alles. Und du bist toll.«

»Stimmt«, pflichtete sie mir bei. »Du weißt gar nicht, wie toll.«

»So langsam kriege ich das mit.« Ich legte meinen Arm um ihre Schultern. Sie entspannte sich etwas.

»Sie hat mit Zdeněk nichts gehabt«, sagte Alena. »Zdeněk wollte schon, das ist klar. Aber die liebe Irena ist – na ja, ein Luder. Wie du gesagt hast. Die liebt niemanden. Auch Zdeněk nicht.«

Wir lagen so da, in der Stille der Berge, die Schäfchen über uns zogen langsam weiter in Richtung Westen. Dort stand die Sonne ganz tief oberhalb der Gebirgszüge, die wie Filmkulissen aussahen.

»Aber trotzdem«, sagte Alena. »Ist das nicht ein Schwachsinn? Ein lächerlicher Schwachsinn?«

»Was meinst du?«

»Das«, fuhr sie fort. »Das, was wir beide heute nacht machen wollen.«

»Es ist kein Schwachsinn«, entgegnete ich tugendhaft.

»Eigentlich ist es lustig. Aber ungeheuer bescheuert eingerichtet. Zumindest für die Mädchen.«

»Das stimmt«, gab ich zu. »Aber lustig find' ich das nicht.«

»Ich müßte es gar nicht haben. Ich würde dich auch ohne das lieben.«

Moment mal, Alena! sagte ich für mich. Mir schien, sie wollte sich herausreden. Sie hatte wohl doch ein bißchen Angst.

»Ich dich ja auch«, sagte ich. »Aber es ist so ein … ein Beweis, oder?«

»Von dem Mädchen«, ergänzte sie. »Bei einem Jungen kannst du dir für so'n Beweis nichts kaufen.«

Ich mußte darüber lachen, wie sie das gesagt hatte.

»Du bist toll, Alena.«

»Ich weiß. Es ist lustig, aber trotzdem schön.«

Wieder wurde sie nachdenklich.

»Du, Danny?«

»Was?«

»Hast du schon … ein Mädchen nackt gesehen?«

Noch bevor ich meine nächste Lüge produzieren konnte, sagte sie schon: »Das ist eine blöde Frage. Die in Prag, oder?«

»Na ja.«

»Ich hab' noch nie einen nackten Jungen gesehen. Außer kleine Kinder.«

»Heute wirst du einen sehen.«

Sie legte ihren Kopf auf meine Schulter.

»Das alles ist ziemlich lustig«, wiederholte sie und lachte auf. »Also, wenn das mein Vater wüßte!«

»Der würde dich übers Knie legen«, vermutete ich. »Beschwör bloß kein Unglück herauf.«

»Ich dürfte … ihm das eigentlich nicht antun. Wenn er das erfahren würde …«

»Er wird es nicht erfahren.«

»Trotzdem. Es würde ihm ungeheuer weh tun.«

»Es ist doch nichts Schlimmes dabei.«

»Er denkt aber, es ist schlimm.«

»Das denkt er nicht. Er hat nur Angst, daß dich nicht einer … daß nichts dabei passiert.«

Wieder erstarrte sie.

»Das wäre ganz furchtbar.«

»Hab' keine Angst!«

»Danny, du hast etwas … dagegen?«

»Klar doch. Hab' keine Angst.«

Sie entspannte sich wieder.

»Es ist eh alles so lustig.«

»Aber schön.«

Noch eine Zeitlang lagen wir dort am Hang, die Zeit floß sorglos dahin. Ein Auto stotterte mühsam den Berg hinauf.

»Das sind sie«, sagte ich.

»Wir sollten langsam gehen«, schlug Alena vor.

»Gut, laß uns gehen.«

Wir standen auf. Alena sah mich an.

»Danny, das wird aber peinlich. Was soll ich denn der Frau sagen?«

»Nichts. Der Hotelier erzählt denen schon alles.«

Alena sah noch ein letztes Mal ins Tal, dann nahm sie mich an der Hand und sagte entschlossen: »Na dann, los!«

Also gingen wir. Es war kein Spaß. Aber wieder hatte ich das seltsame Gefühl, ich konnte es nicht beschreiben. Daß ich mit diesem Mädchen etwas machen würde, was noch niemand vor mir gemacht hatte. Dieses Gefühl kam wahrscheinlich daher, daß es vor uns schon alle gemacht hatten, alle außer den früh Verstorbenen, alten Jungfern und Junggesellen.

Der Herr stand an seinem Empfangsschalter, eingerahmt vom Schiebefensterchen.

»Guten Abend«, begrüßte er uns mit einer deutlichen Ironie in der Stimme. Aber ziemlich freundlich. »Das Fräulein hat Heidelbeeren gepflückt, wie ich sehe.«

Alena sah mich an.

»Bin ich von den Heidelbeeren verschmiert? Warum hast du mir nichts gesagt?«

»Das ist doch gesund«, beruhigte sie der Hotelier.

»Haben Sie mit ihnen gesprochen?« fragte ich ihn.

»Alles schon geregelt. Ich habe das für Sie ausgemacht. Die beiden sind in der Eins, die Drei ist für Sie frei. Aber wenn was sein sollte, weiß ich von nichts.«

Er reichte uns einen Schlüssel an einer Holzkugel.

»Schlafen Sie gut.«

»Gute Nacht«, sagte ich.

»Nacht«, piepste Alena. Sie war wieder ein bißchen rot. Es war noch ziemlich hell.

Wir stiegen die schmale Holztreppe zwischen Panelwänden hoch. Die Pension roch nach frischem Holz, wahrscheinlich hatte man hier vor kurzem renoviert, damit sich die Absteige auch rentierte. Die Stufen knarrten ein bißchen, und mich – Alena wohl auch – ergriff wieder dieses Gefühl, und zwar sehr intensiv. Es kam mir ein bißchen komisch vor, aber auch ein bißchen erschreckend, plötzlich wollte ich davonlaufen, doch Alena wandte ihre Honigaugen zu mir und drückte sich an mich, ich spürte, daß sie zitterte. Jetzt konnte man nichts mehr machen. Was soll's. Es würde prima sein.

Erst nach mehreren Versuchen gelang es mir, mit dem Schlüssel an der Holzkugel das Schloß zu treffen. Ich drehte ihn und merkte, wie mir das Schloß Eintritt in das Zimmer gewährte, wo es passieren sollte. Ich zog den Schlüssel heraus und drückte die Klinke hinunter. Die Tür ging auf. Ein winziges Zimmer mit einem Waschbecken in der Ecke kam zum Vorschein, mit einem kleinen Schrank und einem breiten Ehebett. Am Fenster stand ein Korbsessel. In dem Sessel saß der Herr Rat.

Alena erzeugte ein Geräusch, wie wenn eine kleine Maus quiekt. Ich brachte keinen Ton heraus. Der Herr Rat sagte: »Alena, du gehst jetzt runter und wartest dort auf mich.«

»Papa, ich …«

»Hast du gehört?«

»Ja.«

»Also geh.«

Er sagte es beinahe sanft. Sadisten sind angeblich so. Ich blieb allein mit ihm.

»Setzen Sie sich, Herr Smiřický.«

Ich sah mich um. Es gab keinen anderen Stuhl im Zimmer.

»Aufs Bett«, wies mich der Herr Rat an.

Und so setzte ich mich auf das Bett, das wir hatten benutzen wollen.

»Ich habe mir einen Wagen gemietet, um rechtzeitig zu kommen«, erklärte mir der Herr Rat. »Hier ist die Rechnung. Und da haben Sie auch die Rechnung für das Zimmer.« Er reichte mir zwei Zettel. »Auch der Betrag für zwei große Cognacs ist dabei. Sie werden sicherlich verstehen, daß ich die nicht deshalb bestellt habe, weil ich ein Trinker bin.«

Das verstand ich zwar, doch meine Wut wurde deshalb nicht geringer. Die Rechnungen, jede für sich, geschweige denn zusammen, überstiegen bei weitem mein Guthaben, das ich mit viel Mühe durch eine kleine Anleihe von Harýk zusammenbekommen hatte, wie auch durch eine größere von Berta, die allerdings mit Wucherzinsen.

»Ich … so viel hab' ich nicht, Herr Rat.«

»Sie können es mir natürlich in Raten zurückzahlen. Mit den üblichen Zinsen.«

»Danke«, sagte ich.

»Bitte sehr«, antwortete der Herr Rat. Ich wartete nur darauf, daß ich das jetzt ausbaden mußte. Aber ich unterschätzte ihn. Er war eine derart sadistische Seele, daß er nur ruhig dazu bemerkte: »Es bleibt unter uns, Herr Smiřický. Und das zum letzten Mal. Sollte sich so etwas noch einmal wiederholen, werden Sie es mir gewiß nicht übelnehmen, wenn ich mich gezwungen sehe, Ihren Vater zu informieren und sehr wahrscheinlich auch den Herrn Direktor Junák. *Sunt certim denique fines.*«

Das wußte ich langsam auch, daß es zu Ende war. Wenigstens was mich und die beiden Mädchen des Herrn Rat betraf.

Alena saß unten in einem Armsessel wie ein kleines rotes Duckmäuschen, vor ihr stand ein Glas grüne Limonade. Die hatte sie bestimmt nicht selber bestellt. Das Getränk war noch unberührt. Bestimmt von dem verlogenen Kuppler spendiert.

Der stand an seinem Schalter und machte eine ernste Miene. Der Herr Rat sagte: »Wir gehen, Alena, komm«, und dann wandte er sich an den Herrn am Schalter: »Und nochmals vielen Dank, Herr Fibír. Ich bin Ihnen sehr verbunden.«

»Es ist nicht der Rede wert, Herr Rat«, entgegnete der Judas ernst. »Ich habe auch Kinder.«

Die mußten aber ganz schön elend dran sein!

Der grausame Papa schob Alena auf den Rücksitz, mir befahl er, mich neben ihn zu setzen. Die beiden Fahrräder befestigte er auf dem Dachgepäckträger, und die Taschen mit dem Honig legte er auf den freien Platz neben Alena. Wir fuhren los, auf der Straße den Berg runter, der Herr Rat fuhr langsam, vorsichtig, die Landschaft um uns herum war teuflisch schön.

Dieser unfaßbare Judas! Und was für Kupplersprüche er draufgehabt hatte! Der Herr Rat hätte ihn hören müssen! Dieser unwahrscheinliche Kuppler! Und dann der dickbäuchige Sadist neben mir!

Die rote Sonne strahlte dem Herrn Rat direkt auf die Brillengläser, er klappte die grüne Glimmerblende an der Frontscheibe nach unten. Wir verließen das Bergtal und fuhren am Wald entlang, wo ich am Nachmittag auf Alena gewartet hatte, und auch an dem honigtragenden Gutshof vorbei.

»Hast du bei Pitáš Bescheid gesagt, sie sollen für nächste Woche die Gans für uns vorbereiten?« fragte der Sadist.

»Hab' ich, Papa«, piepste Alena. So, wie sich ihre Stimme anhörte, konnte man glauben, daß die Mädchen des Herrn Rat zu Hause unter einer Schreckensherrschaft leben mußten, auch wenn das nach außen hin nicht so schlimm aussah. Alena durfte zu Basketballturnieren mitfahren, Irena ließ er mit Zdeněk in die Felsen aufbrechen. Na ja, aber nur, wenn die ganze Bergsteigergruppe in die Prachover Felsen fuhr, und da war immer Herr Chroust dabei, der Kramladenbesitzer, der ungefähr fünfzig war und nur mitmachte, um abzuspecken. Und mit den Basketballspielerinnen fuhr immer der Herr Professor Rameš mit, der Sportlehrer, ein Pomadenhengst, zu dem die Naiven nur deshalb Vertrauen hegten, weil er verheiratet war. Ansonsten waren die Töchter des Herrn Rat ziemlich in Sicherheit. Irenas Sicherheit wurde außerdem durch ihre Gefühllosigkeit garantiert.

»Als junger Mann bin ich mit der armen Mama öfters auf den Šerlichberg gefahren, Alena«, erzählte der Herr Rat. »Am frühen Morgen nach Černčice mit dem Bummelzug und dann zu Fuß bis nach oben, zur Neruda-Hütte. Damals war das ein beliebtes Ausflugsziel. Jedesmal haben wir irgendwelche Bekannten getroffen. Ich erinnere mich gern daran.«

Das glaube ich, du Unmensch, dachte ich mir. Aber anderen gönnst du das nicht.

»Zurück sind wir mit dem Zug um halb acht abends gefahren. Ihre Frau Mutter, Herr Smiřický, ist auch oft hingefahren. Damals war sie noch mit dem Herrn Leutnant Kuráž verlobt.«

Sieh mal an, davon hat sie nie erzählt, überlegte ich interessiert.

»Er ist bei Zborov gefallen, der Arme, Sie wissen, auf der österreichischen Seite.«

Ich ließ ihn in dem Glauben, ich wüßte Bescheid. Das wurde ja immer besser. Ich hatte stets geglaubt, daß Papa ihre einzige Liebe war. Was für eine Neuigkeit.

Mir wurde klar, daß mich das sehr interessierte.

»Ich weiß nicht, ob Sie wissen, daß Ihr Vater auch bei Zborov gekämpft hat?«

Das wußte ich ausnahmsweise.

»Er wurde dort am Bein verletzt.«

»Der Krieg ist grausam«, sagte der Herr Rat. »Überhaupt ist jede Gewalt grausam. Ich glaube, der Mensch ist vernünftig – oder sollte es eigentlich sein. Wenn man versuchen würde, einander zu verstehen, müßte es zu solchen Sachen überhaupt nicht kommen.«

Daß er so über Gewalt redet, dachte ich mir. Daß er so bemüht ist, verständnisvoll zu sein. Na ja. Und wenn ich mich so bemühe ...

»Ihr Vater und der Herr Leutnant Kuráž waren alte Freunde von der Front«, erzählte er weiter, sein rundes Gesicht wurde von der wunderschönen orangefarbenen Sonne bestrahlt. »Sie lagen zusammen im Lazarett in Wien. Bevor der Herr Leutnant Kuráž gestorben ist, gab er Ihrem Vater einen Brief für Ihre Frau Mutter. Ihr Vater hat über ein Jahr im Lazarett gelegen, schließlich konnte er doch noch nach Hause zurückkehren. Viele sind nicht zurückgekommen.«

So war das also, dachte ich mir. Und als mein Vater dann zurückkam ...

»Zieht es dir nicht, Alena? Soll ich das Fenster schließen?«

»Nein, Papa«, antwortete Alena höflich.

Wir fuhren, die Sonne ging unter, ich kam mir vor wie in einer Familie, die von einem Sonntagsausflug nach Hause fährt. Aus dem Tal unter uns trat die wunderschöne Stadt Kostelec hervor, unter dem glitzernden Schleier des Baumwollstaubes. Plötzlich wußte ich nicht genau, ob Gott wirklich so grausam war. Auch wenn mit Irena und auch mit Alena jetzt Schluß war, oder, wie der Herr Rat gesagt hatte, *finis. Sunt certim denique fines.* Den Plural hatte er wahrscheinlich deshalb gewählt, weil er zwei Töchter hatte.

Die prima Saison ist zu Ende

DER TRAURIGE HERBSTBLUES

Wir werden uns nie mehr wiedersehn.
Mit anderen wirst du zum Tanzen gehn.
Wir werden uns nie mehr wiedersehn.
Ein anderer wird dir den Kopf verdrehn.

Josef Krátký, 7b

Und damit hatte es sich dann wohl. Wenigstens für den Rest des Sommers. Der Herr Rat schickte seine unartigen Töchter auf den Gutshof des Fürsten Czernín, wo sein Bruder als Wirtschaftsverwalter arbeitete. Die Frau des Bruders schrieb Artikel für die Zeitschrift ›Mariensterne‹. Die Mädchen waren also ganz sicher aufgehoben, zumindest dachte das der Herr Rat. Doch Ende August verschwand Zdeněk plötzlich aus der Stadt; im Stahlwerk hatte er zehn Tage Urlaub bekommen, ich jedoch gehörte nicht zu denen, die glaubten, was er verbreitet hatte: Er sei wieder zu seiner kränkelnden Mutter nach Prag gefahren. Etwa Mitte August flammte in mir wieder ein kleiner Hoffnungsschimmer auf, als ich mit dem Zug aus Rounov fuhr und zufällig in einem Abteil allein mit Marie Dreslerová saß; es sah so aus, als hätte sie das Schauspiel, von dem sie im Winter den Herrn Rat telephonisch unterrichtet hatte, längst vergessen. Aber als ich sie am nächsten Tag anrufen wollte, sagte mir ihr Bruder, daß sie als Erntehelferin zu ihrer Oma gefahren sei. All diese Mädchen klebten auf irgendeine Art und Weise an der heimatlichen Scholle. Doch ich hatte keine Zeit, darüber nachzudenken, denn in der letzten Augustwoche sollte die Wiederholungsprüfung stattfinden. Brynych machte Latein und fiel durch. Im Geiste verabschiedete ich mich schon von der Oktava, aber an dem Tag, an dem ich dran war, bekam Herr Professor Bivoj eine Kolik von zu vielen Stachelbeeren, und bei den Prüfungen vertrat ihn der Herr Professor Stařec. Von ihm bekam ich eine Aufgabe, die er wieder selbst kaum lösen konnte, doch dann schaffte er es doch, und so bestand ich. Alena kam auch durch, auf die gleiche Art wie ich. Aber eine Möglichkeit, mit ihr zu reden, ergab sich nicht. Zur Prüfung kam sie in Begleitung von Herrn Rat, und nachdem sie von Herrn Professor Stařec die Note ›gut‹ bekommen hatte, eskortierte der Herr Rat sie wieder nach Hause und schickte sie am nächsten Tag nach Prag, dort sollte sie in die Sexta auf das Eliška-Krásnohorská-Realgymnasium für Mädchen gehen, wo seine Schwester unterrichtete. Der Herr Rat stammte aus einer weitverzweigten Familie. Alena brachte er bei seiner Schwester unter, die zwei Söhne hatte, beides Theologen. Katholische.

In der Woche, als die Schule wieder anfing, trieb Fonda für uns einen Job im Hotel Beránek auf, sein Vater besorgte für uns die Genehmigung bei Herrn Direktor Junák. Jeden Samstag sollten wir dort spielen. Nur zum Zuhören, denn tanzen durfte man nicht mehr, wegen der Trauer um die gefallenen Reichssoldaten. Aber zum Tanz spielten wir trotzdem auf. Immer Sonntag nachmittags in Provodov, etwa fünf Kilometer weiter oben in den Bergen, wo die reichsdeutsche Macht uns nichts anhaben konnte.

Wir spielten gerade die Swingnummer ›Chinatown‹, und plötzlich tauchte Irena im Beránek auf. Ich machte einen schlimmen Kicks und konnte mich nicht mehr fangen. Lexa neben mir hauchte leise »Du Idiot!«, und mitten im Chorus rettete Benno mit einem spontanen Solo das Stück.

Ich wußte nicht einmal, daß wir zu Ende gespielt hatten. Irena faszinierte mich, Alena hatte ich aus den Augen verloren, im Sinn hatte ich mit ihr sowieso nie viel gehabt, bis auf die drei Tage Ende Juli. Im Kopf hatte ich Irena. Da war nichts zu machen, trotz allem, wie sie mit mir umgesprungen war, trotz allem, was ich über sie erfahren hatte, trotz allem, was ich gerade sah. Sie hatte einen festen Platz in meinem Herzen oder wo auch immer. Jetzt saß sie am Tisch mit Franta Kočandrle, der eigentlich bei Marie Dreslerová sitzen sollte, doch Marie war nirgends zu sehen. Ich konnte mir denken, was geschehen war.

Sie war ein Luder. Sie hatte Zdeněk sausenlassen, zu Recht, aber nicht, daß sie mir den verrenkten Knöchel, der nach einer Woche makellos verheilt war, verzeihen würde oder daß sie sich, wenn es schon sein mußte, mit jemand anderem vergnügen würde, der keine Freundin hatte. Aber nein. Sie mußte der armen Marie Dreslerová den Kočandrle ausspannen.

Danach spielten wir ›Down By The Old Mill Stream‹, ich verhedderte mich wieder mitten im Solo, und als wir fertig waren, schlug Benno vor: »Meine Herren, machen wir 'ne Pause, bis Smiřický sich davon erholt hat, daß die Gans vom Herrn Rat da ist.«

Fonda gab das per Mikrophon durch, aber mit etwas anderen Worten, und Kočandrle ging aufs Klo.

Wie ein geölter Blitz war ich bei Irena.

»Hallo«, sagte sie unfreundlich.

Ich kam gleich zur Sache.

»Irena, du gehst jetzt mit Kočandrle?«

»Darf ich doch, oder?«

»Das ist aber gar nicht schön von dir. Kočandrle geht doch mit Marie Dreslerová.«

»Wohl nicht mehr.«

»Das sehe ich auch. Bist du immer noch sauer auf mich?«

»Du fragst noch? Ich will dich nicht mehr sehen!«

»Denk doch mal logisch, Irena, bitte! Ich wollte dir ja helfen. Du denkst doch nicht etwa, ich hätte dich absichtlich von dem Felsen fallen lassen!«

»Ich red' nicht von dem Felsen.«

»Was meinst du dann?«

Sie heftete ihre wirklich unfreundlichen Augen auf mich.

»Hör zu, Helena Teichmanová, Jarmila Dovolilová, Láďa Hornychová und so weiter, ich hab' ein schlechtes Gedächtnis für so 'ne Schar, die hätte ich dir alle verziehen. Die Weber-Mädchen auch, obwohl sie meine entfernten Cousinen sind. Aber mir Liebe schwören und sich dann an meine eigene Schwester ranmachen, also – alles hat seine Grenzen, weißt du, Dannylein?«

Weißt du, Dannylein, weißt du, Dannylein! Es tat mir fast leid. Ich hatte gedacht, Alena habe Format. Hatte sie aber wohl nicht.

»Also hat Alena das nicht für sich behalten können. Aber ich kann es dir erklären, Al... Irena«, fing ich mit meinem klassischen Einleitungssatz an, um Argumente zu liefern, die mir im Moment noch unbekannt waren.

»Du bist gut!« fiel Irena mir ins Wort, »Alena! Die vertraut mir doch nicht ihre Fummeleien an!«

Das war Alenas Wortschatz. Oder vielleicht Irenas. Die beiden hatten fast alles gemeinsam. Bis auf eines: Alenas Nase glänzte, und sie hatte Charakter, während bei Irena nur die Augen glänzten und sie ein Biest war.

»Wer dann? Dein Vater?«

»Jirka Fibír, wenn du's wissen willst. Er hat euch vom Küchenfenster aus beobachtet. Er hat auch gesehen, wie euch der Papa gerade noch in letzter Minute erwischt hat, bevor du sie versauen konntest.«

Sie sagte das wirklich giftig. Das machte mich wütend.

»Ob dein Vater das auch Kočandrle rechtzeitig austreibt? Oder ist es schon zu spät?«

Sofort erschrak ich, was ich da gesagt hatte, doch es war schon raus.

»Du bist geschmacklos!« sagte Irena. »Hau ab! Ich will dich nie mehr, nie mehr, verstehst du mich, ich will dich nie mehr sehen!«

»Irena, sei nicht böse! Ich werde es dir ...«

In dem Moment kam der erleichterte Kočandrle zurück, aus Irenas Gesichtsausdruck las er ab, worum es gegangen war, und musterte mich verächtlich.

»Ich würd' spielen gehen, oder? Wofür haben wir sonst unsere Scheine hingeblättert?«

Ich musterte ihn auch und ging wortlos davon.

Wir spielten ›St. James Infirmary‹. Fonda kündigte es als ›Das traurige Lied‹ an, für Herrn Ceeh in der Ecke des Cafés, der die

Flakhelfer-Uniform trug, sagte er auf deutsch ›Das traurigere Lied‹ an, denn in Deutsch war er fast sitzengeblieben. In dem Stück war ein langes Tenor-Solo, ich spielte das dermaßen gut, daß selbst Herr Ceeh aufhörte, über seine Heldentaten bei der Lebensmittelkontrolle zu erzählen, vielleicht horchte er sogar auf die Musik. Es sah wenigstens so aus.

Am nächsten Mittwoch lief ich nach Bíloves, um Quellwasser zu holen, und auf der Bank am unteren Weg in Montace saßen Přema, Vahař und Benda und Leopold Váňa. Sie stritten über irgend etwas. Ich setzte mich zu ihnen. Váňa sagte gerade: »Klar! Diktatur des Proletariats!«

»Auf eine Diktatur können wir gut verzichten«, entgegnete Benda. »Die haben wir eh schon.«

Benda war überhaupt der Schüchternste aus ganz Kostelec. In seinem ganzen Leben hatte er es nicht ein Mal gewagt, ein Mädchen auch nur anzusprechen. Einmal auf der Kirmes hatten wir ihn angespitzt, doch mal eine anzuquatschen, aber er schaffte es nur, sie nach der Uhrzeit zu fragen. Sie gab ihm Auskunft, er bedankte sich brav und ließ sie stehen. Das war's dann auch schon. Und das war wahrscheinlich auch alles, was er überhaupt je mit einem Mädchen geredet hatte, außer vielleicht mit seiner Schwester.

»Die Diktatur des Proletariats ist im Grunde genommen eine Demokratie«, erklärte Leopold Váňa.

»Blödmann, wie kann 'ne Diktatur Demokratie sein! Das mußt du mir erklären!« sagte Benda.

»Das ist die Demokratie in Bezug auf das Proletariat. Zu Arbeitern, wie dir!«

»Ich bin kein Proletarier«, wehrte Benda ab. »Ich bin gelernter Maschinenschlosser.«

»Du gehörst zur Arbeiterklasse. Und die Diktatur des Proletariats ist eine Diktatur in Bezug auf die Bourgeoisie.«

»Das bist jetzt wieder du, oder?« fragte Přema.

»Aber ich hab' die historische Aufgabe der Arbeiterklasse begriffen«, erklärte Leopold Váňa. »Nach dem Krieg führen wir den Sozialismus ein. Dann müssen die Bourgeois abdanken.«

»Mein Alter ist auch Sozialist«, sagte Vahař. »Ein nationaler.«

»Die nationalen Sozialisten sind eigentlich bourgeoise Sozialisten«, fuhr Leopold Váňa fort. »Sie helfen dabei, objektiv gesehen, die Herrschaft der Bourgeoisie aufrechtzuerhalten …«

»Warum werden sie dann von den Nazis eingelocht?« fragte Přema. »Du hast doch gesagt, daß der Nazismus die unverhohlene Diktatur der Bourgeoisie ist. Lexas Vater haben sie auch in den Knast gesteckt, obwohl er ein Abgeordneter der tschechoslowakischen Nationalsozialisten war.«

»Weil die Bourgeoisie chauvinistisch ist, das Proletariat dagegen ist international.«

»Warte doch, du Idiot«, sagte Přema. »Meinst du, nur, weil die Bourgeois gegen die Nazis sind, während die Arbeiter …«

Leopold Váňa hörte ihm aber nicht zu. Er war in Rage geraten: »In ihrer ganzen Mehrheit kollaboriert die tschechische Bourgeoisie. Den Kopf müssen dann die Arbeiter hinhalten.«

»Ja?« unterbrach Benda ihn jetzt. »Bei uns in der Fabrik stauben die Arbeiter eher ab.«

»Auch viele bessere Leute sitzen im Knast«, warf Vahař ein. »Professoren, Metzger, Sokol-Mitglieder … und Juden, klar. Das sind fast lauter Bourgeois.«

»Sie bezahlen jetzt für die Degeneration des Systems, an dessen Entstehen sie beteiligt waren«, sagte Leopold Váňa. »Aber nach dem Krieg werden sie alle den Hut nehmen müssen. Ich meine nicht die Juden. All die ganzen Herren Fabrikanten und die Hauptmänner und Räte …«

»Also tschüs«, sagte ich. »Ich muß scharfes Wasser holen.«

»Warte, Danny, bleib doch noch. Das ist doch interessant«, sagte Přema.

»Ich muß aber scharfes Wasser holen.«

»Laßt ihn«, sagte Leopold Váňa. Er mochte mich nicht, rein instinktiv oder was weiß ich warum. »Der interessiert sich gerade mal fürs Posaunespielen.«

»Na ja«, sagte ich. »Also tschüs!«

Ich ging schnell durch den Wald davon. Nicht, daß es mich nicht interessiert hätte, aber Váňa war mir ebenfalls irgendwie instinktiv ziemlich unsympathisch. Während ich ging, dachte ich daran, wie mein Vater immer nach den Nachrichten sagte: »Der Herr behüte uns vor dem Bolschewismus! Das wäre wie vom Regen in die Traufe!« Wahrscheinlich war das Quatsch. Aber sicher war ich mir nicht. Tante Kohnová, die Schwester von Onkel Kohn, der die hübsche jüngste Schwester meiner Mutter, Tante Máňa, geheiratet hatte, sie war auch eine Kommunistin. Und eine reiche dazu, wie Leopold Váňa, aber nicht so unausstehlich wie er. Sie war zu Demonstrationen mit einem Sonnenschirm gegangen, mit dem sie immer auf die Polizisten eingehauen hatte, auf den Helm, damit sie ihnen nicht weh tat, und immer hatte man sie festgenommen. Doch jedesmal hatte sie eine Kaution bezahlt und danach einen Artikel geschrieben, wie brutal sie behandelt worden war. Der Onkel Kohn sagte, sie habe all ihre Piepen, die sie für die verkauften Erbstücke bekommen hatte, in die Partei gesteckt, und was sie jetzt noch an Geld habe, sei von ihm gepumpt. Onkel Kohn sagte, er habe nichts gegen die Kommunisten, sie verteidigen die armen Menschen, und er als Schriftführer des Tschechisch-jüdischen Verbandes und ehrenamtlicher Sekretär von A.C. Sparta fühle sich mit armen Menschen innig verbunden. Aber sollte die Tante noch weiter mit dem Weiberheld Fučík rummachen, werde er ihr keinen einzigen Heller mehr leihen. Gegen Fučík hatte der Onkel Kohn einen bösen Groll, entweder weil dieser so überaus edelmütig war, oder, und das ist wahrscheinlicher, weil er sich wegen Fučík von der hübschen Tante Máňa beinahe hätte scheiden lassen müssen. Tante Máňa war um zwanzig Jahre jünger als der Onkel Kohn, und Fučík etwa um fünfzehn. Ob das wirklich *der* Fučík war, hatte uns Onkel Kohn nie gesagt, er konnte es aber gut gewesen sein, ja, der war es bestimmt. Dem Onkel Kohn lag er irgendwie im Magen, immer brachte er das Gespräch auf ihn. Mit Tante Máňa hatte er sich dann wieder versöhnt. Nach-

238

dem die Deutschen gekommen waren, flüchtete die Tante Pavla nach Rußland. Wir hatten eigentlich angenommen, daß sie dort eine wichtige Funktion bekommen würde, daß wir sie vielleicht irgendwann mal im Moskauer Rundfunk hören würden. Später kam ein Brief von ihr, ein liniertes Blatt mit dem Absender *Lager* und noch irgendwas. Der Papa sagte, es sei ein KZ. Das war noch gewesen, ehe der Krieg gegen Polen ausbrach. Die Tante bat meinen Vater, ihr ein tschechisch-russisches Wörterbuch zu schicken. Mein Vater hatte wahrscheinlich auch was mit ihr gehabt, denn als er es abschickte, sah ich, wie er weinte. Die Tante war hübsch, sie lief in Männerhosen rum und rauchte in einer halbmeterlangen Spitze rosafarbene Damenzigaretten. Ob sie das Wörterbuch je bekam, erfuhren wir nie. Der Krieg brach aus, die Russen verbündeten sich mit den Deutschen und marschierten in Polen aus der anderen Richtung ein. Vielleicht hatte mein Vater Unsinn erzählt, doch wenn jemand so anfing zu reden wie Leopold Váňa jetzt, mußte ich immer an die Tante Kohnová denken, ob ich wollte oder nicht. Irgendwie konnte ich mich für diese Diktatur nicht begeistern, wenn es auch, nach Leopold Váňa, eine demokratischere Demokratie sein sollte als die, an die der Herr Rat mit seinem Väterchen Masaryk glaubte. Die Tante Kohnová hatte mir einfach gefallen. Sie war noch gar nicht so alt gewesen. Etwa fünfundzwanzig, höchstens.

Ich kam aus dem Wald, und am Fluß bog ich zur Pumpe ab, an der die Leute gratis Mineralwasser zapften. Und der Herr hatte wieder einmal an mich gedacht. Ein einziges Mädchen war dort am Pumpen, und das war Marie Dreslerová. Sie hatte einen hellblauen Regenmantel an, und ihr frisch gewaschenes Haar wallte in dichten goldenen Kaskaden wie der Wasserfall des Heiligen Jan über ihren Rücken hinunter.

»Schätzchen, ich pumpe mal für dich, ja?« sprach ich sie an.

Sie sah mich mit ihren blauen Augen an.

»Brauchst du nicht. Ich bin schon fertig.«

»Schütt's weg, und ich pumpe noch mal. Ich möchte gern was tun für dich.«

Sie sah mich noch mal an und sagte: »Hm.«

Das war so ihre Angewohnheit.

»Was soll das bedeuten: ›Hm‹? Daß du dir's noch überlegen willst?«

»Ich hab's mir schon überlegt. Du kannst meine Taschen tragen, wenn du willst.«

Sie hatte zwei, in jeder drei Flaschen. Ich hatte auch zwei mit jeweils drei Flaschen.

»Du scheinst ja lange zu überlegen!«

»Nein. Es kommt mir aber so wenig vor. Trinkt ihr nicht so viel zu Hause?«

»Dann werde ich mir eben im Kurhaus noch ein paar Flaschen ausleihen.«

»Die haben keine da«, sagte ich schnell.

»Du bist aber sehr gut informiert.«

»Ziemlich gut. Ich weiß zum Beispiel auch, wenn ich dir jetzt eine Verabredung vorschlage, daß einem Ja von dir nichts im Wege steht.«

Sie durchforschte mich mit ihren blauen Augen, es zeigte sich, daß sie sehr intelligent war. Wenigstens, was diesen Bereich betraf.

»Meinst du, weil ich mit Franta Schluß gemacht hab'?«

»So ist es«, sagte ich. »Aber ich werd' ihn voll ersetzen. Ich bin viel besser als Kočandrle.«

Erneut ein prüfender Blick aus ihren hübschen Vergißmeinnicht-Augen, danach wieder: »Hm.«

»Überlegst du dir's?«

»Weiß noch nicht. Mein ›Hm‹ bedeutet, daß du in jedem Fall bessere Aufsätze schreibst als Franta.« Mein schriftstellerischer Ruhm hatte sich anscheinend bereits unter allen Mädchen des Gymnasiums in Kostelec herumgesprochen. »Aber in Mathe hast du die Wiederholungsprüfung machen müssen«, sagte sie.

»Die hab' ich geschafft.«

»Aber eine Wiederholungsprüfung ist eine Wiederholungsprüfung.«

»Für Mathe werde ich dir jemanden besorgen«, versprach ich. »Vielleicht die Vaníčková. Die hat nur Einsen. Außer den Aufsätzen werde ich noch die Deutschaufgaben für dich schreiben. Und Latein auch.«

»In Latein hast du letztes Jahr eine Wiederholungsprüfung gemacht, oder?«

»Vorletztes. Seitdem hab' ich mich sehr verbessert. Den Stoff von der Sexta schaff' ich locker.«

Es war wunderschön, einfach so mit Marie Dreslerová zu plaudern. Über den Fluß krochen Herbstnebelschwaden, vom Kastanienbaum fiel ein Blatt, direkt auf Maries Schulter. Sie fegte es weg.

»Es ist schon Herbst«, stellte sie fest. »Das ist traurig.«

»Was soll am Herbst traurig sein?«

»Alles«, sagte sie.

Ihr scharfes Wasser hinderte mich aber an jeglicher Aktion. Zwölf Flaschen, da würde nicht einmal Peruna irgend etwas zustande bringen, sollte der überhaupt zu etwas imstande sein. Wir folgten langsam dem unteren Weg, die Blätter regneten von oben auf uns herab, und die kleinen rostfarbenen und roten Blätter blieben in Maries goldenen Locken stecken. Ihren Regenmantel band sie mit einem schmalen Gürtel aus demselben Stoff zu, dadurch kam ihre perfekte Taille noch besser zur Geltung. Am Ärmel trug sie ein schwarzes Band und an den Beinen schwarze Strümpfe.

»Warum trägst du Trauer, Marie?« fragte ich sie, sobald ich unter der Last der zwölf Flaschen Luft geholt hatte.

»Das ist ...« Sie zögerte, recht lange, dann beendete sie den Satz, doch sie log wahrscheinlich: »Das ist wegen Kočandrle.«

»Erzähl keine Märchen!«

»Wirklich.«

»Kočandrle ist doch nicht gestorben.«

»Für mich aber schon.«

In den schwarzen Strümpfen hatte sie vielleicht Beine, na ja, die schönsten in ganz Kostelec. Das hatte ich ihr schon immer gesagt.

»Du trägst die wegen deinen Beinen.«

»Wie bitte?«

»Du hast hübsche Beine in den schwarzen Strümpfen. Also, ich meine, noch hübscher als sonst.«

»Das bist genau du«, sagte sie. »Du hast nie was Ernsthaftes im Kopf.«

»Kočandrle ist doch auch nichts Ernsthaftes«, entgegnete ich. »Kočandrle ist ein Idiot.«

»Das stimmt«, bestätigte sie. »Aber ich hab' ihn nicht im Kopf.«

»Warum trägst du dann die schwarzen Strümpfe?«

»Weil ich schöne Beine haben will.«

»Das ist dir auch gelungen«, sagte ich überzeugt. Dann redeten wir nicht mehr von ihren schwarzen Strümpfen. Ihr Geheimnis habe ich nie erfahren.

»Bei mir klappt alles«, sagte sie. »Alles, außer das mit Kočandrle.«

Oh je, dachte ich mir. Laut sagte ich: »Am besten klappt bei dir alles mit mir.«

Hinter einem Gebüsch tauchte die Bank auf, auf der Přema, Benda und Vahař noch immer mit Leopold Váňa debattierten. Leopold Váňa sagte gerade, ziemlich eingeschnappt: »Lexas Alter ist immer schon ein Diener der Bourgeoisie gewesen, und dafür, daß er …« Přema unterbrach ihn noch wütender: »Er hat sich aber dem Widerstand angeschlossen!« Leopold Váňa korrigierte ihn: »Er hat Widerstand gespielt. In Wirklich…« Dann erblickte er Marie und unterbrach seinen Vortrag. Leopold Váňa hatte sich um Marie bemüht, noch vor Franta Kočandrles erfolgreichem Einsatz. Er wohnte zwei Häuser von den Dreslers entfernt. Aber er war wohl nicht ihr Typ. Sogar ich erreichte bei ihr mehr als er, und ich erreichte gerade so viel, daß es im Vergleich dazu, was ich bei Irena ausrichtete, einem Weltrekord im Liebeswerben gleichzusetzen war. Als Marie Leopold Váňa erblickt hatte, lief sie mit erhobener Nase an der Bank vorbei wie eine auferstandene Nofretete. Ich trabte hinter ihr her wie ein ägyptischer Sklave, meine Arme waren an den Gelenken schon dermaßen ausgeleiert, daß sie nur noch von den Sakkoärmeln gehalten wurden. Aber mich beachtete ohnehin kein Mensch. Leopold Váňa versuchte zu grüßen, doch Marie ignorierte ihn. Přema, Benda und Vahař bemühten sich gar nicht erst, zu grüßen, sie schlossen sich jedoch aus Loyalität Leopold Váňas Blick an, und so verfolgten acht Augen in einem langsamen Halbkreis Maries Taille, die federnden Schrittes auf ihren hübschen Beinen in schwarzen Strümpfen vorbeilief, bis wir aus dem Blickfeld der Beobachter hinter dem nächsten Gebüsch entschwunden waren.

»Am besten klappt bei dir alles mit mir, Marie«, rief ich ihr in Erinnerung.

»Mit dir viel zuviel«, sagte sie. »Du denkst also, daß nur Kočandrle zwischen dir und mir steht?«

»Ich weiß von keinem anderen.«

»Zwischen Mädchen und Jungs«, predigte sie, »kann auch noch was anderes stehen als nur Jungs.«

»Da fällt mir nichts ein.«

»Mädchen nämlich«, sagte sie. »Hast du das vergessen, letztes Jahr im Winter? Als ich bei meiner Tante aus dem Fenster geguckt hab', und …? Was hab' ich gesehen?«

»Das hab' ich nicht vergessen. Ich hab' nur gehofft, daß du das vergessen hast.«

»Ich hab's fast schon vergessen«, sagte Marie. »Aber jetzt bin ich mir nicht sicher, ob mein Gedächtnis nicht doch noch ein Weilchen funktionieren wird.«

»Könntest du das vielleicht noch ein bißchen mehr vergessen?« fragte ich.

»Hm«, antwortete sie.

»Heißt das, daß du dir das noch überlegst?«

»Genau das«, erwiderte sie. »Wenn ich sehe, wie sehr du unter den Flaschen leidest, vergeß ich's vielleicht endgültig.«

Dann fing es an zu regnen, zuerst ganz fein, dabei wurde nur ich naß, danach wurde der Regen stärker, dafür reichte Maries Regenmantel gerade noch aus, doch schließlich wurde es ein Wolkenbruch, und auch Marie drohte durch und durch naß zu werden, wobei ihr neues Kleid unter dem Regenmantel zusammenschrumpfen würde. Zum Glück war es nicht weit zu Pittermanns Hütte, und ich wußte, wo Rost'a den Schlüssel versteckt hatte. Er lag immer im Kiefernbaum hinterm Klo, in einem Astloch.

Normalerweise wäre Marie mit mir nie hineingegangen, aber die Sorge um ihr Kleid war stärker. In der Hütte war es wegen dem Wolkenbruch fast dunkel. Ich mußte die Karbidlampe anmachen. Marie zog den Regenmantel aus, ich sah ihr neues Kleid, also es war absolut Spitze. Es bestand aus einem tollen Faltenrock, er war weiß; und eine hellblaue Bluse im Matrosenschnitt mit einem Ankermuster umspannte ihren Busen sehr eng. Ich hatte schon immer gewußt, daß Marie nicht nur die schönsten Beine in ganz Kostelec hatte, sondern auch den schönsten Busen, doch daß der so was von sensationell war, das hatte ich nicht geahnt. Marie drehte sich um, der große Matrosenkragen reichte ihr bis auf den Rücken.

Sie ließ ihren Blick in der Hütte umherwandern. An der Wand stand eine Liege, die Rost'a unordentlich hinterlassen hatte, darauf lag seine schmuddelige Unterhose, die im Schritt gelb war. Das freute mich. Rost'a war einer von Maries Kandidaten, zwar mit kleinen Chancen, aber immerhin. Nach diesem Stilleben würden seine Chancen wohl gesunken sein. Und nach Kočandrles Verrat würden die meinen erheblich steigen.

Marie trat an die Staffelei, die von einem schmutzigen Lumpen verdeckt war, so daß man nicht sehen konnte, woran Rost'a gerade arbeitete.

»Ich mach' uns Tee, ja?« sagte ich. »Ich weiß, wo er ist.«

»Das wäre fein«, sagte Marie.

Ich öffnete die Anrichte, und eine große Kostbarkeit kam zum Vorschein.

»Der hat auch Rum hier. Magst du Tee mit Rum?«

»Das ist noch besser. Mir ist so kalt«, stimmte Marie zu und besah sich weiter Rost'as Lager. Rost'a hatte bereits alle Mädchen aus Kostelec gemalt, bis auf die bucklige Vaníčková; Dadka Habrová hatte ihm sogar als Akt gestanden. Nur Marie hatte bisher nicht eingewilligt. Dabei hätte er Marie am allerliebsten gemalt. Sie war das Objekt seiner Sehnsüchte.

Marie nahm zwei lange nicht mehr gewaschene Tassen angeekelt in die Hand.

»Das ist ein schöner Saustall hier«, stellte sie fest.

»Ich wasch' ab.«

»Das ist Frauenarbeit«, entgegnete Marie. »Du kannst den Tee kochen. Mit Rum.«

Und so kochte ich Tee, sie fing durch die offene Tür den Regen in den Tassen auf, und ihre Finger mit den blutrot lackierten Nägeln wuschen die Tassen aus.

Danach saßen wir auf der Liege und schlürften den heißen Tee; sie wußte es nicht, aber in ihrer Tasse war zu zwei Dritteln reiner Rum, und ihre blauen Augen fingen nach zwei, drei Schluck wie zwei Laternen zu leuchten an.

»Marie«, legte ich los. »Du bist das absolut hübscheste Mädchen in ganz Kostelec.«

»Na ja, in Kostelec ist das keine Kunst«, sagte sie.

»Im ganzen Großdeutschen Reich. In ganz Europa«, warf ich ein. »In der ganzen Welt. Im ganzen Weltall.«

»Nur?« fragte sie enttäuscht.

»Ich weiß nicht, was danach kommt.«

»Ich auch nicht.«

»Wie soll ich es wissen, wenn du's auch nicht weißt?«

»Das stimmt auch wieder«, gab sie zu. »Obwohl, du solltest das schon wissen. Du schreibst doch die berühmten Aufsätze. Du hast Phantasie.«

»Du bist mehr als meine Phantasie, Marie.«

»Du hast mir den Tee irgendwie zu stark gemacht«, sagte sie. »Laß uns mal tauschen.«

»Nein, Marie … da ist doch nur ein Löffel drin!«

In meinem Tee war nicht einmal ein Löffel. Ich wollte einen klaren Kopf behalten, für den Moment, wenn der Rum ihr zu Kopf gestiegen war.

»Laß mal probieren! Das hier ist ein richtiger Schädelknakker.« Sie nahm mir meine Tasse aus der Hand. Es blieb mir nichts anderes übrig, als ihre zu nehmen.

Sie nippte.

»Du hast ja gar nichts drin!« Sie sah mich mit ihren illuminierten blauen Augen staunend an. »Du bist ein Schwindler!«

»Wieso?«

»Du willst mich betrunken machen!« sagte sie. »Du bist vielleicht einer!«

»Wollt' ich nicht!«

»Doch!«

»Wollt' ich nicht!«

»Doch!«

»Wollt' ich nicht! Ich wollte mit dem Rum sparsam umgehen! Er gehört mir nicht …«

Sie sah mich mit ihren fröhlichen blauen Augen an und prustete los. Ein bißchen angetrunken war sie schon. Nur von den zwei oder drei Schlückchen.

Sie sagte: »Zur Strafe trinkst du das jetzt selber aus! Auf ex!«

»Nein, Marie!« schrak ich zurück.

»Also gib es zu! Du wolltest mich betrunken machen?«

»Ja – gut, wollte ich. Aber nur, weil du im normalen Zustand wie ein Eiszapfen bist!«

»Ich? Wie ein Eiszapfen?«

»Wenigstens, soweit mir bekannt ist. Kočandrle weiß vielleicht mehr.«

»Laß den Kočandrle …« sagte Marie. »Und jetzt trinkst du! Ex!«

Ich trank es aus.

Sofort war ich halb hinüber.

Ich umfaßte Maries Taille.

»Jeh! Laß mich!« kreischte sie und sprang auf, ich nahm nicht mehr wahr, wo sie hinging. Ich hörte sie irgendwo herumstöbern: »Er hat hier noch 'ne halbe Flasche!«

»Nur 'ne halbe?«

»Das reicht«, sagte sie. »Da du meinen Anteil runtergekippt hast, mach' ich jetzt was für mich.«

Ein Geblubber.

»Gieß mir auch was ein, Marie.«

Ein Geblubber in meine Tasse.

Auf einmal stand Marie vor mir, in dem weißen Faltenrock und dem herrlichen, von der hellblauen Bluse umspannten Busen, und sah sich gierig, mit einer gewissen Unzufriedenheit, um.

»Was könnte er hier noch haben?«

»Er hat nur Rum.«

»Aha!« sagte sie. »Ich weiß schon!«

Sie ging zur Staffelei und zog den farbverschmierten Lappen runter.

Der Vorteil, den ich gegenüber Rost'a durch seine verschmutzte Unterhose besaß, war nun verspielt.

Ich erkannte das Bild, obwohl ich es vorher nie gesehen hatte. Er malte es wohl für mich, als Überraschung zum Geburtstag. Eine schöne Überraschung. Es hatte denselben Aufbau wie der Märtyrer mit der vom Oberkörper abgezogenen Haut, den Rost'a im Pfarrhaus intensiv betrachtet hatte, als wir dort für den hochwürdigen Herrn Meloun schufteten. Doch hier auf dem Bild war eindeutig ich der Märtyrer, die Ähnlichkeit war perfekt, das konnte Rost'a gut, und die Haut zerrten mir keine Söldner ab, sondern die dreiundzwanzig Mädchen aus Kostelec, alle nackt, sogar die zwei Weber-Mädchen aus Linz waren dabei. Alles war realistisch wie auf einem Photo, ich meine die Gesichter, den Rest konnte ich nicht beurteilen. Marie war an der zweiten Stelle, gleich neben Irena. Er hatte sie also doch gemalt. Ich hatte gar nicht gewußt, daß er ein Pornograph war.

Marie wieherte los. Sie lachte, bis sie sich nach vorne und hinten bog, ihr Faltenrock rutschte dabei unzüchtig bis über die

Knie hoch. Und sie sollte das frömmste Mädchen in Kostelec sein! Was machen dann erst die unfrommen? Heimlich griff ich nach der Flasche und schlürfte am Rum.

»Oh! Na, so was! Das muß ich weitererzählen!« lachte Marie.

»Wem?«

»Weiß ich noch nicht! Irgendwem!« Sie bog sich vor Lachen in der Taille. »Das ist Jaruna Dovolilová!« zeigte sie. »Und hier Evina Bojanovská! Und die hier ist Irena!«

»Und die da bist du!« Ich versuchte, auf sie zu deuten, rutschte aber zur Seite.

»Ich!« wieherte sie aus vollem Hals und nippte auch an der Flasche. »Ich hab' doch nicht sooo einen großen Busen! Und unten bin ich auch blond.«

»Ja?« fragte ich mit großem Interesse und stand auf. Besser gesagt: Ich dachte, ich würde aufstehen; in Wirklichkeit plumpste ich auf den Boden.

Marie sah mich an.

»Jesusmaria! Du bist ja vollkommen besoffen!«

»Das bin ich«, bestätigte ich. »Wegen dir.«

»Wieso wegen mir?« fragte sie, als hätte sie von nichts gewußt.

»Weil …«, sagte ich. »Weil … weil … weil …«

»Was soll das heißen: weil, weil, weil?«

»Das heißt: weil, weil, weil.«

»Weil, weil, weil du besoffen bist!«

»Weil, weil, weil ich dich liebe!«

»Weil, weil, weil du jetzt ins Bett gehst«, sagte Marie.

»Weil, weil, weil du am Samstag nach Provodov zum Tanzen kommst!«

»Weil, weil, weil ich vielleicht komme«, sagte Maric. »Weil, weil, weil du jetzt aufstehst, so«, sie half mir aufzustehen, »und weil, weil, weil Marie dich jetzt ins Bettchen bringt.«

»Weil, weil, weil Marie mit mir ins Bettchen kommt!«

»Weil, weil, weil Marie nicht mit dir ins Bettchen kommt.«

Ich taumelte fürchterlich. »Weil, weil, weil du besoffen bist!«

»Bin ich nicht!«

»Weil, weil«, sagte sie. »Weil du besoffen bist!«

Mit zwei Fingern nahm sie Rost'as Unterhose. »Weil hier jemand Aa gemacht hat und weil Marie das jetzt aufräumt und weil der kleine Daniel besoffen ist und schlafen muß. Nicht wahr, Daniel muß jetzt in die Heia?«

»Ja«, gab ich zu. »Weil er ins Bett muß. Weil er besoffen ist. Weil er nicht will.«

»Aber weil er besoffen ist, weil er muß«, sagte Marie, das hübsche, blonde Mädchen aus Kostelec, noch einmal.

Sie legte mir etwas unter den Kopf, wahrscheinlich Rost'as Sporthose, zog eine stinkende Decke über mich, aber durch den Gestank roch ich ihr Haar, Mädchen halten immer mehr aus; wenn ein Kerl total hinüber ist, dann ist oder war immer ein Mädchen dabei, wie damals, sie bringt ihn ins Bett und deckt ihn zu und macht das Licht aus, oh Du Mutter der Menschheit, Du Mutter aller Besoffenen, Du Mutter von allem ... des schweren Lebens ...

Marie machte das Karbidlämpchen aus. Draußen rauschte ganz sanft der Regen. Es ging mir gut. Es ging mir gut in der Hütte, in der wunderschönen Stadt Kostelec, so lange her ... Marie war ein prima ... Mädchen ... so lange her ...

Und weg war ich.

Am nächsten Morgen kam ich zu mir, es regnete immer noch, und in das Rauschen des Regens mischte sich ein anderes Geräusch. Lange Zeit wußte ich nicht, was das sein konnte, auf einmal ging mir ein Licht auf, und ich erschrak fürchterlich. Jemand schnarchte. Doch nicht –

Ich drehte mich um. Es war Rost'a. Er lag neben mir auf der breiten Liege und gab Geräusche von sich, es war unerträglich.

Ich richtete mich auf und sank mit einem Stöhnen wieder zusammen. Sein Rum war wohl von ganz besonderer Qualität.

Das Schnarchen hörte auf. Rost'a öffnete die Augen.

»Grüß dich, du Saufsack«, sagte er.

»Du Idiot«, grüßte ich zurück. »Wenn das Spiritus war, hast du mich auf dem Gewissen. Aua!«

Ich faßte mir an den Kopf.

»Einem gestohlenen Gaul schaut man nicht ins Maul!« belehrte mich Rosťa. Irgendwie stimmte etwas nicht an dem Sprichwort, aber mein Kopf fühlte sich so wunderlich an, daß ich mich damit nicht näher befassen konnte.

»Aua aua aua!« schrie ich. »Und sie hast du auch auf dem Gewissen! Wenn das hübscheste Mädchen in Kostelec erblinden sollte …«

»Wen hast du hiergehabt, du Schuft?«

Ich stockte. Daß Marie hier gewesen war, konnte ich Rosťa nicht erzählen, obwohl ich mit ihr nicht mehr gemacht hatte, als mich mit ihr zu besaufen. Genauer gesagt, ich hatte mich unter ihrer Aufsicht besoffen.

»Rate mal«, schlug ich vor. »Sie ist auch auf deinem Fresko.«

Rosťa beäugte die abgedeckten Unsittlichkeiten und fragte: »Irena?«

Ich sagte nichts darauf, so war keine Antwort auch eine Antwort. Aber ihm fiel ein: »Warte mal. Die nicht. Die hat sich an den Idioten Kočandrle weggeworfen.«

»Mit dem hat doch das Luder Marie was«, sagte ich, um die Spuren zu verwischen.

»Das Luder Irena hat ihn ihr ausgespannt.«

Eigentlich hatte ich ihn auf die Spur gebracht, aber er bemerkte es zum Glück nicht.

»Aua! Hast du Aspirin da?«

Rosťa stand auf und ging zum Tisch. Ich fragte: »Du meinst, daß das Luder Irena vor irgendwas zurückschreckt, nur weil sie gerade mit dem Idioten Kočandrle geht?«

Rosťa drehte sich zu mir um, ein Gläschen mit Aspirin in der Hand.

»Du hast also Irena hier gehabt! Die ist aber ein Oberluder!« staunte er und gab mir die Tabletten. »Ich sag' dir, die Weiber sind schöne Nutten.«

»Das stimmt.«

Ich schluckte ein paar Aspirin.

»Hast du's ihr endlich besorgt«, sagte Rost'a.

Davor erschrak ich. Rost'a war ganz nett, aber auch er konnte sich irgendwann mal einen ansaufen, oder ein Mädchen brachte ihn in die richtige Bekennerlaune, und er war nicht sonderlich verschwiegen; Irena könnte rausbekommen, daß ich sowas über sie verbreitete, was zu allem Überfluß auch noch eine Lüge war.

»Hätte ich, du Idiot«, erklärte ich, »ohne deinen beschissenen Methylalkohol.«

»Also nichts?«

»Wie stellst du dir das vor, Mann? Du nimmst einen Schluck und bist steif wie ein Brett.«

»Du Idiot! Das war ein richtiger Meinl-Rum aus der Vorkriegszeit«, sagte Rost'a. »Schieb das nicht auf den Rum, du bist ein Schlappschwanz.«

»Und was bist du?«

»Ich bin kein Schlappschwanz.«

»Und was ist mit Marie? Hast du's mit ihr getrieben?«

Rost'a schüttelte traurig den Kopf.

»Mit der nicht, Mensch. Die ist stur. Die hab' ich nicht einmal gemalt.«

»Siehst du, du Blödmann. Es würde reichen, wenn du sie hierher abschleppst, wenn es zum Beispiel regnet, dann kannst du sie hier malen und fertig!«

Ich richtete mich auf. Das Gehirn in meinem Kopf spielte verrückt.

»Das ist nicht so einfach«, sagte Rost'a. »Bei Marie auf keinen Fall.«

»Du hast sie doch gemalt«, ich deutete auf die nackte Marie auf dem Votivbild, mit erträumten riesigen Brüsten und schwarzem Schoß.

»Das ist nur eine Freudsche Phantasie«, erklärte Rost'a.

»Das sehe ich«, sagte ich. »Ziemlich daneben. Marie hat doch nicht so gigantische Titten.«

»Das weiß ich auch. Ich war sauer auf sie, als ich ihr die gemalt hab'.«

Ich trat an die Leinwand heran und untersuchte die nackte Marie näher. Trotz meines wackeligen Gehirns konnte ich mir den gestrigen wunderschönen Vorabend noch vergegenwärtigen, den Nebel, das Kastanienlaub, Maries Faltenrock, den Regen und den blonden Wasserfall ihrer Locken. Der Regen rauschte immer noch. Ich dachte auch daran zurück, was sie mir gesagt hatte. Das hing eigentlich mit der Frage des Realismus zusammen, über den sich Rosťa immer mit dem Kunstlehrer Balaš gestritten hatte.

»Und obendrein, Mann«, klärte ich ihn auf, »ein naturblondes Mädchen wie die ist unten nicht so brünett, würd' ich mal sagen.«

Mir war wohl dabei, als ich das sagte.

Rosťa stellte sich neben mich hin und untersuchte ebenfalls Maries Busch, wie er ihn auf dem Bild gemalt hatte. Nach einer Weile sagte er: »Das kann gut sein. Das ist wahrscheinlich so. Mann …«, sprach er verträumt weiter, »wenn ich mir vorstelle, daß sie da unten auch so wunderschön goldene Haare hat wie auf dem Kopf …«

Und ich erinnerte mich mit Entsetzen, daß ich die Nacht nicht zu Hause gewesen war und nicht Bescheid gesagt hatte. Rasch drehte ich mich um. Meine Taschen mit den sechs Flaschen scharfem Wasser standen noch in der Ecke, eine Uhr hing dort an der Wand. Viertel vor sieben! Um Gottes willen! Meine Mama war bestimmt schon vor Angst gestorben!

»Scheiße!« schrie ich. »Ich hab' zu Hause nichts gesagt!«

Ich wetzte im Regen nach Hause. Das würde aber Ärger geben! Ich sprintete die Treppe hoch in den dritten Stock und klingelte an der Tür.

Mutter machte mir auf. Ihr Gesicht sah finster aus, doch sonst schien sie ruhig.

»Daß du dich nicht schämst, Danny«, sagte sie streng.

Ich fuhr zusammen, und zwar wörtlich.

»Sei nicht böse, Mama. Ich …« Ich hatte keine Ahnung, was sie wußte und was passiert war, daß sie so ruhig blieb.

»Du bist noch zu jung dafür, daß du dich betrinken mußt!«

Aha! Aber wer hatte es ihr …

»Und Karten spielen!«

Eine *pia fraus* von irgend jemandem! Von wem? Na …

»Ich wollte das nicht, Mama. Aber es …«

»Du bist doch Alkohol nicht gewöhnt! Du mußt aufpassen!«

»Ich hab' schon aufgepaßt, aber …«

»Hansi Dresler hat erzählt, es war nur eine kleine Tasse Grog und …«

»Hansi Dresler?«

»Ja. Marie Dreslerová hat angerufen, sie soll von Hansi bestellen, daß du dich in Pittermanns Hütte betrunken hast.«

Mariechen! So ein nettes Mädchen war sie! Kein Luder! Im Winter hatte sie mich zwar an den Herrn Rat verpetzt, aber darüber mußte man sich nicht wundern. Ein Treffen mit mir verabredet zu haben und dann mit eigenen Augen zusehen müssen, wie ich eine andere befummelte. Sie hatte an mich gedacht! Hansi Dresler läßt bestellen! Ganz schön pfiffig!

»Ich mach's nie wieder, Mama«, versprach ich.

»Sag nicht solche Dummheiten«, ermahnte mich meine Mutter. »Aber versuche, mäßig zu trinken. Bis zur Ohnmacht zu trinken – dafür hast du doch keinen Grund! So ein hübscher, intelligenter Junge …«

In der Schule sah ich Marie nur kurz in der Pause auf dem Gang, sie flanierte dort unter der Aufsicht von Frau Professor Řivnáčová mit Blanka Poznerová; als sie mich erblickte, prustete sie hinter vorgehaltener Hand los. Ich grinste zurück, es störte mich kein bißchen, daß sie über mich lachte. Ich mußte ziemlich lächerlich ausgesehen haben, nach dem Rum, aber letztendlich hatte sie mich noch zugedeckt, und durch ihre Liebenswürdigkeit hatte sie mich vor einem Anschiß zu Hause bewahrt.

Ich ging aufs Klo, wo ungefähr hundert Leute am Qualmen waren, Leopold Váňa belehrte Jířa Horák, den Billardmeister aus Kostelec, und Lexa in Sachen Kommunismus.

»Im Reich hat die Bourgeoisie die Macht fest in der Hand«, predigte er betrübt und paffte an einer Zigarre, die er wahrscheinlich bei seinem Alten hatte mitgehen lassen.

»Erzähl keinen Mist! Dort sind die Nazis an der Macht«, sagte Jířa Horák. »Und das sind keine Bourgeois, soweit ich weiß. Guck dir mal den Kühl an: …« Er griff sich den Reichskommissar stellvertretend für alle anderen heraus. »Vor dem Krieg war er Eisenbahner, wie mein Alter. Auch Wächter. Dann hat man ihn wegen Saufen im Dienst und wegen Unterschlagung von Amtsgeldern gefeuert.«

»Und noch dazu hat er meinen Vater verpfiffen«, sagte Lexa. »Der einzige anständige Deutsche in Kostelec ist der Herr Kleinander, und das ist ein Bourgeois, ein Oberbuchhalter.«

»Kapier doch!« sagte Leopold Váňa. »Ich meine das allgemein. In den Details ist das selbstverständlich …«

Einer der Klokabinen entströmte ein ungeheurer Gestank. Lexa brüllte: »Mann! Das ist vielleicht ein Mief, als hätte man einen Komödianten aufgeschlitzt! Bei Mánes' gab's wieder Kraut zu Abend. Benno!« rief er in Richtung Klo. »Du solltest immer Kölnisch Wasser bei dir haben, Mensch! Warum müssen wir immer unter den Folgen deiner Verfressenheit leiden!«

»Leck mich am Arsch!« hörte man Bennos Stimme hinter der Tür.

Es klingelte, und wir rannten in die Klassen.

Es schüttete immer noch, aber mir ging's gut. In der letzten Stunde fragte uns Herr Professor Bivoj ab. Er hatte seine eigene Methode, die, vermutete ich, vom Grand Guignol abgeleitet war. Er nahm immer zuerst das dümmste Mädchen dran, in diesem Fall war das Ladislava Hornychová, gab ihr eine Aufgabe und ließ sie reden. Bald hatte sie ausgeredet, auch Herr Professor Bivoj schwieg. Diesem Schweigen räumte er genau zwei Minuten ein.

Nach zwei Minuten fragte er dann ganz ruhig, jedoch ziemlich eisig: »Weiter wissen Sie nichts?« Ladislava Hornychová antwortete genauso ruhig: »Nein, bitte.« Der Herr Professor Bivoj sagte: »Setzen Sie sich« und notierte mit deutlichen Zügen eine Fünf in seinen schwarzen Block. Danach nahm er immer den dümmsten Jungen dran, entweder war ich das oder Josef Krátký, der Klassenpoet. In diesem Fall war ich dran, und wie gewohnt ähnelte mein Auftritt einer Stummfilmszene, er dauerte zwei Minuten, anschließend unterbrach ich das Schweigen mit den Worten: »Weiß ich nicht, bitte«, erhielt die Fünf, ging auf meinen Platz, und als nächste kam Libuše Maršíková an die Reihe.

Und so bahnte er sich den Weg durch die ganze Klasse, er schaffte es, sie k.o. zu schlagen, und das alles mit einer einzigen Aufgabe, er war einfach ein As. Wir waren einundzwanzig in der Klasse, der Regen trommelte gegen die Scheiben, die Dunstfetzen flogen schnell am Schloßturm vorbei, und mir ging's sehr gut. Herr Professor Bivoj war bei Jarda Bukavec angelangt, er war der Beste in Mathe, noch besser war er im Schachspielen, und Herr Professor Bivoj mochte ihn, war aber gleichzeitig eifersüchtig auf ihn, denn als Jarda Bukavec noch kein Schach gespielt hatte, war Herr Professor Bivoj der beste Schachspieler in Kostelec gewesen. Jetzt verlor Bukavec gegen ihn nur vor den Mathearbeiten, er opferte sich für die Klasse auf, damit der Herr Professor bei Laune blieb und uns leichtere Aufgaben gab. Doch heute schaffte es nicht einmal Jarda Bukavec, die Aufgabe zu lösen, so trug Herr Professor Bivoj mit größter Genugtuung auch bei ihm eine Fünf ein, und dann klingelte es. Die Fünfen bei Herrn Professor Bivoj juckten keinen so sehr, denn sie waren durch die große Anzahl entwertet.

Kaum war ich zu Hause angekommen, kaum war mein Vater zur Bank aufgebrochen und die Mama zum Besuch bei Frau Moutelíková, wählte ich sofort die Nummer von Dreslers. Maries Bruder war dran.

»Marie ist am Pauken«, sagte er.

»Mach keinen Quatsch und hol sie ans Telefon!«

»Unser Alter hat ihr verboten, das Zimmer zu verlassen. Sie hat 'ne Fünf im Tschechisch-Aufsatz bekommen.«

»Was für 'n Unsinn. Wie konnte sie 'ne Fünf im Aufsatz kriegen? Für Aufsätze geben die keine Fünfer!«

»Sie hat vier grobe Fehler dringehabt«, erklärte mir Hansi. »Sie hat ›Putz‹ ohne t geschrieben, ›vergessen‹ mit f am Anfang, sogar im Wort ›Reich‹ ein a statt ein e, das hat sie angeblich extra gemacht, und ›schwimmen‹ nur mit einem m. Für jeden Fehler eine Note runter, und der Aufsatz ist sowieso wie vom Kasperle, da kannst du dir's zusammenzählen.«

»Ist euer Alter zu Hause?«

»Nein.«

»Du läßt doch einen Freund nicht hängen!«

»Na gut. Ich sag' Marie Bescheid.«

Nach einer Weile erklang Maries Stimme: »Danny?«

»Ja.«

»Danny, du warst so schön blau! Geht's dir schon besser?«

»Mir geht's hervorragend, Marie. Dank dir.«

»Ach ja, dank mir. Ich hab' dich ja mit dem Rum abgefüllt.«

»Das ist egal. Ich wollte dich doch auch damit abfüllen.«

»Ich weiß. Aber ich ohne schlechte Absichten.«

»Ich auch ohne schlechte Absichten.«

»Das kommt drauf an, wie man's nimmt«, sagte sie. »Für mich war das nur ein Spaß.«

»Es war trotzdem sehr nett von dir, Marie.«

»Ich weiß nicht«, wandte sie unsicher ein. »Es ist doch eine Sünde.«

»Ich meine, daß du bei meinen Eltern angerufen hast.«

»Ach ja. Das war ja …«

»Was denn?«

»Es war gewissermaßen … eine Buße für den anderen Anruf … damals … im Winter, weißt du, Dannylein?« erklärte sie.

Eine Welle zärtlicher Liebe schwappte bis in die kleinsten Winkel meiner Seele empor. Fast hätte ich vergessen, daß sie so fromm war. Mit ihr ließ es sich auch leicht vergessen. Doch sie war fromm. Das merkte man.

»Es war nicht nett von mir«, sagte sie.

»Aber ich hab's verdient. Wenn ich nur dich liebe, sollte ich keine andere auch nur mit dem kleinen Finger berühren.«

»Und auch keines Blickes würdigen«, ergänzte Marie.

»Tu' ich auch nicht mehr«, versprach ich mit dem bestmöglichen Vorsatz. »Marie, kommst du am Samstag nach Provodov?«

»Mach' ich«, sagte sie.

Ich fing wieder an, die himmlischen Stockwerke emporzuschweben, bis ich im sechsten angelangt war.

»Laß uns zusammen hingehen, ja? Wir fangen um drei an, und wir könnten um eins ...«

»Ich fahre hin. Blanka Poznerová kann das Auto haben.«

Vor der siebten Himmelsetage blieb ich stecken.

»Und ... kann ich mit euch fahren?«

»Wir fahren zu fünft. Da paßt du nicht mehr rein.«

Ich sank in die dritte Etage zurück, doch ich war immer noch im Himmel.

»Aber du kommst ganz bestimmt, Marie, ja?«

»Klar, Dannylein ...« sagte sie in ihrer süßesten Art. Anscheinend war ihr Kočandrles Verrat doch nicht so gleichgültig. Ich mußte das Eisen schmieden ...

»Der Papa kommt!« flüsterte sie ins Telefon. »Ich muß gehen, sonst ist es mit dem Samstag Essig! Tschüstschüs, Dannylein!«

Und sie legte auf.

Nach Provodov ging ich also mit der Band zu Fuß. Wir zogen den Wagen mit den Instrumenten hinter uns her, gefolgt von einer Truppe Jungs und Mädchen aus Kostelec, sie halfen uns schieben, so daß wir uns *de facto* nicht sehr abrackern mußten. Die Mädchen hatten ausgetretene Schuhe an, die Pumps trugen sie in ihren Einkaufstaschen. Unter den Regenmänteln konnte man die Kleider für die Tanzstunde sehen, wenn der Wind hineinblies. Alle hatten sie sich dafür schön gemacht, ihre frisch ondulierten Haare schützten sie mit bunten Kopftüchern, damit der Wind ihnen die Frisur nicht durcheinanderbringen konnte.

Wir schleppten uns aufwärts, der Berg wurde allmählich steiler, Kostelec im Tal unter uns glänzte naß im Regen, graue und schwarze Wolken hingen über der Stadt, und aus den Wäldern stieg Dunst empor. Bis nach Provodov waren es fast vier Kilometer, es lag eigentlich schon in den Bergen. Es war ein großes Dorf; auf dem Dorfplatz stand eine Kirche mit einem roten Zwiebelturm und gleich hinter der Kirche das riesengroße Gasthaus ›Bei der Eichel‹. Tonda Novák, der Sohn des Gastwirtes, war ein begeisterter Swing-Fan, und er hatte für uns alles mit seinem Alten abgemacht. In der Kneipe war gleich hinter der Theke ein Saal, in dem Tanztees veranstaltet worden waren, bis die Deutschen es untersagten; dort hatte auch das Laientheater gespielt. Die Deutschen kontrollierten ab und zu, ob man nicht doch verbotenerweise tanzte, aber, doof wie sie waren, immer nur am Samstagabend und Sonntagnachmittag. Deshalb spielten wir am Samstag immer nur bis sechs, und rasten danach hinunter in die Stadt, damit wir um acht im Hotel Beránek anfangen konnten, nur zum Zuhören. Im Winter fuhren wir mit Schlitten runter. Zur Sicherheit saß an der Theke vorne am Fenster immer der Herr Nosek, der Wachtmeister, um uns zu warnen, falls doch eine Kontrolle kommen sollte.

Im Saal war es schon ganz schön voll, als Brynych den Takt vorgab und wir mit unserer Erkennungsmelodie, dem ›Casa Loma Stomp‹, loslegten. Mittlerweile wußten alle Bescheid, daß es unsere Erkennungsmelodie war, deshalb tanzte noch keiner. Wir spielten sie im Stehen, wir kannten sie schon auswendig, und so sah ich mich im Saal um, na klar, Marie war noch nicht da. Die kommen erst so in einer Stunde, rechnete ich. Blanka Poznerová kannte das nicht anders. Sie kam überall zu spät. Pozners gehörte die größte Fabrik in Kostelec, eine riesige Gummifabrik, und Blanka fuhr jede Woche mit dem Auto nach Prag zu Jirák in die Tanzstunde. Sie hatten ein Auto mit Chauffeur.

Sie würden wohl so gegen vier ankommen. Dann hätte ich immerhin noch zwei Stunden Zeit für Marie.

Und so konnte ich spielen und mich darauf freuen. Ich guckte durch den Saal, Helena Teichmanová mit Kábrt war da, Prdlas, der König aller Halbwüchsigen in Kostelec, mit einer aufgeschminkten Schönheit, wohl aus Hradec, Ladislava Hornychová mit Pepík Kučera, und Dadka Habrová in einem Kleid ohne Träger, mit nackten Schultern, mit Jarka Mokrý, der offensichtlich darauf aus war, mit ihr Zuzana zu betrügen. Es waren einfach alle da. Von meinen dreiundzwanzig Schäfchen so fünfzehn oder sechzehn. Wir spielten unsere flotte Einleitung, und gerade, als Venca Štern uns mit seinem gleitenden Posaunensolo übertönte, ging die Tür auf, und in den Saal stolzierte Irena im gelbgrünen Georgette-Kleid und ihr hinterdrein der Idiot Kočandrle im schwarzen Zweireiher mit roten Nadelstreifen. Ihnen folgten Leopold Váňa und Rosťa Pittermann.

Mich überkamen gemischte Gefühle. Irena mit Kočandrle, das war nicht übel. Ich hatte schon immer gern vor Irena mit meinem Tenorsax angegeben, wenn sie auch für Jazz stocktaub war. Aber heute würde ich auch noch mit Marie angeben können. Wenn Marie sie mit Kočandrle sah, würde sie mich umranken wie eine Liane. Und ich würde sie wie drei Lianen umschlingen, selbstverständlich. Ich würde den Jungs sagen, sie sollen ein paar Stücke ohne mich spielen, Benno konnte den Ausfall meiner Soli ganz locker überspielen, genauso Fonda, sie würden ganz einfach statt unserem Bob-Crosby-Dixie einen ganz normalen Dixieland spielen.

Doch durch Rosťa wurde die ganze Situation kniffliger. Ihn hatte ich nicht eingeladen. Aber ihn brauchte man auch nicht einzuladen. Er war immer dort, wo man Mädchen finden konnte. Wie ich. Daran hätte ich denken sollen, ich Blödmann. Ich mußte ihn irgendwie ausschalten, irgendwie. Weiß Gott wie. Er würde sich Marie gleich greifen. Vielleicht hätte ich Piksla engagieren sollen, die stadtbekannte Prostituierte von Kostelec, damit sie ihm für einen Akt in seiner Hütte Modell stand. Doch auf die hätte Rosťa wahrscheinlich gepfiffen. Solche Aktmodelle reizten Rosťa nicht.

Aber irgend etwas hätte ich tun müssen. Wir waren am Ende mit der Erkennungsmelodie und legten mit ›Some of These Days‹ los. Hier in Provodov kündigte es Fonda richtig an, nicht als ›Einmal, einmal, mein Schatz‹, wie im Hotel Beránek, wo wir zum Zuhören spielten. Hier spielten wir zum Tanz auf. Als erster war selbstverständlich Rosťa mit Dadka Habrová auf dem Parkett, weiß der Teufel, wie er sie Jarka gleich am Anfang entführen konnte, sie machten Verrenkungen, es sah aus, als würde sie das Kleid gleich verlieren, doch bald waren sie von der Menge umgeben, und ich konnte sie nicht weiter beobachten. Kočandrle mit Irena war natürlich auch dabei, der Idiot Kočandrle tanzte, als hätte er ein Lineal im Rücken, dafür führte sich Irena wie wild auf, ihr Georgette-Rock flog so hoch, daß ich ihre Strumpfhalter sehen konnte. Dieses Biest. Ich war mit meinem Solo an der Reihe und schluchzte wütend: *Some of these days, you'll miss me, honey* … Irena sah nicht so aus, als hätte ich ihr jemals gefehlt, doch auch sie fehlte mir im Moment nicht, ich spielte siegessicher in der mittleren Tonlage, in der das Tenorsax am besten klingt … *you'll be sorry when I'm gone away* … und danach wartete ich mit einem prima Gefühl darauf, daß die Tür aufging und Maries goldene Haarpracht erschien. Ich schmückte mein Solo mit soviel ironischem Schnickschnack aus wie noch nie und setzte mich dabei hin, in mein Solo mischte sich Benno, einfach hervorragend, mit Wawa im Korpus, mir schien, als würde er für mich Irena auslachen, er quakte wie ein Frosch, schön im Rhythmus, ich untermalte sein teuflisches Geheul mit meinem Tenorsax, dann endeten wir mit Tutti im Fortissimo. Gleich ging's weiter mit ›Swingin' the Blues‹ und ›Bob Cats‹. Und ›Tiger Rag‹. Danach ging ich aufs Klo. Herr Novák zapfte für uns gratis zweiprozentiges Bier, davon konnte man zehn Halbe trinken, und der Effekt war bei weitem nicht so wie nach der einen Tasse Rum in der Hütte. Doch dafür mußte man öfter mal rausgehen.

Leopold Váňa stand im Gang mit Jířa Horák und plapperte ihn wieder voll wie ein Missionar. Man kann sich nur wundern, dachte ich mir, daß er es bis hierher geschafft hatte, wenn ihn die Musik doch nicht interessierte. Aber hier fand er genug Seelen vor.

»Da hast du recht, Jířa«, posaunte Leopold Váňa, als ich mich zu ihnen gesellte und er sehen konnte, daß es bloß ich war. »Es handelt sich um den nationalen Widerstand. Aber wir müssen versuchen, eine klassenbewußte Bewegung daraus zu machen.«

»Es geht doch darum, die Deutschen zu schlagen«, widersprach der Billard-Meister.

»Das auch«, sagte Leopold Váňa, »aber vor allem ...«

Rosťa lief vorbei und rief mir zu: »Danny, Marie kommt auch!«

»Ja? Woher weißt du das?« fragte ich, als wäre das eine Neuigkeit für mich.

»Sie kommt! Zuzka Princová hat es mir erzählt. Sie kommen beide mit Blanka Poznerová im Auto.«

»Ja? Und wer wird sie begleiten?«

Rosťa schleppte mich ein Stückchen weg von dem Prediger, der aufgehört hatte und nun anfing, die Ohren zu spitzen, und er berichtete aufgeregt: »Das ist es eben, Mensch! Sie kommt allein! Nur mit den Mädchen.«

»Aha.«

»Mensch, endlich hab' ich die Gelegenheit!«

Das wußte ich auch, daß er sie hatte. Auch das war keine Neuigkeit für mich. Doch ich freute mich darüber nicht ganz so wie er.

»Danny, kannst du für mich was tun?«

»Was denn? « fragte ich, nicht gerade begeistert.

»Ihr spielt doch dieses Stück, nicht wahr, ›Everybody Loves My Baby‹?«

»Ja, stimmt.«

»Das ist ein Charleston«, flüsterte Rosťa wie der Räuber Babinský. »Hier kann das kein Mensch tanzen, nur ich, noch von unserer Revue her. Ich sag' ihr, ich bring's ihr bei, dann geh' ich zu dir, als wollte ich das für sie bestellen, du mach das aus, daß ihr das auch spielt, und ich werd's ihr beibringen!«

»Und was versprichst du dir Umwerfendes davon?«

»Na ja … ich bring's ihr bei, ja. Ich bring' sie richtig in Stimmung. Sie ist bestimmt ganz schön angeödet von Kočandrle, und ich muß mich im besten Licht präsentieren. Und Charleston kann ich gut. Perfekt. So wie keiner sonst in Kostelec!«

Mir fiel die Unterhose auf seiner Liege ein und war mir nicht so sicher, ob ihm der Charleston wirklich helfen würde. Meine Hoffnung wuchs wieder ein wenig.

»Na gut. Wie du willst«, willigte ich ein.

Wir gingen pinkeln und liefen dann zurück in den Saal.

Und dort, direkt an den Tisch neben der Tür, setzte sich eben Marie mit Zdeněk Pivoňka hin.

Ich schlich mich auf die Bühne, Rosťa schlich sich an Zuzka Princová ran. Wir fingen mit einem Blues an, zu dem man Slowfox tanzte, und die zwei Mädchen, Marie und Irena, betraten begierig die Tanzfläche mit ihren nunmehr ausgetauschten Liebhabern. Beide führten sich auf, beide warfen sich indifferentmörderische Blicke zu, und beide schlangen sich um ihre Idioten wie Lianen, und die beiden Idioten, Kočandrle und Pivoňka, tanzten wie um die Wette.

Oh Gott! Ach, mein Herr! Ich schluchzte innerlich, ich blies meinen Tenor wie die Pfeife eines traurigen Mississippi-Dampfers, hinter dem Fenster wiegten sich die Apfelbaumäste hin und her, und der Herbstwind wehte einen schönen Regenschauer nach Provodov. Wir spielten ›Joe Turner‹ zu Ende, Fonda bemerkte die Tropfen und kündigte den Slowfox ›Der Himmel weint über mich‹ an. Er weinte tatsächlich. Er heulte. Er plärrte wie einst Alena, die nun in ihrer Verbannung im Eliška-Krásnohorská-Gymnasium war.

»*Der Regen tanzt um uns herum*«, sang Lexa, der manchmal die Funktion des *crooner* übernahm. »*Der Nebel verwandelt sich in Tropfen ...*«, und Benno und ich fielen mit Bluesbreaks ein, obwohl die nicht auf dem Blatt standen, so hatte uns der Herbstguß mitgenommen. *»... doch ich weiß, das ist nich' wahr ...«* sang Lexa in, milde ausgedrückt, ostböhmischem Dialekt; jetzt erblickte ich auch Maries Strumpfhalter, als sie eine gigantische Schraube vollführte, ganz glücklich, daß sie sich an Kočandrle und gleichzeitig auch an Irena gerächt hatte, an beiden auf einen Schlag. *»... Der Himmel weint über mich ...«*, tönte Lexa, in der letzten Fermate überschlug sich seine Stimme wie bei Oldřich Novýs ›Nur für den heutigen Tag‹ im Film ›Kristian‹; ich und Benno kläfften uns in der ewig langen Fermate gegenseitig an, es war ein freundlicher Blues-Streit.

Doch auf dem Parkett sah es nicht sehr freundlich aus. Man wartete auf das nächste Stück, die beiden Mädchen amüsierten sich herrlich mit ihren Idioten, sie lachten aus vollem Hals, und aus der Ecke, von dem ansonsten freien Tisch aus, beobachtete sie düster Rosťa, der sich Zuzka Princová einfach von Leopold Váňa hatte entführen lassen.

»Swinger-Treff«, kündigte Fonda an, und wir legten los, einen langsamen Swing, und die Mädchen tanzten ihn fast wie einen Kasatschok. So quälten wir uns, besser gesagt, ich quälte mich, mit Blues im Herzen, durch die nächsten zwei Foxtrotts, bis zur Pause. Dann ging Zdeněk pinkeln.

Ich fing Rosťas traurigen Blick auf und hatte eine Idee. In diesem Kampf wurde Rosťa von einem Gegner zum Partner, denn Marie durfte mit allen anderen, aber mit Zdeněk Pivoňka ... Reichte es ihm nicht, dem Mistkerl, mir Irena seit zwei Jahren vorzuenthalten? Mußte er mir auch noch Marie wegschnappen? Und Rosťa ebenfalls?

»Fonda«, sagte ich. »Laß uns ›Everybody‹ spielen, ja?«

»Is' gut.«

»Aber jetzt gleich, ja?«

»Warum gleich?«

»Ich erklär's dir später. Jetzt aber schnell, ich bitte dich!«

Fonda fragte nichts mehr und gab den anderen ein Zeichen. Er hatte kapiert, daß es sich um etwas wegen irgendeinem Mädchen handelte, und daß in diesem Fall alles links liegenbleiben mußte, auch eine Jausenpause. Brynych trommelte den Charleston an, und ich sah über die Wellenlinie meines Tenorsaxophons, daß Rosťa es kapiert hatte und aufstand. Er raste zu Marie. Und wir fingen richtig an ... *Everybody Loves My Baby* ... schön scharf, ich sah wieder Kristýnas weiße Beine in dem Drahtkäfig ... *but my baby don't love nobody but me* ... In der Regel rechnete kein Mensch damit, daß wir eine so kurze Pause machen würden, viele Jungs waren zum Pinkeln gegangen, so daß das Parkett fast leer war. Es wurde ganz leer, als man sah, was Rosťa vor der verdutzten Marie vorzuführen anfing.

Doch lange stand Marie nicht verdutzt da. Sie lernte schnell dazu. Ging es ums Tanzen oder ähnlichen Blödsinn, war sie lernwilliger, als wenn es darum ging, ob man Schwimmen mit einem oder mit zwei m schreibt. Nach einem kurzen Moment fingen ihre Beine an zu zucken, unter dem weißen Faltenrock und mit den schwarzen Strümpfen waren sie noch hübscher als die von Kristýna, und Rosťa tanzte Charleston, als wäre er aufgezogen, dermaßen ließ ihn die Liebe schweben. Die wenigen Paare, die Foxtrott tanzen wollten, hörten auf und verfolgten Rosťa und Marie ... *everybody wants my baby but my baby don't want nobody* ... sang ich für mich und begleitete die Schritte mit Staccato-Tönen ... *but me* ...

Tja. Und auf einmal, wie aus dem Boden gewachsen, absolut frech, betrat Zdeněk das Parkett, tippte dem hüpfenden Rosťa auf die Schulter, sagte etwas, wahrscheinlich »Gestattest du?«, und in derselben Sekunde begann er zu zucken, als wäre er aufgezogen, während Rosťa stehenblieb, als wäre seine Feder gerissen, und dann, vollkommen kraftlos, schleppte er sich zu seinem Tisch, denn Marie, die Schlange, so wie sie vorhin mit ihm getanzt hatte, wandte nun ihr lachendes Gesicht Zdeněk zu und schwang weiter die Beine, daß die Schnallen ihres Strumpfhalters glitzernde Reflexe nach allen Seiten warfen ... *'cause when my baby kisses me on my rosy cheeks* ... ihre Wangen glühten tatsächlich, wie kleine Rosenblüten, dic hellblauen Augen leuchteten wie vorgestern nach dem Rum, und um ihren Kopf flog das dichte Gold, frisch gewaschen, shampooniert, mit der Brennschere gelockt oder was immer man damit macht ...*I just let those kisses be and don't wash my face for weeks ... Oh! Everybody loves my baby* ... Ich blies so wütend, daß der Gurt riß, und ich mußte das ganze Gewicht meines Saxophons auf dem rechten Daumen tragen ... *everybodys loves my baby* ... wir spielten den Last-Chorus, Zdeněk vollführte einen Überschlag auf dem Parkett oder was das sein sollte ... *and my baby loves ... everybody* ... Maries schwarze Beine mit den Pumps sprangen wie am Schnürchen ... *but me ... oh! ... but me ...*

Kurz und gut, Zdeněk beherrschte das Parkett, und auf allgemeinen Wunsch hin mußten wir den blöden Charleston noch dreimal wiederholen, alle wollten ihn lernen, und Zdeněk übernahm absolut selbstlos die Rolle des Lehrers, er führte den Charleston mit Marie vor, die Menge ahmte sie nach, Hunderte von Beinchen sah ich vor meinem Saxophon hüpfen, ich blies wütend, und die Worte dieses blöden Liedes purzelten in meinem Kopf total durcheinander.

Einzig Irena tanzte den Charleston nicht, ganz steif saß sie die ganze Zeit mit Kočandrle am Tisch, das freute mich, und als ich sie aus dem Augenwinkel beobachtete, gewann ich den Eindruck, daß sie sich stritten. Das freute mich noch mehr.

Von der ganzen Charleston-Orgie mußte Zdeněk wieder pinkeln, er verduftete, Marie setzte sich, und wir fingen mit ›Ich schließe das Heute‹ an, um uns auszuruhen und den Charleston-Tanzenden etwas Langsameres zu bieten. Ich zischte Benno zu, sie sollten ohne mich spielen, und war im Nu bei Marie.

»Darf ich bitten, Marie?«

Sie blickte von ihrem Spiegel auf, in dem sie die eigene Schönheit musterte, die sie mit einem betörend duftenden Puder noch verschönerte.

»Ich bin aber ganz außer Atem, Danny.«

»Es ist doch nur ein Slowfox, Marie!«

Sie sah mich an, ihre Brüste hoben und senkten sich tatsächlich viel stärker als sonst.

»Ich bitte dich, Marie! Ich muß gleich wieder spielen und hab' mich so darauf gefreut. Ich bitte dich!«

»Wenn du so schön bittest …«

Sie stand auf, ich drückte mich an ihren süßen Busen, ich spürte ihre süßen Oberschenkel, wie sie sich im Slowfox-Rhythmus bewegten. »… *Ich schließe das Heute in eine Truhe der Träume ein* …« sang Lexa durch die Nase, er ahmte Václav Irmanov nach, »… *dann bleibt es für immer bei mir* …«

»Marie«, hauchte ich in ihr weißes Ohr, in dessen Ohrläppchen der blaue Taufohrring steckte, denn sie war fromm, »du hast gesagt, daß du alleine kommst, nur mit den Mädchen.«

»Das hab' ich auch gedacht, daß ich allein komme, Danny. Echt!«

»Warum bist du dann mit Pivoňka gekommen?«

Sie antwortete darauf nicht, ich machte eine perfekte, aber traurige Schraube, genau wie es uns der Tanzmeister Toman beigebracht hatte. Sie drückte sich mit den Brüsten gegen mich, sie waren weich und gleichzeitig fest, nichts anderes auf der ganzen Welt hatte solche Beschaffenheit …

»Du hast es mir versprochen, und dann läßt du mich sitzen.«

»Das ist schwer, Danny … diese Sachen …«

Ach ja. Diese Sachen. Das sah schlecht aus.

»Was für Sachen?« wollte ich wissen, obwohl es mir ganz klar war.

»… *es wird dann das Licht meiner grauen Tage sein* …« sang Lexa, »… *das im Dunkeln stets leuchtet* …«

»Du weißt doch«, sagte Marie.

Na ja, ich wußte es.

»Gehst du jetzt mit Zdeněk?«

»Hm.«

»Was bedeutet das ›Hm‹?« fragte ich voller Bitterkeit.

»Das weißt du doch.«

Eine Weile schwiegen wir, ich spürte nur ihre Brüste und die langen, schlanken Beine …

»… *ich schließe das Heute* …« sang Lexa, »*mit einem Schlüssel im Herzen ein … dann gehört es uns für alle Ewigkeit* …«

Ja. Bei mir für alle Ewigkeit. Aber Marie?

Vielleicht auch. Wer weiß.

Auf einmal wurde ich wütend.

»Das weiß ich, Marie! Sehr gut!«

Sie merkte, daß ich wütend war. Sie sagte leise: »Oder auch nicht.«

»Doch, weiß ich. So doof bin ich nicht. Du liebst immer noch Kočandrle.«

»Kočandrle? Ich bitte dich! Willst du mich auf den Arm nehmen?«

»Das möchte ich. Doch mir würdest du das nicht erlauben.«

»Warum sollte ich auch?«

»Aber Zdeněk erlaubst du das, obwohl du ihn nicht liebst!«

»Sei nicht geschmacklos, Danny!«

»Ich bin geschmacklos, ja?«

»Langsam schon!«

Ich beherrschte mich und spürte, wie auch ihre Wut ein bißchen nachließ, wir verharrten in Schweigen. Dann sagte ich, immer noch wütend, doch allmählich eher verzweifelt: »Du gehst doch mit Pivoňka nur, damit Kočandrle eifersüchtig wird.«

»Mensch!« rief Marie aus.

»Und ich bin Luft für dich, oder?«

»Wenn du so was erzählst, dann …«

»Bin ich Luft für dich, stimmt's?«

»Nein, bist du nicht«, widersprach sie. »Du bist aber unausstehlich!«

»Ich bin unausstehlich! Mein Gott, ich!«

»Das bist du!«

»Weil ich recht hab'!«

»Hast du nicht«, sagte sie, doch in einer Art, die mir doch recht gab.

»... *niemals verliert sich der Tag* ...« sang Lexa.

»Erlaubst du?« sprach mich jemand von hinten an, eisig wie verflüssigte Luft.

Ich drehte mich um. Na klar. Kočandrle. Ich sah Marie in die Augen und tanzte weiter, aber Marie wich mit den Augen aus.

»Danny, sei nicht böse ...« flüsterte sie flehentlich und entwand sich mir. Hätte sie vor ihm beleidigt gespielt, hätte ich, in meiner Wut und der Verzweiflung, sie weiter auf dem Parkett hin und her gehetzt und Kočandrle dumm stehen- oder noch dümmer hinter uns herhetzen lassen. Aber Marie flüsterte mir zu: »Sei nicht böse ...!« Und ich konnte nicht böse sein. Nicht auf sie. Niemals. Es tat mir nur fürchterlich leid. Auch viel später noch, als schon Jahre verflossen waren, viel zu schnell ...

Ich ließ sie los. Kočandrle nahm meinen Platz ein.

»... *ich denke sehnsüchtig zurück* ...« sang Lexa immer noch, ich stand kurz dumm auf dem Parkett herum, dann drehte ich mich weg und sah die vollkommene Katastrophe. Pivoňka, der Idiot mit den dicken Lippen, mit Irena im Arm. Sie führte sich wieder auf, Zdeněk ließ sie schwungvolle Schrauben um sich herum drehen, und Irena grinste, als wäre zwischen dem Fall von den Fünf Fingern und diesem Fall jetzt überhaupt nichts passiert.

Oh Gott! Verdammt! Jemand rammte mich, und ein spitzer Damenabsatz trat mich gegen das Schienbein. Oh Gott! Ich drehte mich wieder um, schlängelte mich zwischen den tanzenden Pärchen auf dem Parkett hindurch und lief schnell aufs Klo, um dort zu heulen.

Im Gang belaberte wieder Leopold Váňa den betrübten Rost'a: »Wir müssen uns bemühen, unseren Leuten zu erklären, daß ...«

Ich verschwand im Klo und pinkelte, sehr lange und trübselig. In die Rinne tropften meine Tränen. Gegen das bekleckerte Fenster voller Fliegenkacke prasselte in Strömen der Regen.

Danach spielten wir einen ganzen Block Blues. *Blues in the dark.* War ich am letzten Samstag derart gut draufgewesen, daß sogar der Herr Ceeh aufgehorcht hatte, wußte ich jetzt nicht, wie ich spielte. *Can't cheatin' make me love you,* spielte ich mit tiefem Gefühl, *be mean and you drive me 'way ...* Doch das paßte nicht zu meiner Situation. Wenn die Mädchen noch so grausam waren, ich liebte sie trotzdem. Oder was. Oder ich war jung. Oder es war der Regen. Der Nebel. Der traurige Herbst. Der Krieg, durch den alles ein schlechtes Ende nahm.

Ich spielte, schaute nicht aufs Blatt, Benno hinter mir schluchzte und schluchzte auf seiner gedämpften Trompete, Lexas Klarinette pfiff in schwindelnden Höhen ... *did you ever dream, lucky baby ...* Bennos Trompete erzählte, Harýk neigte sich über seine Gitarre, er schien sie zu umarmen, scharfe, schluchzende Akkorde ... *and wake up cold in hand ...* Die furchtbar traurige, schöne Musik nahm mich in ihre tröstenden Arme, vor mir drehten sich Jungs und Mädchen, Venca Štern klang wie eine Glocke, wie ein Totengeläut der Liebe ... oder was weiß ich was ... der Jugend ...

Die Tür ging auf, der Wachtmeister Nosek erschien darin und deutete sofort, daß wir weiterspielen konnten, keine Kontrolle in Sicht. Er sah sich um. Von dem Tisch in der Ecke, wo auch Jířa Horák saß, stand Leopold Váňa auf und ging auf Herrn Nosek zu. Herr Nosek brüllte ihm etwas ins Ohr, wohl weil wir einen furchtbaren, jammernden Krach machten, Leopold Váňa zuckte zusammen und wurde bleich oder so was. Dann starrte er uns, die Band, an, totenbleich, setzte sich in Bewegung und lief am Rand des Parketts durch den Saal. Lexa fing mit seinem Blues-Solo an und spielte ganz toll, mit einem Timbre und einer Liebe wie aus dem Himmel. In der Stratosphäre ... *did you ever, ever dream, lucky baby ...,* Leopold Váňa schlängelte sich durch den Saal bis zur Bühne durch, kletterte von hinten herauf, kam bis zu mir und stellte sich zwischen mich und Lexa, er wartete, bis wir fertiggespielt hatten ... *you gonna long for me, baby ...* spielte Lexa, er pfiff in den unerreichbaren Höhen schrecklicher herbstlicher Wehmut ... *one of these cold rainy days* ... Lexa war fertig, auf sein Solo folgte Fonda mit einem Count-Basie-Solo wie Regentropfen auf einem Blechdach. Leopold Váňa sagte etwas zu Lexa, Lexa hüpfte fast in die Höhe auf seinem Stuhl, Leopold Váňa verschwand wieder. »Was ist?« fragte ich Lexa. »Sie haben meinen Alten erschossen«, antwortete Lexa und war wirklich, tatsächlich, mein Gott, ganz bleich, er stand auf, verschwand irgendwo nach hinten, ich mußte sein Solo weiterspielen, alles begann sich um mich zu drehen ... alles war zu Ende ... mit diesem Krieg ging alles zu Ende ... die fingen an, sie zu erschießen ... unsere Jugend ... die Bourgeois ... *Did you ever dream. lucky baby* ... rief ich schmerzerfüllt, ins Leere, niemand hörte mich ... *and wake up ... cold ... in the dark* ...

WALTER KLIER:

Hinweis auf den Erzähler Josef Škvorecký

»ES WAR SEHR INTERESSANT, ZU LEBEN«

Im Jahre 1946 beteiligte sich der junge tschechische Autor Josef Škvorecký an einem Gedichtwettbewerb. Statt eines Preises bekam er einen Brief von einem der Juroren, dem namhaften Lyriker František Halas. Dieser lud ihn zu einem Treffen ein und erklärte ihm, er befürchte, daß das eingesandte Gedicht im Fall der Veröffentlichung von Kritikern der Linken wie der Rechten zerfetzt werden würde. »Ich verstand ihn nicht. In meinem Gedicht versuchte ich doch die Welt so darzustellen, wie ich sie sah! Meine Gefühle auszudrücken, wie ich sie empfand. In meiner Ahnungslosigkeit wußte ich nicht, daß simpler Realismus das letzte ist, was ideologisch eingestellte Kritiker wollen. Und in jenen Tagen war die große Mehrzahl der Kritiker ideologisch eingestellt. Ihre Vorstellung vom Gegenstand des Schreibens – von der Welt und vom Leben der Menschen – war eine Verbindung aus Idealisieren und Verteufeln. Die Realität mochten sie nicht.«[1]

Zum ersten und lange nicht zum letzten Mal fand unser Autor sich in einem bedrohlichen Niemandsland zwischen feindlichen Lagern wieder – fast so, wie seine Heimatstadt Náchod sich im Mai 1945 zwischen den abziehenden SS-Truppen des Marschalls Schörner und der vorrückenden Sowjetarmee des

---

1 Josef Škvorecký: *Talkin' Moscow Blues*. Faber & Faber, London 1988. Die Zitate, soweit nicht anders angegeben, stammen aus diesem Band und sind von W. K. aus dem Englischen übersetzt. Der Name unseres Autors wird korrekt [schkwóretski] gesprochen.

Marschalls Malinowski wiederfand. Den Aberwitz dieser Tage, die tragikomischen Versuche der Leute von Náchod, ihr Scherflein zur Weltgeschichte beizutragen, beschreibt Škvorecký in seinem auf deutsch zuerst 1969 erschienenen Roman *Feiglinge*, und zwar aus der Sicht des jungen Danny Smiřický, eben noch Zwangsarbeiter bei Messerschmidt, jetzt (vorübergehend) Partisan und Soldat in der frischgebackenen tschechoslowakischen Armee. In erster Linie beschäftigen ihn und seine Freunde aber zwei andere Dinge: die Mädchen und der Jazz. »Es war ein verdammt angenehmes Gefühl, auf dem Saxophon zu spielen, wenn einem die Nummer, die gespielt wurde, schon in Fleisch und Blut übergegangen war, und dabei mit geschlossenen Augen zu träumen. Die Synkopen hallten mir im Schädel wider, und ich dachte an Irena, oder genauer an mich, dachte, wie sehr ich sie liebte und wie schön es wäre, bei ihr zu sein, und auch diesmal war es besser, von ihr zu träumen, als wirklich bei ihr zu sein und nichts zu sagen, zu wissen und dergleichen.«[2]

Feiglinge hat acht Kapitel, nach den acht Tagen der Woche, wie unsere Großmütter irritierenderweise rechneten: Von Freitag, dem 4. Mai 1945 bis Freitag, den 11. Mai 1945. In diese acht Tage ist, in zwanglosem Plauderton, die ganze Geschichte des »Protektorats Böhmen und Mähren« gepackt und die seines Endes – »›... wie es heißt, wollen sie heute mittag Kostelec als selbständigen Staat ausrufen und Šabata zum Präsidenten wählen und Deutschland den Krieg erklären.‹ ›Oder die Neutralität verkünden.‹« Hier ist die Geschichte der tschechischen Kollaboration aufgeschrieben, so wie in Hugo Claus' *Kummer von Flandern* die Geschichte der flämischen, in Hans Leberts *Wolfshaut* die der österreichischen oder, das wohl unheimlichste Buch in dieser Reihe, in Jerzy Kosinskis *Bemaltem Vogel* die der polnischen. Ohne Zweifel ist *Feiglinge* einer der großen Romane

---

2 Josef Škvorecký: *Feiglinge*. Aus dem Tschechischen von Karl-Heinz Jähn. Nördlingen: Franz Greno 1986 (zuerst 1969 bei Luchterhand). Im Original: *Zbabělci*, 1958.

über diese schlimmste Epoche in der neueren europäischen Geschichte; unnachahmlich gelingt es Škvorecký, jenes Ineinander von Alltag und »Geschichte« zu beschreiben, die irritierende Nachbarschaft des Trivialen mit dem Fürchterlichen, eben das, was an den Erzählungen der Eltern und Großeltern so schwer zu kapieren war: daß man sich die Zähne putzen und Milch holen gehen mußte, obwohl »der Russe« vor Wien stand und Teile der Innenstadt nur noch Schutthaufen waren.

Am Samstag, dem 5. Mai 1945, wird eine vorschnelle Unabhängigkeitskundgebung von deutschen Truppen unterbrochen, die auf dem Rückzug durch Kostelec kommen. Alles verzieht sich in die Häuser, nur die gelähmte Frau Salačová hält das Ganze auf. »Ich sah, daß der Soldat, der sie vorwärtstrieb, in Verlegenheit war. Es war ihm peinlich. Er wußte nicht, ob er sie überholen und hinter sich lassen oder ob er warten sollte, bis sie irgendein Haustor erreicht hatte. [...] Der Soldat mit der Maschinenpistole ging langsam hinter ihr her. Das sah aus, als wäre er ein Pfadfinder, der eine gute Tat vollbrachte, als gehöre das Mordinstrument ihr und als trage er es ihr nach Hause.«

Die *Feiglinge*, 1948/49 geschrieben, konnten erst zehn Jahre später veröffentlicht werden. Möglich wurde die Publikation durch den Kampf zwischen Liberalen und Stalinisten im Parteipräsidium, bei dem um 1958 die Liberalen die Oberhand zu bekommen drohten. Also brauchten die Stalinisten ein abschreckendes Beispiel dafür, wohin eine weitere Liberalisierung führen würde, und nach einigem Hin und Her fiel die Wahl auf den Roman Škvoreckýs, der pünktlich nach Erscheinen zur Zielscheibe der gerechten Empörung wurde. Er wurde in allen Zeitungen des Landes verrissen, der Verlagsleiter wurde hinausgeworfen, Škvorecký verlor seinen Job beim Verlag *Weltliteratur*, der Staatspräsident selbst verdammte den Roman auf einem Parteikongreß und »meine Schwiegermutter, eine einfache Frau aus dem Volk, bot mir an, meine Wertsachen und Sparbücher zu verstecken. Meine Frau transportierte meine Manuskripte zu meinem Vater nach Náchod, der sie bei einem Freund in einem zwanzig Kilometer entfernten Bergdorf versteckte. Es sah ganz so aus, als würde ich eine verspätete Gelegenheit bekommen, Beschäftigung im Uran-Bergbau zu finden. Doch Stalin war seit sechs Jahren tot, und so versäumte ich die Gelegenheit und gelangte stattdessen über Nacht zu literarischer Berühmtheit.«

Für den jungen Škvorecký, wie für so viele Europäer seiner Generation, waren Hemingway und Faulkner eine literarische Erleuchtung, deren Ausmaß wir Späteren kaum noch nachvollziehen können, insbesondere bei Hemingway, dessen Qualitäten inzwischen Allgemeingut geworden sind und dessen Schwächen, sein etwas verkrampfter Kult des männlichen Heldentums und Frauendienstes, dem Zeitgeist doch sehr zuwiderlaufen und manchmal einfach lächerlich wirken. Doch damals, nach dem Krieg, den man mit viel Glück überlebt hatte, war das etwas anderes: »Ich begriff, daß Leute in einem Roman über nichts besonders Wichtiges reden können und daß ihr Dialog dennoch amüsant, packend, voller Nuancen und, wenn man genauer hinsieht, sehr tiefschürfend sein kann.«

Diese Lektion hat Škvorecký gut gelernt, und, im Laufe einer durchschnittlichen mitteleuropäischen Existenz, mehr oder weniger unfreiwillig noch ein paar andere, nicht primär literarischer Natur, die aber sein Schreiben ungemein befruchtet haben. Wie er selber bemerkt hat, ist es ihm gelungen, mit der Reihe der autobiographischen Romane, die Danny Smiřický zum Helden haben, zugleich eine historische Chronik seines Landes zu schreiben. Seine Lebensspanne umfaßt (bis auf die Monarchie) alles, was das zwanzigste Jahrhundert an Regierungsformen zu bieten hatte.

In den Romanen erleben wir, aus der Perspektive Smiřickýs, die groben historischen Brüche ebenso mit wie die feineren Umschwünge und Verschiebungen, die zunehmende Lockerung und Auflösung des Stalinismus in den sechziger Jahren, am Ende das sagenhafte 1968 und wiederum ein eher grober Bruch, nicht der letzte. Ebenso wie Smiřický, sein Geschöpf, landete Škvorecký schließlich, 1969, in Kanada, wo er bis heute an der Universität von Toronto lehrt.

Seine Frau Zdena, selber Autorin, leitete dort den Verlag *Sixty-Eight Publishers*, wo zwischen 1968 und 1989 die maßgebliche tschechoslowakische Literatur in der Originalsprache erschien. Von Toronto wurden die Bücher von Milan Kundera, Bohumil Hrabal, Jaroslav Seifert und all den anderen in die alte Heimat zurückgeschmuggelt, wo ein Teil der Autoren noch in der deprimierenden Atmosphäre des späten Realsozialismus ausharrte. Wir – oft wenig klarsichtige Zuschauer aus bequemer Entfernung – haben in den acht Jahren seit dem »wimmernden Fall des Kommunismus« (Škvorecký) rasch vergessen, wie auf ewig einbetoniert der Stand der Dinge noch 1988 schien, als Manfred Wörner NATO-Generalsekretär wurde und bei Faber & Faber in London Škvoreckýs Aufsatzsammlung *Talkin' Moscow Blues* erschien. Einige der Aufsätze, aus den achtziger Jahren, sind von einer Bitterkeit geprägt, die sonst Škvoreckýs Sache nicht ist. Und auch wenn er in dem 1984 entstandenen, langen autobiographischen Aufsatz *I was born in Náchod*[3] schreibt, seine Frau und er hätten »Ruhe und Frieden in diesem netten Land gefunden, und das ist alles, was man als Schriftsteller braucht, der die Lebensmitte überschritten hat. Man braucht das Land seiner Geburt nicht mehr« – dann glaubt ihm der Leser diese Gelassenheit höchstens halb. Und zu dem, wie gesagt, so spurlos verwehten Gefühl, der Idiotie einer »milden Diktatur« auf unabsehbare Zeit ausgeliefert zu sein, trat in diesen achtziger Jahren wachsende Erbitterung über eine westliche Linke, die nicht müde wurde, ihm, der doch seit 1948 dort persönlich anwesend gewesen war, die historische Berechtigung und die Vorzüge des Systems zu erklären, das mit Hilfe einer größeren Zahl sowjetischer Panzer eben den Versuch im Keim erstickt hatte, eine humanere Variante seiner selbst zu realisieren.

---

3 Siehe Anm. 1.

Ich denke, der Herbst 1989 muß ein sehr froher für Škvorecký gewesen sein, auch deshalb, weil jener alte, in Prag ansässige Meister der Erzählkunst noch lebte und also mit ihm wieder Bier getrunken werden konnte, den er auf folgende Weise kennengelernt hatte: »In den frühen fünfziger Jahren, als ich als Verlagslektor arbeitete, bestand eine meiner Aufgaben darin, überflüssig gewordene Druckfahnen zur Altpapierverwertung zu bringen. Der Kerl dort, in geflicktem Overall, untersuchte meine Fahnen mit größtem Interesse. Dann stritt er mit mir über Literatur; ich glaube, an jenem Tag war Bretons *Nadja* sein Thema.« Den Freunden von Bohumil Hrabals Werk wird die Szene bekannt vorkommen.

Škvorecký erzählt seine Geschichten so, als kämen sie direkt aus dem Leben oder befänden sich vielmehr noch dort: im Leben, an einem Wirtshaustisch, und jemand mit Lust auf Gelächter, auf Bosheiten, Übertreibungen und Abschweifungen aller Art sitzt einem gegenüber und man lauscht ihm. Den autobiographischen Aufsätzen ist zu entnehmen, daß oft gerade die abstrusesten Episoden der Romane keineswegs erfunden, sondern (mehr oder weniger) historisch nachweisbar sind. Denken wir nur an die Geschichte von der Einbalsamierung des ersten kommunistischen Präsidenten, der kurz nach dem geliebten »Vater der Völker« 1953 gestorben war. »Die Partei eiferte dem sowjetischen Beispiel nach und ließ Gottwald einbalsamieren und ausstellen. Doch der tschechische Leichenbestatter, der keine Erfahrung in der Technik der Einbalsamierung besaß, verhunzte die Arbeit. Der Leichnam verdarb, mußte durch eine Puppe ersetzt und schließlich den Augen der Öffentlichkeit entzogen werden.«

Das Geschichtenerzählen wird nach den historischen Schrecksekunden des Modernismus wieder zunehmend geschätzt. Auch ohne den expliziten Versuch, »modern« zu schreiben, ist das Problem, wie ein Roman erzählt, wie also die vorliegende Wirklichkeit gebändigt, in die dreihundert Seiten gezwängt werden soll, noch groß genug, sehr groß, und bedarf einer kräftigen Hand. Ist die Arbeit vollendet und gelungen, fangen die Schwierigkeiten erst an. Die Bedeutung, die der Literatur im Sozialismus beigemessen wurde, hatte für den einzelnen Schriftsteller ganz unmittelbare, oft fatale Folgen. Die Frage nach dem Maß an Opportunismus, zu dem jeder persönlich willens oder fähig ist, stellte sich wesentlich schärfer als im Westen.

In dem Roman *Lvíče*, auf deutsch zuerst 1971 als *Junge Löwin* erschienen, ist es der Erstling der Dichterin Cibulová, der es gar nicht bis zur Veröffentlichung bringt: »>In der Erzählung spiegeln sich die unkritisch aufgenommenen Einflüsse der modernen westlichen Prosa mit ihrer dekadenten Vorliebe für Verfallserscheinungen des Lebens, für Sex, Alkoholismus, Verbrechertum, für verschiedene unklare Zweideutigkeiten und für den Wechsel der zeitlichen Ebenen. [...] Umso mehr ist es die Pflicht eines sozialistischen Verlages, eine solche Arbeit abzuweisen und auf die Autorin erzieherisch zu wirken, damit sie den Sinn ihrer Arbeit tiefer überlegt und bei ihrem weiteren Schaffen das modisch Aparte vermeidet und sich bemüht, die ganze Wahrheit über unser Leben zu erfassen, das sicher auch seine schweren Seiten, vor allem aber auch seine klaren und lichten Perspektiven hat.<« So eines der Lektoratsgutachten, mit deren Hilfe man die Gefahr für das Gemeinwohl, die vom Werk der Cibulová ausgeht, einzudämmen versucht.

Ein Vorzug des späten Staatssozialismus für den fühlenden Schriftsteller lag gewiß in der Selbstverständlichkeit, mit der hier Dummheit nicht nur hervorgebracht, sondern stolz und mit Getöse verlautbart wurde. Ohne Dummheit keine Literatur, und Škvorecký liebt die Dummheit selbst dort noch, wo sie bereits lebensbedrohende Ausmaße annimmt.

Angesichts der Tatsache, daß eine vergleichbare Haltung auch aus Hašeks *Schwejk* oder Karel Čapeks *Krieg mit den Molchen* spricht, ist man versucht, hier ein Charakteristikum der tschechischen Literatur zu sehen – und auch darin, daß dieser Haltung keine Herablassung innewohnt, nichts von der automatischen Distanzierung, die der Intellektuelle gern dem einfachen Volke entgegenbringt.

Ebensowenig scheint Škvorecký geneigt, das Personal seiner Bücher in irgendeiner Weise zu idealisieren. Er bleibt tatsächlich dem Postulat des »simplen Realismus« treu, und das bedeutet, daß einem zwischendurch alle seine Helden, also seine verkappten Selbstporträts (ebenso wie das übrige Personal), doch ziemlich auf den Wecker fallen, oder einen auf eine stille, nachhaltige Weise deprimieren: Sie strengen sich irgendwie zu wenig an, gute Menschen zu sein, und böse sind sie erst recht nicht. Bloß ziemlich opportunistisch, dem Alkohol zugeneigt, sentimental und ewig pubertär, ohne daß sich heroische Konturen abzeichneten. Sie halten sich für abgebrühte Zyniker und haben doch nur das eine Problem, daß sie gerade wieder der Frau ihres Lebens begegnet sind (zum x-ten Mal) und nun vor der Aufgabe stehen, diese Person, die sich nicht unbedingt für sie interessiert, für sich zu gewinnen.

Das Problem, das Danny Smiřický oder der Redakteur Leden aus *Junge Löwin* haben, besteht in der Unfähigkeit, den gleichmütigen und unauffälligen Untertan so perfekt zu spielen, wie sie es sich eigentlich vorgenommen haben. Es besteht schon beim jungen Danny in den *Feiglingen* eine deutliche Tendenz, sich im verkehrten Moment als Held aufzuspielen. Im Roman *Mirákl* (1972; 1991 auf englisch *The Miracle Game*) kann der älter gewordene Smiřický sich leider nicht enthalten, im Sommer 1968 irgendeine der zahllosen Proklamationen wider die bisherigen (und künftigen) Machthaber zu unterschreiben, obwohl er sich fest vorgenommen hat, es nicht zu tun, weil er klar sieht, welches Ende es mit dieser Sorte von Wunder nehmen wird – kein anderes als mit dem ersten Wunder in diesem Roman, einer Statue des Heiligen Josef, die sich zur Zeit der kommunistischen »Revolution« 1948 in einer Dorfkirche angeblich von selber bewegt hat: ein ganz, ganz schlechtes Ende.

Die Handlung des 1975, also schon im kanadischen Exil vollendeten, hier erstmals auf deutsch vorliegenden Romans *Eine prima Saison* (auf englisch als *The Swell Season* bereits 1982) fällt chronologisch in das Jahr 1944; es ist also noch ein Jahr hin, bis die alte Welt zusammenbrechen und, zu Anfang Mai 1945, die *Feiglinge* ihre große Woche erleben werden, ihren Moment der Freiheit zwischen den Finsternissen.

Vor dem denkbar düstersten Hintergrund, der aber eigentlich erst auf der letzten Seite des Romans mit einem Schlag nach vorn rutscht, läuft die heiterste Komödie ab, die man sich denken kann: die Komödie des jugendlichen Liebeswahns. Heiter ist er freilich nur für den altersmilden Erzähler und die Leserschaft; die handelnden Personen, unser Held und jugendlicher (freilich stets verhinderter) Liebhaber Danny insbesondere, sind hin- und hergerissen, kommen kaum zu Atem zwischen mehr oder weniger gestrengen Erziehungsberechtigten, die zu übertölpeln sind, den unerfüllbaren Forderungen des Lehrplans und den vielen begehrenswerten und kapriziösen Mädchen, denen alles Sinnen und Trachten gilt.

Noch weit ausschließlicher als in den *Feiglingen* konzentriert Danny Smiřický sich auf »chasing the girls«, und nur ganz ausnahmsweise findet sich Zeit, eine Heldentat zu vollbringen. Daß in all diesen Wirrungen der Jazz, die ewig frische Faszination aus dem fernen Westen, Dannys Halt und Stütze bleibt, versteht sich dabei fast von selbst.

Škvorecký hat viel geschrieben und, seit er in Kanada lebt, auch viel veröffentlicht; erwähnt sei hier nur die Reihe der Kriminalromane um den Leutnant Borůvka, der umfangreiche und komplexe Roman *Příběh inženýra lidských duší* (engl. 1984: *The Engineer of Human Souls*) der alle Lebensstationen Danny Smiřickýs zwischen Kostelec-Náchod und Toronto nochmals Revue passieren läßt, *Scherzo capriccioso* (engl. 1986: *Dvorak in Love*), Škvoreckýs Reverenz an einen anderen, früheren tschechischen Amerikareisenden und, die bisher letzte große Veröffentlichung, *Nevěsta z Texasu* (engl 1995: *The Bride of Texas*), ein historisches Monumentalgemälde, das auf den Biographien tschechischer Freiwilliger basiert, die im amerikanischen Bürgerkrieg für ihr gerade eben gewonnenes neues Vaterland ins Feld ziehen.

Hier sei nun noch auf zwei kleine Meisterwerke der Erzählkunst verwiesen, die vor einigen Jahren auf Englisch in dem Band *The Bass Saxophone*[4] erschienen. Dieser enthält einen kleinen Essay, *Red Music*, der von den Schicksalen des Jazz unter den totalitären Regimes erzählt – eines von Škvoreckýs Leib- und Magenthemen, er wäre selber so gern Saxophonist geworden, und wenn er etwas liebt, dann den Jazz, natürlich den aus seiner Zeit, den dreißiger, vierziger Jahren –, sodann zwei Erzählungen, *Emöke* und die Titelgeschichte. Man kann über *Emöke* nicht reden, ohne die leidige Frage nach der »schönsten Liebesgeschichte der Weltliteratur« neu aufzurollen. Bekanntlich ist dieser Ehrentitel bereits vom KP-Mitglied Louis Aragon an das KP-Mitglied Tschingis Aitmatow für dessen *Dshamilija* vergeben worden, ich würde also anregen, das Ganze nochmals unter Parteilosen auszumachen, und schlage daher Škvoreckýs *Emöke* dafür vor. Ich habe als Verbündeten Graham Greene, der als Vergleichsgröße Tschechow heranzieht. Für mich klingt *Emöke* mehr nach Faulkner, einem nach Böhmen verpflanzten und dort schnell heimisch gewordenen Faulkner, aber vielleicht liegt das an der englischen Übersetzung.

Im *Bass Saxophone* komprimiert Škvorecký das Dilemma der unter der deutschen Besatzung lebenden Tschechen in einer kleinen, beinahe alltäglichen Situation, die sich unaufhaltsam ins völlig Groteske ent- und verwickelt. Ein bizarres »Unterhaltungsorchester« macht in Kostelec Station, um hier für die Vertreter der Besatzungsmacht aufzuspielen; der Saxophonist erkrankt, und Danny wird gefragt, ob er nicht für ihn einspringen möchte. Das kommt für den jungen Tschechen natürlich über-

---

4 London: Chatto & Windus 1978, Pan Books 1980, übersetzt von Kaca Polackova-Henley; im Original *Legenda Emöke*, 1963, und *Bassaxofon*, 1967. Die Erzählung *Emöke* ist 1966 auf deutsch in einer Übersetzung von V. Cerny publiziert worden, wie Kindlers Literaturlexikon zu entnehmen ist.

haupt nicht in Frage; doch das Instrument, das der Geschichte den Titel gibt, übt eine magische Anziehungskraft auf ihn aus, der er erliegt, und er willigt schließlich ein, in einer (lächerlichen) Maskierung mit auf die Bühne zu treten …

Škvorecký ist, bei aller offenkundigen und oft scheinbaren Schlichtheit seiner Schreibweise, schwer zu übersetzen. Ich hege den Verdacht, daß die Umgangssprache, wie er sie schreibt, im Original noch eine Qualität des Freundlichen, auch Umständlich-Bissigen (vielleicht ist das aber meine Klischeevorstellung vom Böhmischen) haben muß, die in den Übersetzungen, sei es ins Deutsche oder Englische, immer wieder einer Schmissig- und Schnoddrigkeit gewichen ist, stets in Gefahr, rasch zu veralten, weil ihr die dokumentarische Zuverlässigkeit des Originals notwendig fehlt: »So haben die dort und damals gesprochen.« Wie bei allen Autoren, die wesentlich mit Umgangssprache arbeiten, wechselt Bedauern über Notlösungen mit der Dankbarkeit, wenigstens durch das Filter der Übersetzung etwas vom Flair dieser Welt mitzubekommen, die der unseren doch so nahe ist. »Ich war außerstande, Es lebe die Tschechoslowakei! oder so etwas Ähnliches zu rufen. Vielleicht weil Tschechoslowakei ein so dämlich langes Wort ist, aber ich könnte etwas anderes rufen: Es lebe der Frieden! oder so, doch ich brachte es nicht fertig. […] Ich freute mich, daß Schluß war mit dem Protektorat, sah aber keine Notwendigkeit, mich deswegen wie ein Verrückter zu benehmen. Und es war mir peinlich, wenn man das von mir verlangte.«

10, 8,03 M.T.

Überarbeitete Fassung eines Aufsatzes, der in Heft 548 (November 1994) der Zeitschrift Merkur *erschien.*

Susanne Mischke

Freeway
Roman. 219 Seiten. SP 2191

Eine »Road Novel« um zwei grundverschiedene Frauen, bei der nicht nur Thelma- und Louise-Fans auf ihre Kosten kommen. Anne, Millionärstochter und Karrierefrau, begegnet auf einer Flughafentoilette der punkigen Katie und trifft deren Zuhälter – mit einer Flasche am Kopf. In einem New Yorker Luxushotel, wo Anne ihren Kummer über ihren untreuen Verlobten ertränkt, stoßen die beiden Frauen erneut aufeinander. Katie fackelt nicht lange. Sie schleppt Anne raus aus dem Plaza und rein in die New Yorker »Szene« mit ihren skurrilen Wahrsagerinnen, Seifenoper-Diven und anderen schrägen Vögeln. Doch Katie bekommt Probleme, denn sie besitzt etwas, worauf noch mehr Leute scharf sind. Die beiden flüchten auf der legendären Route 66 nach Kalifornien. Als es gefährlich wird, rettet Anne die Situation und verkauft etwas, was ihr gar nicht gehört...

»Solide Unterhaltungsliteratur, spannend, komisch und voller kluger Beobachtungen.«
Brigitte

Stadtluft
Roman. 251 Seiten. SP 1858

Die junge, attraktive Eva flieht vor der Langeweile der Provinz nach Kreuzberg, um den Frust mit ihrem scheidungsunwilligen Lover zu vergessen und dem echten, wilden Leben zu begegnen. Dieses läßt nicht lange auf sich warten: Eine Bauchtänzerin samt ihrem rotznasigen Popper-Söhnchen, ein müsliverschlingender Therapeut, ein versoffener Maler, ein verliebter Bratpfannenvertreter und ein verdauungsgestörter Kater machen Eva die Hölle heiß.

Mordskind
Roman. 360 Seiten. SP 2631

»›Mordskind‹ ist ein Kriminalroman der Extraklasse, lebensnah und spannungsvoll... Die distanzierende Ironie kommt nicht zu kurz dabei.«
Der Tagesspiegel

Iva Pekárková

Truck Stop Rainbows
Roman. Aus dem Tschechischen von Natascha Drubek-Meyer und Ladislav Drubek. 331 Seiten.
SP 2291

Fialkas Sehnsucht gilt der Fernstraße – hier findet sie als Tramperin in spontanen sexuellen Abenteuern mit Lkw-Fahrern, Kumpeln für eine Nacht, ihre erfüllten »Regenbogen-Augenblicke«. Ihre naive, doch gleichzeitig so kluge Philosophie des Augenblicks diskutiert sie mit ihrem Freund und Seelenverwandten Patrik, der als »Fotograf des Lebens« Mut beweist. Aber bei Patrik, der als Klempner im gegenüberliegenden Plattenbau – Etage für Etage – einsame Hausfrauen beglückt, wird multiple Sklerose diagnostiziert. Und die Wartezeit für einen Rollstuhl beträgt zehn Jahre. Plötzlich wird Geld wichtig.
Fialka beschließt, ihre Tramperei auf die Südliche Trasse zu verlegen, wo die Fernfahrer aus dem Westen locken – und die Mädchen käuflich sind.
Erik aus Schweden bietet ihr ein freies Leben, er will sie heiraten, retten, entführen, lieben, alles, was sie will. Doch in ihrem ohrenbetäubenden »Yeees!« liegt schon die Absage. Das ist nicht die Freiheit, die sie will; wie soll sie leben ohne die Kurve von Hradec Králové, wo ihre Eltern und ihre Schwester bei einem mysteriösen Autounfall ums Leben kamen; wie ohne die weißen Buchen oberhalb von Třebová; wie ohne Prag?
Eine bei aller Melancholie ganz unsentimentale, witzige und geistsprühende Road-Novel und zugleich die Entdeckung einer aufregenden jungen Erzählerin.

»Ein herausragendes Debüt. Es gibt Autorinnen und Autoren, die man Naturtalente nennen muß. Sie verstehen es, Geschichten knapp, eindringlich und spannend zu erzählen und so den Leser auf hohem Niveau zu unterhalten... Ein außerordentlich sinnliches Stück Prosa... von einer ungemeinen Leichtigkeit des Erzählflusses und einer oft lakonischen Sprache, die die Geschehnisse in diesem Roman rasant vorantreiben.«
Neue Zürcher Zeitung

■ LITERATUR

Danny, der Held aus „Eine prima Saison", ist aus der Alten in die Neue Welt geflüchtet – ein großer Roman, erstmals in deutscher Übersetzung.

Josef Škvorecký
Der Seeleningenieur
768 Seiten, Hardcover, mit Schutzumschlag,
ISBN 3-216-30397-7
DM 49,80/öS 365,–/sfr 46,–

LITERATUR ■